아동문학과 문학적 상상력

어른을 위한 어린이책이야기 15

아동문학과 문학적 상상력

2017년 1월 3일 1판 1쇄 인쇄 / 2017년 1월 11일 1판 1쇄 발행

지은이 김관식 / 펴낸이 임은주
펴낸곳 도서출판 청동거울 / 출판등록 1998년 5월 14일 제406-2002-000128호
주소 (10881) 경기도 파주시 문발로 115 (파주출판도시) 세종출판벤처타운 201호
전화 031) 955-1816(관리부) 031) 955-1817(편집부) / 팩스 031) 955-1819
전자우편 cheong1998@hanmail.net / 네이버블로그 청동거울출판사

Written by Kim, Kwan-sig.
Text Copyright ⓒ 2017 Kim, Kwan-sig.
All rights reserved.
First published in Korea in 2017 by CheongDongKeoWool Publishing Co.
Printed in Korea.

ISBN 978-89-5749-189-8 (03800)

이 도서의 국립중앙도서관 출판시도서목록(CIP)은 서지정보유통지원시스템 홈페이지
(http://seoji.nl.go.kr)와 국가자료공동목록시스템(http://www.nl.go.kr/kolisnet)에서
이용하실 수 있습니다. (CIP제어번호: CIP2017000176)

어른을 위한 어린이책이야기 15

아동문학과 문학적 상상력

김관식 평론집

두 번째 평론집을 펴내며

2013년 『현대동시인의 시세계—호남 편』을 발간한 이후 여기저기서 보내온 동시집에 대한 답례로 평론을 써 모았다. 우선 평론 대상이 된다고 생각되는 동시집에 대해서 선입견 없이 객관적인 공정성을 유지하려고 동시집 뒷부분의 작품 해설을 읽지 않고, 오직 작품만을 읽고 긍정적인 시각으로 보려고 했다. 시인이 미처 깨닫지 못한 부분에 대해서는 나의 생각과 논점으로 평론의 계도적인 입장에서 나름대로의 해석과 방향을 제시해 보았다.

1976년 신춘문예 평론으로 등단하여 40여 해 동안 동시와 시를 써오면서 별로 평론에 대해서는 탐탁지 않게 생각해 왔다. 그것은 평론이 창작에 있어서 제2의 가치를 창조하는 만큼 평론은 독자들이 극히 적을 뿐더러 여러 사람들에게 폭넓은 관심을 끌지 못한다는 점 때문이었다. 그래서 가급적이면 평론보다는 시 창작에 열을 올려 왔다.

대체적으로 평론이란 것은 시인이나 작가의 뒤치닥거리를 하는 역할이다. 제 작품도 못 쓰면서 남의 일에 콩 나와라 팥 나와라 간섭하는 일이 별로 좋은 일만은 아닌 것 같다는 생각을 해온 터이다. 자칫 잘못하면 구설수에 휘말리고 작품을 정확하게 파악하지 못하면 빈축을 받기가 다반사다. 그래서 대부분의 비평이 겉치레 인사와 감상 위주의 주례사 비평으로 흐르는 게 일반적인 추세다. 그러나 나는 최대한 주례사 비평을 지양하고 작가나 시인에게 작품의 방향 설정의 좌표 수정에 도움이 되었으면 하는 바램으로 쓴소리도 마다하지 않았다.

이 책은 아동문학에 대해 평소에 생각한 이론과 동시집의 시세계에 대한 해설과 비평을 고루 섞어 엮은 아동문학 실천비평서다. 아무쪼록 이 평론집의 발간이 동시인들에게 조금이나마 시 창작에 도움이 되고, 창작 의욕을 북돋우기 위한 격려로 받아들여지길 바란다. 이에 그동안 동시집을 보내 준 시인들에게 답례로 써 두었던 글을 묶어 작은 기념 선물로 보낸다.

2017년 1월
김관식

| 차례 |

머리말 ● 4

제1부 한국 아동문학의 방향

한국 아동문학의 세계화 방안 ● 12

문학적 상상력과 아동문학 ● 19
　─아동문학의 세계화를 위한 모색

신화와 아동문학 ● 29

동시 창작관의 제 문제 ● 40

한국 전래동화 속에 나타난 환상성 ● 46

현실과 꿈의 원근법 ● 76
　─양점열의 동화 세계

제2부 한국 동시문학의 최근 경향

한국 동시 속에 나타난 생태학적 상상력 ● 82
—『대한민국 대표동시 365가지』의 수록 동시를 대상으로

동심과 생태학적 상상력 ● 113
—생태학적 관점에서 본 대구아동문학 2013년 동시들

자연과 인간과 동심과의 조화로운 세계 ● 125
—주성호 시인의 시세계

꿈과 소망과 사랑을 담은 동심의 그림 ● 160
—조명제 시인의 시세계

청소년의 심리적·정서적 고충에 대한 현장 취재 ● 170
—추필숙 청소년 시집 『햇살을 인터뷰하다』의 시세계

제3부 다양한 동시의 세계

생각하게 하는 철학동시의 가능성 ● 182
—박두순의 동시집 『사람 우산』의 시세계

시적 대상에 대한 철학적 상상력과 해학적 해석 ● 193
—박승우 동시집 『생각하는 감자』의 시세계

동심으로 축소해 놓은 자연과 우주 ● 206
—오순택 동시집 『바퀴를 보면 굴리고 싶다』의 시세계

자연과 동심의 관조 ● 218
—서상만 동시집 『꼬마 파도의 외출』의 시세계

사랑의 눈으로 바라본 동물 사랑 동시 ● 227
—김종상 동시집 『강아지 호랑이』의 시세계

생태환경 동시와 시각적 이미지의 형상화 양상 ● 235
—유은경의 『물고기 병정』과 김영두 『철이네 우편함』을 중심으로

일상 속에서 가꾼 동심 ● 257
　―장승련 동시집 『바람의 맛』의 시세계

자음과 모음의 형상과 이미지 재현 ● 263
　―서향숙의 동시집 『자음 모음 놀이』 시세계

역사원형문화 창작 소재의 동시화 ● 272
　―정갑숙 동시집 『금관의 수수께끼』의 시세계

긍정적인 동심의 생기발랄한 그림 ● 286
　―김종헌 동시조집 『뚝심』의 시세계

사랑의 부활을 꿈꾸는 동심의 세계 ● 296
　―권희표 동시조집 『달걀에 그리는 초상화』의 시세계

제4부 동심과 상상력의 향기
참신한 이미지 연상기법을 통한 동심적 상상력의 확대 ● 304
　―박방희 동시집 『바다를 끌고 온 정어리』의 시세계

동시 속에 투영된 시간 개념과 과거 소재의 현대적 변용 ● 311
　―이수경 동시집 『갑자기 철든 날』의 시세계

참신한 시각으로 상상력을 자극하는 동심의 세계 ● 318
　―추필숙 동시집 『새들도 번지점프 한다』의 시세계

일상 속 동심의 시적 형상화 ● 326
　―신복순 동시집 『고등어야, 미안해』의 시세계

간결한 동심의 삽화 ● 333
　―김갑제 동시집 『날고 싶은 꽃』의 시세계

일상적인 삶의 생각꼬리 스케치 ● 340
　―정진아 동시집 『힘내라 참외 싹』의 시세계

동심으로 찾아가는 자기 정체성 ● 355
　―성환희 동시집 『인기 많은 나』의 시세계

동심을 그린 간결한 스케치 ● 367
　―윤이현 동시집 『꽃집에 가면』의 시세계

사랑을 담은 동심의 받아쓰기 ● 374
　―이재순 시인의 시세계

일상 속에서 발견한 동심의 세계 ● 379
　―이오자 동시집 『도깨비 소탕작전 준비완료』의 시세계

어린이 생활 속의 동심과 어린이와의 눈높이 일치시키기 ● 389
　―박예자 동시집 『나는 왜 이럴까?』의 시세계

스스럼없이 동심에 던지는 물음 ● 397
　―우남희 동시집 『너라면 가만있겠니?』의 시세계

동시마을로 가는 동심의 스케치 ● 409
　―김현숙 동시집 『특별한 숙제』의 시세계

찾아보기 ● 417

제1부 한국 아동문학의 방향

한국 아동문학의 세계화 방안
문학적 상상력과 아동문학
신화와 아동문학
동시 창작관의 제 문제
한국 전래동화 속에 나타난 환상성
현실과 꿈의 원근법

한국 아동문학의 세계화 방안

1. 들어가는 말

금세기 각국의 문화가 세계화의 물결로 급속하게 교류되고 확산되고 있다. 문화의 각축전을 벌이기라도 하듯이 새로운 문화가 생성 파급되고 있는 추세다. 따라서 대중들의 인기를 얻은 문화는 문화생존경쟁에서 널리 파급되고, 대중들의 관심을 끌지 못한 문화는 세계화의 흐름에서 도태된다. 따라서 다양한 여러 문화의 각축전을 벌이다가 대중들의 인기를 선점하는 문화가 전 세계적으로 확산되기 마련이다. 1990년대부터 대중문화의 한류 바람이 2000년대에 들어와서는 세계적으로 확산되어 한류는 한국을 상징하는 문화로 공간적 배경을 세계적으로 넓혀가고 있는 상황이다. 금세기 문화 상황은 지역화와 세계화가 동시에 일어나 글로벌화되고 있어 보편적이면서 특수화가 진행되고 있다.

급속한 디지털매체의 확산으로 대중문화는 국경을 넘어 세계화로 치닫고 있으나 다양한 문화매체 중 문학 분야는 언어를 매개로 한다는 점에서 한류 바람에 편승하지 못하고 있다. 문학이 모든 문화의 핵심으로 주도적인 역할을 해야 함에도 문학은 그 기능을 상실해 가고 있다. 미디어의 알맹이는 문학이다. 따라서 문학적 상상력을 바탕으로 한 우수한 문학작품만이 우리 문학작품의 세계화를 이루는 첩경일 것이다. 시각적인 화상 매체가 최첨단 미디어로 등장하여 세계적인 문화의 전파를 담당함에 있어 활자 텍스트 문화 세계의 주축을 이루는 문학은 화상이라는 매체로 전파되려면 번역이라는 과정이 거쳐야 한다. 여기에 문학의 원형 텍스트의 파급에 커다란 장벽이 있는 것이다.

모든 문화는 관계에서 비롯되는 만큼 문학작품의 세계화를 위한 관계 개선에 힘써야 하는 당면 과제를 안고 있다. 그와 동시에 우리 문학작품의 수준을 제고해야 할 것이다. 문학적 상상력을 토대로 세계인의 심금을 울릴 창조성과 대중성을 겸비한 명작의 생산이 우리 문학이 세계화로 나아가는 관건이라 할 수 있다. 한국아동문학은 지역성을 탈피하지 못하고 보편성을 갖추지 못한 많은 문제점을 안고 있는 것이 사실이다. 취약한 출판 매체 구조와 작가의 상상력과 역량을 갖추지 못하고 대중성에 편승한 근시안적인 작품으로 세계화의 높은 장벽을 뚫는다는 것은 많은 어려움이 예견된다.

따라서 한국아동문학이 안고 있는 당면 과제를 점검해 봄으로써 그 해결 방안을 찾아보고, 세계화를 위한 활로를 열어 보고자 한다.

2. 한국아동문학의 세계화 방안

1) 문자적 서사의 다양한 매체 활용

전자매체의 발달로 다양한 표현 매체의 다양화라는 환경 변화가 가속화되는 오늘날, 문자문화매체에 의존하는 문학도 이제 그 존재 방식과 소통 방식도 변화해야 한다. 다매체 시대에 문학은 기회의 도래이냐 위기의 도래이냐 하는 화두에 대한 담론은 위기의 도래로 받아들여지고 있다. 모든 문화의 핵심적인 내용물은 문학이다. 문학작품을 바탕으로 하여 문화콘텐츠화되어 다양한 매체로 세계적으로 확산되고 있다. 디지털 매체의 파급으로 컴퓨터문학이 생겨나고 일상화되고 있는 상황이다. 컴퓨터만으로도 가능해진 문학 환경의 변화와 메스미디어의 발달로 영상문화의 시대에 직면한 문화 환경은 문자를 매개로 한 문학의 환경을 바꾸어 놓고 있다. 이러한 문화 환경은 문화를 대중화하고 상업하기 위해 문화콘텐츠를 바탕으로 한 문화산업으로 원소스 멀티 유즈의 효과의 극대화를 지향하고 있다. 대중적인 지지에 편승하여 문화산업화로 이어지고 있다. 문화산업이란 말은 호르크하이머와 아도르노의 공저 『계몽의 변증법』에서 처음으로 등장하여 문화콘텐츠 인프라 산업, 방송, 대중음악, 영화, 애니메이션, 모바일, 게임, 출판, 만화, 캐릭터, 이러닝, 디지털 박물관, 테마파크, 축제와 이벤트 등 다양한 산업으로 전개되고 있다. 여기에 문학은 문화산업의 내용물을 제공하는 원천으로서의 중요한 기능을 발휘하는 만큼 문자서사에 의존하는 문학이 세계화를 이루려면 우선 문자매체의 한계를 극복해야 한다. 문자매체는 번역의 과정을 거쳐야 한다. 동일 문자권이 아닌 다른 문자권의 언어로 번안하여 그에 알맞은 문자로 표현되어야 한다. 따라서 번안의 과정에서 문화가 다른 생활권에 상이한 문화적 배경으로 인하여 문자매체의 완벽한 전달이 되기란 어려움이 뒤따르게 된다. 따라서 인터넷과 같은 신매체를 매개로 발달한 사이버문학은 대중 매체와 문학의 만남이 적극적으로 이루어지고 있다.

문자적 서사가 인쇄 출판 매체의 의존에서 벗어나 컴퓨터 매체로 다양하게 확산되고 있다. 번역을 통해 세계 각국의 독자와 수월한 만남이 이루어지게 되었다. 그러나 문자적 서사보다는 대중매체의 파급은 시각적인 매체로 확산되는 만큼 영화, 드라마, 애니메이션, 모바일 등으로 확산되려면 문학작품을 원천으로 하는 제2차 시각매체로의 전환보급이 대중화의 지름길이다. 문학작품의 다양한 영상매체와의 융합으로 대중성의 관심을 이끌어내야 한다. 예를 들면 시와 동화의 그림, 사진의 만남으로 영상시와 영상동화의 형태, 또는 여러 문자로 번역된 전자책 등 독자와의 다양한 소통통로를 확보하여야 한다. 이처럼 영상문자서사의 다양한 매체를 활용하여 우리 문학의 세계화를 도모하여야 한다.

2) 문학 환경의 새로운 패러다임의 모색

디지털 시대를 맞이하여 하이퍼텍스트와 전자책의 출현은 아동문학 환경의 새로운 패러다임을 모색할 필요성이 절실해지고 있다. 하이퍼텍스트 문학은 발달된 컴퓨터 기술의 특성을 최대한 활용하여 매체와 장르를 초월한 형태이고, 인간의 창의력과 상상력을 무한히 확대해 나갈 수 있는 문학 형태이다. 하이퍼텍스트는 작가와 다수의 독자가 사이버공간에서 만남이 이루어지고 플롯 전개의 스토리 라인에서 관계를 맺음으로서 쌍방 소통의 텍스트가 생산된다. 작가와 독자가 수평적이고 상호적인 관계를 맺으며 쌍방 소통이 원활하게 이루어짐으로써 스토리 라인의 생산과 비평 활동에 참여하는 다수의 독자와 대화가 가능하여 창작 교육에 기여할 수 있는 특성을 가진다. 사이버공간에서 창조되는 하이퍼텍스트는 통속성, 찰나성, 경박성 문제의 극복이 최대의 과제로 남아 있다. 미국의 하이퍼텍스트 문학 작품인 마이클 조이스의 『오후 이야기(Afternoon, a story)』(1987)의 발표를 계기로 확산된 하이퍼텍스트 문학은 미래의 대표적인 문학 형태로서 인정받고 있고, 앞으로 21세기 문학 환경의 새로운 패러다임의 변화를 예고하고 있다.

한국문학이 세계화로 나아가려면 정보 전달 매체의 핵심인 인터넷 매체의 특성을 적극적으로 활용하여 변화하는 미래의 문학 환경에 알맞은 하이퍼텍스트 문학이 자리잡아가도록 해야 한다. 영화, 애니메이션, 만화 등 미디어 매체의 경계가 허물어지고, 인쇄매체와 전자매체가 융합된 새로운 형태의 문학이 가능한 문학 환경으로 변화되고 있다. 전세계인의 시선을 집중시킨 조앤 롤링의 『해리 포터』, 톨킨의 『반지의 제왕』의 선풍적인 인기는 아동문학의 세계화가 얼마든지 가능하다는 사실을 입증해준 셈이다. 그리고 어린이들의 인기를 독차지한 만화영화 〈들장미 소녀 캔디〉, 〈미래 소년 코난〉, 〈은하철도 999〉, 〈떠돌이 가치〉, 〈독수리 오형제〉, 〈달려라 하니〉, 〈세일러문〉, 〈슬램덩크〉, 〈아기공룡 둘리〉, 〈날아라 슈퍼보드〉 등이 대중화 영상매체로 부상하고 있는 것을 볼 때 아동문학작품과 만화의 융합, 영화, 드라마 등의 문자 이외에 소리와 영상이 함께 제공되는 첨단 멀티미디어 문학 환경의 새로운 패러다임으로 한국 아동문학의 세계화를 모색하여야 한다.

3) 참신한 소재 발굴로 한국아동문학 작품의 세계화

한국아동문학은 한국의 신화, 전래동화 등의 고대문학과, 일제강점기의 민족문학, 분단문학 등 한국적인 특수성을 지니고 있다. "가장 민족적인 것이 세계적인 것이다"라는 한국문학의 위상을 세계적인 맥락으로 해석하는 보편문학으로서의 자리매김은 문화 상대주의를 인정하는 입장의 주장이다. 한국문학과 세계문학은 문화 상대주의, 상호문화의 이해에서 바탕으로 한국문학과 세계문학과의 관계를 재정립해야 한다.

한국아동문학은 삼국시대의 역사적 배경으로 발달한 신화와 전설, 전래동화 등 우수한 아동문학의 문학콘텐츠를 가지고 있으며, 일제 강점기를 거치면서 민족문학으로 현대문학으로 성장했다. 최근 한류 바람에 편승하여 우리 아동문학도 세계화의 다양한 매체 접근으로 서서히 알려지고 있으나, 참신한 소재를 발굴하여 한국적인 토대의 문학적 상상력을 담은 아동문학작품이 창출되어야 한다. 빈약한 문학적 상상력으로 세계인의 관심과 사랑을 촉발할 수 없는 노릇이다. 폭넓은 한국적인 상상력을 바탕으로 서사구조가 탄탄한 창작문학만이 한국아동문학의 세계화 진출에의 초석이 됨을 깨달아야 할 것이다.

이러한 문학적 상상력의 토대는 민족사 또는 서사적 요인, 종교와 철학적 요인, 작가 개인으로서의 심리적 요인을 들 수 있다. 상상력을 갖춘 문학적 토대 위에서 한국적인 전통의식과 판타지를 반영한 고대소설, 참신한 소재로 인류의 보편적인 가치를 담은 창작동화, 창작동시가 우수한 작가들에 의해 창작되고, 각종 문자매체로 출판되고, 장르의 융합과정을 거쳐 디지털 영상 매체로 세계에 널리 알리는 작업이 필요하다.

다문화 시대가 된 21세기 지구촌 가족의 보편성을 지닌 한국아동문학작품의 세계화는 우수한 작가의 꾸준한 창작 작업이 관건이기는 하지만, 우수한 아동문학작품을 다양한 매체와의 융합으로 작품의 세계화 진출에 힘써야 한다.

4) 한류 바람에 편승하기

21세기는 문화의 시대라고들 한다. 1990년대 말부터 일기 시작한 한국 대중문화에 대한 세계인들의 폭발적인 관심은 대중가요를 뛰어넘어 드라마, 영화, 게임, 애니메이션, 뮤지컬 등 다른 문화콘텐츠까지로 이어져 전세계로 확산되고 있다. 콘텐츠 업계의 경쟁력 부족과 콘텐츠의 다양성 부족, 한류 대상 국가들의 규제와 사회적 반발, 취약한 수익 구조와 부적합한 판매 방식 등 한류가 해결해 나아가야 할 문제는 많지만, 문화산업으로 한국문화의 세계 파급 효과는 지대하다. 이러한 분위기에 편승하여 한국아동문학 작품도 앞에서 지적한 바와 같이 우수한 한국문화콘텐츠를 밑바탕으로 다양한 영상매체와 융합하여 세계화되는 한류 바람에 편승하여야 한다.

3. 한국아동문학의 세계화 전망

한국아동문학의 세계화를 위해서는 문자적 서사의 다양한 매체 활용, 문학 환경의 새로운 패러다임의 모색, 참신한 소재 발굴로 한국아동문학 작품의 세계화, 한류 바람에 편승하기 등 한국아동문학의 새로운 좌표를 설정해야 한다. 또한 한국적인 특수성을 보편성으로, 세계문학의 보편적인 흐름에 편승한 문학적 상상력이 풍부한 작품을 통해 인터넷 보급 등으로 급변하고 있는 문학 환경에 대한 적응력을 길러야 한다. 그러기 위해 패러다임의 유연한 변화, 다매체시대의 대표적인 문학의 하나인 하이퍼텍스트와 전자책 등 다양한 방법이 모색되어야 할 것이다. 장르간의 경계가 허물어진 작금의 상황에서 장르의 융합으로 한국아동문학의 활로가 모색되어야 할 것이다.

다문화 국가로 각국의 문화를 융합하여 새로운 참신한 소재와 문학적 상상력으로 편협한 민족주의 시각에서 탈피하여 세계문학을 선도할 한국아동문학의 한류 바람을 일으키고 지속해 나아가야 할 것이다. 그러기 위해서 아동문학가들의 문학 환경의 변화에 대한 유연한 자세, 그리고 문학 본질적인 가치에 접근한 투철한 작가의식이 선행되어야 한다.

문학적 상상력과 아동문학

아동문학의 세계화를 위한 모색

1. 들어가는 말

21세기를 문학의 위기의 시대라고들 한다. 디지털 혁명의 결과 문자를 매체로 하는 문학은 전자 영상매체의 영향으로 뒷방신세가 되었기 때문이다. 우리 문학은 고대 구전문학에서 문자문화로, 문자문화에서 문명의 발전에 따라 영상문화로, 또 문자와 구전, 영상이 믹스된 환경으로 문학 환경이 변화했다. 이러한 외부적인 환경 변화에 우리 문학도 변하지 않으면 안 되게 되었다.

실용성만을 강조하는 시대에 인문학의 하나인 문학은 위기를 맞고 있다. 물질적인 풍요를 위해 일을 해야만 삶을 유지하게 된 오늘날 문학은 실용성이라는 가치에 밀려날 수밖에 없게 되었다. 따라서 문학이 살아남기 위해서는 실용성과 타협하지 않으면 안 되게 되었다.

실용성과 타협하다 보면 문학의 진정한 가치인 문학성을 유지, 발전시켜 나가기가 어렵게 된다. 따라서 문학도 변해야 한다. 현대사회의 환경에 맞게 진화해야 한다는 결론에 이르게 된다. 문학과 대중매체와의 만남으로 문학은 문학으로서의 고유한 가치를 유지하면서 아울러 대중성을 갖추어야 하는 문제에 부딪친다. 문학은 그 다양한 효용성을 지닌 만큼 문학과 예술성이라는 두 마리 토끼를 다 잡기 위해서는 문학적 상상력이 풍부한 문학작품이어야 한다.

최근 전 세계의 돌풍을 일으키고 있는 『반지의 제왕』, 『해리 포터』는 문학적 상상력이 풍부한 판타지로써 문학과 영화가 융합되어 대중성을 확보하고 있다. 문학과 타 매체와의 경계가 허물어진 새로운 장르의 변화를 예고하고 있다.

디지털 영상문화와 과학기술문명의 발달은 지구촌의 가족화 시대를 빠르게 진척시켰다. 지구촌의 공통 문제가 무엇인지 파악하는 일이 문학에서 보편적이 가치를 지닌 세계문학으로 나아갈 수 있다. 인류의 보편적인 가치를 반영한 문학적 상상력이 풍부한 문학작품만이 미래의 문학으로 자리 잡아 갈 것이다.

따라서 문학적 상상력과 아동문학과의 관계를 탐색하여 보다 폭넓은 인류의 보편적인 세계아동문학으로서의 바람직한 방향을 모색하고자 한다.

2. 문학적 상상력과 아동문학

1) 문학적 상상력의 개념

상상이란 사전적 의미로 "현재의 지각에는 없는 사물이나 현상을 과거의 경험, 관념에 입각하여 머릿속으로 그려서 재생시키거나 만들어내는 마음의 작용"이다. 그러니까 상상력은 눈에 보이지 않는 것을 떠올리는 능력을 말한다. 콜린 윌슨은 상상력을 "눈앞에 존재하지 않는 이미지를 창조하는 힘", 즉 현존하지 않는 대상에 대해 어떤 구체적인 심상을 갖는 사고의 작용이며 창조하는 힘으로 과거의 경험을 재생하고 기존의 실체들을 종합적으로 재구성함으로써 새로운 실체를 만들어내는 능력을 말하며, 이러한 상상력을 바탕으로 창의력이 길러진다. 상상력이 심상을 형성하는 능력이라면, 창의력은 상상에 의해 머릿속에 그려진 실체를 현실에서 구체적으로 형상화시키는 힘이다.

상상력의 개념을 철학적으로 최초로 접근한 사람은 아리스토텔레스다. 그는 "감각과 사고를 매개하는 능력"으로 보고, 사유 형식에서 본질적인 역할을 수행하는 정신적 표상과 동일한 뜻으로 보았다. 정신적 표상은 개인이 사물이나 사람에 대한 심리적 관계를 맺는 기본 방식을 결정하는 심리 내적 구조로, 이들에 대한 행동과 태도로 정의될 수 있다.

칸트는 상상력이란 "표상을 시간 속에서 질서를 세우는 도식화 작용으로 보았고, 은유를 도식, 상상력이 그리는 형상 내지 윤곽이라 했다. 낭만주의 학자 코울리지는 공상과 상상력을 구분하여 일차적 상상력이란 인간의 모든 인식을 지배하는 살아 있는 힘으로 자아의 창조 행위가 유한한 정신 속에서 영원히 되풀이되는 것이라는 직관성과 이차적 상상력이란 재창조를 위하여 용해하고 확산하며 분산한다고 했다. 공상은 시간과 공간의 질서에서 해방된 기억의 한 유형에 지나지 않는다고 하여 현실과 괴리된 형태를 상상력이 아닌 공상이라고 했다. 또한 노스럽 프라이는 그의 저서 『문학의 구조와 상상력』에서 "상상력이란 인간의 경험을 토대로 하여 있음직한 본보기를 구성하는 힘이다"라고 정의 하였다. 이와 같이 학자들의 공통된 견해는 상상력이란 현실을 토대로 한다는 점이며, 끊임없이 현실 너머의 세계를 꿈꾸는 힘이라는 뜻이다. 이와 유사한 개념으로 창조성이라는 말이 있는데 창조성은 상상력의 속성인데, 새로운 세계를 꿈꾸는 초월성이라는 하나의 속성과 새로운 세계를 만들어 가는 것은 창조성이라는 속성을 포괄하는 개념이다. 바로 현실을 초월하여 새로운 세계를 꿈꾸는 상상력은 꿈꾸던 세계를 현실화시킬 때 창조성인데, 무(無)에서 유(有)의 창조뿐만 아니라 이미 존재하는 것을 재구성하거나 새로운 법칙을 발견해내는 일까지 모두 창조성의 영역이라고 할 수 있다.

비코는 『형이상학서』(Liber metaphysicus, Ⅲ. 3)에서 상상력을 확장된 또는 복합된 기억력으로 규정하고. "상상력은 바로 기억력의 재등장이며, 창의력은 기억되는 사물에 대한 작업"이며, 창의력은 사물들을 정립하고 체계화한다고 기억력·상상력·창의력간의 관계를 밝혔다.

바슐라르는 그의 저서 『공기과 꿈』에서 "사람들은 상상력이란 이미지를 형성하는 능력이라고 주장한다. 그러나 오히려 지각작용에 의해 받아들이게 된 이미지를 변형시키는 능력이며, 무엇보다도 애초의 이미지로부터 우리를 해방시키고, 이미지들을 변화시키는 능력"이라고 했다. 그는 진정한 상상력이란 외부의 대상을 기억하거나 연상하는 수준에 머물지 않으며, 그 본령은 이미지의 생성이 아니라 변형에 있다고 역설했다. 그는 상상력의 변화 과정을 형태적 상상력, 물질적 상상력, 역동적 상상력으로 나누어 설명하고 변화한다고 주장하였다.

이상에서 살펴본 바와 같이 상상력은 공상이나 환상과 같은 비이성적이고 낭만적인 정신활동으로 보는 부정적인 견해와 추리력이나 판단력과 같은 세계 인식능력으로 간주하는 견해로 대별된다. 또한 이 두 주장 사이에서 가치중립적인 입장으로 보는 견해로는 상상력을 예술가의 고유한 특성, 또는 예술품의 세계로 간주하는 견해와 칸트, 라이프니츠의 인식론에 입각한 견해가 있다. 상상력은 사물의 외현의 인식, 대상에 대한 단편적 생각 떠올리기가 아니라 대상에 대해 가지는 인지적, 정서적 이미지들을 종합하여 하나의 일관된 이미지를 형성하는 과정이며, 이러한 인식을 바탕으로 새로운 이미지들을 창출해내는 일련의 활동을 말한다. 따라서 이러한 정신 활동이 문학 작품을 수용하고 창조하는 과정에서 일어날 때 이것을 문학적 상상력이라 할 수 있다.

2) 문학적 상상력과 이미지

문학적 상상력은 이미지를 바탕으로 한다. 이미지와 상상력은 불가분의 관계 하에 있다. 상상력은 판타지와 구별되나 작가나 시인의 창조적인 기량을 변별하는 기준이 되기도 한다. 레지스 드브레는 오리나크, 이집트의 무덤 속, 고대 유물을 살펴본 후『이미지의 삶과 죽음』이라는 저서를 통해 인류의 초기 문화의 주축을 이루었던 숱한 이미지들을 죽음과 밀접한 관계가 있음을 시사했다. 앙드레 말로는 모든 예술의 본질의 죽음과의 투쟁이라고 했으며, 질배르 뒤랑도 인간의 상상력은 결국 죽음과의 싸움이라고 했다.

이미지는 시와 밀접한 관계를 가진다. 루이스는 "이미지는 말로 만들어진 그림"이라고 했다. 이미지는 흔히 지각적 이미지, 비유적 이미지, 상징적 이미지로 구분하는데, 지각적 이미지는 시각, 청각, 후각, 미각, 촉각 등의 감각과 신체조직기능, 근육운동 등으로 세분된다.

비유적 이미지는 직유, 은유, 의인화, 제유, 환유, 풍유 등을 포함하며, 이와 밀접한 관련을 가지고 있지만 다른 성질을 지닌 상징이 있다. 상징적 이미지는 한국현대문학대사전에 의하면 "시에 있어서 상징적 표현을 통해 구체화되는 이미지를 상징적 이미지라고 한다. 상징은 시인의 창조적인 상상력과 예술적인 의도에 의해 결정되며, 작품의 의미 구조와 언어 속에서 만들어진다. 상징은 비유와 마찬가지로 일상의 언어 속에서도 흔히 볼 수 있다. 예를 들면 태양이 열정을 상징하고, 하늘은 꿈과 희망을 상징한다. 언어의 표현에 있어서 상징은 형식적으로 은유와 비슷하지만, 은유는 서로 다른 두 가지의 사물 사이에 내재하는 유사성 또는 동일성에 근거하여 성립된다는 점이 다르다. 태양이 '열정'이라는 말과 동일성의 관계를 유지할 수 있는 근거는 전혀 없다. 그러나 이러한 표현은 오랜 경험 속에서 한 사물의 의미를 특정의 방향으로 고정시켜 무의식적으로 그 뜻이 굳어진 경우에 해당한다. 태양은 열정과 함께 생명력을 지닌 것으로 이해된다. 어둠은 공포와 죽음을 의미한다."라고 상징적 이미지를 은유를 비교 설명하고 있다.

바슐라르는 이미지에 대한 연구를 하면서 가장 관심을 갖게 된 것은 이미지 대상의 물질성이었다. 즉, 우리에게 이미지를 제공해주는 대상을 형태로서 파악하는 것이 아니라 물질로서 파악하는 것이다. 대상의 물질성에 주목하여 만들어지는 이미지를 바슐라르는 물질적 이미지로 보았다. 그는 형태적 이미지와 물질적 이미지로 구분하여 설명했으나 물질로 인해 우리는 시대와 세대를 초월하는 보편성을 가질 수 있는 것이다. 이와 같이 전혀 새로운 개념의 물질적 이미지는 그것이 우리의 무형적 정신활동과 관련되어 있기 때문에 가능하다. 형태적 이미지는 시각적 이미지에 속하고, 물질적 이미지는 정신적 이미지에 속한다고 주장하고 있다.

오늘날 우리는 디지털전자매체의 발달로 소통의 양식이 인쇄 매체가 주도권을 상실하고 영상 매체의 시대로 변화했다. 1960년대 초 마샬 맥루한은 『미디어의 이해』에서 활자 매체의 죽음을 선고하는 문학의 위기를 예고이후 문학 환경이 새로운 변화의 소용돌이에 휩쓸렸다. 현재 문학작품이 인쇄매체에 의존하던 시대가 전자매체의 시대로 환경이 바뀌고 문학적 상상력도 영상 매체와 결합으로 새로운 시대를 열어가고 있다. 문학의 매체 환경의 변화를 네 단계 살펴보면, 구술 문화 시대→문자(필사) 문화 시대→활자 문화 시대→전자 영상 매체 문화 시대 순으로 변천해왔음을 알 수 있다.

전자 영상 매체의 시대는 기독교적인 성상파괴주의와 합리주의, 경험주의, 실증주의 과학주의, 역사주의 등 경험적 사실과 이성적 관념을 중심으로 발달해온 서양사상에서 이미지는 경시는 당연한 귀결이나 과학기술의 발전은 첨단 영상문화의 시대를 꽃 피웠고, 역설적으로 이미지의 문명 시대를 열어 이성적인 추론을 중요시한 인쇄 매체 시대에서 상상력과 감성을 중시하는 영상 매체 시대로 변화했다. 따라서 이미지를 바탕으로 한 이미지 폭발 시대가 진행되고 있으며, 이미지와 상징, 그리고 환상을 바탕으로 한 문학작품이 전자매체와 결합하여 장르 융합으로 무한한 상상력의 담은 문학작품이 창작되는 시대로 전환되고 있다.

인류의 영원한 화두였던 삶과 죽음의 문제, 사랑, 선, 진실, 아름다움, 신 등의 절대가치 추구와 생태적 상상력을 구현한 문학작품 등 오늘의 시대적 현실과 결합된 이미지와 상징, 상상력을 바탕으로 한 다양한 아동문학작품이 창출되어야 한다. 그리고 다양한 영상 매체와 결합한 영상동시, 영성동화, 동화의 영화화 등 첨난시대에 맞는 잠신한 이미지를 적절히 창출해나가는 아동문학작품의 창출이 요구된다. 또한 사회적 현실이 아니라 가상현실을 문학의 대상으로 한 사이버 문학은 공상이라는 비현실 세계의 문학적 상상력을 요구하는 시대에 단순한 흥미를 쫓아가는 사이버문학에 문학적인 감성을 제공하는 것은 바로 아동문학의 막중한 과제이며, 책무일 것이다.

3) 문학적 상상력과 판타지

디지털 다매체 시대 아동문학에서 왕자의 자리를 찾지 하고 있는 것이 바로 판타지다. 지식정보화, 문화, 다매체 시대인 21세기 문자, 음향, 영상 등 다매체가 융합된 멀티미디어적인 매체로 지식을 전달하고 세계와 소통하는 시대다. 인터넷 네트워크를 통해 거대하게 조직화되고 가상현실공간에서 우리의 상상력을 뛰어넘는 무한한 세계가 펼쳐진다. 화상 단말기을 통해 여러 세계가 동시에 출현 가능해지게 되었다. 초자연적인 혹은 비현실적인 사건이나 제재를 다루고 있는 다양한 허구적 작품들을 가리키는 명칭으로 대변되는 환상문학이 대중들의 각광을 받는 시대다.

환상 문학은 초자연적인 가공세계에서 일어난 사건이나 현실에 있을 수 없는 사건을 소재로 한 문학작품을 말한다. 환상 문학은 고대 신화에서 먼저 꽃 피었다. 그리스 로마 신화, 유럽의 게르만 신화, 기독교 성서 이야기나 그 밖의 종교적 기적, 단군신화 , 토속적인 전설이나 민담 등에서 상상의 세계가 존재해 왔다. 그 이후 환상성을 바탕으로 한 동화문학의 특성으로 자리잡아왔다. 우리나라 전래동화 속에도 환상성이 드러난다. 콩쥐팥쥐, 장화홍련, 심청전, 흥부전, 홍길동전 등 환상적인 모티브기 등장하고 있다. 실현 불가능한 세계를 가능한 세계로 바꾸어 이야기를 전개하는 것은 우리나라의 신화나 전설, 고대소설의 구성 방식이다. 그후 판타지는 동화문학을 구성하는 중요한 요소로 많은 동화작품이 쓰여졌다. 환상문학과 유사한 장르로는 공상과학 소설, 유토피아 소설, 공포소설 등이 있다.

SF는 인류의 미래를 다룬 모든 장르의 소설로 우주여행, 미래와 과거로의 여행, 외계인과의 만남, 침공, 지구상의 생활 조건의 변화, 우주천체의 발견과 이주 등을 소재로 한 소설로 르네상스 시대부터 발전해왔으며, 공포소설의 영역에 SF 요소의 확대, 모험, 탐정, 전쟁, 연애, 환상소설 등의 요소가 유입되었다.

판타지는 현대적인 환상문학의 개념으로 영웅 서사시, 기사모험담, 의적소설, 동화, 전설, 환상동화, 모험소설, 초자연적인 것과 신화적인 문학적인 요소를 포함한다. SF와 판타지와의 구분점은 과학이나 기술의 지식을 바탕으로 하느냐의 여부에서 결정된다고 볼 수 있다.

최근 세계적으로 인기를 얻은 해리포터의 경우 아동문학, 추리문학, 환상문학 등의 요소를 갖추고 있으며, 톨킨의 『반지의 제왕』은 원래 성인을 대상으로 한 판타지 소설이었다. 어린이뿐만 아니라 어른들도 읽을 수 있는 별세계 이야기다. 북유럽의 신화를 모티브로 했다. 한국 민속 설화에 나타난 판타지의 요소를 찾아보면, 첫째, 신비한 시간과 공간의 세계를 들 수 있다. 판타지 공간으로 용왕이 산다는 용궁, 옥황상제와 선녀가 산다는 하늘나라, 염라대왕이 지배하는 지옥의 세계, 신선들이 노니는 무릉도원 등을 들 수 있다. 둘째, 주인공의 출생의 신비로움, 초인간적인 능력을 갖는 경우를 들 수 있다. 주몽신화, 김수로왕 신화 등 우리나라의 신화에서 난생, 단군신화에서의 곰의 인간변신 등 건국신화에서 탄생의 신비로움으로 태어난 아이를 동물들이 보호한다는 동물과의 친화성, 태어나자마자 힘을 과시하는 등의 전설과 민담을 들 수 있다. 셋째, 기이한 동물이나 귀신의 등장이다. 설화나 민화 속에는 호랑이, 구렁이, 여우, 지렁이 등의 동물 변신과 용, 귀신, 도깨비 등 상상의 존재를 모티브로 하여 환상동화로 표현된다. 그 유형이 둔갑동화, 동물보은동화, 보물동화 등으로 표현된다. 우리나라의 동화도 우리의 신화나 전설, 민화 등을 문학콘텐츠화하고, 또 그것을 소재로 오늘날의 문학적 상상력으로 재구성하는 판타지문학도 대중적인 관심을 촉발시킬 가능성이 충분하다고 볼 수 있다.

3. 맺음말

신화나 설화, 민담. 역사적 사실이나 각종 역사기록, 고려사, 삼국유사 등에 등장하는 많은 이야기는 우리 전통의 맥을 잇는 중요한 문학콘텐츠다. 이러한 문학콘텐츠를 바탕으로 상상력을 발휘한다면 좋은 아동문학 작품으로 탄생할 수 있다. 향가, 고려가요, 가사문학, 시조 등 가장 한국적인 문학 양식을 동시에서 재창조하는 문학적 상상력이 요청되고. 우리의 건국신화, 위인 탄생신화, 설화나 민화 등을 소재로 문학적 상상력을 가미한다면 외국작품에 당당히 견줄 수 있는 판타지아동문학으로 세계적인 관심을 모을 수 있으리라 확신한다. 우리의 전통문화 속에서 전 인류의 공감을 얻을 수 있는 생태학적인 상상력, 문학적인 상상력이 발휘되어야 한다. 소재의 다양화, 참신한 주제, 전통의 현대화야말로 아동문학이 세계문학으로 발돋움하는 첩경이라 할 수 있다. 그러기 위해서는 디지털 매체 환경으로의 패러다임의 전환하여 활자와 영상, 음성 매체를 융합한 새로운 장르의 문학으로서 굳건한 자리매김을 해야 할 것이다. 가장 전통적인 것을 이미지와 상징, 판타지의 요소를 융합하여 현대화하는 아동문학 작품만이 한국아동문학의 밝은 미래를 보장한다고 보겠다. 종래 아동문학이 교육성을 너무 치중한 나머지 독자의 관심을 끌지 못했다거나 너무 대중적인 인기에 편승하여 성적 호기심을 자극하는 동화, 동심만을 고집하여 어린이의 생활이 동심이라는 편견으로 쓴 아동문학작품, 오늘의 독자인 어린이들을 도외시하고 작가자신의 어린 시절을 동심으로 착각하여 작가의 어린 시절을 그려낸 아동문학 작품은 보편성을 상실하게 된다. 첨단미디어의 세계 속에 살아가는 어린이들에게 관심과 흥미를 끌 수 있는 방법은 판타지의 세계일 것이다. 개인적인 시각 보다는 민족전체의 집단의식이 담겨있는 고대시가, 신화나 전설, 민담을 바탕으로 문학적 상상력을 촉발할 수 있는 이미지의 창출과 판타지의 광활한 상상의 세계를 창출해야 한다. 물론 흥미성과 대중성을 쫓아가다보면 문학성을 잃어버리기 쉽다. 문학작품 속에 문학성과 흥미성을 조화롭게 모색한다는 것은 어려운 일이다. 그것은 부단한 작가의 문학적 상상력과 역량만이 그 어려움을 극복해낼 수 있을 것이다.

신화와 아동문학

1. 들어가는 말

신화는 현대를 살아가는 우리들에게 시간을 초월해서 조상들의 삶을 공유하는 감정을 생생하게 전달하는 촉매제다. 각기 다른 지역에서 생성된 신화 역시 각각 고유한 성질을 갖고 잊으나 공감을 초월해 보편성을 지닌다. 각 나라마다 민족 고유한 신화를 가지고 있다. 그 신화 진실 여부와 관계없이 민족적인 신앙이나 고유한 가치관을 반영하고 있다. 특히 신화가 오늘날까지 전해오기까지 수세기에 걸쳐 입에서 입으로 구전되어온 까닭에 그 민족에게 가치가 있다고 여겨지는 것들만 신화로 남겨지고, 그렇지 못한 대부분은 소멸되어오는 과정을 통해 민족적인 특성이 함축된 문학으로서 자리매김하여 왔다.

따라서 가장 민족적인 것을 함의하는 신화는 그 나라 민족문학의 원천을 이루어왔다. 신화의 정의에 관해 분분한 의견이 있어왔으나 널리 공인되어온 정의는 신화가 문자로 기록되기 이전에 일어난 일들을 우리들에게 전해주는 역사 이전의 역사라는 견해이다. 이 주장은 신화란 고대의 역사에서 일어난 일들 가운데 특별하거나 중요한 일을 담고 있으며, 오랜 시간을 통해 구전되어 오늘에 이르렀다는 사실을 바탕으로 한다. 따라서 신화는 단순한 허구나 가상의 이야기가 아니며 특정한 역사적 시기에 일어났던 일들에 대해 그 일이 어떻게 일어났는지에 대해 설명하려는 입장을 담고 있다.

신화는 과거의 이야기로만 존재하지 않고, 그 민족의 역사와 더불어 꾸준한 생명력을 유지하는 형태로 변화하게 된다.

최근에 와서는 신화를 종교와 연결고리를 갖는 비현실적 요소로 구성된 동화나 설화 작품을 보면서, 역사적 관점에서 신빙성이 없는 정보라는 생각을 갖는 경향이 짙다. 이는 신화를 사실로 인정하려는 경향이 감소하였다는 것을 반증한다. 그렇다고 하여 신화가 가지는 본래적인 기능이 축소되는 것은 아니다. 오히려 확대되었을 정도다. 이런 예로 현재 많은 사람들의 인기를 독차지하고 있는 판타지 소설이나 마술사의 초능력을 가진 주인공이 등장하는 문학작품, 만화, 게임, 인터넷 소설 등을 들 수 있다. 인터넷 게임의 경우 각 민족 신화의 주인공이 등장하여 신비한 이야기를 흥미진진하게 진행되고 있다. 이런 점에서 볼 때 신화는 퇴색한 것이 아니라 오히려 고부가가치 사업이 된 게임 산업과 문화 콘텐츠에서 그 중요성이 증대되어 가고 있는 실정이다.

오늘날 아동문학은 신화를 바탕으로 한 판타지 문학으로써 어린이들에게 인기를 독차지 하고 있는 상황이다. 앞으로도 이러한 추세는 계속 이어질 것으로 보인다. 이는 신화가 갖는 비현실적인 요소와 환상성, 그리고 흥미성 때문에 어린이들의 관심을 촉발하게 되었다. 영국의 톨킨의 『반지의 제왕』은 판타지 소설로 세계적인 돌풍을 일으켰으며, 롤링의 『해리 포터』 시리즈 등 판타지 소설의 인기는 아동문학을 새롭게 접근하는 계기가 되었다. 교육성에 치중한 아동문학이 감성과 문화로 확산되어가는 현실상황에서 아동문학의 가치를 재발견하게 되었다. 동화로 어린이들의 감성을 자극하여 상상력과 창의력을 신장시켜 줄 수 있다는 시대흐름과 맞물려 영국에서 돌풍을 일으켰다.

이러한 판타지 소설의 창작 배경은 신화를 바탕으로 한다는 점이 아동문학에서 신화의 가치를 재발견하게 된다. 돌킨의 『반지의 제왕』은 북유럽신화를 배경으로 하고 있다는 점이다. 이처럼 신화는 판타지 소설의 원형으로 앞으로 무한한 문학콘텐츠의 원천을 제공하게 된다는 점에서 신화를 다시 생각해 보아야 할 것이다. 우리나라의 경우 아직까지 우리 역사상 건국신화와 창세신화가 많이 있음에도 이를 원형으로 한 아동문학 작품이 나오지 않는 다는 것은 신화에 대한 관심이 부족한 원인을 지적할 수 있겠다. 따라서 신화와 아동문학과의 관계를 살펴봄으로써 신화에 대한 관심을 재고할 수 있는 계기를 마련하고자 한다.

2. 아동문학의 신화적 상상력

신화와 아동문학은 세상이 생겨난 이야기, 별과 우주 이야기, 우주의 기원과 발생, 자연환경의 신비, 생명의 출현 이야기, 세계 미래 등을 암시하는 다양한 서사를 기원으로 하고 있다. 이런 주제적 요소가 신화를 인간의 근원적인 서사 장르가 되도록 하였으며, 아동문학에서 어린이들의 무한한 상상력을 촉발할 수 있는 기능적 가치로써 작용해왔다. 두 장르는 서사적 유사성을 가지고 있으며, 상상력을 촉발하고 창조하는 원동력으로 작동하여 왔다. 신화를 모티브로 한 아동문학작품은 상상력의 보고로 자리잡아오면서 많은 독자들의 관심을 촉발하여 왔다. 신화가 비현실적 상상의 세계와 아동문학의 환상성이 시공간을 초월한다는 발상은 신화와 아동문학의 밀접한 상관관계가 있음이 증명된 사실이다. 신화와 아동문학의 상상력은 세상, 신, 인간의 주제를 넘나들면서 두 장르가 인간의 유형, 인간의 삶의 방식, 인간의 존재 가치 등의 주제를 담아왔다. 신화가 인간의 원형적인 꿈을 담아 전승하여 온 것처럼 아동문학 역시 신화적 원형의 꿈을 담아오면서 인간을 둘러싼 문제들을 상징적으로 형상화하였다.

기존의 전통과 인습이라는 사회적 가치관이 변모되면서 장르 해체적 특성을 보이는 현대 사회의 문화적인 토대는 전통적인 주제나 서사적 양식을 벗어난 새로운 장르에 대한 관심과 열망이 증가하게 되었다. 이는 신화와 아동문학의 환상성을 필요로 하게 되었다는 것이다. 아동문학에서 어린이는 어른의 축소판이라는 사회적 가치관이 어린이를 독립된 인격체로 인정하고 그들의 자율성을 인정하여 어른과 똑같은 평등권을 인정해야 한다는 근대적인 자각에서 아동문학은 독립적인 문학 장르로 인정받게 되었다.

이러한 각성은 서구 17세기 프랑스에서 샤를 페로가 『옛이야기 모음집』(1697)을 발간하면서 아동문학의 신호탄을 던졌고, 우리나라에서는 방정환이 "어린이"의 명칭을 처음 사용하고 "아동문학"을 일으켰다.

아동문학은 신화적 상상력을 토대로 한 작품이 많다. 우리나라 전래동화의 패턴이 모두 신화적 상상력을 토대로 한 서사구조를 보이고 있으나 천편일률적인 주제와 리얼리티가 부족한 환상성을 바탕으로 구전되어왔으며, 오늘날도 꾸준히 어린이들의 고전으로 자리잡고 있다. 그러나 문제는 현대동화에서 그 전통적인 명맥이 단절되고 리얼리즘을 바탕으로 어린이들의 생활을 그린 동화가 현대동화의 주류를 형성해왔다. 따라서 신화의 현대적 변용이 단절된 상황에 이르렀다. 그러면서도 일부 신화가 아동문학의 원형임을 자각한 몇몇 작가들에 의해 "바리공주", "단군신화", "견우와 직녀", "마고할미"등 신화적 상상력을 토대로 한 작품이 창작해왔다. "바리공주"는 무조신화를 바탕으로 한 신화이다. 1921년 프랑스의 유르스나르는 그가 16세에 쓴 "다이달로스와 이카루스"에 관한 1200행의 드라마적인 시를 「괴수들의 정원」이라는 제목으로 발표했는데

이는 그리스·로마와 인도의 미궁신화를 독창적으로 재해석하고 현대적으로 변용한 작품으로 각광을 받았다. 그리고 헝가리 현대문학의 시작이라고 할 수 있는 20세기 초, 신랄하고 냉혹한 현실묘사로 문단에 데뷔한 모리츠 지그몬트와 아방가르드 문학을 선보인 앤드레도 신화 모티프에 천착한 작가들이다. 모리츠는 「야만인」이라는 단편 작품을 통해 인류 문명이 발달해가도 개인 내부에 숨은 야만성은 결코 사라지지 않는다는 점을 묘사했고, 머디치 임레는『인간의 비극』에서 유한한 존재인 인간이 일생 동안 맞부딪치게 되는 비극적 운명을 그리고 있다. 이와 같이 성인문학에서도 신화의 모티프를 수용하여 작품을 승화시킨 작가들과 아동문학 작가들에게 신화는 다양한 인간 사고와 꿈과 보여주는 새로운 창작의 보고였다. 신화의 시계는 인간 이성이 꿈꿀 수 있는 무의식과 초월적인 영역까지 인간의 문화 속으로 연결시키는 역동적인 힘의 세계였기 때문이었다. 바로 이런 점에서 소설이나 동화, 서사시에서 신화의 영향력은 현대에도 남아 있는 것이며 민족적인 색채로 남게 된다.

아직 우리나라 아동문학에서는 신화를 원형으로 한 아동문학 작품이 다양하게 전개되지 못하고 있는데, 문헌 자료에 나타난 건국신화로는 고조선 신화(단군신화), 북방의 여러 나라 신화(동명신화), 고구려 신화(주몽신화), 신라의 신화(박혁거세신화), 가야의 신화(수로신화. 허황옥 신화), 백제 신화(동명왕신화. 야래설화) 등을 들 수 있고, 건국시조의 시조모로 등장하는 유화, 알영, 선도산성모(사소신모), 정견모주 등의 이야기에도 관심을 두고 재창작이 활발하게 전개되어야 한다. 이 소재는 동화는 물론 동시에서도 서사시의 형태로 시도해 봄직한 문예콘텐츠다. 따라서 이와 같은 신화를 원형으로 한 아동문학 작품이 꾸준히 재창조되어 어린이들의 꿈과 상상력을 길러주어야 한다.

또한 신화를 패턴의 아동문학 작품이 창출되어야 한다. 이미 서양과 우리나라 고전문학에서 신화를 패턴으로 한 작품이 창출되어 왔다.

필리스 루트『빅마마, 세상을 만들다』역시 신화적 상상력이 주제적 패턴을 이룬 작품으로 창세신화를 바탕으로 현대 사회의 관점을 반영하여 여성 창조 신화를 유도한 신화의 2차 변형으로 만들어진 그림책이다. 또한 "오누이 형제담"은 동서양 신화에서 반복 순환되는 보편적인 신화소이다. 서사 주제가 오래되었으나 동서양의 옛이야기에서 현대아동문학에 이르기까지 오누이, 자매, 형제, 모녀, 부자와 같은 다양한 인간관계를 중심축으로 서사가 전개되어왔다. 아폴론과 아르테미스 쌍둥이 남매, 브루노 베텔하임, "헨젤과 그레텔", "해와 달이 된 오누이", "장화홍련전", "콩쥐 팥쥐전", "흥부전", "의좋은 형제" 등 동서양의 고전과 현대 문학작품의 주제가 되어왔다. 현대판 "오누이담"은 앤서니 브라운의 걸작『터널』을 들 수 있다. 이 작품은 그림 형제의 "오누이"를 기본 축으로 인간 본성의 양극화 현상을 확인해볼 만한 작품으로 불명확한 미궁의 세계로 여행하게 된 오누이를 소재로 한 작품이다. 이들 작품들은 인간 내명에 잠재된 인간 본성의 이분법적 본성에 대해 성찰의 기회를 갖도록 한 작품들이다. 오늘날에도 "오누이담", "형제담"은 아동문학의 핵심주제로 재창조되어 현대에도 그 가치가 그대로 이어지고 있다.

3. 신화와 판타지 동화

신화는 그리스어로 로고스에 대립되는 뮈토스라는 말에서 유래했는데, 로고스는 이성적이고 합리적인 것인 반면에 뮈토스는 꾸며진 것으로 말, 이야기, 대담, 우화나 전설을 의미한다. 뮈토스인 신화는 언어로 형상화되어 있으며, 이야기의 형태를 지닌다. 인간을 둘러싸고 있는 이야기 중에서 신화는 신이 나오는 허황된 이야기, 도는 설화를 한 갈래로 취급하기도 하지만 신화는 그리 간단하게 정의내리기 어렵다. 사전적인 정의로 신화는 제의의 언어적 양상이며, 제의를 통해 전하고자 하는 의미를 이야기 속에 담고 있다. 그리고 신화에서 전해지는 이야기는 기본적으로 상상력의 작용으로 구성되기 때문에 일반적으로 신화를 허황된 이야기로 여기기도 한다. 그러나 신화는 인간이 아닌 신에 관한 이야기라는 사실에서 거짓을 통해 진실을 이야기하며 가치를 전달한다. 그뿐 아니라 신화는 오랜 세월동안 집단에서 수용되고 전승되어 온 이야기다. 집단에서 수용되고 전승되는 이야기는 결국 통합되고 정리되는 과정을 거친다. 레비 스트로스는 개인의 의식을 넘어서서 집단의 무의식을 반영하게 되며 문화의 층에서 일어난다. 따라서 문화가 존재하는 한 신화는 언제나 존재의 가치를 인정받게 되며, 모든 이야기의 근원이 될 수 있다. 신화가 언어의 양식으로 가지고 이여기의 형태로 지니기 때문에 항상 문학과 상호 유기적인 밀접한 관계를 맺기 마련이다. 신화는 이야기의 형태로 태초의 사건이나 자연·사회 현상의 기원과 질서를 설명하고, 신과 인간의 관계를 이야기 한다. 신화는 기원의 질서를 설명하거나 신과 인간의 관계를 재현하기 위해 제의의 형식을 지닌다. 신화가 집단에서 신성시되고 믿어질 때, 신화는 초월적인 힘을 발휘하고 삶에 활용되며, 제의를 통해 과거의 창조적 질서를 현재에 끊임없이 갱신할 수 있게 된다. 그러나 이러한 신화는 근대사회에 이르러 신화에 대한 집단의 믿음이 엷어지고 신성성도 약화되었다. 이는 신화가 종교적 권위를 상실하고 문학 형태로 존재할 수밖에 없는 배경이 된 것이다. 신화가 문학으로 존재한다고 하더라도 문학은 신화가 추구하는 태초의 사건이나 기원적 질서를 무의식 속에 반영하여 나타나게 된다. 다시 말해 신화가 문학의 형태로 변질되었더라도 문학은 신화의 가치를 끊임없이 재생산하여 그 의미를 경험하게 된다. 따라서 신화는 창작의 원형콘텐츠로 작용하게 된다.

현대사회에서 신화의 신성성은 상실하였기 때문에 제의의 형태로 기원의 창조적 질서나 조화의 세계를 현재의 시간에서 재현하기는 어렵다. 따라서 신화가 문학이나 예술의 형태로 변형되어 현재까지 전해지고 있다. 신화의 변형인 문학에는 인간우로 하여금 총체성을 지향하도록 하기 위하여 대립된 차이의 관계를 이해하고 모순을 극복하여 오늘의 삶을 살아가는 지혜를 포함하게 된다.

이와 같은 신화의 비현실적인 서사는 문학에서 판타지와 밀접한 관련을 맺게 된다. 판타지란 옥스퍼드 사전에서 "현실로는 나타나지 않는 것을 상상력의 힘을 빌려 어떤 특정한 모양으로 바꾸어 놓은 활동이나 힘 또는 그 결과"라고 정의하고 있다. 즉 판타지란 우리 눈으로 볼 수 없고 우리가 머릿속으로 상상만 하던 장면이 일어나도록 꾸미고, 그것을 사람들이 보고 들을 수 있도록 하는 활동이라는 것이다. 『반지의 제왕』을 쓴 로날드 톨킨은 판타지란 작품 안에서 서로 다른 두 개의 시공간이 존재해야 한다고 보았으며, 1차의 세계는 경험의 시계이고, 2차의 세계는 비현실적 세계를 말한다. 판타지는 1차의 세계와 2차의 세계가 존재하는 이야기며 성공적인 환상이 성립되려면 2차 세계가 내적 리얼리티를 가지고 있어야 한다는 것이다. 2차 세계는 현실에는 없는 시공간에서 사람과 다른 모습을 한 생명체들이 우리와는 다른 질서에 따라 살아가는 모습을 보여주는데, 그 세계는 우리가 살고 있는 세계가 감추고 있는 비밀과 문제를 우리 앞으로 이끌어 냄으로써 현실에 대한 새로운 눈을 뜨게 해줄 수 있는 곳이라는 것이다. 판타지는 인간의 상상력이 만들어낸 결과물로서 현실과는 다른 초자연적인 소재나 대상, 사건이 등장한다. 이 점이 바로 신화를 구성하는 서사가 판타지의 속성을 보여주고 있는 점과 동일한 점이다. 판타지의 세계는 현실세계에서 비현실세계로, 혹은 비현실세계에서 현실 세계로 이동이 이루어지는 유형과 처음부터 끝까지 현실 세계에서만 사건이 일어나는 유형이 있다. 비현실 세계를 갖고 있는 이야기는 판타지뿐만 아니라 신화, 전설, 민담과 같은 설화를 비롯하여 서양의 요정 이야기, 마법 이야기, 우화, 의인동화, 꿈 이야기,

공상과학 이야기와 같은 장르들도 존재한다. 이들 장르는 판타지와 비슷한 속성을 지니고 있으나 판타지가 되기 위해서는 각각 서로 다른 문제점을 지니고 있다. 신허, 전설, 민담은 현실적으로 설명할 수 없는 환상적인 요소가 풍부하게 담겨 있다. 우리나라의 건국 신화에서 주몽이나 박혁거세, 김수로 등 모두 알에서 깨어 나와 나라를 세운다. 그리고 아기장수 설화는 장래에 장수가 될 아기가 죽게 되자 천마가 울면서 하늘로 날아가고 불개미가 석 달 열흘 동안 군사 훈련을 했다는 환상적인 이야기로 구성되어 있다거나 구렁덩덩 신선비의 설화에서 사람이 구렁이를 낳고 그 구렁이가 예쁜 처녀와 결혼한 날 허물을 벗고, 잘 생긴 청년으로 새롭게 태어난다는 환성적인 이야기로 구성되어 있다. 따라서 신화와 전설을 포함한 전래동화는 판타지라는 장르와는 다소 차이가 있으나 판타지를 근간으로 한다는 점이다. 또한 우화 또한 인간의 정황을 인간 이외의 동물, 신, 또는 사물들 사이에 일어나는 일로 꾸며서 말하는 짧은 이야기로 교훈이 담겨 있다. 사람이 아닌 동물이나 신, 사물들이 말을 하고 생각하며, 사람처럼 행동한다는 점에서 비현실적인 요소가 있다. 다만 등장인물들은 사람을 비유하는 존재다. 간교한 인간을 여우로, 우직한 인간을 곰, 충성스러운 인간을 개로 비유하는 것이다. 이처럼 우화는 사람 사이에 일어날 수 있는 일을 동물이나 신, 또는 사물을 비유하며 표현하였을 뿐, 판타지 동화에 나타나는 초현실적이거나 신비한 사건이 존재하지 않으므로 판타지로 불 수 없다. 의인동화 역시 동물이나 식물, 무생물을 등장인물로 설정하여 인간의 특성을 부여하는 동화이다. 따라서 의인동화 역시 판타지는 아니다.

　신화, 전설, 민담, 전래동화, 우화, 의인동화는 인간의 특성을 부여하여 인간의 세계를 비유적으로 보여줄 뿐이며, 환상성이 결여되어 있다는 점에서 결정적인 차이를 보인다. 판타지 동화의 특성을 살펴보면 다음과 같다.

첫째, 등장인물의 요건으로서 인간인 주인공과 인간이 아닌 주변인물로 이야기가 구성된다.

둘째, 판타지 동화는 주인공이 현실세계에 있다가 비현실세계로 빨려드는 공간 이동이 있다.

셋째, 비현실세계에서 벌어지는 주인공과 신비한 인물들 사이의 여러 가지 사건은 판타지 동화를 구성하는 핵심 요인이다.

넷째, 판타지 동화는 주요 이야기가 비현실 세계에서 일어나는 이로 구성된다.

다섯째, 비현실세계에는 마법이 존재한다.

여섯째, 판타지 동화의 결말은 전형적으로 비현실세계에서 여러 가지 사건을 겪은 주인공이 다시 현실세계로 복귀하는 것으로 나타난다.

판타지 세계는 『해리포터』 시리즈처럼 현실계와 환상계가 완전히 분리되는 경우도 있지만, 현실세계 안에 판타지세계가 공존하는 유형도 있다. 이런 경우 현실 현실세계로 들어오는 환상적 인물과 사건, 도구들이 현실의 법칙을 깨뜨려 현실세계와 환상세계 사이에 충돌을 일으킨다. 또 다른 유형으로 처음부터 끝까지 환상세계에서 환상적 인물에게 일어나는 사건을 다루는 유형이다. 이런 유형의 이야기들은 비록 현실에는 존재하지 않는 낯선 공간을 무대로 삼고 있지만, 사실은 인간세계를 비추는 거울 노릇을 하는 경우가 많다

4. 마무리

21세기 정보화 시대, 다매체시대, 영상 매체 시대에는 신화적 모티프를 재구성된 창작품이 어린이들의 상상력을 자극하고 관심과 흥미를 끌고 있다. 현대에도 신화적 모티브는 문학작품의 소재로 빈번하게 등장하고

있으며, 이를 통해 모든 사람들이 공통된 이해와 감정을 공유하게 된다. 프로이드는 이를 집단의 무의식에 뿌리를 내린 중요한 원형이 바로 신화를 통해 형성되었다고 한다. 많은 시간의 변화, 민족의 생활환경의 변화를 통해서도 신화는 민족의 구심점으로 남아 있으며, 민족 전체의 공통된 상상력을 불러일으킨다. 현대문학의 주류는 판타지 문학을 향해 나아가고 있다. 현실과 다른 신비하고 몽환적인 분위기와 인간의 힘을 뛰어넘어 초월적인 힘을 지닌 존재들을 그려내는 현대문학의 경향은 신화에서 나타나는 그것과 동일하다. 신화에서 출발한 공동체적 문학이 점차 개인과 주관을 중시하는 문학으로 변화되고 있다. 이런 특징은 현재 인기를 끌고 있는『반지의 제왕』이나『해리포터』시리즈에서도 확인된다.

우리 시대는 신화와 아동문학 장르가 춘추전국시대를 방불케 하고 있다. 그동안 성인문학의 주류장르는 아니었으나 장르의 가치 면에서 신화와 아동문학의 가치가 증대되고 있다. 출산율 저하는 어린이 개개인에 대한 부모와 사회적 관심과 절대적 가치가 증대되면서 최근 신화와 아동문학은 현대 사회에서 두드러지는 서사 장르로 자리 잡고 있다. 신화와 설화는 글이 없던 시대 구전으로 당대 사회의 세계관과 가치관으로 자리 잡아 왔다. 이러한 과정에서 신화는 나라마다 가치관과 세계관이 작품에 반영되어 그 특성이 체계화 되었다. 아동문학은 그 발생을 신화에서 찾고 있다. 아동문학이 옛날이야기에 뿌리를 두고 있으며, 옛날이야기는 신화에 그 뿌리를 두고 있기 때문이다. 신화는 인간의 세계관, 가치관 등을 정립시켜줄 가장 원초적인 서사다. 따라서 신화적 상상력에 뿌리를 둔 아동문학 작품이 세계 어린이들의 관심을 촉발하게 될 것이다. 그런 의미에서 우리의 신화를 바탕으로 한 판타지 아동문학작품이 많이 창출되어야 한다. 민족문학의 세계화라는 측면에서도 우리 신화를 토대로 한 아동문학 작품으로 아동문학의 건전한 풍토를 확장시켜 세계아동문학으로 굳건한 초석을 다져야 할 것이다.

동시 창작관의 제 문제

1. 문제제기

　동시를 창작하는데 작가의 창작관은 동시의 방향을 결정한다. 그러므로 시인이 어떠한 창작관을 가지고 창작하느냐에 따라 동시의 방향이 달라진다. 한국동시의 창작관의 주요 흐름은 두 가지로 요약된다. 그것은 동시라는 의미에서 찾아보면 동시라는 말에는 어린이와 시라는 두 의미를 내포하고 있으며, 동시는 어린이를 독자대상으로 하여 어린이의 정서에 부합하는 동심을 바탕으로 성인이 쓴 시를 의미한다. 따라서 시인이 어린이에 비중을 두고 쓴 시와 어린이를 독자 대상으로 어린이에게 쉽게 읽을 수 있는 시에 비중을 두어 쓴 시로 대별할 수 있을 것이다. 전자의 동시는 의도적인 목적성이나 계몽적인 창작관이라고 한다면, 후자는 순수한 문학적인 창작관이라고 볼 수 있다. 다시 말해서 계몽적인 창작관은 어린이를 미화하거나 동심 자체를 너무 의식한 나머지 동심천사주의적인 경향으로 흐르게 된다. 일제시대 우리나라 아동문학가들의 창작관이 바로 여기에 해당한다고 본다. 반면 순수지향 문학적인 창작관은 문학성에 비중을 두는 오늘의 날의 동시의 창작관이라 할 수 있다.

그렇지만 오늘날에도 이 두 가지 창작관의 흐름은 이어지고 있다. 두 가지 유형의 창작관에서 제기되는 문제가 80년대 주요 쟁점이 된 '동시도 시이어야 한다'는 시성 회복 운동이었다. 오늘날 목적적인 창작관과 순수창작관의 두 창관에서 파생되는 문제를 집중적으로 논의하고자 한다.

2. 계몽적인 창작관의 문제점

우리나라 동시가 현대적인 동시로 기틀을 잡아가는 시발점을 최남선의 「해에게서 소년에게」로 잡고 있다. 1908년 『소년』지에 발표된 신체시로 형식의 과도기성, 불안정성과 내용의 계몽성을 주요 특징으로 하고 있다. 이 시는 인습 타파, 문명 추구, 개화 지향 등의 시대의식을 강하게 내세우려 한 목적의식이 주조를 이루었다. 이후 일제시대 동요라는 형식으로 민족의식의 각성을 촉구하는 계몽성을 주조로 한 계몽적인 창작관에 의해 쓰여진 시가 주조를 이루면서 발전하였다. 소파 방정환은 『어린이』라는 잡지를 발행해오면서 어린 사람, 어린 인격으로 늙은이, 젊은이 등과 대등한 선에서 아이들을 대하면서 '어린이'라는 용어를 만들고 그 개념을 동학의 인내천 사상을 가미시켜 '어린이가 곧 하늘이다'라는 사상을 계몽한 아동문학가다. '사람이 곧 하늘이다'라는 인내천 사상을 가진 소파 방정환은 감히 누구도 거론하지 못한 '어린이가 곧 하늘이다'라고 외쳤다. 소파 방정환이 살았던 그 시절은 일제 강점기로 일본인들이 조선인들을 무참하게 짓밟았던 민족말살의 시대였다. 조선어도 사용하지 못하게 했고 택견도 못하게 하고 조선의 문화를 모두 말살시키려 했다. 어린이들은 부모가 일본인에 짓밟히는 것을 봐야 했고 어린이들은 국권강탈자들한테 자신의 조국의 혼을 빼앗기고 있었다. 이런 상황에서 우리 어린이들이 어른들한테 무시 받아서는 안 된다고 생각했을 것이다.

그래서 소파 방정환은 가장 강력한 선언을 하게 됐던 것이다. '어린이가 곧 하늘이다.'라는 소파의 사상은 소파 이전의 아동은 그들 자신의 인격이 없었고 어른을 위한 존재로서 기능을 할 수밖에 없었던 시기에 획기적인 사상이었다. 소파는 당시 성인 중심의 아동관에 반기를 들고 아동을 독립된 개체로 보아 아동의 권리를 인정하였으며 환경을 개척해 나갈 수 있는 가능성이 있는 존재로 보았다. 이러한 소파의 계몽주의적 사상은 일제 시대 아동문학가들의 목적적이고 계몽적인 창작관의 대표성을 띄게 된다. 즉 동심천사주의 창작관의 분수령이 된 셈이다.

어린이를 독립된 인격체로 보아야 한다는 주장을 바탕으로 계몽적인 시와 동심천사주의적인 사상을 바탕으로 동요가 많이 등장했는데, 윤극영의 「반달」, 한정동의 「따오기」을 들 수 있다. 윤극영의 「반달」은 일제강점기의 우리 민족의 애환을 담은 노래로 상징적인 표현을 통하여 망국의 서러움과 원통함을 간접적이고 은유적으로 표현하여 널리 불리워졌다. 또한 한정동의 「따오기」도 어머니에 대한 그리움을 초현실적인 가상공간을 설정하여 묘사한 노래였다. 어두운 당시의 상황에 대한 비애를 표현하여 일제강점기 동요의 퇴폐주의적인 경향인 몽상적이고 애상적이고 감상적인 동요의 흐름을 형성하였다. 이러한 퇴폐적인 동요는 일제 시대의 독특한 동요의 흐름이기도 했다.

이러한 계몽적인 창작관은 계급주의 창작관으로 이어졌다가 사라졌고, 광복이후에도 해방전의 문화운동이 문학운동으로 전환됨에 따라 운문중심에서 산문 우위의 시대로 바뀌어지는 등 과도기적 현상의 혼란과 무질서가 이어졌고, 통속적 상업문학이 대두되었고, 1960년대 본격문학운동의 양상으로 변혁이 이루어져왔으나 동심천사주의 창작관은 오늘까지 어린이에 초점을 맞추어 동심을 미화시키고 예찬하는 창작관으로 끈질기게 이어져 왔다. 계몽적인 창작관의 문제점은 동심의 본질을 꿰뚫지 못하고 동심을 미화시키거나 예찬하는데 머무르고 만다는 점이다.

이러한 문제점은 동시의 소재에서도 찾아 볼 수 있는데 동시의 소재들이 모두 동시인의 어린 시절의 소재이며, 자신의 어린 시절을 미화하거나 재현하여 표현함으로써 오늘날의 어린이 독자와는 무관한 동시를 창작해낸다는 비판을 받을 수밖에 없다.

과거와 현재가 공존되어 표현된 시간개념이 믹셔된 동시가 오늘날의 어린이 독자에게 수용자 측면에서 그 존재의의를 상실한다는 점이다. 물론 과거의 소재와 과거 시점으로 쓴 동시를 오늘의 어린이들에게 들여 줄 필요는 분명히 있다. 그러나 그것은 당위적인 소재와 향토적인 정서를 하기 위해 불가피한 경우라면 모를까 동시인 자신의 어린 시절의 이야기를 미화시켜 동시로 형상화할 때 독자와의 괴리감을 가져나주게 된다.

우리 사회는 불과 수십 년 만에 농본사회에서 산업사회로, 산업사회에서 정보화 사회로 급속한 변화의 소용돌이에서 오늘의 어린이들의 정서를 반영한 동시를 어린이들이 읽기를 원한다. 어린이 독자가 동시를 기피하는 원인이 산문시대로의 전환이 원인이기도 하지만 자신들의 정서를 반영하지 못한 동심천사주의나 계몽적인 창작관에 의해 쓰여진 동시를 좋아할 리 만무하기 때문이다. 동시인 자신의 어린 시절 과거 정서를 반영한 동시를 오늘의 어린이들이 읽어주기를 강요해서는 안 된다.

계몽적인 문학관은 시인이 너무 동시에 대해 집착한 결과로 빚어지지만 안일한 작시태도와 동심과 시적인 여과과정을 걸쳐 창작된 시가 아니라 어느 한쪽의 결함을 가지고 창작된 동시로 전락할 우려가 많다. 어린이를 의식하기 보다는 자연스럽게 동심을 육화시켜야 한다.

3. 순수 동시 창작관의 문제

동시도 당연히 시이다. 이 말은 시적인 본질을 그대로 지닌 시라는 점이다. 시적인 형상화가 되지 못하는 시가 어린이를 대상으로 한다는 점에서 얕잡아보고 유치하게 쓴 어린이가 쓴 시인지 구분이 모호한 동시 아닌 동시여서는 안 된다. 시가 형식면에서 운과 운율을 바탕으로 하고 있으며 압축된 형태로 되어 있다. 동시는 어린이를 독자로 하므로 어린이가 좋아하는 시의 요소를 담아 동심의 눈높이로 창작되어야 한다.

어린이들은 시의 소리, 음의 요소를 지닌 운율과 리드미컬하고 박자가 있는 음악성을 살린 동시를 좋아한다. 이의 형태를 반영한 시가 동요이다. 그러나 우리나라 동요가 계몽적인 창작관에 의해 많이 변질된 상태이므로 신선한 자극을 주는 새로운 순수 동요를 어린이들은 바라고 있다. 또한 어린이들은 그림으로서의 요소를 좋아한다. 요즈음의 현대시의 주류를 형성하고 있는 시의 특질이 바로 그림의 요소이다. 어린이는 복잡한 그림을 좋아하지 않는다. 시각 효과를 높이는 시행의 변화, 어린이들이 좋아하는 회화적인 효과를 극대화한 시를 요구하고 있다. 그리고 시의 상징적인 요소를 꼽을 수 있는데 이걸 잘못 적용하면 동시와 시의 갈림길에 놓이게 된다. 동시의 난해성을 유발하는 동인이 바로 상징적인 기법 때문이다. 너무 관념적이거나 철학적인 상징시를 어린이들은 이해하지 못한다. 추상적인 세계보다는 구체화된 세계로 다이나믹한 활동을 좋아하기 때문이다.

앞으로의 동시는 시의 음악성, 회화성과 의미성이라는 기본 요건을 갖춘 완벽한 동시어야 한다. 이러한 시적인 요건을 갖추고도 동심이 담겨져 있지 않으면 안 된다. 순수 동시 창작관의 문제는 동심을 외면하고 시적인 효과만을 의식한데서 비롯된다. 너무 시에 의식한 나머지 자신의 시세계에 빠져 독자에게 난해한 동시, 동심의 본질을 벗어난 동시, 동시 아닌 시가 동시일 수는 없다. 순수 동시 창작관으로 가지고 있는 많은 동시인들에 의해 다양한 소재의 동시가 등장하고 있다. 연작시 형태의 동시, 산문동시, 상징동시, 서정동시, 서사동시 등 다양하다. 문제는 우리나라의 정서를 반영한 신화를 바탕으로 한 서사동시, 동화시, 판타지동시 등 현대의 어린이 정서를 반영한 형태의 동시 등 다양한 형태의 실험을 전개하여 어린이들의 다양한 욕구를 충족시켜 주어야 한다.

4. 맺는 말

계몽적인 창작관과 순수 동시 창작관으로 동시인의 창작문제를 점검해보았다. 이것이 뚜렷하게 구분되어 나타나는 것은 아니다. 계몽적인 창작관과 순수 동시 창작관은 동시인의 창작배경을 형성할 뿐 서로 혼용되어 나타나기도 한다. 우리가 한번쯤 동시관을 짚어보고 가자는 뜻에서 두 창작관에서 비롯되는 문제를 살펴본 것이다. 두 창작관 모두 장단점을 가지고 있다. 어느 한쪽의 창작관을 배척할 수는 없지만, 지나친 계몽적인 창작관에서 벗어나 순수 동시 창작관을 가지고 오늘의 어린이들의 정서를 반영하여 그들이 선호하는 다양한 동시창작이 이루어져한다는 명제는 변함없는 진리이다. 따라서 진지한 자세로 동심과 시심의 조화로운 모색을 해보는 것은 동시인들의 사명일 것이다. 너무 아름답고 긍정적인 면만을 추구하기보다는 있는 현실을 그대로 반영하여 비판의식을 일깨울 수 있는 사회 부정적인 면도 도외시할 수는 없을 것이다. 이제 맹목적으로 동심을 미화시키거나 민족적인 것이라는 계몽적인 창작관을 탈피해야 한다. '가장 민족적인 것이 가장 세계적이다'라는 괴테의 말처럼 시적인 소재의 다양성, 표현 형식의 다변화, 동요의 현대적 개발, 오리의 신화를 바탕으로 한 판타지의 영역을 다룬 서사동시, 산문동시 형태로 새로운 활로를 개척해야 한다고 본다. 세계화시대 인류의 영원한 동심을 유발할 수 있는 다양한 소재와 형식으로 현대화된 동시로의 발전적인 모색과 도전이 전개되어야 한다.

한국 전래동화 속에 나타난 환상성

1. 들어가며

　현대의 급속한 과학문명과 물질문명의 발달은 우리들의 생활환경이 크게 바뀌어 우리사회 전반에 그 영향을 미치고 있다. 과학문명은 물질적인 풍요로운 삶을 가져다주었고, 각종 첨단 통신 매체와 대중매체는 인간의 사고를 편리함 속에 안주시켜 정신적인 측면에서 황폐화 현상을 가져왔다. 신화와 전설, 전래동화의 환상성 속에서 자유롭게 상상의 날개를 펼치던 사람들이 환상을 잃어버리고 실증적인 과학적 지식에 의존하여 대중매체의 주어진 시각매체에 의존하는 수동적인 인간으로 전락하게 되고, 물질적인 가치에만 집착하여 고귀한 정신문화를 등한시하는 풍조가 만연되고 있는 현상이 오늘날의 우리들의 생활상이다.

　할머니 무릎을 베고 듣던 구비문학은 텔레비전이나 컴퓨터 매체에서 제공된 애니메이션으로 동화를 시각적 영상과 함께 실감나게 시청함으로써 꿈과 환상의 획일화로 어린이 각자의 개별적인 상상력을 제한하고 획일적인 상상력으로 상상의 폭을 축소시키는 결과를 가져왔다.

　전래동화를 탄생시킨 신화나 전설, 민담, 설화는 민중들에 의해 만들어지고 향유되다가 사라진 민중의 이야기다. 구비문학은 말로 구연되는 유동의 문학이고, 여러 사람에 의해 만들어지고 다듬어진 공동작의 문학이며, 단순하고 보편적인 문학으로 민중적 민족적인 문학이다. 우리나라 구비설화는 한글 창제 이전에는 한문으로 표기되었고, 한글창제 이후 한글로 표기되었는데, 지배층에 의해 기록된 문헌설화를 구비문학에 포함시켜야 하느냐 하는 문제에는 상당한 이견이 있으나 우리나라도 창작동화가 나오기 이전까지는 전래동화에 의존하여 왔다. 물론 전래동화가 이전에는 구비설화가 있었다. 구비설화는 구비문학이므로 전승과정에서 소멸되기도 하고 변형이 이루어져 정확한 내용과 형식을 알 수 없을뿐너러 이를 모두 진래동화로 포함시키는 데에는 상당한 문제를 안고 있다. 다만 일부 문헌에 의존하여 구비설화가 오늘날에 전래동화 형태로 전해져오고 있다.

구비설화는 신화·전설·민담으로 3분하는 것은 세계적인 통설이며, 이 셋을 엄격하게 구분한다는 것은 곤란하다. 서로 넘나드는 경우도 있고 하나가 다른 것으로 전환되기도 하기 때문이다. 신화는 일상적인 경험에 비추어 꾸며낸 이야기라 할 수 있겠으나 신화의 세계는 일상적인 경험 이전에도 일상적 합리성을 넘어서 존재한다고 믿고, 그 진실성과 신성성을 의심하지 않을 때 신화는 신화로서의 생명을 갖는다. 많은 신화에는 전승자의 태도에 따라서 환상성을 바탕으로 신성성을 유지하면서 전승되어 왔고, 전설은 신성하다고는 생각하지 않으나 진실에 대해 끊임없는 의심하며 전해진 이야기로 자연물에 얽힌 전설일 경우 증거물이 반드시 존재하게 된다. 민담은 신화의 신성성, 전설의 일부 진실성이 전승자의 입장에서 부정되는 흥미 본위의 이야기다.

신화는 주인공이 신이며, 그의 행위는 신이 지닌 능력의 발휘다. 여기서 신이라는 것은 보통 사람보다는 탁월한 능력을 가진 신성한 자를 의미할 뿐 인간과 전적으로 구별되는 존재라는 뜻이 아니다. 전설은 주인공은 한정되어 있지 않으며 여러 종류의 인간이고 그의 행위는 인간과 인간, 인간과 사물 사이에 일어나는 관계가 대부분이다. 민담의 주인공은 일상적인 인간이다. 민담의 주인공은 관심의 집중으로 타인과의 관계에서도 타인의 존재를 개의치 않으며 난관에 봉착해도 극복해나가는 운명 개척자이다. 또한 전승의 범위에도 차이가 있는데 신화는 민족적인 범위에서 전설은 그 성격상 지역적인 범위에서 민담은 지역적인 유형이나 민족적인 유형이 있으나 어느 지역이나 민족으로 한정되지 않는다.

이러한 신화, 전설, 민담은 모두 상상력을 바탕으로 많은 사람들에 의해 구비 전승되는 가운데 환상성을 바탕으로 이야기가 꾸며져 왔다. 따라서 우리나라 전래동화 속에도 환상성을 바탕으로 꾸며져 전승되기 때문에 특정대상을 지정하지 않고 흥미있게 구전되어 왔다. 오늘날의 창작동화가 동화작가 개인의 상상력에 의해 꾸며진 환상성이라면 전래동화는 오랜 세월에 거쳐 여러 사람에 의해 공유된 환상성을 바탕으로 구비전승 되어온 이야기를 바탕으로 한다는 점에서 환상성의 창작 모티프가 허구성 속의 객관적 타당성을 갖고 있다고 볼 수 있다.

따라서 여기에서는 『나무꾼과 선녀』, 『해와 달이 된 오누이』, 『심청』, 『콩쥐 팥쥐』, 『장화 홍련』 등 다섯 편의 전래동화에 환상성이 어떻게 펼쳐지는지 전래동화 속에 내재된 환상성을 분석하여 탐색하고자 한다.

2. 전래동화의 개념 및 특징

1) 전래동화의 개념

전래동화는 예부터 전해 내려오는 이야기 중 어린이들에게 적합한 이야기를 줄거리와 원형을 그대로 유지하면서 어린이가 이해할 수 있는 쉬운 말로 재창조한 것을 말한다. 따라서 전래동화는 어린이들이 쉽게 이해가 가능하고, 어린이들이 흥미 있게 읽을 수 있도록 유머가 담긴 것들이 포함되어 있으며, 정서적인 욕구의 충족과 교육적인 것들이 전래 동화로 등장하게 된다. 전래동화는 구비 전승되는 문학을 바탕으로 하므로 지은이나 발생기원을 알 수 없으나 민족의 고유한 전통과 사상이 내재되어 있다. 전래동화는 민간에서 발생한 소박한 민중과 그 자녀들을 위한 이야기로 신화, 전설, 민담, 우화 등을 포함하여 범주화할 수 있다. 구비 전승되는 구비문학이 초현실적이거나 초자연적인 환상을 모티브로 했더라도 전래동화로 기록될 때는 동심을 바탕에 깔고 있지 않으면 안 된다. 선악의 구별이 미분화한 어린이들에게 잔인한 악을 다룬 이야기이거나 비도덕적이고 외설적인 서사의 구비문학은 전래동화로 재창조할 가치가 없으므로 제외되고, 구비 전승되는 이야기들 중에서 기저에 동심이 깔려 있으면서도 어린이들에게 유익한 것이 전래 동화화하게 된다. 국어대사전에서도 전래동화의 정의를 "어떤 민족, 지방의 예로부터 전해 내려오는 동화, 흔히 옛날이야기의 형식을 취함"이라 했고, 아동교육사전에도 "원시시대의 설화, 즉 신화, 전설, 옛날이야기, 민담 등이 그 기원으로 주로 구전되어 현존하게 된 동심이 기초가 된 이야기다"[1]라고 정의하고 있다.

이재철은 "메르헨적인 요소를 가지고 옛날부터 전해오는 민간설화, 즉 신화, 민담, 옛날이야기 등이 구전, 기재, 정착화 과정을 거쳐 어린이들에게 적합한 것을 구전 동화 또는 전래 동화"[2]라고 정의 하였다. 정덕순은 "고전에 채록되지 못하고 여전히 입으로 전하면서 후세에 남아있는 동화와 후세에 이르러 새로이 민간에서 발생하여 구구 전승되는 동화를 구비동화 또는 전래동화라고 이름 붙일 수 있으나 예로부터 전해

---

1 한국아동교육학회 편『아동교육사전』, 한국사전연구사, 1996. 234쪽.
2 이재철, 『아동문학개론』, 서문당, 1984. 218쪽.

오는 동화, 곧 구전이나 기록에 의한 것이건 모두를 통칭하는 개념으로서 구비동화는 구승에 의한 것만을 지칭할 수 있으며 전래동화는 구비동화의 개념과 유사하다"[3]고 하였다.

전래동화는 민간에 전승되어 오는 서사적 이야기를 말하는 설화와 깊은 관련을 갖고 있다. 설화는 오랜 세월을 거쳐서 구비 전승되면서 이야기가 전승자에 따라 이야기가 보태지거나 빠지거나 하면서 파편화되기도 하고, 다른 이야기와 섞여 다른 곳에서도 비슷한 이야기가 생산되기도 하였다. 이러한 설화는 더 나아가 그 양식이나 기능의 특징에 따라서 신화적인 것, 전설적인 것, 민담적인 것으로 구분 지을 수 있다. 이 중에서도 설화는 어린이들의 가장 흥미를 끌 수 있는 민담이 기본이 되어 도덕적이고 교훈적인 전래동화 교육을 형성시킬 수 있는 이야기로 재구성된 것이 특징이다.[4]

이상을 종합해볼 때 전래동화란 설화와 밀접한 관련이 있으면서 민족 고유의 전통과 사상의 뿌리를 갖고 민간에서 오랜 세월에 거쳐 전승되는 이야기로 전승과정에서 첨가 또는 삭제되고, 구전되거나 문자로 정착되는 과정에서 동심을 바탕으로 꾸며진 일정한 형식을 지닌 이야기를 말한다. 따라서 전래동화는 인간의 진리가 내포되어 있다는 점에서 전래성과 보편성의 요소가 강조되고 있다.

전래동화는 시간과 공간의 확정되지 않은 채 마음대로 꾸며진 환상적이며 이상한 사건에 관한 짧은 전래적인 오락적 서사물이라고 규정지을 수 있는데, 그 주된 효과는 미성숙의 어린이들이 이해할 수 있는 언어로 표현되며, 어린이들에게 지혜와 슬기를 깨우쳐 준다. 대부분의 전래동화가 환상적인 동화요소를 포함하고 있으며, 권선징악적인 주제로 초현

---

3 정덕순, 『전래동화의 세계』, 보진재, 1972. 14쪽.
4 김조환, 「호랑이 전래동화의 도덕과 수업에의 활용방안에 관한 연구」, 한국교원대학교 교육대학원 석사학위논문, 2003, 5쪽.

실세계를 이야기하거나 초현실적인 사건들로 구성된 환상성이 짙게 표출된다. 이처럼 전래동화는 도덕적인 가치와 교훈적인 주제적 특성과 교육적 성격을 내포하고 있고, 민족의 정신과 가치관을 담고 있는 귀중한 자료인 동시에 어린이의 정서에 맞도록 정선된 환상성과 교육성을 지닌 하나의 고유한 독립 장르라고 할 수 있다.

2) 전래동화의 특성

전래동화는 신화, 전설, 민화에 뿌리를 두고 있으며 그 이야기가 어린이를 대상으로 하면서 보다 단순하고 교육적인 요소가 강조되었다. 전래동화의 특징은 일차원성, 평면성, 고립성을 지니며 모티프가 두드러진 예술형식을 만들어내며, 인간의 갈등이나 문제점을 제기하지 않는다.

일차원성이란 전래동화의 시간적, 공간적 배경이나 인물 등이 현실계와 초현실계 사이에 아무런 구별 없이 서로 접하여 어울릴 수 있음을 일컫는 말이며, 평면성이란 전래동화의 인물, 사건 등에서 깊이 있는 구성이나 내면세계, 인과관계 등을 갖지 않고, 내적인 전후관계를 외적이고 병렬적인 관계로 나열하는 단호하고 확실한 형식의지를 일컫는다. 고립성이란 평면적 고립성 위에 극단적인 색채까지 부여함으로 더욱 고립화된 경향으로 암울이나 에피소드의 강렬한 대조, 사물이나 생물의 귀하고 값진 광물적 특성, 소품의 일회적인 효과 상실, 독립적인 사건의 반복 등이 그 예이다.

전래동화의 세계는 어린이를 대상으로 함으로써 결코 암울한 이야기가 아니라 즐거움과 긍정적인 세계관을 담고 있다. 또한 기·승·전·결의 흐름이 견고한 틀을 갖추고 있으며, 분명하고 안정적인 결말을 맺고 있기 때문에 어린이들이 쉽게 기억하고 이해할 수 있는 특징을 가지고 있다. 내용적인 측면에서도 착한 사람이 복을 받는다는 권선징악의 내용이 주류를 이루고 있다.

김세희는 "전래동화의 특징으로 권징악의 주제, 인간, 의인화된 동물, 초현실적 존재 등 다양한 인물이 나타났으며, 대립, 소거, 반복, 의인, 점층법 등의 표현형식이 쓰여 졌고, 의인화된 동물, 무생물, 초현실적 존재, 요술적 장소, 신비한 물건 등 환상적 요소도 포함되어 있었으며, 문화적 및 종교적인 사고가 반영된 것"[5]으로 분석하였다.

전래동화의 특성을 다른 구비 서사 장르와 구별 짓는 특징으로는 첫째, 전래동화는 구전된다는 것을 들 수 있다. 전래동화의 구전은 일정한 몸짓이나 창곡과 관련 없이 보토의 말로 이루어지는데 이것은 이야기의 구조에 힘입어 가능해진다. 전래동화의 구전이 구절구절을 완전히 기억해서 전래되는 것이 아니라 핵심이 되는 구조를 기억하고 이에 전승자 나름대로의 수식이 첨가되어 전승된다. 따라서 전래동화는 구전에 적합한 단순하고도 잘 자여진 구조를 지니며 표현상 복잡하지 않다. 구전의 특성으로 보아 보존과 전달 상태가 항상 가변적이다. 따라서 전래동화는 한 유형의 이야기일지라도 전승자에 따라 그 내용이 조금씩 다를 수밖에 없다. 심지어는 같은 사람이 샅은 유형의 이야기를 하더라도 청자에 따라 조금씩 다르게 이야기할 수 있다. 둘째, 전래동화는 산문으로 되어 있다는 점이다. 전래동화는 보통의 말로써 구연되며 구체적인 율격이 있지 않지만, 전래동화의 어느 한 부분에 율문이 들어가는 경우도 있다. 셋째, 전래동화는 구연 기회에 제한이 없다. 전래동화는 어제 어디서나 이야기하고 들을 수 있는 분위기가 이루어지면 구연이 가능한 장르이다. 넷째, 전래동화는 반드시 구연자와 청자의 관계에서 청자의 반응을 의식하면서 구연된다. 전래동화는 반드시 청자가 있어야 구연되지 전래민요나 동요처럼 혼자 구연되지 않는다. 구연자와 청자의 대면

---

5 김세희, 「아시아 전래동화 분석」, 이화여자대학교 대학원석사학위논문, 1982. 22쪽.

관계가 이루어져야 구연되는 것이 특징이다. 다섯째, 전래동화의 구연자는 특별한 자격 제한을 요하지 않는다. 우구나 구연할 수 있으며 한 번 들은 이야기를 기억할 수 있다면 구연이 가능하다. 여섯째, 전래동화는 구비서사의 여러 장르 가운데 문자로 기록될 수 있는 기회가 가장 많은 장르이다.

전래동화의 특징은 간결미를 지니고 초현실적인 환상성과 정형성을 지닌 독특한 표현법을 지니고 있다. 반복과 대립 및 시공초월로 흥미를 더하고 선인과 악인의 등장으로 권선징악적 요소나 좋은 결말의 요소를 포함하고 있으며, 전래동화는 삶의 지혜와 가치가 함축되어 있고 문화적이며 종교적인 사고기 반영되어 있다고 ㄱ 특성을 정의 내리고 있다.[6]

이상금·장영희는 전래동화의 공통적인 특징을 다음과 같이 요약하였다.[7]

첫째, 이야기가 짧고 구성이 간단하다. 극적인 요소와 주제가 명확하다.

둘째, 시간적 관념의 자유를 들 수 있다. 서도와 결말 부분에서 공통적인 형식 표현이 대부분이며 이야기 속에서도 주인공을 위해 자유자재로 시간은 확대, 축소가 가능한 점을 들 수 있다.

셋째, 장소가 불분명하며, 모호하고 추상적인 표현이 사용된다.

넷째, 신기한 일이 일어난다.

다섯째, 도덕성과 관계가 있다.

여섯째, 권선징악적인 내용이 있다. 서민계급에서 전승된 이야기는 서민들의 욕구불만을 주인공에 투사하여 이를 벗어나 보상적 만족을 얻으려는 의도에서 이루어진다.

---

6 고미옥, 「한국전래동화의 주제특성과 교육적 가치에 관한 연구: 초등학교 교과서 수록 전래동화를 중심으로」, 경기대학교 교육대학원 석사학위논문, 2009. 25쪽.
7 전경은, 「한국 전래동화와 외국 전래동화 속에 나타난 생명 사상 연구」, 동국대학교 교육대학원 석사학위논문, 2006. 13쪽.

일곱째, 동일한 사건의 반복이 일어난다.

여덟째, 직접화법이 많이 사용되며 사건이 빠르게 진행된다.

이상에서 살펴본 바와 같이 전래동화의 특징은 간결미를 지니고 초현실적인 환상적과 정형성을 지닌 독특한 표현법으로 반복과 대립 및 시공초월로 흥미진진하고 선인과 악인의 등장하는 권선징악적 요소나 좋은 결말의 요소를 포함하고 있으며, 전래동화는 삶의 지혜와 가치가 함축되어지고 문화적이며 종교적인 사고가 반영되어 있는 것이 그 특징이다. 특히 한국 전래동화는 민중의식이 깃들어 있고 유교적 윤리관이 포함되어 있으며 교육성이 강하고 연쇄적, 누적적 형식을 취하고 있다. 따라서 전래동화의 주제적 특성과 교육적 성격 분석을 통해 이러한 윤리관, 민중의식, 당대의 교육관 등의 의미와 가치를 깊이 있게 분석하여 제시한다면 현대의 아동들을 위한 보다 더 가치 있고 풍부한 교육이 가능할 것이다.[8]

3) 전래동화의 환상성

전래동화와 현대창작동화와의 중요한 차이점은 전래동화의 주제가 고전소설이나 민담과 같이 권선징악이라는 점과 사건 중심의 구성, 판타지 요소가 있다는 점, 적중성의 강한 속성, 등장인물의 절대자는 불가능을 모르는 만능자, 유머와 위트의 많은 점을 들고 있다. 전래동화나 창작동화나 동화는 판타지 요소가 있다는 점이다. 동화는 판타지를 기본으로 성립하는 장르이다. 어린이를 위해 만든 동화를 어른들도 즐겨 읽는다는 사실은 동화의 원시성과 판타지 때문이다. 전래동화가 동심적인 요소를 강하게 담고 있는 것도 사실은 전래동화 속에 내재된 판타지 때

---

8 한선아, 「한국 전래동화에 대한 해석학적 이해」, 서울여자대학교 박사학위논문, 2003. 39쪽.

문이다.

톨킨(J. Tolkine)은 "인간의 정신은 실재하지 않는 사물의 이미지를 형성할 수 있는 능력을 가지고 있으며 바로 그 능력은 상상력이다. 상상력은 단순히 사물의 이미지를 창조를 넘어선 어떤 것으로 보았다."[9] 판타지는 상상의 세계에서 가능해지며, 돌킨은 "상상은 경험하지 않고 시각화되지 않은 것에 대한 구체적인 현상"이라고 보았다. 상상은 비현실적 사고와 현실적 사고 모두를 포함하고 있으며, 환상은 비현실성을 전제로 현실의 사물이나 비현실의 사물을 사고하는 것이며, 시각화되지 않은 사물, 인간의 심리, 생각을 표현하는 모든 형태를 지칭하는 말이다.[10]

돌킨은 "환상은 동화의 기본 요소로 주체의 욕망을 상징적으로 실현시킴으로서 실제 세계의 규칙을 파괴하지 않은 꿈과 같은 것이다. 작품 안에서 서로 다른 질서를 가진 두 개의 시 공간, 즉 경험 세계인 1차 세계와 창조된 세계인 2차 세계가 함께 존재해야 환상문학으로 볼 수 있다."[11]라고 하였다.

전래동화는 돌킨이 말한 환상문학적인 요소를 가지고 있다. 따라서 전래동화는 황당하고 불가사의한 사건도 현대의 인간과는 달리 고대의 인간에게는 가능하고 마땅한 사건으로 간주된다. 고대인들은 애니미즘이나 토테미즘의 사고 체계를 가지고 있었다. 이러한 사고 체계에 의해 탄생된 전래동화의 모태인 설화는 본래부터 판타지적 요소를 가지고 탄생되었다고 볼 수 있다.

전래동화의 판타지 요소는 대부분 교육적인 색채가 농후한 것들이다. 아동문학에서 대개 도덕적이고 교훈적인 색채가 강한 것은 아동이라는 수용자 입장을 고려한 어른들의 알뜰한 '배려'로 인함이다. 역사적으로

9 서병철, 「환상문학의 텍스트성」, 연세대학교 대학원 석사학위논문, 2006. 5쪽.
10 이정은, 「환상동화의 의미에서 영감을 받은 패션디자인 연구: 질 돌뢰즈의 의미론을 중심으로」, 홍익대학교 대학원 석사학위논문, 2012. 7쪽.
11 앞의 논문, 9쪽.

아동문학의 출발이 교육적 목적을 수행하기 위함이었고 이는 아동문학의 도덕성과 교훈성에 대한 과잉 강조의 측면을 보이기도 하였다.[12]

따라서 전래동화 속에 환상성은 교육성을 바탕으로 전개된다고 볼 수 있다.

전래동화에 나타난 환상적인 요소를 종류별로 살펴보면 다음과 같다.[13]

① 의인화된 동물,
② 의인화된 무생물,
③ 초현실적 존재,
④ 마술적인 장소,
⑤ 신비적인 물건들이다.

위와 같은 환상적인 요소는 전래동화에서 현실계와 비현실계가 엄격히 분리되지 않으며 서로 교통할 수 있는 영역으로 여겨지게 하며 그곳에서는 아름다움과 신비로움과 더불어 무슨 일이든지 일어날 수 있다는 느낌, 인생에는 표면적인 것 그 이상의 무엇이 있다는 분위기를 만들어 준다.

이러한 전래동화에 나타난 환상적인 초자연적인 존재의 문학적 기능은 무엇인가 성취할 수 있다는 가능성을 드러내고, 이야기의 전개에 추진력을 부여하며, 플롯이나 등장인물의 발달과 형성에서 중심 역할을 하게 된다. 그리고 전래동화에서 환상적인 요소는 작가들에게 영감의 원천으로 작용해왔다. 그리고 환상적 표현양식은 인간의 내적 삶을 투사하고 상징을 통해 보이지 않는 진리를 유형화하는 기능을 수행해 왔다.

---

12 차은정, 『판타지 아동문학과 사회』, 생각의 나무, 2009. 158쪽.
13 정선혜, 『아동문학으로 날아보기』, 정인출판사, 2008. 79쪽.

또한 전래동화에서 공통된 형식을 보면, 서두와 결말이 모두 어느 일정한 공통된 형식을 유지하고 있으며, 인물 활동, 시간순서에 따라 사건이 전개된다. 연쇄적 혹은 중복적 형식이 나타난다거나 대립, 반복, 의인, 소거법의 표현형식을 취하고 있으며, 주제는 권선징악적 요소가 대부분이다.

전래동화의 독자의 측면에서도 환상성은 독자의 상상력을 자극하는 기폭제로써 호기심과 흥미적 요소를 부추기는 문학의 '쾌락적 기능'을 충실히 수행하는 한편, 작가와 함께 독자 역시 갖고 있던 당대 현실에 대한 욕망 갈등이 작품을 통해 전면에 들춰지는 쾌감을 만끽하게 된다. 또 당대의 독자로서 이룰 수 없는 이상적인 삶이 작품을 통해 재현됨을 읽어냄으로써 독자는 '대리만족'이라는 감정의 정화를 맛보게 되는데, 이러한 정화기능은 독자의 대중성을 이끌어내는 기본적 인자로 작용하면서 '환상성'의 재현은 문학의 기능 측면에서 매우 유호한 장치로 자리매김하게 된다.[14]

전래동화에서 환상성은 주로 현실에서 보다는 비현실적 성격인 시공간의 초월성에서 빚어지는데, 크게 3가지 유형으로 압축된다.

첫째, 초월적 공간인 선계와 현실적 공간인 인간계의 수직적 이동기법으로 천상과 지상이라는 이분법적인 사고에서 출발하는 개념을 들 수 있다. 지상계와 천상계의 수직적 공간으로 지상계에서 천상계로 연결선상에서 있는 것으로 보는 인식으로 「나무꾼과 선녀」, 「해와 달이 된 오누이」, 「콩쥐 팥쥐」 등의 작품을 들 수 있다.

둘째, 현실적 인간계와 초월적 선계의 연결을 주인공이 죽음으로 초월적 공간에서 다시 부활하여 현실적 인간계로 돌아온다는 경계 허물기 기법으로 빚어진 환상성을 들 수 있다. 이것에 해당하는 작품으로 「심

---

14 김미령, 『환상성 연구』, 문학들, 2010. 80쪽.

청」, 「콩쥐 팥쥐」, 「장화 홍련」이 있다.

전래동화의 환상성은 고대소설, 신화, 전설, 민담 등에서 나타나고, 유교, 불교, 도교, 무속신앙(샤머니즘과 애니미즘) 등의 사상이 나타나고 캐릭터로는 귀신, 도깨비, 선녀, 기인, 동물 등이며 역시 현실과 비현실의 세계인 이승과 저승, 하늘나라, 땅속 지하 세계, 지옥 등 배경이 나타난다.[15]

(1) 「나무꾼과 선녀」의 환상성

사슴의 보은으로 맺게 된 한 나무꾼과 선녀를 이야기로 신이담의 범주에 속하며, '금강산선녀설화'로 알려져 있다. 전국적으로 널리 분포되어 있으며 '백조처녀설화'라 하여 범세계적으로 분포되어 있는데, 동물의 보은, 금기의 파괴, 남편의 추적, 상봉, 남편의 지상으로 귀환, 다시 금기의 파괴, 남편의 천상으로 귀환의 불능으로 이어진다. 줄거리는 다음과 같다.

나무꾼이 사냥꾼에게 쫓기는 사슴을 숨겨 주었더니, 사슴은 은혜의 보답으로 선녀들이 목욕하고 있는 곳을 일러 주며 선녀의 깃옷을 감추고 아이 셋을 낳을 때까지 보여주지 말라고 당부한다. 사슴이 일러준 대로 선녀의 깃옷을 감추었더니 목욕이 끝난 다른 선녀들은 모두 하늘로 날아 돌아갔으나 깃옷을 잃은 한 선녀만 가지 못하게 되어 나무꾼은 그 선녀를 데려다 아내로 삼는다.

아이를 둘까지 낳고 살던 어느 날 나무꾼이 선녀에게 깃옷을 보이자 선녀는 입어 보는 체하다가 그대로 아이를 데리고 승천한다. 어느 날 사슴이 다시 나타나 나무꾼에게 하늘에서 두레박으로 물을 길어 올릴 터이니

---

15 박임전, 『동화의 환상성과 구조』, 한국학술정보, 2009. 285쪽.

그것을 타고 하늘로 올라가면 처자를 만날 수 있을 거라고 일러준다.

사슴이 일러준 대로 하늘로 올라간 나무꾼은 한동안 처자와 행복하게 살았으나 지상의 어머니가 그리워져서 아내의 주선으로 용마를 타고 내려오는데, 이때 아내는 남편에게 절대로 용마에서 내리지 말라고 당부한다.

지상의 어머니가 아들이 좋아하는 호박죽을 쑤어 먹이다가 뜨거운 죽을 말 등에 흘리는 바람에 용마는 놀라서 나무꾼을 땅에 떨어뜨린 채 그대로 승천한다. 지상에 떨어져 홀로 남은 나무꾼은 날마다 하늘을 쳐다보며 슬퍼하다가 죽었다. 그리고 수탉이 되어 지금도 지붕 위에 올라가 하늘을 바라보며 울음을 운다는 이야기다.[16]

전래동화 「나무꾼과 선녀」는 환상성을 바탕으로 이야기가 전개된다. 초자연적인 세계인 하늘나라와 인간 세계의 연결 자체가 시공을 초월한 환상에서 비롯되며, 신성한 하늘나라의 선녀와 비천한 나무꾼과의 결혼, 인간과 동물인 사슴과의 교류 등 현실적으로 불가능한 환상의 세계다. 신화적인 환상과 인간의 간절한 염원인 꿈을 결합한 판타지다. 선녀는 도교에서 나온 말이다. 도교에서는 사람이 수련을 통하여 죽지 않고 신선이 된다고 믿었다. 불로장생을 믿었는데, 신선이 되는 길은 수련과 단약을 만들어 먹으면 된다고 믿었다. 그리고 옥황상제, 신선, 선녀, 용왕은 모두 도교에서 등장하는 상상의 인물들이다. 선녀는 하늘나라 옥황상제가 사는 곳의 시녀들이다. 옛날 동양에서는 이상적인 여인상을 선녀에게서 찾았다. 아름다운 여인을 선녀 같다고 했다. 김만중의 소설 『구운몽』에서도 주인공이 여덟 선녀를 아내로 맞이해 살았다는 이야기로 환상을 전개해 나간다. 종교의 세계에서 이상적인 여인상으로 선녀를 등장시키는데. 찬상과 지상의 비천한 인물인 나무꾼은 노총각으로 가난하여 장가를 못가고 홀어머니를 모시고 산다는 것이 전래동화의 상

---

16 한국학중앙연구원, "민족문화대백과사전". http://terms.naver.com/

투적인 인물 설정이다.

「나무꾼과 선녀」의 공간적 배경은 크게 '땅'과 '하늘'로 나뉜다. '땅'의 경우는 '산속', 그것도 '금강산'이나 '백두산'과 같은 '깊은 산속'으로 한정된다. 주인공이 땅에서 하늘로 그리고 다시 땅으로 옮겨 다니다가 죽어서 땅과 하늘의 속성이 공존하는 '수탉'으로 변한다는 것이 이야기의 기본 줄기이다. "나무꾼과 선녀" 이야기는 내용상 크게 "나무꾼 승천담", "천상시련담", "수탉유래담" 세 가지 유형이 있다. 이 전래동화의 세 가지 유형 모두 나무꾼이 두레박을 타는 내용은 일치하고, 두레박을 타고 하늘로 오른 이후의 내용의 차이에 따라 유형이 구분된다. "나무꾼 승천담"은 승천한 선녀를 뒤따라 두레박을 타고 하늘로 올라간 나무꾼이 선녀와 아이를 만나 행복하게 산다는 이야기이고, "천상시련담"은 두레박을 타고 하늘로 올라간 나무꾼이 선녀의 친정 식구들에게 사위가 되기 위한 일종의 '자격시험'을 치르고 선녀의 절대적인 도움으로 시험에 합격하여 하늘에서 행복하게 살게 된다는 이야기이며, "수탉유래담"은 두레박을 타고 하늘로 올라간 나무꾼이 땅에 있는 노모(혹은 친척)를 그리워하여 하강했다가 선녀의 금기를 어겨 하늘로 오르지 못하고 죽어 수탉이 된다는 이야기이다.[17]

전래동화는 원형을 변형하는 모티프로 환상성을 획득하는 것이 통례이다. 선녀가 두레박을 타고 천상에서 하강한다는 환상은 천상과 지상을 연결 지으려는 인간의 상상력에서 비롯된 것이다. 일찍이 환상은 인간의 정신 작용으로서 상상과 그 맥을 같이 하고 있다. 상상이 현재의 지각에 없는 사물이나 현상을 과거의 경험·관념에 입각하여 재생시키거나 만들어내는 마음의 작용이라면, 환상은 현실로서는 있을 수 없는 일을 있는 것처럼 상상하는 일을 말한다. 문학은 상상력의 산물이다. 상

---

17 노제운, 『한국전래동화의 새로운 해석』, 집문당, 2010. 76쪽.

상력은 과거의 경험과 관념에 입각하여 재생하는 일이다. 재생하는 일이란 있는 그대로의 세계를 그려내기도 하고, 현실을 떠나서 있을 수 없는 비현실의 세계를 그려내는 것으로 양분된다. 상상력이 작용하는 방향에 따라 있는 그대로의 현실 세계를 그려낼 때 이를 사실적 상상력이라 하고, 현실을 떠나서 있을 수 없는 비현실 세계를 그려낼 때 이를 환상적 상상력이라고 한다. 전자의 사실적 상상력은 미메시스로 후자의 환상적 상상력은 판타지라는 이름으로 통용되고 있다. 여기에서 환상은 공상과 구별되는데 환상은 단순한 재현 행위로써 현실 세계를 그대로 모사한 세계가 아니라 합리적이고 상식적인 그 나름대로의 질서와 법칙이 적용되노록 창조된 비현실의 세계가 환상이다. 그러나 공상은 현실에 뿌리를 두었더라도 그 나름대로의 질서와 법칙 등이 합리적으로 적용되지 않은 비현실적 세계를 일컫는다.

이와 같이 「나무꾼과 선녀」는 비현실적인 세계를 다루었으나 그 나름대로의 합리적인 질서와 법칙이 적용되어 창조되었다는 점에서 환상성을 인정하게 되는 것이다. 비현실적인 공간인 천상계를 중심으로 환상성의 이야기가 전개된다. 작품 속에서 선녀와 나무꾼은 천상계와 지상계를 왕래하면서 이야기가 전개되는데, 천상계는 환상의 비현실세계로 옥황상제가 지배하는 신성(神聖)의 공간이며 선녀가 살고 있는 공간이다. 반면에 지상계는 나무꾼이 살고 잇는 속계(俗界)다. 옷을 빼앗긴 선녀가 끊임없이 천상계로의 회귀를 소망하는 것은 그녀가 천상계의 존재로 聖의 속성을 가지고 있기 때문이다. 작품 속에서 천상계를 성(聖)의 공간이라고 볼 때 다양한 해석이 가능하나 모든 인간이 소망하는 이상향(理想鄕)의 세계이며, 사자(死者)의 세계, 신(神)과 영(靈), 즉 영혼(靈魂)의 세계라 할 수 있다.

천상계는 인간에게는 상상 속으로만 가능한 닫혀 있는 공간이다.[18] 천상계의 지배자인 옥황상제의 허락 없이는 아무도 천상계와 다른 공간 사이를 자유롭게 왕래가 불가능하다. 선녀들조차도 선녀라는 징표와 날개옷이 없다면 인간과 다름없이 지상계에 머물러야 하는 신성한 비현실적인 상상 속의 공간이다. 실제 동화에서는 천상계를 여행하는 이야기가 성립될 수 없다. 천상계는 현실공간에 살고 있는 인간들의 동경으로 그린 관념의 공간이기 때문이다. 나무꾼이 두레박을 타고 하늘을 오를 수 있다는 것은 선행에 따른 보상으로 천상계를 오를 티켓을 부여받은 우리 민족의 선행추구가치관이 반영되었기 때문에 가능하다. 천상계는 악이 없다. 거짓과 악은 인간계의 인간들의 탐욕의 소산이다. 비현실 공간, 성(聖)스러운 인간의 이상형이자 사자의 세계이며, 신(神)과 영(靈)의 공간인 천상계는 순수하고 착한 마음씨의 인간에게만 허용되는 공간이다. 따라서 천상계에 살고 있는 옥황상제나 옥황상제의 딸인 선녀는 사자(死者)의 영혼(靈魂)으로도 볼 수 있다. 나무꾼은 선녀의 옷을 감추어 결혼하고 선녀를 속계(俗界)에 머물게 하지만 영원히 붙잡아둘 수는 없다. 선녀는 본질적으로 속계(俗界)의 사람이 아니기 때문에 지상계에 머물게 하는 것은 불가능하며 선녀가 원하지 않는다. 선녀가 천상계로 돌아감으로써 영원히 아름답고 고귀한 천상계의 이상세계를 보존할 수 있기 때문이다. 작품 속의 나무꾼은 지상계의 존재이면서 천상계로 가기를 소망한 유일한 지상계의 인물이다. 선녀와 인연을 맺은 결괴이며 천상계로 돌아가 버린 아내를 찾아 나서는데, 천상계와 지상계를 이어주는 나무, 두레박, 줄을 이용하여 이상향의 세계이며, 사자의 세계, 신과 영의 세계를 들어가게 된다. 우리 민족문화에서 천상계와 지상계의 매개 역할을 하는 사람이 무당이다. 무당은 접신(接神)을 통해 천상계나 지하계로 교통이 가능하다고 믿어 왔다.

　　나무꾼과 선녀 이야기는 오랜 세월에 걸쳐 구전되어 온 우리 민족의 전래동화로 우리 민족의 고유한 민족정서와 가치관이 담긴 전래동화이

---

18 이영미, 「傳來童話의 幻想性 硏究―〈선녀와 나무꾼〉계열을 중심으로」, 『아동문학평론』 제23권 1호, 1998.3, 176쪽.

다. 민중의 꿈과 이상향을 반영하여 천상계와 지상계의 왕래 모티프로 전래동화의 환상성이 전개되었다.

(2) 「해와 달이 된 오누이」의 환상성

「해와 달이 된 오누이」는 해-누이, 달-오빠 또는 해-오빠, 달-누이 형식의 민담은 전 세계에 널리 분포되어 있는데, 해와 달의 기원을 설명하고 있기 때문에 일월기원신화로도 불린다. 한국에서는 '해와 달이 된 오누이' 또는 '해님 달님' 등의 제목으로 널리 구전되어 왔다. 줄거리는 다음과 같다.[19]

호랑이가 이웃 부잣집에 품일을 갔다 오던 늙은 어머니를 잡아먹고는 어머니의 옷과 머릿수건으로 변장을 하고 오누이가 있는 집으로 찾아가 문을 열라고 한다. 오누이는 문구멍으로 내다보고는 호랑이인 줄 알고 뒷문으로 도망쳐 나무 위로 피한다. 이를 추격하여 호랑이가 나무로 올라오자 오누이는 하늘에 빌어 하늘에서 내려준 쇠줄을 타고 올라가 해와 달이 된다. 호랑이도 오누이를 쫓아 썩은 동아줄을 타고 하늘에 오르다가 줄이 끊어져 수숫대 위로 떨어져 죽는다. 하느님이 오빠는 해, 동생은 달이 되게 하였지만 동생이 밤이 무섭다고 하여 역할을 바꾸어 오빠는 달, 여동생은 해가 된다. 여동생은 낮에 사람들이 쳐다보는 것이 부끄러워 강력한 빛을 뿜어낸다.

「해와 달이 된 오누이」형 민담류를 만주의 일원기원신화와 유사한 창조신화적 성격을 밝히려는 연구도 있으나 「해와 달이 된 오누이」의 오누이 형제담은 신화의 2차 변형에 해당된다. 동서양의 신화에서 '오누이와 형제담'은 반복 순환되는 보편적인 신화소 중 하나이다. 동서의 신

---

19 국립민속박물관, "한국민속문학사전(설화 편)", http://terms.naver.com/

화와 민담에 이르기까지, 옛이야기에서부터 현대 어린이 문학에 이르기까지 형과 아우, 오빠와 여동생의 이야기는 무궁무진하다.[20] 「해와 달이 된 오누이」담은 신화가 변형된 유화(類話)로 "해와 달의 유래", "해님 달님", "수숫대가 붉은 사연" 등의 다양한 제목으로 불리며, 전국에 고루 확산되었다는 광포설화다.[21]

「해와 달이 된 오누이」는 도입부에 호랑이와 인간과의 섬뜩한 이야기와 호랑이의 반복적인 요구의 이야기로 시작된다. 반복이 세 가지인데, "떡 하난 주면 안 잡아먹지"라는 호랑이의 말, 즉 떡의 자리에 '저고리', '바지', '속곳' 등의 옷으로, '팔', '다리'라는 신체로 대상이 확대되는 양상을 보이고, 넘고 또 넘어야 하는 고개, 어머니의 토막 난 신체가 그것이다.

어머니가 '고개'를 넘을 때마다 호랑의 요구는 반복에 의한 강요로 전환된다. 반복은 일종의 강박이다. 프로이트는 반복강박을 스스로를 파괴하고 무생물의 근원적 상태로 돌아가려는 파괴 욕동, 쾌락의 원칙 너머에 존재하는 '죽음의 욕동(Death drive)'과 관련시킨다.[22] 고통스러운 상황에 계속적으로 스스로를 노출시켜 생명 이전의 무기물 상태로 돌아가려는 반복강박은 자아의 파괴, 자아의 해체 과정으로 볼 수 있다. 라캉의 정신분석에 의하면 자아 형성의 첫 단계는 거울의 단계이다. 즉 6~18개월 아이가 거울에 비친 자신의 상을 보고 환호성을 지르는데, 이는 언어활동 이전의 어린이에게서 일어나는 현상으로 거울 속에 비친 자신의 이미지를 처음에 혼돈하게 되며, 처음 자신의 육체를 조각 난 것으로 여기다가 거울 속에 비친 자신의 이미지를 다른 사람이라고 생각하다가 마지막으로 그것이 자신이라는 것을 알게 된다.

이때 파편화된 신체의 경험과 거울 속의 완벽한 이미지는 서로 상충

---

20 오세은, 「어린이 문학의 신화적 상상력」, 『비교문학』 제37집, 한국비교문학회, 2005. 19쪽.
21 노제운, "「해와 달이 된 오누이」에 나타난 변형된 모성, 나르시시즘적 욕망 : 정신분석학적 접근", 『어문논집』 제47집, 민족어문학회, 2003, 294쪽.
22 프로이트, 『쾌락 원칙을 넘어서』, 열린책들, 1997, 7~90쪽 참조.

하게 되는데, 아이는 자신의 불완전한 신체를 자신이라 생각하기 않고 거울 속의 이미지를 자신이라고 동일시하게 된다. 이때 발생한 자아 동일화는 한계가 뚜렷한데도 오인에서 비롯된 자아는 객관과 주관, 나와 타인이 구별되지 않는데 이를 상상계의 자아라 부른다. 자아와 거울상의 자신을 동일시한 오인의 결과물로서 실제 자신과는 거리가 먼 이상적인 자아를 말하는 거울단계 이전의 자아가 형성되기 이전의 상태이다. 어머니의 조각난 몸은 통합된 몸에 균열을 가함으로써 라캉의 상상계로의 복귀를 시도하려는, 원초적 나르시시즘으로 돌아가려는 강렬한 욕망이 표현된 환상성의 표현이다.

이 이야기는 어머니의 정신과 육체를 먹어치운 호랑이가 어머니의 옷을 입어 위장술을 부림으로써 어머니의 신분과 지위의 상징물인 어머니의 옷을 입고 호랑이어머니로 변신한다는 허구적인 환상적인 이야기로 사건이 전개된다. 오누이가 호랑이에게 쫓겨 '집을 떠남 - 나무에 오름 - 동아줄을 타고 승천'이라는 수직적인 이동이 이루어지는데, "천상을 향한 수직적 이동은 호랑이로부터 오누이를 보호하는 역할"[23]을 한다는 환상을 보여주고 있다. 여기서 나무는 하늘에게 도움을 구하는 오누이의 기도가 하늘에 닿아 그들이 호랑이의 추격에서 벗어나 해와 달이 되어 영원히 살도록 하는 매개물의 성격을 띤다. 동아줄은 오누이가 나무 위로 올라갔으나 호랑이가 나무 위까지 쫓아왔기 때문에 하늘로 올라가기 위해서 필요한 매개물로 등장한다. 하늘로부터 내려오는 동아줄은 나무와 함께 하늘과 땅을 이어주는 연결고리이자 매개물이다.

하늘로부터 내려온 동아줄이 오누이에게는 새 동아줄이, 호랑이에게는 썩은 동아줄이 내려왔다는 것은 천지 질서가 오누이에게 있음을 상징한다. 폭력적이고 썩어빠진 낡은 질서가 아닌, 천지의 질서에 순응하

---

23 정소영, 「〈해와 달이 된 오누이〉전래동화의 설화 수용의식과 교육적 의미」, 『새국어교육』 제73호, 한국국어교육학회, 2006, 196쪽.

고 그것에 조화하는 새로운 질서로서의 오누이가 새로운 세계의 주체자 임을 나타낸다.[24]

「해와 달이 된 오누이」 전래동화는 인물, 배경, 사건에서 설화를 수용 하여 어린이들에게 교육적으로 변형되어 왔다. 민중들의 삶에서 있을 수 있는 사건을 환상적 상상력으로 설화를 변형시켜 전래동화로 재구성 되었는데, 전래동화의 설화 수용의식을 요약하면 다음과 같다.[25]

인물에 나타난 수용의식은 어머니가 결손하게 됨은 일월상실의 어두 운 세상을. '아기'는 일월생성을 위한 매개물 역할로, 아버지는 금기의 절대자인 일월생성의 신을 상징한다. 호랑이는 일월생성을 방해하는 어 둠과 혼돈의 세계이며 가해의 주동자로 등장하고, 해와 달은 아버지와 어머니를 상정하며 혼란과 위기를 극복한 새로운 세상의 출현을 의미한 다. 배경에 나타난 수용의식은 어머니 출타의 장소가 일반 민중의 삶의 공간으로 창세신화에서 신들의 세계가 인간 세상으로 이동한 것을 상정 한다. 집은 오누이가 집을 떠남으로써 해와 달이 될 수 있는 계기를 마 련하게 되는 변화의 장소를 의미한다. 수직적 이동은 하늘에서 해와 달 이 되고 싶은 오누이의 상승적 의지가 내재되어 있다고 볼 수 있다. 나 무는 해와 달의 재생과 광명과 풍요를 가져오는 매개물이며, 하늘과 직 접 통할 수 없는 인간세계의 신을 향한 매개물이다.

사건에 나타난 수용의식은 어머니의 귀가 시도와 음식은 일빈 민중의 조상 숭배의식을 드러내고 있으며, 어머니가 호랑이에게 잡아먹힌 사건 은 달의 상실을 상징하고, 인간 세상이 혼란에 빠지게 된 것을 의미한 다. 호랑이가 오누이를 잡아먹으려고 한 사건에서는 '해'와 '달'을 생성 시키기 위한 대항 행동의 기능을, 매를 치고 똥을 누는 행위로 나타내고

---

24 박성애, 「한국일월설화의 연구: 연오랑과 세오녀와 해와 달이 된 오누이를 중심으로」, 선문대 학교 대학원 석사학위논문, 2009, 30~31쪽.
25 정소영, 앞의 논문, 199~200쪽

있다. 호랑이가 도끼로 나무에 자국을 내며 올라간 사건은 민중적 인식의 대항의식, 민중적 친근성, 역사성을 반영하며, 일반 민중의 잠재적 삶이 투영된 환상적 상상력을 바탕으로 이야기가 전개되었다.

(3) 「심청」의 환상성

「심청」설화의 줄거리는 다음과 같다.[26]

송나라 말년 황주 도화동이란 곳에 양반의 후예로 행실이 훌륭한 심학규라는 봉사가 곽씨 부인과 살고 있었다. 심학규와 곽씨 부인은 불전에 지성으로 불공을 드린 끝에 딸 심청을 낳았으나 곽씨 부인은 산후 조리를 잘못하여 심청을 낳은 후 7일 만에 죽고 만다. 마을 사람들은 부인의 인품을 기려 장례를 치러주고, 젖동냥을 다니는 심봉사를 측은히 여겨 심청에게 젖을 먹여 준다. 심청은 잔병 없이 성장하여 인물과 효행이 인근에 자자할 정도였으며, 열다섯 살이 되어서는 길쌈과 삯바느질로 아버지를 극진히 공양한다. 성품이 뛰어나고 재주가 비범한 심청을 장승상 부인은 수양딸로 삼고자 하나 심청은 아버지를 생각하고 거절한다. 어느 날 이웃집에 방아를 찧어 주러 갔다가 늦어지는 심청을 찾아 나선 심봉사는 실족하여 그만 웅덩이에 빠지는 봉변을 당한다. 이때 마침 그곳을 지나던 몽은사 화주승이 그를 구해 주고 공양미 삼백 석을 시주하면 눈을 뜰 수 있다고 하자, 심봉사는 앞뒤 가리지 않고 공양미 삼백 석을 시주하겠노라고 서약한다. 자신의 어리석은 약속을 남몰래 후회하는 심봉사의 고민을 알게 된 심청은 마침 인신공양을 구하러 다니는 남경 상인들에게 자신의 몸을 팔고 그 대가로 받은 공양미 삼백 석을 몽은사에 시주한다. 아버지가 걱정하지 않도록 장승상댁 수양딸로 가게

---

26 곡성군청 홈페이지. http://www.simcheong.com/?r=home&c=6/102/116

되었다고 거짓말을 하던 심청은 행선날이 되어서야 아버지에게 사실을 고하며 하직 인사를 하는데, 뒤늦게 전후 사정을 알게 된 심봉사는 통곡하며 실신한다. 남경 상인들의 배를 타고 인당수에 당도한 심청은 마지막으로 아버지를 걱정하면서 인당수에 뛰어든다. 바다에 뛰어든 심청은 용궁으로 모셔지며, 후한 대접을 받고 자신의 전생과 현세, 미래를 알게 되며, 꿈에도 그리던 어머니 곽씨 부인을 만난다. 용궁에서 하루를 지낸 심청은 연꽃 속에 들어가 다시 인간세상으로 돌아오며, 남경 상인들은 귀국하던 중 바다에 떠 있는 연꽃을 이상히 여겨 송나라 천자에게 바친다. 천자는 연꽃 속에서 나온 심청을 아내로 맞이하고, 황후가 된 심청은 아버지를 찾기 위해 맹인 잔치를 벌인다. 심청이 떠나고 난 뒤 뺑덕어멈과 같이 살던 심봉사는 잔치 소문을 듣고 황성으로 향한다. 도중에 뺑덕어멈의 농간으로 온갖 우여곡절을 겪는 끝에 겨우 상경한 심봉사는 맹인 잔치에서 황후가 된 심청을 만나 크게 감격하여 눈을 뜨게 된다. 그리고 행복하게 잘 살았다는 이야기이다.

심청에 대한 전래동화는 그 근원설화가 다양하다. 심청 이야기를 내용상 나누어 그 근원설화를 들면, 심청의 출생 부분에서는 태몽설화, 심청의 성장 부분에서는 효행설화, 심청의 시련 부분에서는 인신공희설화, 심청의 재생 부분에서는 재생설화(용궁설화, 환생설화), 심봉사의 개안에서는 개안설화 등에 토대를 두고 있다. 이러한 근원 설화는 도교적 분위기를 자아내는 서사물로써 환상성을 배가시키는 구실을 하게 된다.[27] 심청 이야기는 신화적인 많은 설화를 근원으로 하여 심청전이라는 소설로 재창작되었고, 이를 바탕으로 전래동화가 탄생하였으므로 현실적인 이야기와 초현실적인 이야기가 혼합된 환상성이 풍부한 동화이다. 특히 심청전은 수많은 사람들에게 사랑을 받은 우리의 고전소설이기도 하다.

---

27 강지희, 「〈심청전〉의 형성과정과 현대적 변용 연구」, 조선대학교 대학원 석사학위논문, 2005, 23쪽.

따라서 출생담만 보더라도 경판 24장본과 완판 71장본이 존재할 정도로 수많은 이본들이 존재하고, 이본들 간의 내용과 구성이 상당히 이질적인 것들도 많으며, 적층문화적 성격에 의한 변형된 풍부한 내용을 가진 고대소설과 판소리로 전래되어왔다. 여러 판본 중 박문서관의 활자본 『몽금도전』이 고대소설 「심청전」 개작 자료로 보는 견해가 지배적이다. 심청전의 자료들이 지닌 일반적인 화소를 중심으로 환상적인 요소를 살펴보면, 심청의 출생 화소의 태몽은 환상적인 이야기로 전개된다. 그리고 공양미 삼백 석의 시주를 약속한 심봉사의 개안 기대는 눈을 뜨겠다는 환상에서 비롯되었다. 가장 환상성이 두드러진 이야기는 후반부 용궁설화와 환생설화를 모토로 사건이 전개되는 심청의 재생 이야기에서이다. 심청이야기는 불교의 윤회사상을 근간으로 시공간을 초월하여 사건이 진행되며, 사건도 윤회전생을 토대로 환상적이며 기괴함을 보이고 있다. 심청전의 서사구조도 무한한 공간을 배경으로 현실계 – 타계 – 현실계라는 기본 구조로 현실계는 도화동 – 죽음의 세계인 수중 – 현실계인 황궁으로 이어진다. 『심청전』은 전반부와 후반부가 다른 성격을 보여주는 작품이다. 전반부는 가난이 초점이 되면서 눈먼 아비가 딸을 팔아먹는 지극히 현실적인 사건이 효성으로 치장된다. 그러나 문학은 허구로 독자의 마음을 채워주려 하므로 인신매매는 인신공희라는 신화적 모티프로 치환되고 주인공은 이계여행으로 통과의례를 치루고 왕자를 만나 왕비가 되는 보상을 받는다. 후반부는 그래서 지극히 환상적이다.[28]

(4) 「콩쥐팥쥐」의 환상성

「콩쥐팥쥐」 전래동화는 전국적 분포를 보이는 구전 설화를 바탕으로

---

28 김대숙, 「愚夫賢女 說話와 『심청전』」, 『판소리연구』 제4집, 판소리학회, 1993, 155쪽.

재창작된 이야기로 20세기 초에 와서 소설화되었는데, 이후 설화는 소설과 서로 영향을 주고받으며 전승된 것으로 보인다. 「콩쥐팥쥐」의 개략적인 줄거리는 다음과 같다.[29]

콩쥐의 어머니가 죽자 계모가 자신이 낳은 딸 팥쥐를 데리고 콩쥐의 집으로 들어온다. 계모는 콩쥐에게 갖은 구박을 하며 일을 시킨다. 하루는 계모가 콩쥐에게는 나무 호미를, 팥쥐에게는 쇠 호미를 주며 넓은 밭을 매라 한다. 팥쥐는 일찌감치 밭매기를 끝내고 집으로 갔지만 콩쥐는 부러진 호미 때문에 울고 있었다. 그때 하늘에서 검은 소 한 마리가 내려와 쇠 호미를 마련해 주고 밭을 대신 매 준다. 어느 날 계모가 팥쥐만 데리고 외가 잔치에 가면서 콩쥐에게는 밑 빠진 독에 물 길어 붓기, 벼 찧기, 삼 삼기, 베 짜기를 마친 후에 따라오라고 한다. 콩쥐가 울고 있으니 두꺼비가 나타나 독의 구멍을 막아 주고, 새들이 날아와 벼를 찧어 주고, 검은 소가 삼을 삼아 주며, 선녀가 내려와 베를 대신 짜 주고 잔치에 입고 갈 옷과 신발을 준다. 그런데 콩쥐는 잔치에 가다 신발 한 짝을 잃어버린다. 신발을 발견한 원님이 콩쥐에게 돌려주면서 결국 콩쥐와 혼인한다. 그러자 질투가 난 팥쥐가 콩쥐를 유인하여 연못에 빠뜨려 죽이고는 자신이 콩쥐인 양 행세한다. 꽃으로 환생한 콩쥐가 팥쥐를 괴롭히자 팥쥐는 꽃을 아궁이에 넣어 불태운다. 마침 불을 얻으러 온 이웃집 할머니가 부엌에서 구슬을 발견하고 가져간다. 구슬은 다시 콩쥐로 변신하여 자신을 알아보지 못한 원님을 깨우쳐 준다. 원님은 콩쥐의 시신을 찾아 살려 내고 팥쥐를 죽여 계모에게 보낸다. 팥쥐의 시신을 본 계모는 놀라서 죽는다.

「콩쥐팥쥐」는 작품 소재, 인물, 구조 등의 측면에서 불교와 밀접한 관계가 있다. 작품에 등장하는 검은 소, 두꺼비, 연꽃, 구슬 등은 그 의미를 드러내는 과정에서 불교의 상징성이 내재되어 있다. 또한 작품의 구

---

29 국립민속박물관, "한국민속대백과사전 〈설화편〉", http://terms.naver.com/

조적 측면에서 콩쥐의 환생 및 재생과 계모 및 팥쥐의 징치과정은 불교의 윤회적(輪回的) 세계관에 기반하고 있다. 특히 계모와 팥쥐가 죽어 가게 된 저승은 불교의 지옥 관념을 전형적으로 드러내고 있다.[30]

불교적 세계관에 의한 환상성으로 사건이 전개되고, 현실계에서 사후의 저승이라는 초현실계, 다시 현실계로 돌아오는 구성으로 시공간의 환상성을 보이고 있다. 「콩쥐팥쥐」 설화는 주제면에서 서구의 「신데렐라」와 같이 계모와 전처소생의 이야기로 잃어버린 신발 화소에서 환상적으로 사건이 전개되는 중요한 전환점이 되고 있다. 「콩쥐팥쥐」 설화는 전반부와 후반부, 두 개의 에피소드가 하나의 이야기로 구성되어 있다. 이것이 바로 전반부 한 개의 에피소드로 구성된 「신데렐라」와의 뚜렷한 차이점이다. 「콩쥐팥쥐」 전반부는 결손 가정의 발단-계모의 학대-협조자의 출현(망모)-친척집-협조자의 출현(동물)-꽃신 선사-신발한 짝 분실-지체 높은 남자가 신발 임자를 선택하여 결혼, 후반부는 거짓 유인과 살해-악한이 대리 행세-원혼의 변신과 환생-악행의 탄로-악인의 징벌[31]로 전반부의 망모의 출현과 동물의 출현에서 환상성을 보이며 행복한 결혼과 신분상승으로 종결된다. 후반부는 콩쥐가 살해된 후 원혼이 변신에 변신을 거쳐 환생하고, 팥쥐와 계모에게 죄에 대한 응징이 가해지는 환상적인 이야기로 한국인의 재생관념과 권선징악이라는 윤리의식을 형상화하고 있다.

「콩쥐팥쥐」 민담의 여러 환상적인 화소들은 하늘에서 내려온 소가 항문에서 음식을 꺼내 주는 화소, 암소가 삼을 삼아 준다는 화소, 팥쥐와 베짜기 내기, 콩쥐가 변신하여 옆집 할머니에게 나타나는 화소 등 원형이

---

30 이기대, 「〈콩쥐팥쥐〉의 人間像과 佛敎的 世界觀」, 『東아시아 古代學』 제28집, 東아시아 古代學會, 2012, 101쪽.

31 엄수경, 「「콩쥐팥쥐」설화의 전래동화 수용양상 연구」, 목포대학교 대학원 석사학위논문, 2004, 24~25쪽.

되는 콩쥐팥쥐 이야기는 "극단적인 선악의 대립, 동일한 행위의 반복, 구원자의 등장, 금기 등의 민담적 특징을 다수 지니고"[32] 있으며, 여타의 고소설 작품보다 민담적인 요소와 환상적인 요소가 많이 등장하고 있다.

특히 전반부의 두꺼비, 새, 검은 소, 선녀 등은 환상적인 인물이며, 이들이 콩쥐의 시련을 조력한다는 이야기는 환상적인 요소로 꾸며졌으며, 후반부의 콩쥐의 환생은 모두 시공간의 환상성을 바탕으로 이야기가 전개된다.

(5) 「장화홍련」의 환상성

「장화홍련전」은 고소설 중 인기 있는 작품으로 많은 이본이 있으며, 천상계(출생) – 인간계(고난) – 중간계(冥府) – 천상계 – 인간계(환생)의 구조를 보이는 〈아랑 전설〉을 모티프로 한 재생계 소설이다. 그 개략적인 줄거리는 다음과 같다.[33]

철산에서 좌수벼슬을 지내던 배무룡은 부인 장씨와 함께 남부러울 것 없는 삶을 살고 있었지만 자식이 없는 것이 한이었다. 그러던 어느 날, 장씨는 하늘에서 내려온 꽃이 선녀로 변해 자신의 품으로 들어오는 태몽을 꾸고 딸 장화를 낳았고, 이어서 두 번째 딸 홍련까지 낳았다. 장화와 홍련은 미모와 재주를 겸비하여 부모의 사랑을 듬뿍 받고 자라났다. 장씨가 병으로 타계하자 배좌수는 후사를 생각해 허씨라는 여인을 재취로 들였다. 허씨는 아들 삼형제를 낳긴 했지만 박색에 심성까지 못되어 전처소생의 두 딸에게 갖은 학대를 하였다. 이를 안 배좌수가 허씨를 꾸짖자 뉘우치기는커녕 자매를 해할 궁리만 하였다. 그러던 중 장화는 허씨와 그녀가 낳은 아들 장쇠의 계략에 의해 억울한 누명을 쓰게 되었고

---

32 권순긍, 「〈콩쥐팥쥐전〉의 형성과정 재고찰」, 『고소설연구』, 한국고소설학회, 2012, 279쪽.
33 위키 백과 우리 모두의 백과사전. "장화홍련". http://ko.wikipedia.org/wiki/

장쇠의 재촉에 못 이겨 연못에 몸을 던져 죽었다. 장쇠가 돌아오는 길에 범에 물려 팔다리를 잃자 허씨는 공연히 남은 홍련을 미워하였다. 언니의 소식을 몰라 답답해하던 홍련은 장쇠에게서 장화가 죽었다는 사실을 알게 되고 슬픔에 젖었다. 홍련은 언니를 그리워하다가 장화와 같은 연못에 빠져 죽었다. 원한을 풀지 못한 두 사람의 혼령은 자신들의 억울함을 풀어 달라 청하기 위해 철산부사의 관아에 찾아가지만 밤중에 나타난 두 자매의 혼령을 본 부사들은 크게 놀란 나머지 죽고 만다. 이렇게 부사들이 잇달아 죽어나가자 철산 고을은 황폐해졌고 조정의 근심도 날로 커졌다. 그러한 가운데 정동우라는 대담무쌍한 이가 철산부사로 자원을 하였고, 자매에게서 그간의 사연을 들은 그는 사건을 다시 재조사하였다. 자매의 말대로 모든 것이 허씨 모자의 계략이었음을 알게 된 부사는 허씨 모자를 엄벌로 다스리고 연못에서 장화와 홍련의 시신을 거두어 묻어주었다. 배좌수는 새로 처 윤씨를 맞아들여 쌍둥이 딸을 두었고, 두 딸은 평양의 큰 부자 이연호의 아들들에게 시집가 잘살게 되었다.

「장화홍련」 이야기에서 죽음에 이어지는 재생은 황당무계하고 비현실적이다. 고소설에서 많이 등장하는 "죽음과 재생은 현실의 반영인 동시에 그들의 욕구를 대리 충족시켜 주는 하나의 방법론으로써 선택된 것"[34]으로 죽음 이전의 삶이 현실적 삶의 종말, 수동적 삶, 과거지향의 삶인데 반해 죽음 이후의 활동 양상은 환상성을 매개로 새로운 삶의 시작, 적극적 극복 의지, 미래지향적인 태도를 보인다. 이러한 재생 소설은 죽음과 재생을 축으로 하여 태어남 – 죽음 – 원귀 – 태어남 – 죽음이라는 환상적인 구조로 사건이 전개된다. 즉 "생전에 관계가 깊었거나 원한을 풀 수 없는 사람에게 나타났다가 재생하는 경우로 적강하거나 원혼으로 되어 환영(幻影)으로 나타났다가 회생(回生) 혹은 환생(還生)하는 환상적 재

---

34 정일승, 「〈장화홍련전〉의 구조적 특징 고찰」, 인천대학교 교육대학원 석사학위논문, 2004, 54쪽.

생(幻影的 再生)"[35]으로 나타난다. 이는 제의적 희생 모티프가 여러 겹으로 적층되어 「심청」 이야기와 같은 효행 설화적 희생 모티프의 흔적이 남아 있는가 하면, "그것의 연장선상에서 친어머니의 계모로의 변화와 같은 소위 제의적 맥락의 '전위'나, 제의적 희생 구조의 소멸과 관련된 소위 제의적 맥락의 '역전'이라 부를 만한 변화의 양상들이 축적"[36]되어 있기 때문에 또 다른 제의적 희생의 모티프를 함축하고 있다. 특히 후반부의 환상적 요소들은 이러한 제의적 설화 속 제의적 전통과 맥락에서 기인하고 있다고 볼 수 있다.

「장화홍련」 이야기는 '원'과 '한'과 '탄식'이 뒤섞인 전형적인 이야기로 후반부에 "보은(報恩)이 아닌 해한(解恨)이 재생담 형식으로 형상화"[37]되었으며, '계모에 의한 집 떠나기'라는 일반적 모티프가 아니라 '아버지의 여식으로 다시 태어나기'라는 환상적 요소를 사건이 전개된다.

계모형 이야기는 가정과 가족의 문제를 다룬 이야기로 시공간을 초월하여 보편성이 존재하는 이야기다. 계모와 전실 자식 간의 갈등 문제를 계모가 장화 자매를 살해 후 장화 자매의 환생이라는 환상적인 인물과 사건으로 결말을 맺음으로서 권선징악의 주제를 강조하고 있다.

3. 맺음말

이상에서 한국 전래동화의 환상성을 「나무꾼과 선녀」, 「해와 달이 된 오누이」, 「심청」, 「콩쥐 팥쥐」, 「장화 홍련」 등 다섯 편의 전래동화를 중심으로 각각의 환상요소를 인물, 사건, 시공간적 배경 등으로 살펴보았다.

---

35 앞의 논문, 66쪽.
36 심우장, 「〈장화홍련전〉에 나타난 죽음의 제의적 해석」, 『국어국문학』 제149호, 국어국문학회, 2008, 320쪽.
37 이강엽, 「「장화홍련전」 再生譚의 의미와 기능」, 『열상고전연구』, 열상고전연구회, 2000, 55쪽.

이들 작품 모두 삶의 세계와 죽음의 세계, 현실계과 초현실계를 자유롭게 왕래하는 사건과 초능력적인 힘을 가진 인물을 등장시켜 환상적 요소를 바탕으로 구비전승의 원형적인 이야기가 전승자와 청자에 따라 삭제되거나 첨가되면서 변이되어 왔다.

전래동화는 예부터 전해 내려오는 이야기 중 어린이들에게 적합한 이야기를 줄거리와 원형을 그대로 유지하면서 어린이가 이해할 수 있는 쉬운 말로 재창조한 것으로 신화, 전설, 민담 등 구전문학을 바탕으로 어린이들이 교육적으로 읽을거리를 재창조한 것이다. 구전되어 오면서 삭제되거나 변형되기도 하면서 기록과정에서 다양한 이본들이 존재한다. 이들 이본들을 바탕으로 이야기의 기본 구조로 어린이들에게 교육적이고 흥미 있는 읽을거리의 효용가치에 의한 단순한 재창조가 아니라 수용자들과 창작자들의 공통된 합의를 도출하는데, 환상을 통해 형상화와 문학 예술적 차원으로 승화되었다고 볼 수 있다.

전래동화의 환상성은 작가와 수용자의 삶 속에서 현실에서 해소할 수 없는 갈등과 해소를 분출하거나 또는 대리 만족하는 소통 출구로 작용해 왔으며, 여러 수용자들이 수긍하는 절대적이고 비가역적인 힘으로 존재하여 왔다. 어린이들 또한 물활론적인 사고를 가지고 있어 전래동화의 초현실적인 이야기는 권선징악인 주제를 환상적으로 형상화하여 교훈과 흥미 있는 이야기로 많은 어린이들의 사랑을 받아왔다. 전혀 받아들여질 수 없는 공상이 아니라 보편타당성으로 인정된 환상적인 요소를 바탕으로 때로는 종교적 사상을 반영하여 나타나기도 하고, 현실계와 비현실계로 이어지는 유기적인 서사구조로 전래동화의 환상성이 존재해왔으며, 앞으로도 그렇게 계승될 것이라 본다.

현실과 꿈의 원근법

양점열의 동화 세계

1

양점열의 동화는 현실과 꿈의 원근법적인 시각에 의해 쓰여진 동화다. 현실과 꿈이 만나는 경계가 바로 소실점이 된다. 15세기 르네상스이탈리아에서 창안된 원근법은 2차원적인 평면에 3차원적인 공간의 깊이를 정확하게 묘사하기 위해 고안된 재현 양식이다. 그는 동화에서 현실적인 이미지를 꿈이라는 4차원의 공간과 시간의 개념을 혼합하여 상상력으로 그려낸 동화다. 그것은 마치 동화를 통해 현실과 꿈의 경계를 그리는 캐나다 출신의 화가 롭 곤살베스의 그림을 연상하게 한다. 롭 곤살베스는 한 장의 그림에 두 개의 화면을 그려낸 초현실주의 화가다. 그의 그림은 현실적으로 불가능한 장면의 사실적 묘사가 인상적이다. 양점열의 동화를 읽으면 꿈꾸듯 환상적이며 몽환적인 매직 리얼리티의 세계를 화폭에 담은 곤살베스의 그림을 보는 듯하다.

그가 한국교원대학교 대학원 석사학위 논문으로 쓴 「창작동화의 문학적 교육적 가치와 지도 방안에 관한 연구」에서 "동화란 동심을 바탕으로 한 자아와 환상성과 사실성이 조화된 세계의 갈등을 시적인 산문으로 표현한 것이다"라고 주장한 평소의 동화에 대한 생각을 실천한 동화들이다. 따라서 어린이들의 일상생활에서 펼쳐지는 자질구레한 이야기를 스토리 중심으로 엮어 가는 생활동화의 패턴과는 상이하다.

그도 초기에 창작한 동화들은 생활동화의 전통적인 패턴를 고수해 왔다. 그러나 이번에 펴내는 『오리없다』는 우리나라 생활동화의 결정적인 결점으로 부각되는 교훈성과 교육성의 틀이라는 영향권에서 벗어난 동화들이다. 새롭게 탈바꿈한 동화들이어서 좋은 동화는 작가의 부단한 노력에 따라 좋은 결실을 맺는다는 확신이 들었다. 그의 동화세계가 원숙해졌음을 실감했다. 그가 아홉번째로 세상에 내놓는 『오리없다』의 동화 세계로 함께 여행을 시작해 보겠다. 양짐열 동화의 세세를 이루는 특징을 위주로 그의 동화 세계를 규명해 보기로 한다.

2

그의 동화는 첫째, 불우한 어린이들에게 희망을 주는 동화다. 동화를 통해 불우한 어린이들이 정신적인 안정과 치유의 기능은 물론 꿈과 희망을 심는 긍정적인 메시지를 담고 있다는 점에서 교육성이 짙은 동화들이다. 『오리없다』에서 주인공 단아는 불우한 어린이이다. 아빠의 고통 사고와 엄마의 재혼으로 할아버지에 맡겨진 단아가 바닷가 암자에 맡겨지기 위해 할아버지를 따라서 가는 1박 2일의 이야기다. 그의 작품에는 바다가 많이 등장한다. 여기서도 바닷가의 절벽 사이에 있는 암자를 배경으로 하고 있다. 그리고 물의 이미지를 바탕으로 한 상상력을 펼친다.

프랑스 철학자 바스통 바슐라르는 『물과 꿈』에서 인간의 꿈을 본질적으로 물질적인 것으로 보고 있다. 꿈은 어린 시절에 탄생지에서 이미 물질화된다는 것이다. 고향이라는 공간의 넓이라기보다는 물질이라는 것이다. 따라서 시냇물이나 강이 흐르는 곳에서 태어난 사람은 물에 의해 그의 무의식이 지배된다는 것이다. 그는 인간의 상상력을 물질로 보고 물, 불, 공기, 흙 4개의 기본적 물질로 상상력을 전개했다.

바슐라르의 4원소론에 입각하여 그의 작품을 살펴보면, 분명 그가 바다 이미지와 비 등 물 이미지가 많이 등장하고 선호하는 것은 우연한 일이 아니다. 그의 고향이 바로 영산강변이라는 점은 그의 무의식이 물에 의해 지배를 받게 되었다는 사실을 의미한다. 도한 그가 체험한 낙도학교에서 생활은 바닷가 소재와 비를 불러왔고, 그가 근무하는 현재의 학교는 배꽃의 이미지를 가져왔다. 이는 작가가 생활한 공간은 작품의 모티브를 형성하게 된다는 사실은 작가와 생활환경은 작품 소재와 밀접한 상관관계를 갖는다는 사실이 입증된 셈이다. 따라서 그의 동화의 작품 소재가 대부분 시골 이미지와 그곳에서 살고 있는 인물들이다. 시골 어린이들의 생활을 담은 작품이라는 점이다. 그 중에서 소외받는 인물로 가정환경이 불우한 어린이, 장애아 등이 많이 등장하고 있다. 오늘의 시골의 현실을 작품에 담은 리얼리즘 동화들이다.

둘째, 삶과 죽음의 문제를 통해 생명의 의의를 담아내려고 한다는 점을 들 수 있다. 죽음이라는 극단적인 사건을 부각시킴으로써 작가가 의도한 주제를 의도적으로 펼쳐내고 있다. 극적인 효과와 장치를 통해 주제의식이 너무 강하게 노출된다. 일종의 충격 요법이다. 현실과 꿈의 경계에 다다른 인물의 등장과 죽음이라는 극단적인 상황 설정은 현실 극복의 의지를 그리기보다는 작가의 의도적인 작품 세계가 표면화된다. 따라서 이러한 극단적인 죽음의 선택은 작가의 의도와는 달리 어린이들이 생명의 가치를 쉽게 생각하고 그러한 행동의 선택을 무의식적으로 수용함으로써 당연시될 우려가 있다는 점에서 좀더 신중하게 다루어야 하지 않을까 하는 생각을 해본다.

「오리없다」와 「도토리 소년」 등의 작품이 소녀와 소년의 죽음을 통해 생명의 연장선으로써의 도토리를 지키려는 의지를 보이고 있다. 도토리라는 생명을 지키기 위해 죽음마저 불사하는 소년의 집착은 도토리＝꿈이라는 등식으로 꿈을 잃을 때 삶은 죽게 된다는 작가의 의도가 너무 강하게 노출된다는 점이다. 「도토리 소년」은 바슐라르의 4원소 중 불과 흙, 공기의 이미지가 복합적으로 드러난 작품이다.

셋째, 현실 극복의 의지를 꿈을 통해 실현하고자 한다. 「내 호주머니 속의 별」은 불량소년으로부터 금품 요구를 받는 도시의 어린이들을 배경으로 한 작품이다. '꿈을 파는 가게'라는 배경 설정에서 "꿈을 이루려면 값을 치루어야 한다"는 꿈의 물질화는 바슐라르의 물질화 의식을 그대로 대변한다고 보아야 할 것이다. 폭력을 당하는 어린이가 할아버지에게 벌을 구입하여 폭력을 가하는 중학생에게 더 이상의 폭력에 강하게 대결하는 의지를 보인다는 현실과 꿈의 경계에 놓인 상황 설정과 그들이 문제를 해결해가는 과정의 심리묘사가 뚜렷하게 드러난다. 현실을 극복하려는 의지와 희망을 부각시킨 작품이다. 폭력상황의 해결을 결국 싸움을 통해 해결하려는 맞불작전으로 극적 긴장감을 주면서 결말을 맺고 있다.

넷째, 그의 동화는 따뜻한 인간애를 담고 있다는 점이다. 그의 작품의 기저는 작가의 어린이에 대한 애정을 바탕으로 한다. 「배꽃 나들이」는 그가 근무하는 학교의 지역사회를 배경으로 펼쳐지는 시골 어린이의 현실을 리얼하게 묘사한 동화다. 어머니와 떨어져 살아가는 이화를 통해 모녀의 정을 배꽃이라는 소재를 통해 리얼하게 그려낸 작품이다. 따뜻한 인간애를 담고 있다. "삶이 끝나다니? 꽃으로의 삶은 끝났을런지 모르지만, 네 삶의 끝은 아직 멀었어. 그리고 얼마나 오래 사는 것이 중요한 것이 아니라 얼마나 가치있게 사는 것이 중요한 거야."라는 대화를 통해 작가는 삶의 가치의식을 보여준다. 그가 동화를 쓰는 이유가 바로 삶의 가치를 중요하게 생각하기 때문일 것이다. "오래 사는 것이 중요한 것이 아니라 얼마나 가치있게 사는 것이 중요"하다는 작가의식은 인간의 진정한 가치를 사랑이요, 꿈이라는 중후한 주제의식을 작품에 담아내고 있다. 어떻게 살아가야 하는 것이 바람직한 삶인가를 깨우쳐주고 있다. 다만 그가 지향하는 작품세계는 현실과 꿈이라는 원근법적인 시선으로 세상을 바라본다. 원근법의 소실점은 사랑이요, 꿈이다.

3

그의 15편의 단편동화는 어린이들에게 어려운 현실을 극복하려는 의지를 심어주려는 작가의 의도가 강하게 드러난 동화들이다. 현실과 꿈의 원근법, 시각공간의 소실점에 자신의 눈이 위치지어지는 주체는 자신의 꿈과 의지에 따라 0이 된다. 독자의 시점과 작가의 시점이 0이 될 때 시각적 0으로서의 소실점은 무한한 상상력을 재현할 수 있을 것이다. 다만 작가의 주제의식과 작품의 의도적인 상황전개에「해무」가 깔려 있다. 「해무」는 현실과 꿈 사이에 가로놓인 장벽이다. 세상을 바로 볼 수 없도록 하는 제약이다.「해무」가 사라져 뚜렷하게 보일 때 사물을 바로 볼 수 있을 것이다. 어떻게 살아가는 것이 가치 있는 삶인가 하는 화두를 던져주는 동화다. 어린이들은 심리적으로 자신들이 구축한 환상 세계 안에서 자기를 둘러싸고 있는 모든 것들과 끊임없이 이야기를 주고 받으려 한다. 오히려 환상 세계를 현실적으로 받아들이며, 어른들이 구축해 놓은 현실 세계와의 갈등의 문제를 스스로 극복해낸다. 현실 극복 의지로서의 환상은 동화를 동화답게 할 것이다. 지나친 주제의식 노출보다는 어린이들의 정서를 자극하고 어린이들이 흥미진진한 현실적인 문제의식을 환상적으로 처리한「내 호주머니 속의 별」같은 동화는 양점열 동화의 전형이다. 동화에 재미성을 동화에 어떻게 용해하여 어린이들을 유인하느냐 하는 과제가 양점열 작가에게 주어진 해결 과제일 것이다.

제2부 한국 동시문학의 최근 경향

한국 동시 속에 나타난 생태학적 상상력
동심과 생태학적 상상력
자연과 인간과 동심과의 조화로운 세계
꿈과 소망과 사랑을 담은 동심의 그림
청소년의 심리적·정서적 고충에 대한 현장 취재

한국 동시 속에 나타난 생태학적 상상력

『대한민국 대표동시 365가지』의 수록 동시를 대상으로

1. 서론

최근 들어서 지구촌 곳곳에서 자연환경의 파괴와 생태계의 위기를 알리는 경고의 목소리가 점차 커지고 있다.

인간 문명의 역사는 자연에서 자원을 얻어 가공하여 소비하고 자연을 밀어내는 인공적인 시설을 설치해 온 과정이라면 결국 유사 이래 인간은 자연에 대한 지배와 착취의 역사라 할 수 있다. 서양의 과학 문명은 도구의 발달로 인간의 자연 지배는 가속화되어 대량생산 대량소비로 이어지고 이에 따라 생태계 파괴라는 문제에 직면, 생태계의 위기를 가져왔다. 서양의 자연에 대한 세계관이 인간 중심의 세계관으로 자연에 대한 폭력의 역사라고 한다면 동양의 자연에 세계관은 자연과 조화를 이루려는 생태 중심 세계관이 더 강한 성격이었다고 볼 수 있다. 즉 인간과 자연의 관계에서 동양의 생명원리에 입각하여 비교적 조화로운 관계를 맺어 왔으나 그 동안 인류는 자연을 계발의 논리로 이용하고 지배해 왔다. 여기에 과학기술문명의 급속한 발전으로 인간의 생명을 위기 상황으로 몰고 갔다. 최근 난개발로 인한 인간의 생명 위협에서 현명하게

대처하는 방안으로 생태계를 고려한 지속가능발전의 논리로 패러다임
이 변화되고 있는 추세이다. 인간 중심의 세계관이 빚어낸 생태계의 파
괴의 심각성에 대한 인식이 고조되고 있고, 인류의 생존을 위협하는 인
간 중심 사고에 대한 비판과 경종을 울리는 사명을 문학이 담당하게 되
었는바, 아동문학의 경우 미래 지구촌 사회의 주인공인 만큼 지속가능
발전교육에 아동문학에 거는 기대치가 점차 커지고 있는 실정이다.

  우리나라의 시가는 예로부터 자연과 더불어 살아가는 생태의식을 다
룬 소재로 대부분을 차지해 왔고, 현대동시 100년의 흐름 속에서도 자
연친화의 소재가 동시의 주축을 이루어 왔으나 최근 관심을 불러일으키
는 생태시는 과거 자연친화의 시세계가 아니라 생태계의 파괴로 인한
위기감에 비롯된 생태계 보전을 위한 탈인간중심주의적 생태시를 말한
다. 생태주의 시는 생태계의 현실을 문명의 위기로 받아들여 문명세계
의 황폐화를 형상화하고 회복을 위한 노력을 생태학적 세계관으로 한
다. 아동문학은 미래 지구촌을 이끌어갈 주역에게 생태환경의식을 고양
시켜 생태주의적 세계관을 바탕으로 지속가능발전을 도모하고자 하는
유목적적인 기능을 수행한다. 생태동시는 미래사회의 새로운 생태학적
인간상의 구현[1]하는데 가장 이상적인 문학장르이다. 최근 한국동시문학
속의 나타난 생태문제에 시인들은 생태의식을 어떻게 작품에 반영하고
있는지『대한민국 대표동시 365가지』에 수록된 작품을 대상으로 생태계
문제를 구체적으로 형상화하고 생태주의 의식을 드러내고 있는 작품들
을 중심으로 생태학적 상상력을 논의하고자 한다.

---

1 송상용 외,『생태문제와 인문학적 상상력』, 나남출판, 1999, 58쪽.

2. 생태동시의 개념과 특성

1) 생태동시의 개념

생태학이란 생물들 간의 관계 및 생물의 생활 상태, 환경과의 관계를 과학적으로 연구하는 생물학의 한 분야로 생명현상을 연구하는 학문이다. 따라서 생태시는 생태학을 바탕으로 모든 생명체들의 우주공동체적 입장에서 생태학적 상상력으로 형상화하는 장르이다.

생태시는 환경시와 같은 용어로 사용되고 있다. 따라서 생태시를 환경시로 혼용하는 경우도 있다. 생태시라는 용어는 뮌헨 대학 정치학 교수인 마이어-타쉬(P.C. Mayer-Tasch)가 1980년 「생태시는 정치적 문화의 기록물」에서 처음으로 사용하였다. 또한 1981년에 출간된 『직선들의 폭우 속에서. 독일의 생태시 1950~1980』라는 생태시화집의 서문을 통해 본격적으로 사용하게 되었다.

생태시라는 용어는 생태학의 문학적 수용과 같은 맥락으로 생태학에서 비롯된 생태학적 인식과 상상력으로 탄생하게 되었다.[2] 생태시는 식물학적 이미지를 가지며 생태계의 손상된 세계를 인간의 모든 정신적, 문화적 환경과 자연생태계를 포함한 오염과 파괴의 문제를 주요한 소재로 다루는 모든 시를 총칭한다.

문학이 본질적으로 문학을 형성하는 시대환경과 밀접한 관계를 맺고 있다. 기후, 정치, 사회적 조건에 따라 문학도 이에 상응하는 차이를 보이고 있다는 것이다. 따라서 지구환경, 즉 생태계는 문학의 결정적 요소의 하나로 인간과 자연, 그리고 그들 사이의 변모된 현실은 작품 속에 자연스럽게 형상화하는 것이다.

---

2 김승구, 「고등학교 문학교과서에 수록된 생태시에 관한 연구—생태의식을 중심으로」, 청주대학교 교육대학원, 2012. 19쪽.

우주의 생명체들은 우주를 구성하는 요소로 전통적인 우리 시 속에 인간 삶의 모습이 언제나 등장하였다. 인간의 주변에서 인간과 함께 존재하는 자연의 오습으로 구체적으로 형상화되곤 하였다. 따라서 원만한 자연의 정서만을 공급받던 시인들은 이제 황폐해진 자연과 정서를 시의 형식 속으로 끌어들일 수밖에 없다. '생태계'가 생물학적 뜻을 강하게 내포한다면 인간도 다른 생물들과 다르게 구별되고 인간이 이루어낸 문화적 현실적 존재로 구별되기 어렵다. 따라서 인간과 자연이 대등한 위치에 있음을 인식해야 한다. 인간의 모든 정신적, 문화적 환경과 자연생태계를 포함한 오염과 파괴의 문제를 주요한 소재로 다루며 이를 극복하는 노력을 문학적 표현으로 생태시라는 용어를 사용한다.[3]

우리나라에서는 1990년대에 들어서 환경과 생태의식을 바탕으로 한 시가 본격적으로 나타났고, 이들 시에 대한 명칭이 다양하게 불리워지고 있다. 김용민은 환경시와 생태시로, 박상배와 이건청은 생태환경시로, 남송우는 생명시=생태시로, 송희복은 생태학적 서정시로, 최동호는 생태지향시로, 고현철과 장정렬은 생태주의 시로 개념을 정리했다. 이들 용어에 대한 논의는 많은 견해가 있으나 이들 모두 생태라는 개념이 '환경'과 '자연'과는 다르다는 것을 전제하고 '생태문학', '생태시'의 명칭을 사용하고 있다. '생태시'와 '자연시'라는 개념과 혼용되고 있으나 생태시는 주제, 목적, 성격 등에서 자연시와는 다른 독립된 장르다. 물론 생태시가 자연을 문학 소재로 한다거나 인간과 자연 간의 관계로부터 문학의 테마를 형성한다는 점에서는 생태시도 기존의 자연시를 계승한다고 볼 수 있다. 그러나 '생태시'는 '자연시'와 공유점을 가지면서도 '자연'을 바라보는 관점과 시각에 있어서 '자연시'와 다른 성격을 갖는다. 현실적 시각으로 자연의 실상을 인식하여 인간과 자연 간의 관계

---

3 오유정, 「한국 현대시의 생태환경의식 연구」, 한남대학교 사회문화대학원 석사학위논문, 2009. 19쪽.

를 비판적으로 성찰하고 '자연시'의 낭만주의적 관념을 부정한다는 점에서 '생태시'는 비판적 '자연시'이자 리얼리즘적 '자연시'라 부를 수 있다.[4]

생태시는 자연의 아름다움을 내세워 노래하던 시인들이 더 이상 현실을 외면하고 회피하면서 자연을 노래할 수 없게 되자 새로운 주제와 성격으로 자연을 노래하게 되었는데, 이른바 생태시가 표방하는 주제는 다음과 같은 유형으로 집약된다.

① 자연과 인간의 불화를 증언해줌으로서 자연에 대한 낙관적 관념을 비판적으로 성찰하게 한다.
② 자연파괴의 실상과 생태계 오염의 실태를 사실적으로 재생하여 고발한다.
③ 오염된 자연환경으로 인하여 인간이 겪는 피해상황을 세밀하게 묘사함으로서 생존에 대한 위기의식을 일깨운다.
④ 자연의 파괴를 가속화시키는 사회적 원인들을 규명하여 이를 비판하고 개혁을 호소한다.
⑤ 생명존중 및 자연보호의 의식을 보편화시킨다.
⑥ 잃어버린 자연의 아름다움을 예찬하는 것을 바탕으로 자연미의 회복을 호소한다.
⑦ 자연은 인간에게 혜택을 부여하고 인간은 자연을 보호하는 상호의존의 관계가 원활하게 이루어지는 생태학적 낙원, 에코토피아의 구현을 희망한다.[5]

따라서 생태동시는 자연시와는 다른 개념으로 자연을 소재로 생태의식을 반영한 동심적인 시라고 할 수 있다.

---

4 송용구, 『현대시와 생태주의』, 새미, 2002, 21~22쪽.
5 송용구, 상게서, 21~22쪽.

2) 생태동시의 특성

생태시에서 묘사된 생명파괴의 현상은 정치, 사회, 문화에 대한 현대인들의 의식구조와 밀접한 연관을 맺고 있다. 생태시는 자연 및 생태계가 파괴되어 가는 실상을 인식하는 단계에서부터 출발하는 문학이다. 그러나 이 단계로부터 다 나아가 생태계 파괴를 불러일으키는 원인들을 고발함으로써 독자의 비판의식을 일깨우려는 목적성을 저항한다.[6]

생태시의 성격은 다음과 같이 네 가지로 집약된다.

첫째, 생태시는 자연과 인간의 생명이 파괴되어가는 상황을 사실적으로 묘사하는 시이다.

둘째, 생태시는 사회의 모순과 부조리로부터 생명파괴의 원인을 찾아내고 규명하는 시이다.

셋째, 생태시는 환경오염의 원인들을 비판하면서 그 원인들에 대한 개혁과 극복을 호소하는 시이다.

넷째, 생태시는 현실극복의 과정을 통하여 인간과 지역의 상생이 이루어지는 대안사회를 모색하는 시이다.

생태시는 파괴된 자연환경의 실상을 사실적으로 재생하는 데만 중점을 두는 시가 아니다. 생태시는 자연의 생명력과 생태계의 자정능력을 객관적으로 진단함으로써 인간과 자연 간의 관계가 어떻게 변화되었는가를 사실적으로 인식하는 시이며, 생태계 파괴의 원인들을 비판적으로 성찰함으로써 인간과 자연 간의 상생의 출구를 모색하는 현실참여의 문학이다. 자연이라는 거울을 통해 현실을 비추어보고 언어의 청진기로써 사회의 병리현상들을 진단하며, 정치 및 사회의 부조리로부터 환경 파괴의 원인들을 추적해 나가는 시인들의 현실인식이 생태시의 토대를 이

---

6 송용구『생태시와 저항의식』, 다운샘, 서울 2001, 24~25쪽.

른다.[7]

전통적인 동시는 자연을 바탕으로 개인사적인 상념이나 감동을 자연친화나 목가적 전원적인 아름다움을 주제로 외형적인 자연의 모습을 노래하였다면, 생태동시는 전 우주 구성체의 생명의 문제를 다루는 시이다. 자연의 파괴나 오염의 심각성으로 자연의 위기와 종말론적인 상태를 묘사하기도 한다. 인간의 생존 문제를 다루는 생태시는 자연의 모습을 통해 그 구조도 비개인적이고 산업화로 인한 공간의 변화에서 발생된 도시화 현상을 내포한다.

농촌의 도시화나 산업 개발의 급속한 변화로 도시화된 제반 현상을 형상화하여 동심의 도시화를 반영한 동시가 뚜렷하게 나타난다. 1970년대 이후 도시화로 농촌은 붕괴되고 농촌인구의 도시 집중이 이루어짐에 따라 동시도 잃어버린 고향에 대한 향수, 도시화로 인한 각종 공해 문제와 환경 파괴 문제 등 부정적인 도시 현상이 생태동시의 바탕을 이루었다.

생태동시는 이러한 현상들로부터 발생한 인간이 살아가는 생태계의 파괴나 문명 비판, 생명에 대한 위기의식을 바탕으로 쓰여진 시로 보면 적당할 것이다.[8]

또한 인간의 정신세계가 황폐해지고 소외로 인해 생명이 경시되는 것을 인식하여 녹색혁명이라는 생명의 존귀함을 생명의식에 포함하여 나타내는 시의 경향을 포함한다.

---

7 송용구, 『독일의 생태시』, 새미, 2007, 14쪽.
8 오유정, 『한국 현대시의 생태환경의식 연구』, 한남대학교 사회문화대학원 석사학위논문, 2009, 20쪽.

3. 생태동시의 발생론적인 탐색과 나아갈 방향 모색

1) 생태동시의 발생론적인 탐색

1970년대 이후 경제성장을 위한 산업화로 인해 생태계가 급속하게 파괴되고 인간의 생존을 위협하게 되는 위기적 상황에서 생태동시의 발생 근거를 찾아본다면, 인간과 자연과의 관계망 속에서 찾을 수 있다.

인간은 자연의 일부이며 자연을 이용하면서 전적으로 자연에 의존하여 살아갈 수밖에 없는 존재이다. 중요한 사실은 자연과 인간이라는 두 존재를 인정하면서 조화와 균형을 이루어가야만 한다는 사실이다. 그러나 인간은 인간 자신만을 위하여 자연을 이용하고 살아왔다. 18세기 산업혁명 이후 인간 중심의 세계관으로 인하여 자연과의 조화와 균형이 깨지게 되었다. 농촌인구의 대도시 이주로 인한 주거환경의 악화, 주택 부족, 대기와 수질 오염, 생활 쓰레기로 인한 위생 환경의 악화 등 시설 미비로 인한 환경문제에 직면하게 되었다. 우리나라도 1970년대 산업화가 본격적으로 이루어지면서 도시화로 인한 각종 심각한 환경문제가 대두되게 되었다. 2차 세계대전 이후 과학기술의 발달로 중화학공업 중심 산업의 질서가 재편되면서 세계 각국은 주거환경문제는 물론 산업 쓰레기, 증가, 열대림의 파괴, 지구의 사막화, 오존층의 파괴, 지구 온난화로 인한 극지방의 빙하가 녹고 해수면의 상승, 원자력 발전으로 인한 원자력 폐기물 매립의 심각성 등의 환경문제가 심각한 위기의식롤 다가오고 대량생산, 대량소비의 경제성으로 인한 자원의 고갈과 생태계의 파괴는 인간의 삶을 위협하고 있다.

인구의 폭발적 증가에 따른 기하급수적으로 자원이 고갈되고 있는바 과학기술력에 의존하는 인간중심주의적 사고로 인한 대량생산, 대량소비의 사회는 자연의 고갈과 환경 파괴로 이어지고, 구소련의 체르노빌 원전

사고, 일본의 원전사고 등 세계 각국은 핵의 공포와 가스, 해난사고의 기름 유출로 인한 바다 생태계의 파괴, 원전지역의 바다 생태계 파괴, 무뇌아, 기형가축의 출현 등 과학기술은 인간의 생존을 위협하기에 이르렀다.

인간에 의한 인간을 위한 살기 좋은 세계를 건설이라는 인간중심주의 세계관이 가져온 참담한 결과인 것이다. 과학기술을 바탕으로 한 첨단 문명은 전 지구적으로 생태계의 파괴로 이어져 인류의 생존을 위협하기에 이르렀다. 이런 상황에서 과거의 인간중심주의 세계관으로는 지속가능한 발전을 이룩할 수 없는 한계에 부딪쳐 새로운 패러다임을 요청하기에 이르렀다. 과거 인간과 자연이라는 이원론적인 세계관의 폐혜에서 탈피하는 길은 일원론적인 생태주의 세계관으로의 패러다임이 바뀌어야 함은 두말할 나위도 없다. 따라서 인간의 자연관도 인간중심주의 자연관이 아니라 생태중심주의의 자연관으로 바꾸이어야 하고 문학에 있어서도 생태학적인 상상력의 근간을 이루게 되었다. 더 이상의 생태환경을 파괴하지 않고 자연과 인간이 조화와 균형을 이루어 지속가능한 발전을 이루어 나가기 위해서는 자라나는 세대의 어린이들에게 생태의식을 생활화하는 삶의 태도와 생태학적 상상력이 생태동시의 발생론적인 근거가 된다.

2) 생태동시가 나아가야 할 방향

생태동시가 나아가야 할 방향은 인간중심주의 세계관에서 생태주의 세계관으로 패러다임의 변화를 바탕으로 인간과 자연을 일원론적으로 보는 근원적인 세계관의 회복을 행해 나아가야 한다. 즉 우주론적인 생태관을 밑바탕으로 한 해와 달과 지구, 그밖의 환경 요소가 한데 어울려 살아가는 일원론적인 세계관으로의 인식 전환이 이루어져야 한다.

자연과 인간이 공존하는 것이 아닌 인간 존재 우위의 세계는 이원론의 세계이며 개체론적인 세계다. 이 세계를 지탱하는 것은 과학적 합리주의다. 인류가 급속한 문명의 발전을 이룩한 것도 바로 과학기술의 발전 때문이었다. 문명의 발전은 인간의 삶의 환경을 바꿔 놓고 있다. 문명의 발전에 따라 생태환경의 파괴를 가져왔다. 일원론적인 세계관으로 자연과 인간이 함께 살아가려는 세계관은 기계론적인 세계관이 대두하기 이전에 동서양에서 보편적으로 존재해왔던 것이기도 하다. 인간은 자연의 일부로 서로 간에 조화와 균형을 이루어 융합해 나아가는 사고는 다양한 형태로 나타날 수 있을 것이다. 그러나 이러한 사고의 밑바탕은 지구상에 존재하는 모든 생명들은 동일한 가치를 가지고 있는 생물동일가치관과 각 생물들의 온전한 생존을 존중할 수 있어야 한다는 점이다.

둘째로, 인간이 자신의 욕망을 위해 이룩한 문명에 의한 자연 파괴의 실상을 고발하고 비판함으로써 인류의 삶에 대한 위기의식을 감지하고, 각성하는 방향으로 나아가야 한다. 우리 인류의 삶을 위협하는 요소는 많으나 이러한 위협 요소가 어느 한 개인에 영향을 미치는 것이 아니라 계급이나 국가의 차원을 초월하여 지구 생태계 전체의 공멸 위기를 초래할 것이다. 생태동시는 미래 지구촌을 이끌어 갈 어린이들에게 이에 대한 비판적 사고와 이를 바탕으로 한 인식 전환의 계기로 적용하여야 한다. 그리하여 지속가능발전으로 위기적 상황에서 벗어나려는 의지를 길러주어야 할 것이다.

셋째로는 생태계의 파괴로 피폐화된 인간 자신의 삶에 대한 각성과 문명 비판을 전제조건으로 한다. 대량생산, 대량소비의 대중문화에 길들어져 있는 오늘날의 삶의 기저에는 무절제한 욕망의 분출과 자본주의 삶의 천박성 때문임을 깨달아야 한다. 이러한 물질적 가치관과 욕망이나 의식의 천박성은 인간의 건전한 가치관을 파괴하고 인간 정신을 타락시켜 사회의 도덕 윤리의식의 붕괴를 가져오는 주요 원인으로 작용하게 된다고 볼 수 있다.

산업사회의 등장과 이윤 추구를 목적으로 하는 자본주의적 생산양식은 자연과 인간의 관계를 극도로 악화시켰고, 그 결과 우리 생활 공간에 빚어진 공해, 오염, 생태환경의 파괴 등을 야기시켜 위기의식은 물론 도덕적 윤리적인 타락상으로 이어졌다. 생태문학은 인간의 윤리도덕의 타락에 대한 각성과 새로운 가치관을 갖도록 하는 데 기여하여야 할 것이다. 생태동시의 방향도 바로 자라나는 세대들에게 타락한 정신적 가치를 비판하고 건전한 도덕적 윤리적인 가치관으로 정서적으로 안정된 생명존중의식으로 나아가야 할 것이다.

넷째로는 자연과 인간의 존재를 인식하고 그 바탕에서 새로운 삶을 보여주어야 한다. 우주와 인간과 모든 생명들이 서로에게 필요한 존재이며, 똑같이 귀중한 가치를 지닌 존재라는 인식은 서로가 동등하고 조화롭게 살아가야 할 세계를 향한 기원으로 나아간다. 과학의 발전과 인간의 욕심을 조절하면서 생태환경을 보전하며 살아감으로써 지속가능발전을 이루기 위해 인류는 지구촌 가족의 일원으로 하나뿐인 지구의 생태환경을 보존해 나아가야 한다는 새로운 생태관을 바탕으로 모두 노력해야 할 것이다. 생태동시는 밝은 미래사회를 열어가는 생명존중 삶의 방향으로 나아가야 한다.

4. 동시와 생태학적 상상력

1) 우주론적인 생태관의 동시와 상상력

(1) 우주론적인 환경 요소의 상상력 전개

지구는 물과 공기, 대지라는 환경요소로 구성되어 있다. 이러한 환경요소에 대한 자각은 생명체가 존재하는 데 없어서는 안 될 필수적인 사항이다. 하늘의 해와 별, 땅과 바다에 존재하는 생명체는 인간이 생존하기 위해 필수적인 환경요인이다. 이러한 환경요소를 바탕으로 생명체의 생명 활동이 가능하게 된다.

하늘이 없으면
산도 없겠지

하늘이 쉬고프면
산에 내리고

산이 크고프면
하늘을 바라보는데

그 속에 사는 새는
산에서 크고 하늘을 나네

—황 베드로, 「하늘이 없으면」 전문

「하늘이 없으면」을 가정했을 때를 상상하여 산도 없을 거라는 상대적 우주관을 보여준다. 산은 땅을 상징하고 하늘과 땅 사이에 살고 있는 생명체로 하늘을 날 수 있는 새의 존재를 등장시키고 있다. 하늘과 땅 그리고 생명체라는 우주론적인 상상력으로 생태학적인 생명의 존재를 부각시키고 있다. 하늘의 해는 생명 현상을 가능하게 하는 환경요소다.

햇볕을 물어 나르던
새들이
그만 지쳐 돌아간

어느 해질녘.

옹기종기
정다운 눈망울에
꺼질듯 꺼질듯
까맣게 타는
모닥불.

—최재환, 「이른 봄」 전문

　하늘의 해는 지구에 비춰 환경요소가 되고 생명현상이 가능해진다. 햇빛이 비춤으로 인해 바람과 비, 기온의 변화 등 기상현상이 일어나게 된다. 해을 중심으로 지구가 공전함으로써 계절현상이 생겨나게 된다. 「이른 봄」은 해질녘 빨간 노을이 깔릴 때 새가 날아가는 현상을 모닥불로 은유하여 우주론적인 상상력을 확산시킨 시다.

　해는 이슬과 비 등 기상현상을 일으키는 우주의 중심이다. 하늘의 해와 달, 지구의 환경요소로서의 이슬, 빗물, 그리고 강물의 흐름과 생명활동을 가능하게 하는 요인으로 작용한다는 우주론적인 상상력으로 확산된다.

꽃봉오릴 틔울
한 방울 이슬이

묵은 꺼풀 씻어 내릴
한 자락 빗물이
나, 이슬 아니고
너, 빗물이 아니어

서로 섞여 흐르고

때론
이슬이 빗물같이
빗물이 이슬같이
서로
함께 흐르는 강.

―김원석, 「너와 내가 없는 강」 전문

「너와 내가 없는 강」은 지구를 구성하는 산과 강의 환경요소가 생명활
동의 근본임을 일깨우는 상상력을 발휘한다.

(2) 4계절의 변화에 따른 환경요소와 생명체들의 상상력

『대한민국 대표동시 365가지』에 언급된 계절 현상의 시들은 대부분
계절을 맞이하는 환경요소와 생명체들의 모습, 그리고 계절에 따라 나
타나는 기상현상을 바탕으로 상상력이 전개되고 있다.

봄에 대한 상상력으로 노래한 동시로는 최재환의 「이른 봄」, 송년식의
「봄비」, 김재수의 「4월」, 김철민의 「봄이 오네」, 박유석의 「봄산」, 박종
현의 「봄에게」, 민홍우의 「봄 들녘에 나가면」, 권수환의 「봄날은」, 이장
희의 「봄은 고양이로다」, 임인수의 「봄이 오는 길」 등이다.

고개 넘어가는 길
봄이 오는 길

봄 길 쪼르쪼르

눈이 녹는다.

길은 진흙길
산으로 가는 길

나무하러 차박차박
짚신 신고 가는데

봄 길 쪼르쪼르
눈이 녹는다.

―임인수, 「봄이 오는 길」 전문

"봄이 오는 길"을 사람들이 활동하는 모습을 통해 보여주고 있다. 1950년대나 1960년대의 상황에서 봄을 맞는 모습이다. 눈이 녹는 모습과 사람들이 지게를 짊어지고 나무하러 가는 상황으로 봄을 맞는 상황이 리얼하게 드러난다.

봄의 산은
투정부리는
아기이다.

펑펑
흰 눈을 날리다가도
주룩주룩
봄비로 눈물 흘린다.
그래도

애틋한 마음으로
꽃을 피워 낸다
새침떼기지만
다정스런
봄산.

―박유석, 「봄산」 전문

「봄산」의 풍광을 노래하고 있다. 봄이 왔을 대의 기상현상으로 흰 눈
이 날리다가도 봄비가 내리는 산의 모습을 동심으로 비유하여 표현하고
있다. 봄의 풍광을 어린이의 행동 특성으로 의인화한 동시이다. 모두 기
상현상의 변화를 봄의 이미지로 형상화해내고 있다. 봄은 생명 현상인
소생의 이미지로 부각되고, 겨울에서 봄으로 바뀌는 기상 현상을 눈과
봄비로 형상화한 시가 봄을 소재로 한 동시의 특징으로 나타나고 있다.

또한 여름에 대한 상상력을 보여준 시로는 오규원의 「여름에는 저녁
을」, 윤삼현의 「여름날 2」, 황베드로의 「파란 마을」 등이 있다. 여름을
소재로 한 동시 역시 기상현상을 바탕으로 상상력을 전개되고 있다.

소낙비 그친
아스팔트길
동동
구름이 내려와 떠 흐른다.

구름을 타고
붕붕
하늘 위를 달린다.

―윤삼현, 「여름날 2」 전문

여름이 온 도시의 기상현상으로 여름을 표현해내고 있다. 구름이 낮게 떠 있음은 소나기를 동반한 여름의 특징적인 기상현상이다. 앞의 시와는 대조적으로 황베드로의 「파란 마을」은 시골의 풍광으로 여름을 형상화해내고 있다.

파란 냄새가
매미를 울리고

파란 잎새가
여치를 키우느라
산숲은 온통 파란 지붕

나도
한여름 말매미가 되어
파란 마을에 살고 싶다.

—황 베드로, 「파란 마을」 전문

「파란 마을」은 여름을 회피하는 생명체의 특성을 시원한 느낌이 드는 색깔 이미지로 형상화했다. 사람들이 희망하는 상상의 마을이 바로 "파란 마을"이다.

가을에 대한 상상력을 전개한 시로는 문삼석의 「초가을 들판이」, 한인현의 「가을 해」, 정용원의 「가을 하늘」, 김철민의 「가을 풍경」, 윤이현의 「가을 하늘」, 정광수의 「가을이란 산빛이 있어」 등이 있다. 가을 이미지는 맑은 가을 하늘과 식물의 열매 맺기와 색깔 변화, 그리고 낙엽을 바탕으로 상상력을 전개하는 것이 특징적이다.

초가을 들판이
노릇노릇 익습니다.

볏잎이 노릇노릇 익고
벼알도 노릇노릇 익고

은행잎이 노릇노릇 익고
은행알도 노릇노릇 익고……

초가을 들판이
달걀부침처럼

노릇노릇 익습니다.
온종일 익습니다.

—문삼석, 「초가을 들판」 전문

　초가을 들판의 모습에 가을을 상징적으로 형상해내고 있다. 볏잎과 벼알, 은행잎과 은행알이 노란색으로 변화하는 모습을 가을 이미지로 상상하여 가을 햇살의 환경요소와 "노릇노릇 익습니다."로 식물의 변화 상황으로 가을을 표현해내고 있다.

　다음으로 겨울의 계절 현상에서 빚어진 지구 공간적인 상상력으로 장사도의 「아이들은 즐겁다」, 유지영의 「고드름」, 박지현의 「한겨울」, 겨울의 기상현상으로 박두순의 「눈」, 임원재의 「새벽길」, 윤수천의 「꽃바람」, 황금찬의 「눈」, 월산대군의 「추강에 밤에 드니」, 황진이의 「동짓달 기나긴 밤」 등이 있다. 겨울의 계절적인 특징으로 춥다는 기상현상과 차가운 북풍, 눈과 고드름 등의 기상현상을 바탕으로 상상력을 전개해 나가고 있다.

벌벌 세찬 바람
문을 두들겨
들어오려 해도

방 안
화롯불
따스한 얘긴

어림도 없다고
열어 주질
않는다.

—박지현, 「한겨울」 전문

「한겨울」은 사람이 살아가는 집에 바람이 문을 두드리고 방안에 화롯
불을 놓고 도란도란 이야기를 주고받는 정겨운 모습으로 겨울을 상징적
으로 표현해내고 있다.

이처럼 봄, 여름, 가을, 겨울 4계절 지구촌에서 일어나는 환경요소인
기상 현상과 생명 현상을 바탕으로 시적인 상상력을 전개하여 정신적인
이미지와 비유적인 이미지, 그리고 상징적인 이미지로 우주론적인 상상
력을 전개해 나가고 있다.

(3) 기상 현상으로 형상화한 상상력

계절적인 특징으로 표현되는 기상 현상인 비, 눈, 우박, 서리, 바람,

구름 등을 바탕으로 상상력을 전개하고 있는 것이 특징적이다. 봄의 경우 봄바람, 봄비, 실비, 이슬비, 보슬비 등이 봄의 기상현상의 이미지를 위주로 하여 상상력을 전개하여 시적인 형상화가 이루어지고 있다.

노란 꽃은 더 노랗게
빨간 꽃은 더 빨갛게
비야, 봄비!

손목을 잡아 달라는 것 같아
손목을 잡아 주면
몰라요 몰라요 몰라요 몰라요
봄 속살 속속들이 젖어드는 비.

―송년식, 「봄비」 전문

봄비가 내리고 생명체인 식물의 색깔이 변화하는 모습과 봄비가 식물의 성장을 돕는다는 이미지를 동심적 상황으로 의인화해 손목을 잡는다고 형상화하여 봄의 기상현상인 봄비의 이미지가 선명하게 드러나고 있다.

여름의 기상 현상으로는 소나기, 무지개, 구름, 안개 등이다. 공간으로는 바다가 많이 등장하고 있다. 바다는 사람들이 여름이면 찾아가는 장소이기 때문에 여름의 상징적 이미지로 바다의 시가 많이 등장하고 있다.

소나기 그쳤다

하늘에

세수하고 싶다.

—김영일, 「소나기」 전문

    소나기는 여름날의 자주 접하게 되는 기상 현상이다. 소나기가 오고 난 후의 맑아진 하늘을 보고 떠오른 생각을 "세수하고 싶다"는 표현으로 자연과 인간을 일원화시키고 있다.

하얀
구름아
비 한 보시락
내려 봐라

비도
하얀가
하이얀가
보게.

—서오근, 「하얀 구름」 전문

    하얀 구름이 비가 되어 내리는 기상 현상을 구름의 색깔과 비의 색깔을 비교를 통해 명징하게 구름의 속성과 비의 속성을 밝혀 보려는 동심적인 상상력을 바탕으로 한 시다.

우르릉 꽝꽝

깜장 구름 아가에게
쉬하며 오줌 누이는

천둥 할아버지

쏴아쏴아

그놈 참
세차게 누기도 하지.

—박신식, 「소나기」 전문

박신식의 「소나기」는 여름날 소나기 오는 상황을 아가가 오줌을 누는 것으로 연상하여 우주와 인간의 일체감을 형상화하고 있다. 이는 자연과 인간의 일원론적인 상상력에서 빚어낸 걸작이다.
　가을에 대한 기상현상의 상상력으로는 맑은 하늘과 서리, 쌀쌀한 가을바람 등을 들 수 있다.

한밤에
바람이 산길을 가는 소리

어머니
지금 산길을 가을이 가고 있습니다

첫서리 내리면
산머루 맛이 드는 마을

기러기랑 나그네랑 더불어
산길을 가을이 가고 있습니다.

—김요섭, 「첫서리 내리면」 일부

첫서리가 내릴 때의 기상현상과 가을 이미지를 바탕으로 가을이 가고 있는 상황을 그려내고 있다. 첫서리가 내려 가을이 가는 상황을 산길을 걸어가는 나그네의 모습과 일체화시키는 일원론적인 생태관을 담고 있다.

겨울의 기상현상으로는 눈과 고드름, 북풍, 추위 등을 들 수 있다. 이러한 기상현상으로 인간과 자연의 일체화된 우주론적인 생태관을 담은 시가 박두순의 「눈」이다.

> 자장
> 자장
>
> 하늘이 불러 주는
> 하얀 자장가
>
> 풀잎 머리 위에
> 나무의 팔 위에
> 산의 어깨 위에
>
> 자장
> 자장
>
> 지붕이 하얗게 잠들고
> 들이 하얗게 잠들고.
>
> ―박두순, 「눈」 전문

겨울철 「눈」이 내리는 모습을 하늘 어머니가 지구를 잠재우는 자장가로 우주와 인간이 일체화된 상상력을 발휘하고 있다. 하늘=어머니, 지구=아기로 은유되는 하늘과 대지와 우주적 공간의 상상력은 우주와 자연이 살아 있는 것으로 생각하는 물활론적인 동심적인 세계관에서 비롯된 상상력이다.

2) 인간 생명의 존귀함과 사랑을 바탕으로 한 생명주의적 세계관의 동시

(1) 인간 생명의 존귀함과 사랑의 생태학적 상상력

생명주의적 세계관의 동시는 인간 생명의 존귀함과 사랑을 포용하고, 자연친화의 소재로 상상력을 발휘하고 있다. 태초부터 자연은 인간에게 생활 전반에 걸쳐 지대한 영향을 미쳐 왔으며 그로 인해 자연과 어우러진 풍습이나 신화와 주술적인 종교적 제의행사가 있어 왔으며, 이러한 활동은 인간들에게 생명의 활력소를 가져다 주었다. 인간 생명의 존귀함과 인간과 인간, 자연과 인간, 우주와 인간 간의 사랑은 생명주의적 세계관을 형성하는 원천이 되고 있다.

우리 아기 옹알옹알
혼자서 옹알옹알

무슨 말을 하는지
저 혼자 옹알옹알.

옹알옹알 하다가
어느 틈에 잠들어,

새근새근 우리 아기

작은 숨소리.

—어효선, 「옹알이」 전문

　　아기가 자라면서 옹알이하는 생명 현상을 노래한 동시이다. 아기는
옹알이하면서 자라난다. 이런 아기의 옹알이 현상을 어머니 같은 사랑
스런 시각으로 바라본, 생명의 존귀함을 표현한 시다.

아가의 얼굴은

엄마의 얼굴

아가의 얼굴은

아빠의 얼굴

아빠 얼굴 조금

엄마 얼굴 조금

아가 얼굴 속에

숨어 있어요.

—김원석, 「아가의 얼굴」 전문

　　아가의 얼굴이 엄마와 아빠의 얼굴을 닮았다는 생태학적인 상상력이
발휘된 시다. 생물학적으로 여자와 남자가 만나 생명 현상이 발생하는
생명주의적 세계관을 담은 동시이다.

신문 보다 잠드신 아빠 얼굴에

가만히 내 뺨을 대어 보았지.
솔처럼 까칠까칠 따가운 수염
우습다 까뭇까뭇 아빠 턱수염.

조금 있다 살며시 눈을 떠 보니
아빠는 알면서 그냥 계셨지.
눈가에 얼굴 위에 번지는 웃음
하하하 나도 그만 웃어 버렸다.

―엄기원, 「아빠 얼굴에」 전문

아빠와 아기의 단란한 가족애가 담긴 생명주의적 세계관이 엿보인다. 남자 성인의 특징인 턱수염과 아가와의 다정한 교감은 인간 생명의 존귀함과 사랑의 상상력에서 비롯된다. 아빠와 아기가 볼을 맞대고 즐거워하는 가족 사랑의 모습을 형상화하여 생명주의적 상상력이 명징하게 나타나고 있다.

(2) 자연친화적 교감의 생태학적 상상력

우주의 질서 속에서 태어난 자연은 인간을 포함하는 개념으로 인간도 자연의 일부분으로서 자연 속에서 자연의 도움을 받고 생존해 나아간다. 자연은 인간 생존을 위해 반드시 필요한 조건으로 인간은 자연을 떠나 살 수가 없다. 따라서 자연과 공생 공존하며 생태환경에 적응하여 자연과 인간이 서로 존중하는 시선으로 바라보고 친밀하게 공존해 나아가려는 의식이 자연친화 의식이다. 자연친화적 태도란 자연에 대한 생태적 이해를 바탕으로 한 공존적인 삶의 태도로 자연의 본질적 가치를 인식하고 자연을 즐기는 태도를 말한다. 생명에 대한 존중의식을 갖고 식물에 대해 관심을 갖고 사랑하며 자연환경에 대하여 친숙함을 느끼고 선호하는 태도를 말한다. 자연친화적인 태도와 소재로 자연과 인간이 조화롭게 살아가려는 생태학적인 상상력을 반영한 시는 우리나라 전래 동요에서부터 우리나라에 근대화된 동시가 등장한 100년 동안 많은 동시가 창작되어 나왔다. 특히 일제강점기에 조국을 잃어버린 슬픔을 자연의 세계를 통해 노래하는 자연친화의 시세계가 주류를 형성하기도 했으며, 최근의 동시에서도 자연친화의 교감을 바탕으로 한 생태학적 상상력을 반영한 동시가 많이 창작되고 발표되고 있는 추세이다.

자연친화의 대상으로는 동물과 식물이 주로 많이 등장하는데, 『대한민국 대표동시 365가지』에 나타난 동물로는 조류인 방울새, 까치, 종달새, 떠오기, 부엉새, 제비, 뻐꾸기, 소쩍새, 꿩, 비둘기, 기러기, 솔개, 까마귀, 참새, 새, 산새, 가축인 닭, 오리, 아기 염소, 병아리, 토끼, 소, 강아지, 꽃사슴, 동물원의 동물인 원숭이, 코끼리, 하마, 사자, 양서류인 올챙이, 개구리, 두꺼비, 어류인 민물고기, 갑각류인 게, 달팽이, 가재 등으로 인간과 가장 밀접한 동물들이 시의 소재로 여러 차례 등장했다. 곤충으로는 나비, 고추잠자리, 귀뚜라미, 반딧불, 매미, 쓰르라미, 여치, 사마귀, 풀벌레, 메뚜기, 방아깨비, 풍뎅이 등 우리 주위에서 많이 볼 수 있는 곤충들이었다.

식물로는 은행나무, 은행잎, 겨울나무, 꽃무릇, 동자꽃, 털머위, 노루오줌, 애기똥풀꽃, 나무, 가로수, 땅감나무, 고욤나무, 감, 가랑잎, 딸기, 풀꽃, 메밀꽃, 감자꽃, 나팔꽃, 들국화, 과꽃, 꽃씨, 달맞이꽃, 봉선화, 장다리꽃, 방울꽃, 민들레, 코스모스, 해바라기, 물봉선화, 앉은뱅이꽃, 버섯, 꽃잎, 조롱박, 도토리, 무궁화, 박, 박꽃, 밤, 호박, 외풀, 오리나무, 포도나무, 산딸기, 포도송이, 단풍, 보리밭 등 자연친화의 소재로 생태학적 상상력을 펼치고 있다. 먼저 식물을 소재로 한 자연친화의 동시를 들어보겠다.

올해도 과꽃이 피었습니다.
꽃밭 가득 예쁘게 피었습니다.
누나는 과꽃을 좋아했지요
꽃이 피면 꽃밭에서 살았었지요.

과꽃 예쁜 꽃을 들여다보면
꽃 속에 누나 얼굴 떠오릅니다.
시집 간 지 온 삼 년 소식이 없는
누나가 가을이면 더 생각나요.

—어효선, 「과꽃」 전문

과꽃에 얽힌 사연을 풀어내는 시로 자연친화의 사상이 표출되어 나타
나고 있다. 집안 가득 과꽃을 심고 가꾸어 과꽃이 핀 집에서 누나와 동
생이 다정하게 살아온 가족사가 과꽃 속에서 드러난다. 여기에서는 과
꽃도 인간과 함께 살아가는 가족구성원으로 보고 생태학적 상상력을 전
개해 나가고 있다.

다음으로 동물을 소재로 한 생태학적 상상력을 전개한 작품을 예로
들면 다음과 같다.

하나 들 셋
미루나무에
까치집 세 개

까치네도
아파트
짓고 산다

꽁지 까불어 대며
들락날락
들락날락

설날 아침
차례를
지내는가 보다.

—유경환, 「까치네 설날」 전문

　예로부터 까치는 인간과 더불어 살아왔다. 텃새인 까치와 참새는 사람들이 살아가는 마을의 나뭇가지에 집을 짓고 살아왔다. 그래서 까치가 울면 반가운 손님이 온다는 속담이 생기기도 하고, 견우와 직녀가 칠월 칠석에 오작교에서 만나는데 까치가 다리를 놓아 준다는 별자리 신화가 전해지고 있으며, "은혜 갚은 까치"와 같은 까치에 얽힌 민담이나 설화가 등장하는 등 인간과 밀접한 관계를 맺고 살아온 인간과 매우 친화적인 동물이다. 「까치네 설날」은 까치가 마을의 나뭇가지에 집을 짓고 들락날락하는 모습을 우리나라의 명절인 "설날 아침의 차례를 지내는" 모습으로 상상하여 자연친화의 생태학적 상상력의 세계를 동시에 담아내고 있다.

5. 결론

　20세기 인간의 풍요로운 생활을 위한 산업화의 물결은 걷잡을 수 없이 자연환경의 파괴로 이어지고 대량 생산, 대량 소비의 시대에 직면한 오늘날 생태환경은 위기의 시대를 맞이하게 되었다. 우리나라도 1970년대 산업화와 더불어 인간 생존을 위협하는 생태환경의 파괴의 심각성에 대한 인식을 하게 되어 오늘에 이르고 있다. 이제까지 자연에 일방적으로 가하는 폭력의 역사로 자리한 인간중심주의적 생태관에서 지속가능발전을 지향하는 생태주의 세계관으로 패러다임의 변화의 시점에 와 있다. 인간중심주의 세계관에서 비롯된 인간의 욕망을 극대화하는 물질주의적인 가치관에 의해 사회적으로 도덕과 윤리의식이 땅에 떨어진 병폐를 차단하고, 생태주의적 세계관으로 자연과 인간이 조화롭게 살아가는 지속가능발전을 모색할 때이다.

미래사회의 주역이 될 어린이를 독자대상으로 하는 아동문학은 생태주의적 세계관으로의 변화를 촉구하는 데 기여할 것이다. 그리하여 새로운 물결로 지속가능발전을 위한 바람직한 미래를 열어갈 것으로 본다. 본고에서는 최근 한국동시문학 속에 나타난 생태 문제를 통해 시인들은 생태의식을 어떻게 작품에 반영하고 있는지 『대한민국 대표동시 365가지』에 수록된 작품을 대상으로 생태계 문제를 구체적으로 형상화하고 생태주의 의식을 드러내고 있는 작품들을 중심으로 생태학적 상상력을 논의해 보았다. 생태동시의 발생론적인 탐색과 나아갈 방향을 모색해 보았고, 『대한민국 대표동시 365가지』에 수록된 365편의 동시를 분석하여 동시에 나타난 생태학적 상상력을 '우주론적인 생태관의 동시'와 인간 생명의 존귀함과 사랑을 바탕으로 한 '생명주의적 세계관의 동시'로 구분하여 살펴보았다.

우주론적인 생태관의 동시는 우주론적인 환경요소의 상상력 전개, 4계절의 변화에 따른 환경요소와 생명체들의 상상력, 기상현상으로 형상화한 상상력 등으로 구분하여 생태학적 상상력을 탐색해 보았으며, 인간 생명의 존귀함과 사랑을 바탕으로 한 생명주의적 세계관의 동시로는 인간 생명의 존귀함과 사랑의 생태학적 상상력, 자연친화적 교감의 생태학적 상상력으로 나누어 자세하게 분석하여 보았다.

파괴된 자연생태계의 치유와 회복은 상실된 인간성의 회복을 의미한다. 생태주의적 심층생태학적 상상력이 바탕이 된 새로운 패러다임의 전환과 새로운 생태환경주의적 가치관을 지향한 동시가 많이 창작되고 정착되어야 한다. 그래서 지구촌 가족의 생명공동체적인 삶을 살아가야할 자라나는 어린이들에게 건전한 가치관을 심어 주고, 생태학적 세계관을 형성하는 데 동시문학이 초석으로 자리매김하여야 할 것이다.

동심과 생태학적 상상력
생태학적 관점에서 본 대구아동문학 2013년 동시들

1. 들어가는 말

인간은 보다 더 나은 생활을 영위하기 위하여 자연을 이용하며 살아간다. 인간도 자연의 일부라고 볼 때 자연과 조화를 이루며 살아가야 함에도 인간중심적 생활방식은 환경의 위기를 초래했다. 따라서 생태학적인 패러다임의 변화가 요구되는 상황이다.

최근 생태학적인 패러다임의 변화를 촉구하는 움직임이 지구촌의 화두로 등장하고 있다. 인류의 어두운 미래는 지구촌 모든 나라가 인간중심주의에 대한 반성적인 각성과 함께 생태지향주의 사고의 전환을 촉구하고 있다. 생태지향주의는 오늘날 과학기술을 앞세우고 경제 논리를 앞세워 자연을 지배하고, 기술, 대량 생산, 소비 등을 지향한 결과 환경위기가 발생했으며, 산업중심주의의 제반 활동이 전지구적인 생존의 위기를 초래했다고 본다. 이는 인류의 미래를 위한 대안을 제시한 유토피아로서 인간 중심의 문화체계, 대량 소비로 이어지는 사회 구조를 바꾸기 위해 생활양식의 총체적인 변형을 요구하고 있는 생태지향주의자들의 주장에 귀를 기울려야 할 것이다.

바람직한 지구촌의 미래를 위한 생태학적인 인식을 바탕으로 생태 문제를 성찰하고 비판하며 새로운 생태 사회를 꿈꾸는 생태문학이 대두되고 있다. 생태문학은 모든 유기체는 서로 밀접한 관계아래 연결되어 있으며 인간은 지구라는 거대한 집에 다른 생물과 무생물과 함께 세 들어 사는 존재라는 생태학적 인식을 바탕으로 하고 있다.

지구촌의 미래를 짊어질 어린이를 대상으로 하는 아동문학에서 이러한 생태학적 인식을 바탕으로 한 생태문학의 지향은 지극히 당연한 귀결이라 본다.

2013년 대구아동문학회 회지 55호『빗방울이 똑똑똑~ 꽃봉오리 호호호~』에 실린 35명의 동시인의 작품은 이러한 최근 문학계의 흐름을 민감하게 반영이라도 하듯 생태동시가 주조를 이루었다. 생태문학은 미래 지구촌 가족들의 생존을 위한 마지막 열쇠인 만큼 지구촌의 미래사회 주인공들을 대상으로 한 생태동시로의 일관된 대구아동문학회 회원들의 목소리는 한국아동문학의 바람직한 미래를 열어 줄 것을 확신한다.

대구아동문학 제55호에 실린 35분의 동시의 세계를 생태학적인 관점으로 분석해 보고, 작품 속에 흐르는 생태학적 상상력을 탐색해 봄으로써 생태동시 운동의 시금석을 던지기로 한다.

2. 생태문학의 양상

김용민은『생태문학』(책세상. 2003)에서 생태문학을 다음과 같은 다섯 가지 유형으로 나눌 것을 제안하고 있는데, 그것을 살펴보면 다음과 같다.

① 환경과 생태계의 파괴를 직접적, 사실적으로 서술한 유형이다.

② 생태학적 인식을 바탕으로 생태계의 현 상황을 사실적으로 그리면서 동시에 생태계 파괴의 원인을 성찰하는 유형이다.

③ 자연이나 환경을 직접 드러내지는 않지만 생태계 문제를 심도있게 다루는 유형이다.

④ 페미니즘적 관점에서 생태계 문제를 바라보고 성찰하는 유형이다.

⑤ 생태계의 현 상황을 비판하는 것을 넘어서서 미래의 생태사회를 꿈꾸고 모색하는 유형이다.

3. 수록 회원들의 시세계

강윤제는 어린이와 자연과의 친화적인 생태적 관계를 동심으로 노래했다. 인간중심주의 시각에서 빚어진 자연 친화의 작품이다. 인간이 자연을 바라보는 시선을 통해 자연현상을 동심의 눈으로 바라보았다. 동심과 어우러진 자연현상도 생태계가 파괴되면 더 이상 볼 수 없게 된다는 사실을 명징하게 보여준다. 꽃과 나비가 어울리고 인간이 어울리는 자연현상도 환경이 파괴되면 더 이상 존립할 수 없게 된다. "옹알이"하며 아이가 자라나듯 새생명이 옹알이를 할 수 없는 세상이 올지 모른다는 불안감을 "옹아리랑"으로 표현하고 있다. 「옹아리랑」은 어린이들이 잘 자라기를 바라는 마음을 담았으나 생태계의 균형이 깨진 오늘날 우리가 쓰는 동시가 슬픈 "아리랑"으로 전락할지 우리는 두려워하고 있다.

권극남은 인간중심주의의 시각으로 자연 현상을 바라보고 있다. 자연에 대한 애정을 표현한 작품으로 따뜻한 인간애가 돋보인다. 인간에 대한 사랑을 넘어 자연에 대한 사랑까지 담아냈다. 「얼마나 힘들까?」와 「여름 풍경」, 「풀밭 무대」 모두 자연현상을 애정을 담아 해석하고 있다. 자연 현상을 서경적인 애정으로 해석하고, 오감으로 표현하여 생태적인 상상력을 촉발할 수 있는 무대를 제공해 주고 있다. "풀밭 무대"에서 생태계의 균형이 잡힌 동심의 알찬 공연이 이어지길 기대한다.

권영세는 "작은 것끼리" 조화롭게 어울려 사는 생태 공간을 노래하고 있다. 우리 인간이 "끼리끼리/오순도순/모여 사는" 생태계를 인간중심주의 생활방식으로 더 이상 파괴하여서는 안 될 것이다. 지구촌에서 살아가는 생태계는 "얼키고 설킨/억센 풀잎"처럼 생존을 위해 저마다 안간힘을 다 하고 있다. 인간만이 살겠다고 개발이라는 이름 아래 다른 생물체의 생태 공간에 무자비하게 폭력을 가하는 한 자연과 인간이 어우러진 생태계의 질서는 무너지고 재앙을 불러일으키게 될 것이다. 「작은 풀꽃, 눈물겹다」의 시는 거대해진 것만이 우리에게 행복을 가져다 주는 것이 아니라 "작은 것이 아름답다"는 생태철학을 역설적으로 이야기하고 있다.

권영주의 시 「빗방울이 춤을」은 자연현상을 역동적으로 표현하고 있다. 녹색세상을 열어가는 아름다운 세상은 춤이 있고 웃음꽃이 피어오를 것이다. 자연과 친구가 되는 동심이야말로 우리가 꿈꾸는 "초록 옷 입고" 나무가 반겨 주고, "노란색 옷 입고" 개나리꽃이 반겨 주는 생태사회일 것이다.

김몽선은 우주와 통신하는 동심을 "별 이야기"로 그려내고 있다. 빛으로 수화하고 눈과 귀로 듣는 별과 지구의 생명체와의 교신을 통한 생태학적 상상력이 돋보인다. 귀뚜라미가 반기는 "가을 하늘"과 빈터마다 자라나는 "개망초" 꽃은 자연의 아름다움과 강인한 생명력을 느끼게 한다.

김민중의 시는 문명 비판 의식이 담긴 시다. 지구를 지배하는 인간의 과학기술의 발전은 비행기를 만들어 하늘을 정복했다. 우리들에게 문명의 이기는 편리한 생활을 가능하게 하지만 늘 생명의 위험이 상존하기 마련이다. 비행기 사고로 자신의 역할을 다한 "용감한 승무원"의 살신성인의 정신을 경상도 방언으로 표현했다. 다만 동시에 방언의 사용은 향토 생태의 정서를 감동 있게 전달할 수 있다는 장점이 있으나 어린이들에 공감을 얻기 어렵다는 점에서 동시인들의 깊이 생각해 보아야 할 과제다. 「치과」는 "놀리는 짝꿍 녀석"을 치과에 보내고 싶은 천진스러운 동심을 표현했으며, 「다리가 되면」은 장애우에게 보내는 따뜻한 인간애를 담았다. 인간 사회만이 아니라 지구촌에서 살아가는 모든 생명체가 다함께 공생할 수 있도록 생태지향의 세계가 활짝 열려야 할 것이다.

김성민의 시는 "목련"꽃이 진 자리의 위치를 기억해 두겠다는 생태공간의 위치의식과 "똥파리"가 생태계와는 상관없는 생태공간에 따라 생명의 존재와 가치가 다르게 보일 수 있다는 동심적 발상이 신선하다. 「밥도둑」은 잘못 삼킨 생선 가시를 처리하기 위해 "밥 한 공기"를 다 비웠다는 생활 경험을 "생선 가시 하나=밥도둑"으로 은유하고 있다. 인간들도 생태계 먹이사슬의 최종소비자로 살아간다. 자칫 섭생을 잘못하여 가시 하나를 빼내기 위해 밥도둑이 되어야 하는 곤란한 지경에 이르지 않도록 주의를 기울여야 할 것이다.

김숙희의 시는 "한여름 땡볕에"핀 "호박꽃"의 생태를 유심히 관찰하고 쓴 생태체험의 동시다. 폭염, 소낙비, 웃음의 이미지가 어우러져 한여름의 "호박꽃"이 새로운 의미로 태어나고 있다. 「봄바다」는 봄날 바닷가를 찾아가 바닷물에 발 담그고 걸어본 생태 경험을 동심으로 노래한 동시이다.

김영란은 문명사회에서 사람들이 살아가는 생활 체험 속에서 얻은 생각을 「시계 소리」로, 급속한 생태 환경의 변화로 옛날의 생태 공간과 소리를 아쉬워하는 마음을 「사라지는 소리」에 담아내고 있다. 과학문명의 발달로 지구촌이 인간 본위의 공간으로 개발되고 있고, 이를 위해 이용되는 과학도구 "포크레인"에 대한 경각심을 담은 시다. 인간은 행복한 삶의 공간 꾸미기를 위해 땅을 파헤치고 개발하지만, 그 문명의 이기는 결국 인간의 생태환경을 위협하게 될지도 모른다는 불안감을 "괴물 같은 손으로/덮칠 것만 같았어요."라고 표현하고 있다.

김종상은 "개연꽃"이 피어 있는 연못 속에서 "밤하늘에 뜬/반짝이 별들"을 보는 원로시인다운 혜안이 번뜩인다. 4행의 짧은 시 귀절로 표현한 "개연꽃"을 통해 생태환경의 밝은 미래를 볼 수 있다는 긍정적인 메시지가 돋보인다. 「이사」 역시 씨앗이 퍼뜨려지는 자연의 이치를 동심의 앵글로 재미있게 표현하였고, 「해님」 역시 생태환경의 밝은 미래를 따뜻한 시선으로 조망하고, 희망을 담아 동심으로 노래하였다. 원로시인의 노련한 시적 역량을 유감없이 보여준 시들이다.

김종헌의 시 「함박눈」은 눈이 내린 학교의 교실 풍경을 그려낸 다이나믹한 서경시다. 「잡풀」은 "짓밟히는/천덕꾸러기"이지만 끈질긴 생명력으로 지구의 상처를 보듬는 생태환경의 지킴이로 형상화해내고 있다. 「버려진 화분에서」처럼 소외된 어린이에 대한 따뜻한 시선과, 버려졌지만 강인한 생명력으로 꿋꿋하게 자라나는 식물을 통해 갖은 멸시를 받아가며 건강하게 자라나는 어린이상을 담아낸 생태시가 돋보인다.

김지원의 시 「따라 그린 그림」은 연못에 가랑비가 내리는 모습과 소금쟁이가 물 위를 걷는 모습 등 연못의 생태계를 동심으로 형상화한 생태시다. 「봄바람이 지네」의 시는 바람이 부는 자연현상을 하루 중의 낮과 밤, 산과 들의 장소에 따라 세심하게 관찰하여 표현한 시이며, 「꽃자리」는 "벚꽃"이 "꽃자리"를 깔아놓으면 개미와 아기가 놀고 바람이 불어 꽃잎이 날리는 모습을 동심의 시선으로 생태공간의 조화로운 상상력을 담은 시로 재치있는 발상이 돋보인다.

김현숙은 시 「바이러스」는 급속한 과학 혁명으로 인류의 생활방식과 생태 문화환경을 변화시킨 컴퓨터를 소재로 한 시다. 지구촌의 생태환경을 변화시킨 컴퓨터가 "바이러스" 걸렸다는 것은 심각한 일이 아닐 수 없다. 나와 이웃, 그리고 세계를 연결해 주는 지구촌 생태환경의 파괴를 의미하기 때문이다. 인간중심주의 세계관이 가져다준 문명의 이기가 바로 컴퓨터이기 때문이며, 현대인들의 생활 전반을 지배하는 컴퓨터로 인해 정보의 홍수 시대를 맞이하고 있으나 고귀한 인간성의 상실이나 순수한 동심을 잃어가지나 않았는지에 대한 깊은 성찰이라는 영원한 화두를 던져 주고 있다. 우리 어린이들이 "겨울배추"처럼 추위에도 맑은 영혼과 동심으로 "속을 꽉꽉 채"울 수 있었으면 하는 바램이 앞선다. 시 「참나무 형제」는 활엽수을 세밀하게 관찰하고 분류한 식물생태의 시다. 넉넉한 열매를 동물가족에 내어주는 "참나무 형제"를 통해 사이좋게 더불어 살아가는 동심을 담아냈다.

남석우의 시 「어떡하지요?」는 과외를 받으며 경쟁 속에서 살아가야 하는 교육의 현실을 비판한 시다. 어른들의 이기심으로 생존경쟁으로 내몰린 어린이들에 대한 안타까운 마음이 「얼음땡놀이」와 대비된다. "얼음땡놀이"를 하며 즐겁게 학교생활을 해나가는 비행장 부근의 학교의 어린이들의 생활상을 그린 시다. 「알밤」은 가을이 되어 떨어지는 자연현상을 인간생활과 대비시켜 표현한 재미있는 동시다.

박방희의 시 「돌떡」은 떡을 돌리며 이웃과 정을 나누며 오순도순 살아가는 우리 나라의 미풍양속을 노래한 시이며, 「첫나들이」는 걸음마를 배운 아기가 "첫나들이"가는 귀여운 동심을 노래했다. 「눈 내린 아침」은 정겨운 풍경을 표현한 시로 참신한 발상과 기교가 돋보인다.

박승우의 시 「초승달」은 발상이 독특하다. "초승달"을 통해 하느님과 인간의 교감을 노래한 종교의식을 담은 시로 "하느님 앉아서/쉬시면 좋겠네"라고 하느님을 배려하는 종교인의 자세가 돋보인 시다. 「매미」는 매미의 울음을 재치있게 그려내 시적 재능을 유감없이 발휘한 시다. 「하늘을 품는 연못」은 생태환경을 관찰하고 쓴 참신한 시로 동심과 시심의 일치, 참신한 은유로 어린이들의 공감을 얻기에 필요충분조건을 다 갖춘 상상력이 뛰어난 시다.

박영옥의 시 「선물」은 도토리를 찾는 다람쥐, 다람쥐가 못 찾은 도토리가 도토리나무로 성장하여 사람들에게 선물을 준다는 생태환경의 질서를 노래한 생태시다. 「기차 마을」은 기차가 다니지 않는 도시의 철로 풍경을 스케치한 시이며, 「삐친 우산」은 비올 때 요긴하게 사용해 놓고 비 그치자 잊어버리고 간 우산을 의인화한 재미있는 동시다.

손인선의 시 「접착제」는 접착제로 흩어진 짝꿍의 가족을 붙여 주고 싶다는 소망을 담은 시다. 「바지에 핀 꽃」은 "새로 산 바지"를 넘어져 찢어버린 생활 체험을 노래한 시로 "찢어진 양쪽 무릎에/꽃 한송이씩 피워놓았다"는 표현이 돋보이는 시다. 「달걀 부침개」는 엄마가 아파 눕는 바람에 할아버지의 저녁을 차려드린 어린이의 생활 경험을 유머스럽게 그려 가족애를 느끼게 해주는 생활동시로 공감이 간다.

신복순의 시 「김치가족」은 여러 고장의 특산물이 한데 어울려 김치를 담은 생활 체험을 노래한 동시이고, 「노란 조끼」는 청소부 아저씨의 일하는 모습을 동심으로 그린 동시이다. 「청개구리」는 청개구리의 움직임을 어린이의 시각으로 본 생태 관찰동시이다.

신현득의 시 「강아지도 투표권을」은 투표소에 주인을 따라온 강아지를 유머스럽게 표현한 동시다. 「삼촌의 효도」는 결혼하는 삼촌과 숙모의 행복한 표정과 기뻐하시는 할아버지 할머니의 모습을 스케치한 행복한 가족의 결혼식을 담아냈다. 「내 몸은 자다」는 어린이가 손가락, 팔, 다리, 키를 이용하여 길이를 재보는 생활 체험을 재치있게 대화체로 담은 시다. 신현득 시인은 동시에서 대화체를 활용하는 기법으로 진솔한 동심을 잘 표현하는 원로시인이다. 여기에서도 신 시인의 장기인 대화체 활용법으로 동심에 밀착된 동시를 빚어내고 있다.

신흥식의 시 「우리 선생님」은 선생님과 제자 간의 사랑의 교감이 이루어지는 따뜻한 마음을 담은 가슴 뭉클하게 감동을 주는 좋은 동시다. 「바닷물」은 물고기를 잡아가는 어부들의 시각이 아니라 물고기의 시각으로 "바닷물＝물고기의 눈물"로 형상화한 생태학적 상상력이 돋보이는 시다. 「어머니 마음」은 자두 과수원을 가꾸어 시장에 내다 팔아 "예쁜 운동화"를 사 오신 어머니의 가족 사랑을 노래한 시다.

안영선의 시 「눈사람」은 눈사람을 자세히 동심의 눈으로 관찰한 소감을 표현한 시이며, 「저녁 해」는 노을이 지는 자연 현상을 동심으로 그려낸 수작이다. 「해 진 가을 산」은 도토리가 옹달샘에 떨어지는 식물의 생태를 "자지 마/나 겁나고/심심하단 말이야."라고 동심적인 시각으로 재치있게 표현했다.

우남희의 시 「바람 부는 날」은 바람 부는 날 바람개비를 날린 생활체험을 담은 시이며, 「풀꽃 한 송이」는 담장 아래 돋아난 한 송이의 풀꽃을 위해 담장을 허물 정도로 녹색세상을 만들겠다는 아름다운 마음씨가 돋보이는 시다. 「가만있겠니?」는 매미 울음소리와 나무가 어울리는 조화로운 생태환경을 역동적인 동심으로 풀어냈다.

원상연의 시 「명절만 되면」은 손수 농사지은 고구마, 마늘을 자식의 승용차에 가득 실어 주는 시골 할머니의 따뜻한 자식사랑의 마음을 노래한 시다. 「정 하나」는 수박장사 하는 어머니를 둔 어린이가 어머니의 수박 파는 생활 모습을 그린 동시이며, 「추수하는 논」은 농부가 가을걷이하고 난 후에 볏짚은 소의 여물로, 논바닥에 떨어진 낟알 곡식들은 철새들과 참새들이 먹는다는 사실을 통해 새들과 인간이 공존하는 생태공간으로서의 가을 논을 그려내고 있다.

유병길의 시 「흙과 어머니」는 지구 생태계를 구성하는 환경요인인 흙을 소재로 한 동시다. 그는 모든 생명을 품에 안는 흙이라는 생태환경이 어머니 품처럼 따뜻하고 포근하고 행복하다라고 말하고 있다. 이처럼 생태환경을 보존하는 것이 생태계의 균형을 회복하는 지름길일 것이다. "콩"이 생명의 터전인 "흙의 품에 안겨"야 생명의 싹을 틔우고 녹색의 꿈을 꿀 수 있을 것이다. 「할머니의 자가용」은 오늘의 생활 모습을 담은 시로 할머니가 자가용을 몰고 아들딸이 보내온 "빵 우유 과자 봉지"를 마을회관에 가지고 와 아들딸을 자랑한다는 내용이다. 오늘날 마을 사람들이 즐겁게 어울러 사는 생활 모습을 그려내고 있다.

윤동미의 「장마」는 장마철 아파트의 생활 모습을 시로 표현했으며,

「벌」은 꽃을 찾아 날아다니는 곤충의 생태를 관찰한 시로 꽃이 시들면 벌이 찾아오지 않음을 "반짝 손님"으로 표현하고 있다. 「첫눈」은 첫눈이 내려 밖으로 나가려고 준비하는 사이 눈이 그쳐 버린 야속함을 담아냈다.

이선영의 시 「참새 노래에」는 참새 울음소리로 잠에서 깨어났던 생활 체험과 참새 소리로 봄을 연상하여 참새 울음소리에 "풀피리 소리"가 섞여 있었다는 아무도 발견하지 못한 참신한 상상력이 돋보이며, 「아기라는 말」은 아기라는 말 속에서 풍겨오는 시인의 아기에 대한 느낌을 표현했다. 「나는 꽃 다리」는 엄마와 아빠를 닮은 어린이를 "두 집안을 이어 주는/꽃 다리"라고 표현하고 있다.

임창숙의 「콧물」은 감기에 걸려 콧물을 흘러본 난처한 경험을 그려냈고, 「제발, 저에게도 관심 좀 가져 주세요」는 사람들의 관심 대상인 연꽃에만 사람들이 카메라 앵글을 맞추는데, 그 옆에 풀죽은 민들레에게 카메라를 대자 민들레가 활짝 웃는다고 한다. 생태계는 다양한 생명체가 조화를 이루어야 하고, 소외받는 생명체에도 관심을 가져 주어야 한다는 생태환경의 다양한 존재의 필요성을 역설하고 있다. 「목소리 크기」는 엄마가 아기에게 식사 교육시키는 육아 체험을 담은 시이다.

전정남은 시 「봄 눈꽃」은 초봄에 내린 눈이 나뭇가지에 눈꽃송이처럼 아름답게 핀 모습을 그렸고, 「연필」은 심혈을 기울여 시를 빚는 시인의 즐거움을 제 몸을 깎이고 심지를 바치어 글씨를 쓰며 기뻐하는 몽당연필로 빗대어 표현했으며, 「해바라기와 봉선화」는 해바라기와 봉선화가 자신의 성장을 도와준 생태환경인 땅에 고마움을 느낀다는 생태학적인 시각이 돋보인다.

최춘해의 시 「인어공주 상 앞에서」는 인어공주 상을 보고 동화적인 상상으로 조각품을 감상한 소감을 표현했으며, 「더위와 귀뚜라미」는 계절의 절기인 처서 날 우는 귀뚜라미 울음소리를 통해 여름의 더위가 물러간다는 계절의 변화를 시로 표현했다. 「피겨 여왕 김연아와 애국가」는 우리나라의 피겨 스케이트 대한민국 국가대표 선수 김연아의 활약상을 통해 우리 나리에 대한 자긍심을 담아낸 시이다.

하청호의 시 「나비잠」은 아기가 "나비잠"에서 깰까 봐 온 식구들이 조심하는 모습을 통해 아기에 대한 사랑을 담아냈으며, 「햇빛의 마음」은 여름날 느티나무 아래서 아기가 잠을 자고 있는 모습을 햇빛의 입장에서 그려낸 서경시다. 「발비」는 비 내리는 풍광을 감각적으로 표현한 시이다. 시인은 시어의 조탁에 촉각을 세우고 "나비잠", "발비" 등 순우리말로 된 시어를 발굴하여 시를 빚는 노련한 시적 감각 능력을 지니고 있다.

한은희 시 「우리 아기」는 육아체험을 바탕으로 사랑스런 아기의 모습을 유머스럽게 표현했으며, 「겨울나무」는 추위에 시달리는 겨울나무에 대한 따뜻한 사랑을 담아냈다. 「미안해」는 "연못 옆 너럭바위 위에 앉아" 놀다가 먹이를 얻어먹기 위해 날아온 비둘기에게 비둘기의 생태공간을 침범한 것에 대한 미안함을 담아낸 시다.

현경미의 시 「구름」은 하늘에 떠 있는 구름을 만져 보고 껴안아 보고 싶다는 발상이 신선하다. 「귤과 고양이」는 고양이가 귤을 가지고 노는 모습을 그려냈으며, 「곶감」은 "할머니께서 보내 주신" 감을 가지고 온가족이 모여 앉아 곶감을 깎아 명주실로 매달아 말렸던 곶감 만들기 체험활동을 동시로 표현한 체험시다.

홍선희 시 「대문 이야기」는 제주도의 민속마을을 구경하고 대나무 막대기로 주인이 집안에 있고 없을 표시하는 제주도의 토속적인 풍습을 그린 동시이며, 「운동회」는 운동회날 어린이의 설레는 마음을 그려냈으며, 「알고 싶어요」는 손톱과 발톱이 길어나는 속도가 달라 손톱을 세 번 깎을 때 발톱을 한 번 깎는다는 일상생활의 경험을 쓴 시다. 대수롭지 않게 생각하여 넘기기 쉬운 일상의 일들에 의문을 갖는 자세와 그것을 시적 소재로 빚어 어린이들에게 사물을 세심하게 관찰하는 습관을 갖도록 하는 시인다운 배려가 돋보인다.

황팔수의 시 「돌나물」은 우리가 섭생하는 흔한 돌나물이 담장 밑에 돋아난 것을 보고 누나와의 추억을 떠올리는 생태경험을 통해 봄을 실감나게 표현했으며, 「웃는 골목」은 넝쿨 장미가 피어난 계절 엄마와 아기가 골목의 장미꽃을 보고 즐거워하는 생태 관찰의 즐거움을 담아낸 시이며, 「눈밭의 아이들」은 아이들이 눈밭에서 뛰어노는 건강한 생태공간의 아름다움을 노래한 시다.

4. 마무리—생태동시의 확산을 위한 제언

이상에서 대구아동문학회 회지 55호에 실린 동시의 세계를 살펴보았다. 넓은 의미로 생각하면 우리 살아가는 공간도 생태공간이다. 따라서 우리의 생활을 그린 동시도 생태동시라 할 수 있는 광의적인 해석에서 전 회원들의 시세계를 개괄적으로 살펴보았다. 앞으로 아동문학이 생태문학으로 방향키를 잡아가기 위한 방향은 무엇인가 깊이 생각해 볼 문제이다.

생태아동문학은 정립을 위해서 다음과 같은 제안을 드린다.

첫째, 지구촌에 살아가는 모든 생명은 동일한 가치를 지닌다는 근원적인 생태지향주의 세계관의 회복을 향해 노력해야 할 것이다.

둘째, 인간중심주의 세계관으로 인간이 이루어 놓은 문명에 의해 파괴된 생태계의 실상을 고발하고 비판함으로써 지구촌에 살아가는 우리 삶의 위기를 심각하게 인식하여야 할 것이다.

셋째, 소비적 대중문화에 길들여져 있는 자신의 삶을 되돌아보고 자라나는 어린이들에게 올바른 생태관을 심어줄 수 있도록 힘써야 할 것이다.

넷째, 자연과 인간의 존재를 일원론으로 인식하고 그 바탕에서 새로운 지구촌의 미래의 삶을 열어갈 지혜를 길러 주어야 할 것이다.

자연과 인간과 동심과의 조화로운 세계

주성호 시인의 시세계

1. 동심의 원천을 찾아서

주성호 시인은 1946년 경남 창원에서 태어나 고향에서 초등학교를 졸업한 후 김해로 와 진영의 한얼중고등학교를 졸업한 후 다시 부산으로 내려와 학비 마련을 위해 생활 전선에 뛰어들어 고생하다가 2년 후 꿈꾸던 부산교육대학에 입학하여 1970년 졸업 후 구포초등학교를 초임으로 38년간 교직에 몸담은 교육자요, 시인이다. 그는 꾸준히 학업에 전념하여 동아대학교 국어국문학과를 졸업했고 중등국어과 교사 자격증을 취득하여 초등학교에서 10년, 중등학교에서 28년의 교직생활을 했다. 1972년 『아동문학』지에 동시 「비닐하우스」가 당선되어 문단에 데뷔하였고, 1976년에 부산아동문학회 사무국장으로 부산아동문학의 심부름꾼을 도맡아왔다. 1976년에는 부산교대 출신 아동문학작가의 모임인 "맥파동인"를 창립하여 꾸준히 아동문학의 활성화는 물론 부산아동문학의 발전에 기여해 왔다. 부산아동문학회 상임이사로 오랫동안 봉사해오다가 2002년에는 부산아동문학인협회 회장으로 부산아동문학 발전에 힘써 왔으나 그의 문학적 열성과 문학 활동 및 업적에 비해 문단적인 스

포트라이트를 받지 못했다. 그는 색동문화상, 부산아동문학상, 이주홍
아동문학상, 한국동시문학상, 최계락문학상을 수상하기도 했다.

　그는 동심의 본질에 접근된 동시를 쓰기 위해 노력해 왔으며, 동시를
통해 자연과 인간과 동심이 조화롭게 어우러진 이상적 세계를 모색해
왔다. 평생을 어린이들의 정서와 향토문학 발전에 힘써 온 그는 2014년
1월 7일 타계하였다. 그가 써온 동시의 세계를 한눈에 알 수 있도록
2009년 여섯 번째 동시선집『동시야 놀자』을 내놓았는데, 그동안 펴낸
동시집의 파라텍스트와 동시집에 수록한 동시를 통해 주성호 시인이 꿈
꾸어 왔던 자연과 인간과 동심이 조화를 이룬 그의 원초적인 동심의 세
계를 찾아가 보기로 한다.

2. 제1동시집『꿈나라의 집』의 관조하는 동심세계

　고요한 마음으로 사물이나 현상을 관찰하거나 비추어 노는 것을 관조
라 한다. 그의 제1동시집『꿈나라의 집』은 자연과 인간에 대해 관조하는
동심세계에 지은 집이다. "꿈나라의 집"은 주성호 시인이 동심으로 우주
를 보는 꿈나라다. 그는 동심으로 꿈을 꾸며 고향의 자연을 바라보고,
주변 사물을 아름답게 바라보는 시인이다. 맑고 티없는 눈망울로 보는
세상은 아름다운 동심의 세상이다.

　　회색
　　초가을 꼭 껴안은
　　감나무 그늘

　　코올 콜

복실이가 낮잠을 자고

거름덩이 속에 파묻혀
해받이 하던
독구 벼슬 수탉도
스르르 눈을 감고
감길 감길 조은다.

—톡!
옴싹하기도 귀찮은 여름 한낮
풋감
떨어지는 소리

복실이도
수탉도
훌쩍 놀라 눈을 뜨고

머언 구름을 향해
하품을 한다.

—「여름 한낮」 전문

「여름 한낮」의 서경적인 시골 풍경을 스케치한 시다. 앞마당에 감나무
가 있고 두엄자리가 있고 강아지와 수탉이 졸고 있는 풍경은 전형적인
60년대 농촌마을의 정경이다. 가축들은 물론 시골에 살고 있는 사람들
도 모두 낮잠을 즐기는 여름 한낮, 이런 일상적인 시골 정서 속에서 어
린 시절을 보낸 주성호 시인은 어린 시절의 삶의 현장이 바로 영원한 정

신적인 모태를 이루며 동심적인 아름다움의 발원지가 된다.

　　징검다리 건너서
　　산길 십리를
　　책 보자기 등에 메고
　　수풀 헤치며
　　멧새알 주워오던
　　꼬부랑 길을
　　꿈속에 찾아갈까
　　산골 내 고향.

　　물레방아 돌담 길
　　돌아서며는
　　이마대고 도란도란
　　정다운 초가.
　　하얀 연기 소롯이
　　피어오르는
　　꿈속에 찾아갈까
　　산골 내 고향

―「산골 내 고향」 전문

　주성호 시인의 동심의 고향은 바로 징검다리를 건너 산길을 따라 십
리 길을 정답게 걸어가던 학교길이며, 물레방아 돌담길 오물조밀 자리
잡은 초가집에서 하얀 연기가 솟아오르는 꿈속 같은 토속적인 시골이
다. 어린 시절의 추억은 시인의 무의식을 형성하고 향수를 불러일으킨
다. 그래서 가스통 바슐라르(Gaston Bachelard)는 그의 저서 『물과 꿈』에

서 인간의 꿈은 본질적으로 물질적인 것이다. 우리의 꿈은 어린 시절의 탄생에서부터 이미 물질화되며, 고향이란 탄생지로서의 영역이 아니라 하나의 물질인 것이다. 물을 직접적이나 간접적으로 접하면서 어린 시절을 경험한 사람은 물에 의해 그의 무의식이 지배된다. 또한 물은 접하는 사람마다 인식 하는 범위가 다를 것이다. 주성호 시인이 어린 시절 물에 대한 경험이 하나의 원초적인 근원이 되어 어린 시절의 몽상적인 이미지이자 시적인 모티프로 하고 있는 점은 우연한 일이 아니다.

그의 시는 어린 시절의 체험을 바탕으로 「꿈나라의 집」를 동심으로 표출하려 한다. 그의 첫시집은 물의 이미지와 관련이 밀접한 물과 여름의 이미지가 많이 등장한다. 물을 소재로 한 시로는 「폭포」, 「봄비」, 「봄 밤비」, 「돌다리 위에는」, 「봄비」, 「못자리」, 「바닷가에서」, 「꽃배」, 「산에는」, 「한나절의 진양호」, 「개구리 학교」, 「물결」, 「나룻터에서」, 「호수」, 「금붕어」 등이다. 여름을 소재로 쓰여진 시는 「빨랫줄에는」, 「칸나」, 「공동마당」, 「산에는」, 「한나절의 진양호」, 「개구리 학교」, 「여름 한낮」, 「해거름」, 「여름 밤 얘기」, 「물게 구름」, 「여무는 뜻은」 등 여름의 이미지를 담은 시편들이다. 이처럼 물과 여름은 밀접한 상관관계에 있다. 물의 이미지는 곧바로 여름 이미지로 연결되기 때문이다. 여름이 물을 가장 많이 필요로 하는 계절이기 때문이다.

그가 동시를 통해 형상화하고자 하는 집, 즉 우주는 유년시절 고향의 집이다. 고향의 집이 바로 "꿈나라의 집"이요, 동심의 집인 셈이다.

꿈 나라
우리 집
이층 양옥집

철따라

나비 떼
꽃 찾아오는 집

창턱에서
감홍시도
딸 수 있는 집

울밑에는
금붕어
나들이 가는 집

바람도
종알 종알
얘기하는 집

머흘 머흘
뭉게 구름
움켜내는 집

꼬마 아빠
꼬마 엄마
소꿉살이 집.

—「꿈나라의 집」 전문

　　자연 속의 집을 그리고 있다. 주성호 시인이 자란 집이 2층 양옥집이
지만 자연과 조화를 이루어 홍시감이 열리고, 정원에 금붕어가 노닐고,

바람과 구름이 머무는 집, 그 속에서 어린이들이 아기자기 소꿉놀이를 하는 정경은 문명과 자연과 동심이 조화를 이루는 세계를 지향하고 있다. 그가 시집의 끝부분 "엮고 나서"에서 "가재를 잡다 웅덩이에 풍덩 빠지고, 산과 들을 누비다가 돌에 채여 발톱이 빠졌던 어린 시절이 나에게는 정말로 보배로운 재산입니다."라고 밝히고 있듯이 그는 어린 시절의 아름다운 꿈을 어린이들에게 들려주려고 한다. 이 시집을 낼 무렵에 동시를 쓰는 시인은 손에 꼽을 수 있을 정도로 적은 수가 활동할 무렵이었다. 이 무렵에 이런 동시를 쓰고 시집을 냈다는 것은 동심을 사랑하고 동시에 대한 열정이 대단했다는 것을 알 수 있다. 조유로 시인도 주성호 시인의 「꿈나라의 집」에 대해 "朱成浩 詩에는 創作이 있다"라고 극찬하고 그 까닭을 "오직 자기만의 ①想 ②言語 ③表現이 갖춰졌을 때 創作詩"라고 전제하며, 그가 창작시를 쓰는 유망한 시인이라고 밝히고 있다. 그 당시 한국문단에서 이만큼의 시적 재능을 가진 몇 안 되는 시인 중의 한 사람이었다고 본다. 다만 당시 문단 상황으로 볼 때 지방이라는 불리한 여건 때문에 널리 알려지지 않았을 뿐이다. 그는 향토적 정서가 물씬 풍기는 고향의 정서로 자신의 어린 시절처럼 어린이들이 순수한 동심을 키워 가길 희망하는 "집 지키는 아이"였다. 그의 시는 "소녀의 두 귀는/싸릿문에/대롱 대롱 매달려 있다." 동생을 돌보며 엄마가 돌아오기를 기다리는 소녀가 듣고 싶어 하는 기적소리다.

3. 제2시집 『숲에는 바람이 살고 숲에는 별들이 살고』의 자연과 동심의 조화로운 모색

숲은 자연의 어머니다. 인간도 자연의 일부임으로 자연과 더불어 살아가는 지혜야말로 자연의 일원으로서의 도리일 것이다. 자연을 품는 숲은 생명을 지키는 보루인 셈이다. "숲에는 바람이 살고 숲에는 별들이 살고" 있을 때 가장 아름다운 세상이 된다. 주성호 시인의 숲은 동심의 원천을 이루는 순수한 동심의 세계다. 그는 자연과 동심이 조화롭게 어울려 살아가는 이상적인 세계를 꿈꾼다. 주성호 시인이 생각하는 숲은 바로 동심이다. 그가 시집 첫머리에 "동심, 그 안에는 어른과 어린이가 따로 있을 수 없다. 그것은 인간의 가장 깊은 곳에 잔잔히 흐르는 원천이요, 보석이요, 영원한 고향이기 때문에."라고 동심관을 밝히고 있다. 여기에서 밝힌 바대로 동심을 어른과 어린이가 가꾸어 나가야 할 영원한 고향으로 보고 있다. 그가 제1시집『꿈나라의 집』도 영원한 고향을 찾아가는 집이라면 제2시집『숲에는 바람이 살고 숲에는 별들이 살고』역시 같은 맥락에서 볼 때 동심을 향한 메시지다. 제1시집을 발간한 후 11년 만에 52편의 시를 묶어 발간한 제2시집은 그의 동심 찾기에 대한 열정에 비해 너무 과작인 셈이다. 어림잡아 1년에 4.5편 정도의 시를 썼다는 것은 창작활동이 활발하지 못했다는 점을 들 수 있다. 그러나 숲에 바람이 살고 별들이 살고 있듯이 그의 가슴속에는 동심의 숲이 자라서 "별과 바람과 꿈을 엮"고 있는 휴면기였다.

숲에는
바람이 산다.

숲에는
별들이 산다.

숲 속에 사는
가장 시원한
바람

숲 속에 사는
가장 또렷한
별

숲은
밤낮
별과 바람과
꿈을 엮는다.

―「숲」전문

　숲에는 늘 움직이고 변화하는 바람이 살고 있고, 영원히 변하지 않는
실체인 별들이 살고 있다는 사실은 인간이 시간의 흐름에 따라 살아가
는 과정을 바람이라 한다면, 영원히 변하지 않고 반짝거리는 보석과 같
은 꿈, 바로 동심은 별들일 것이다. 따라서 숲에는 바람과 별과 꿈을 엮
을 수 있는 조화로운 모색이 가능한 세계일 것이다. 그가 지향하는 정신
적인 고향은 숲이요, 향토적 정서가 물씬 풍기는 유년의 고향체험이다.
그곳에는 "다듬잇 소리"와 "기적소리", 그리고 "매미소리"가 들려오는
자연과 인간이 조화롭게 어울려 있고, 할아버지의 체온을 느낄 수 있는
"호롱 불"이 켜져 있다.

반딧불
등에 업혀
마을을 한 바퀴 휘잉 돈다.

개구리 목청 따라

물가에 퐁당퐁당
멱을 감다가

하이얀 달빛을 타고
별마다
또록또록 들어가 박힌다.

—「다듬잇 소리」 전문

이 얼마나 토속적인 정서를 표출한 고향인가? 지금은 이런 풍속도가 사라져 전설 속의 이야기로 들린다. 산업화가 진행되면서 자연 생태가 파괴되어 가면서 반딧불도 볼 수 없고 개구리 목청도 드높지 않는 적막한 세상이 되어 버렸다. 그가 이 시집에서 추구하고자 하는 세계는 자연과 동심이 조화로운 세계이다. 자연과 동심이 조화를 이루는 생태계가 파괴되지 않는 영원한 고향을 지향하고 있다. 그러나 바람의 운동성과 변화성을 예감했듯이 시대의 변천은 많은 향수를 남기게 된다. 생활환경의 변화에 따라 "다듬잇 소리"나 "호롱불"로 사라진 지 오래되었다. 그러나 본질은 변화될 수 없다는 점을 강조한다. 그것은 자연의 어머니인 숲이 살아 있는 한 그곳에는 별들이 존재하기 때문이다. 주성호 시인의 "가슴 속에 어머니, 그 이름은" 살아 있기 때문이다. 이 땅에서 살다 가신 어머니의 자식을 위한 헌신과 따뜻함은 살아 있기 때문에 영원한 고향을 향한 그의 집요한 시 작업이 이루어졌다고 볼 수 있다. 그가 그리는 어머니는 숲의 실체이며, 어린 시절 동심이 풋풋하게 가슴속에 살아 있는 마음의 고향이요, 포근한 안식처인 셈이다. 그는 그곳에 정지되어 있기를 갈망한다.

끝내

또렷한 빛이옵니다.
낮과 밤 구별없이
애태우는 빛이옵니다.

웃어 보이면서도
속으로 눈물 적시는
그늘 속의 빛이옵니다.

모진 추위엔
온화한 입김으로 보살피고
혹혹 무더움엔
부채 바람으로 살랑이는
품 속 같은 빛이옵니다.

끝내
저희들 위해 스스로를 던지는
빛 하나

그것은
밖으로 들나지 않고
안으로만 묻어 보내는
가슴 아픈 빛이옵니다.

— 「어머니, 그 이름은」 전문

숲은 어머니와 같이 생명을 품는다. 어머니는 시인의 고향임과 동시에 꿈을 꿀 수 있는 창구다. 빛이요, 희망이다. "밖으로 들나지 않고/안으로만 묻어 보내는/가슴 아픈 빛"이 바로 어머니다. 자식들의 빛이 되기 위해 말없이 애태우는 한국적인 어머니상을 그려내고 있다. 숲과 어머니의 이미지는 생명을 품어 주고 생명의 빛이라는 점에서 동질성을 가졌다고 볼 수 있다. 그 속에서 동심과 자연이 조화롭게 살아가는 세상을 주성호 시인은 이상적인 꿈나라로 인식하고 있다. "낮과 밤 구별없이 /애태우는 빛"은 모성이며, 어린이를 사랑하는 시인의 마음인지도 모른다. 그는 교사로서 동시인으로서 어린이의 정서적 발달을 위해 노력하는 모습이 엿보인다. 바다와 같이 꿈을 키워 주기 위해 부단히 노력하는 동시인이 바로 주성호 시인이다.

그 깊숙한 바닥에서
가슴 온통
파아란
꿈을 키우는 것은 무엇일까?

도르르
도르르

한 겹
또 한 겹

바람은 자꾸
껍질을 벗겨 본다.

걷어 내고
걷어 내고

또 하얗게
걷어 내어도

끝내
꼬옥 쥔 양 손

그 깊숙한 바닥에는
또 무슨
꿈이
익고 있을까?

—「바다」전문

바다가 파아란 꿈을 키우고 있다는 생각은 바람 불 때마다 파도가 일고 파아란 꿈을 이루기 위해 부단히 노력하는 파도를 껍질을 벗겨낸다고 형상화하고 있다. 세찬 고난과 역경으로 상징되는 바람과 파도에 굴하지 않고 "끝내/꼬옥 쥔 양 손"의 굳은 의지로 역경을 헤쳐나가는 굳센 어린이상을 보여준다.

제2시집에서는 다소 원숙한 공감각적 이미지로 정신적인 이미지가 주조를 이루고 있다. 당시 광주에서 월간 『아동문예』가 창간되어 여기에 발표된 시들이 제2시집에 실었는데, 시적 원숙도가 높은 시들이 대부분이다.

보릿골
이랑마다

가슴을 활짝 열고

출렁이는
초록 빛 물결

줄줄이 번지는
거문고 소리

종달새 노래 따라
둥
기
둥
울려오는
거문고 소리

—「보리밭」 전문

보리밭의 시각적 이미지를 청각 이미지로 전환하여 시적인 탄력성을
보여준 완성도가 높은 시세계를 보여준다. 이와 유사한 발상과 기법에
의해 창작된 시로는 「하단」을 들 수 있다. 「하단」 역시 갈대와 가야산의
서경을 심리적인 이미지로 처리한 원숙한 시세계를 보여주고 있다.

4. 제3동화시집 『별똥별』의 실험 동화시의 서사구조의 세계

동화와 동시의 장르 합성으로 우리나라 최초로 동화시를 실험한 그의
동화시집 『별똥별』은 21편으로 월간 『아동문예』에 연재한 작품을 묶은
시집이다. 새로운 장르를 개척하려는 야심찬 실험정신으로 창작된 작품
들이다. 바람, 나무, 별똥별을 소재로 동화적인 발상과 서사구조를 적용

하여 시 작업을 했으며, 이러한 장르 실험을 최초로 시도했다는 점에서 큰 의미를 부여할 수 있을 것이다. 동화시가 장르로 자리잡기 위해서는 다양한 실험이 이루어져야 하고 검증 절차를 거쳐야 할 것이다. 좀 더 동화적 서사구조에 접근하려면 기존의 신화나 전래동화의 기본 구조를 바탕으로 시 작업이 이루어져야 할 것이나 주성호 시인은 그러한 서사 구조보다는 창작동화적 발상과 서사에 시를 가미하는 대단한 의욕을 보여주고 있다.

> 살금살금 어둠이
> 고개를 넘어오고,
> 한집 두집 전등불이
> 어둠을 밀어내고,
> 깜박
> 샛별이는 눈을 떴습니다.
>
> 빠알간 노을처럼
> 샛별이의 마음은
> 엄마별 생각으로 활활 타오릅니다.
>
> 엄마별이 계신
> 대한민국 한반도
> 계곡마다 마을마다
> 모락모락 김이 오르고 있습니다.
>
> —「별똥별」 일부

「별똥별」을 통해 우리 한반도의 아름다움과 우리나라의 민족적 자긍심을 심어 주려는 의도로 창작된 동화시다. 시적인 감각을 살리려고 노력은 했으나 시적인 이미지를 육화시키지 못하고 산문적인 문장으로 사건을 전개하여 나가는 한계성을 드러낸 점이 안타깝다.

좋은 동화는 동화의 문장이 시적이다. 시적인 문장과 정서적 분위기를 연출하는 동화는 성공적인 동화라고 볼 수 있다. 이러한 방식은 동화의 문장이 시적인 문장이 되어야 감동을 줄 수 있다는 이야기이기도 하다. 반면에 시적인 문장을 바탕으로 동화의 완벽한 서사구조를 갖추었다면 동화시로서 장르의 성격을 규정지을 수 있을 것이다. 서사구조가 탄탄하고 문장의 표현이 정신적인 이미지나 비유적인 이미지, 상징적인 이미지를 연출하였을 때 동화시라는 장르로 자리매김할 수 있을 것이다. 주성호 시인은 새로운 장르를 개척한다는 의욕으로 동화시를 창작했으나 완벽한 동화시 텍스트로서 자리잡지 못했다. 동화로 보기에는 문장이 서술형이고 일관된 서사전개가 아니라 파편화된 이야기로 시적 분위기를 연출하여 동화시의 기초를 마련하기 위한 집념이 드러난다. 가난한 아이가 집을 나와 놀이터에서 그네를 타고 놀다가 다친 사건을 그린 「놀이터와 피라미」의 동화시는 어두운 사회적인 분위기를 시적으로 그려내고 있다. 사회적으로 소외된 주인공 피라미의 가정환경과 소외된 어린이가 갈 곳이 없어 놀이터에서 시간을 보내는 안타까운 사회상을 고발하는 무거운 주제를 담아내었다.

또한 「나이테를 도는 바람 1」은 보릿고개, 6·25동란 등 갖은 어려움을 딛고 생명을 이어가는 끈질긴 한민족의 역사의식을 담았다. 그리고 「나이테를 도는 바람 2」는 일제강점기에서 독립의지를 불태우며 나라를 지켜온 민족정신을 담는 등 중후한 역사적이고 민족적인 주제를 담아내는 등 집단의식을 구체적으로 서사화하지 못하고 민족 감정을 자극하는 분위기 위주로 이끌어나가는 아쉬움이 남는다. 이러한 역사적 사실을 동화시로 형상화할 때는 무엇보다도 서사시적인 서사구조에 따라 무리

없이 풀어나가야 한다. 처음 시도한 동화시가 장르로 자리를 잡으려면 동화적인 판타지와 시적 요소, 그리고 시적인 은유와 상징을 바탕으로 완벽한 서사 구조 아래 시적인 무드가 결합하여 독특한 장르로서의 필연적인 당위성과 독자들의 호응이 있어야 장르로 자리 매김할 수 있을 것이다. 다만 누구보다 먼저 도전적인 자세로 동화시라는 새로운 장르를 실험했다는 점에서 큰 의의가 있을 것이다.

시적인 분위기를 담은 한 편의 시 같은 동화와 동화적 발상과 서사구조를 수용한 시는 어찌 보면 주성호 시인이 바라는 이상적인 장르일 것이다. 장르 통합으로 새로운 장르가 탄생하기 위해서는 역사문화적인 필연적 배경이 요구되는 것이다. 다만 주성호 시인이 새로운 장르를 모색하고 실험했다는 점에서 의의가 있고, 이런 동화시 장르가 미래에 탄생되어 나올 개연성은 충분히 있다고 본다.

5. 제4동시집 『일등은 쓸 수 없는 시』의 동심적인 사회비판 의식의 수용

제4동시집은 시적인 기법을 적용한 진일보한 시를 담은 시로 사회비판의식을 표출한 시집이다. "스스로 스스로/병들어 가는 세상을/안타까워하는 사람입니다."(「물고기의 주검을 보며」)에서처럼 생태환경의 파괴로 "물고기의 떼주검"을 보고 안타까워하는 마음을 담는다거나 남북분단의 상황에서 통일을 기다리는 민족의 안타까움을 담은 「통일촌에서」는 "휴전선의 해바리기"가 목이 긴 까닭으로 통일을 애타게 그리는 마음을 담아내고 있는 등 동심적인 사회비판의식을 수용하여 형상화하였으며, 「일등은 쓸 수 없는 시」에서는 산업화의 발전으로 급성장해가는 우리나라의 자랑스러운 모습과 함께 그로 인해 환경이 파괴되어 가는 안타까움과 1등만을 지향하는 사회 현실을 비판하고 있다.

눈두렁은 눈두렁으로서 소중합니다.
골목길은 골목길로서 소중합니다.
신작로는 신작로로서 소중하고,
고속도로는 고속도로로서 소중합니다.

벼는 논에서 자라야 하고
나무는 흙에 있어야 하고
가재는 물 속에서 자라야 하고
여치는 풀숲에 있어야 합니다.

어느 때부터인가
어른들이 일등만 일등만 하던 날부터

논두렁은 골목길이 되기를 원했습니다.
골목길은 신작로가 되기를
신작로는 고속도로가 되기를
심지어는 논두렁이 고속도로를 하얀 눈으로 흘겨보기도 하였습니다.

그러나 벼는 길가에 나앉을 수가 없었습니다.
나무는 물 속에 들어설 수가 없었고,
가재는 풀숲에 오르지 못하고,
여치, 또한 물 속에서는 살 수가 없었습니다.

바람이 들려 준 이 이야기를

부반장이 된다고
펄펄 뛰는 어머니께
꼭 말하리라 마음 먹었습니다.

─「일등은 쓸 수 없는 시」 전문

　사람마다 맡은 역할이 다르듯이 사람은 자기의 역할에 충실해야 하는데 괜한 경쟁으로 1등만 지향하는 어른들의 1등 지상주의를 비판하고 있다. 주 시인의 말처럼 "논두렁이 논두렁일 때 가치가 있고 소중하지 논두렁이 다른 골목길이나 신작로나 고속도로가 되면 그 가치를 상실한다."는 의미를 내포하고 있는데, 당시의 시대가 조국의 근대화로 기간산업 육성에 치중하여 새로운 도로가 뚫리는 등 국토의 모습이 변화해 가고 있을 때였다. 가난한 나라를 일으켜 세우기 위해 경제발전 제일주의 시대상을 형상화하고 있으나 이웃들과 다 같이 더불어 살아가는 덕목보다 1등만을 지향하는 어른들의 가치관에 경종을 울리고 있는 시다. 「일등이 쓸 수 없는 시」라면 일등이 아닌 사람만이 쓸 수 있다는 의미에서 더불어 살아가는 가치의 중요함을 역설적으로 표현하고 있다. 그것은 마치 1등이 서로 되려고 "언니아 다툰 날/밤" 별들이 돌아앉아 외롭게 보이는 「우울한 밤」의 풍경이기도 하다. 그는 개발과 발전보다는 자연환경을 보존하면서 발전을 꾀하기를 희망하고 있다. 그는 발전의 상징인 시멘트와 아스팔트의 도시문화보다는 생명의 보금자리인 "텃밭의 흙"을 소중히 여기는 생태환경주의자다.

텃밭의 흙은
그냥 흙이 아니다.
싹이 트는 이른 봄부터
한여름 내내

땀 흘린 흙이다.

참외덩굴을 다스리며

오이를 열게 하고

토마토를 익히고

상추와 시금치도

무와 배추도

아욱 쑥갓까지

쑥쑥 뽑아 올려

한아름 안는 흙이다.

아기에게 젖을 물린

엄마의 품처럼

정성의 흙이다

따스한 흙이다

텃밭의 흙은.

—「텃밭의 흙」 전문

「텃밭의 흙」은 생명을 품는 자연 본래의 원형적인 동심이다. 흙이 참외덩굴, 오이, 토마토, 상추와 시금치, 무와 배추, 쑥갓 등 채소를 키워내듯이 동심의 시는 어린이의 정서를 풍요롭게 키워내는 흙과 같은 존재다. 텃밭이 동심이라면 흙은 시가 되며, 텃밭이 어머니라면 흙은 자식이며, 텃밭이 동시인이라면 흙은 동시가 아니겠는가? 그는 흙처럼 생명을 키워내는 참다운 시인이기를 희망한다. 따라서 그는 「거짓말한 날의 일기」에서는 불우한 환경 속에 있는 아이에게 따뜻한 사랑의 시선을 보내기도 한다. 그는 "솔직하게 말해서/솔직하게 말할 것이/솔직하게 없었습니다."로 끝을 맺는다.

그는 흙이 생명의 씨앗을 품듯이 인간의 동심적인 공감대를 형성하는 어머니를 찾는다. 어머니는 사랑의 상징이며, 생명의 상징이다. 그는 언제나 "얼굴 가득/환한 미소로"로 반겨주시는 "이 세상을/다 덮을 수 있는/우리 어머니"을 '엄마아―' 하고 부르고 싶어 한다. 그렇게 부르고 나면 온몸에 생기가 도는 것이다.

어
머
니
불러 보면
온몸에서
생기가 솟는다.

어
머
니
불러 보면
가슴 저 밑바닥이
짜릿하다.

어
머
니
불러 보면
저도 모르게
눈물부터 솟아난다.

어머니.

어머니.

―「어머니 · 3」 전문

"어머니"는 주 시인의 정신적인 고향이다. 이 고향이 바로 동심을 낳는 곳이 아닐 수 없다. 어머니를 부르면 생기가 솟고, 가슴이 짜릿하고, 저도 모르게 눈물부터 솟아난다고 토로하고 있다. 그는 어머니를 찾으면서 시심을 불태우는 시인이다. 동시집 『일등은 쓸 수 없는 시』에서는 동심을 바탕으로 한 시적인 기능이 보다 향상된 시들을 모아 놓았다. 그만큼 시세계가 원숙해져 가는 것을 엿볼 수 있다. 선명한 이미지로 명징한 시적 분위기를 자아내는 게 특징이다. "실핏줄이 터져//봄부터 번지는/빠알간/ 몸살"(「단풍나무」), "빙그레 웃으시는/할머니의/따스한 정."(「까치밥」), "하얀 잇발 드러내고/우렁찬 함성"(「옥수수」) 등 뛰어난 비유적 이미지가 돋보이고, 현장교사답게 어린이의 생활을 노래한 「야영」, 「운동회 연습」, 「체육 시간」, 「곤충 채집」 등에서 어린이의 생활체험과 교사로서의 따뜻한 사랑을 담고 있다.

6. 제5동시집 『봄 여름 가을 겨울』의 자연에 대한 동심적 접근과 예찬의 시세계

제4동시집이 동심보다는 시적 접근으로 사회비판적인 사상을 담았다면, 제5동시집 『봄 여름 가을 겨울』은 자연에 대한 동심적인 접근과 예찬의 진면목을 보여준다. 제1동시집에서 보여준 자연을 관조하는 사유 방식과 시적 접근 방법은 이어지고 있고, 그의 시적 특성으로 자리잡고 있음을 알 수 있다.

제1부를 봄과 여름의 시로 꾸미고, 제2부를 가을과 겨울의 시로, 제3
부는 산에서 들에서는 자연예찬의 노래를, 제4부 '너하고 나하고'와 제
5부 '묻어둔 뿌리'는 어린이의 생활에서 취재한 소재로 꾸몄는데, 각 부
마다 13편으로 총 65편의 수록하였다. 시를 통한 상상력의 세계를 보여
주는 등 다양한 시적 소재를 선보이고 있다.

악보의 콩나물들이
줄줄이 내려와
피아노 건반 위에서
뛰놀고 있다.

좌르르 미끄러지고
폴짝폴짝 뛰어오르고
미끄럼을 타다가
줄넘기를 하다가

잦아질 듯 높아지고
높아질 듯 잦아지고
끊어질 듯 이오지고
이어질 듯 끊어지고

베토벤의 긴 머리가
바람에 휘날린다.
쇼팽의 지휘봉이
신나게 춤을 춘다.

—「피아노 연주」전문

청각적 이미지를 시각적 이미지로 표현한, 그의 시적 기량을 보이는 시다. 피아노 연주를 통해 피아노를 연주하는 베토벤과 지휘를 하는 쇼팽을 상상하는 등 공감각적인 이미지를 동심적으로 형상화하고 있다. 피아노 음율이 역동적으로 되살아나 감동을 자아낸다. 이러한 시적인 감각과 따뜻한 인간애를 바탕으로 그의 시는 서로 도우며 살아가는 아름다운 세상을 꿈꾼다.

대나무는
대나무끼리
서로 도우며 산다.

비바람이 몰려오면
우우우
어깨를 걸고

어린 가지
넘어지지 않도록
어깨를 걸고

대나무는
그렇게
서로 도우며 산다.

—「대나무」 전문

그는 「대나무」에서처럼 서로 도우며 살아가기를 희망한다. "비바람이 몰려오면/우우우/어깨를 걸고" "어린 가지/넘어지지 않도록" 배려하며,

"혼까지 죄다 내주고/돌아가는/밤나무 잎"(「낙엽」)처럼 살기를 희망하는 시인이다. 그는 교육자로서 어린이들과 생활하면서 동시를 쓰면서, 뭉게구름처럼 "파아란 하늘 가득/동화를"(「뭉게구름·1」) 쓰는 천성적인 아동문학가다. 그는 평생 동안 "특수반 아이들"에게도 밝은 희망을 주고 사랑의 손길을 보내는 따뜻한 인간애를 몸소 실천해 왔다. 이러한 사실은 부산아동문인협회와 맥파 동인의 회원과 회장으로 열심히 아동문학 발전을 위해 힘써 왔던 점과 초등학교 교사로 퇴직하기까지 평생을 봉사해 왔던 점에서 알 수 있다.

그의 성실성과 따뜻한 인간애는 그의 훌륭한 인품에서 드러나며 그의 말없는 경상도 사내다운 묵직한 성격은 그의 작품의 기저에 흐르고 있다.

꽃이란 꽃은
언제나
마음이 따뜻해

찾아오는 손님을
그냥
보내지 않는다.

안주머니
어디쯤
단꿀을 쟁여두고

나비에게도
쬐끔

벌에게도

쬐끔

—「꽃 · 1」 전문

그는 꽃처럼 마음이 따뜻한 시인이다. 자기가 가진 것을 나누어 줄 줄 아는 따뜻한 마음씨를 가진 아름다운 시인이었다. "뿌리는 땅 밑에 있어야 합니다./뿌리는 어둠에 묻혀야 합니다."(「뿌리」)처럼 동심의 뿌리가 되어 한평생 자신을 드러내지 않고 뿌리처럼 자연에 대한 동심적 접근과 예찬하며, 아동학의 발전을 위해 노력하다 가신 아름다운 인품을 지닌 시인이었다.

7. 제6동시집 『동시야 놀자』의 자연과 인간과 동심의 조화

제6동시집은 주성호 시인이 문학활동 40여 년을 마무리하는 동시 100선의 선집이다. 그의 동시의 세계를 한눈에 알 수 있도록 동시 100선과 주성호 동시집에 대한 8명의 아동문학가들의 서평을 모은 주성호 교직생활 퇴직기념 문집 형식의 시집이다.

그의 시를 언급한 서평들의 제목을 보면, 「서정동시의 재발견」(공재동), 「바람과 별의 시」(이준관), 「자연미 그 동심의 시학」(노원호), 「그리움의 멋과 동화적인 시」(허호석), 「동시와 동화의 맛을 함께 즐기는 동화시집」(박일), 「강한 풍자와 풍유로 인간의 진솔한 삶을 표출」(이국재), 「동시의 미적 쾌감과 확보」(윤삼현), 「해맑은 정감 남치는 '시어'의 향연」(김종순) 등 그의 시적 특성과 동화시의 실험에 대해 극찬을 한 비평들을 담고 있다.

이들의 제목에서 시사한 그의 시의 특질은 서정동시, 자연미, 그리움과 동화적인 시, 풍자와 풍유의 시세계, 미적 쾌감 등으로 요약된다. 이를 한마디로 요약한다면 따뜻한 인간애를 바탕으로 자연과 인간과 동심이 조화롭게 어우러진 서정동시라고 할 수 있겠다.

머리말에서 "동시는 나에게 박하사탕과 같은 것입니다."라고 언급하고 있는데, 이 시집은 병마로 인해 퇴직한 주성호 시인이 그동안 해온 동시 창작을 마무리하는 성격이 짙게 배어 있다. "동시는 나에게 청량제요 활력소로써 역할을 다해 줍니다."라고 술회하면서 동시 창작 생활을 하면서 살아온 날들에 대해 고마움을 전하는 가슴 뜨거운 시집으로 다섯째 마당 중 첫째 마당은 동시 20선을 수록하였고, 부제로 "이슬은 처음부터 빈 마음입니다"라고 부언하고 있다.

첫째 마당에 수록된 「내 동생·1」은 동심을 시각적 이미지로 그려내고 있다.

빨랫줄에서도
아가 옷은

엄마 소매 자락에
꼬옥
매달려 있다.

내 옷은 저만큼
떨어져 있고.

—「내 동생·1」 전문

동심의 관조가 돋보이는 시다. 엄마의 사랑을 독차지하려고 하는 동심의 속성을 회화적인 수법으로 명징하게 그려내고 있다. 엄마의 사랑을 독차지하려는 동생의 모습을 바라보는 화자의 모습은 객관적 시각으

로 사물을 보려는 그의 시적 특질을 보여준다. 이러한 관조의 경향은
「달마대사」에서도 할머니 방에 걸려 있는 달마대사 그림을 바라보며 할
머니를 달마대사의 그림 이미지로 시각을 전환하여 "달마대사는/나만
보면 빙그레 웃는다."와 "할머니 방에는/내 편/달마대사가 있다"라고
형상화하고 있다.

그는 사물을 관조함으로써 그 관조한 사물을 감각화하여 형상화하려
는 그만의 시적 특성을 보이고 있다. 이러한 시작법은 시적 대상을 관조
하여 자신의 생각과 감정을 객관화하려는 자세를 보인다.

　　드르륵 딱!
　　회사에서 돌아오신
　　아빠 문소리

　　스르륵 싹!
　　과일 갖고 들어오는
　　엄마 문소리

　　쿵쾅! 드르륵 쿵쾅!
　　보나 안 보나 이번엔
　　개구쟁이 내 동생

　　　　　　　　　　　　　　　　　　　　　　　　　—「문소리」 전문

문소리를 통해 가족애를 형상화하고 있다. 청각적 이미지를 시각화하
여 가족 구성원의 성격적 특성을 그려내고 있다. 그의 시에서는 이처럼
따뜻한 가족애를 그린 작품이 많은 것도 자연과 인간을 사랑하는 그의
따뜻한 마음씨 때문일 것이다.

자연의 사물을 통해 인간도 자연의 일부이며 자연을 떠나서는 살아갈 수 없다는 깊은 철학적 의미와 사람이 살아가는 데는 환경적인 조건이 중요함을 역설하기도 한다. 자연의 사물을 통해서 인간의 바른 가치관을 객관적 시각으로 보여주는 등 자연과 인간과 동심의 조화로운 세계를 모색하고 있음을 알 수 있다.

이슬은
처음부터 빈 마음입니다.

빨강 꽃잎에 앉으면
그냥
빨강 이슬이 되고,

노랑 꽃잎에 앉으면
그냥
노랑 이슬이 되고,

이슬은
처음부터 가진 게 없어
그 무엇이나 될 수가 있습니다.

―「이슬·1」전문

이슬을 통해 인생을 관조한 시다. 공수래 공수거(空手來空手去)의 사상과 "꿈은 이루어진다."는 생각을 담아 표현하고 있다. 맹자(孟子)의 어머니가 3번 이사한 교훈이라는 말로, 맹자의 어머니가 자식의 교육을 위해서 3번이나 이사한 것을 들어 교육환경의 중요성, 교육의 중요성 등을 뜻하는 말로 孟母三遷之敎(맹모삼천지교)의 사상을 담고 있다. 환경의 중요성을 자연 사물인 이슬을 통해 극명하게 보여준다. 이슬이 처음부터 빈 마음이듯이 이슬처럼 자기 꿈을 위해 노력하면 무엇이나 될 수 있다는 긍정적인 비전을 제시하고 있다. 이는 "도 심은 자리에선/도 소리가 난다.", "꼭꼭 심어 논 제자리에/꼭꼭 심어 논/제 소리 난다."(「피아노」)라는 "뿌린 대로 거둔다" "인과응보 사필귀정"이라는 불교적인 사상을 형상화하고 있다.

둘째 마당의 동시 40선은 시 구절을 발췌한 "나만 왜 만날만날 착해야 하나?"를 부제로 내세우고 있다. 어린이의 생활체험을 소재로 한 동시를 담고 있는데 동심을 진솔하게 표현하고 있다.

나만

왜

만날만날

착해야 하나?

재미있는 건

재미있는 건

동생이

다 하고.

나만

왜

만날만날

착해야 하나?

맛있는 건
맛있는 건
동생이
다 먹고.

―「언니」전문

'언니'로서의 고충을 진술하게 토로하는 동심을 담고 있다. 동심적인 스케치가 돋보이는 작품으로는 병아리가 "물 한 모금 입에 물고/하늘 한 번 쳐다보고" 하는 습성을 보고 「피는 못 속여」라는 제목을 붙인 것이랄지 「내 동생」에서 "아이스크림 빼앗고/장난감 인형 안겨주어도/그것도 모르는 동생은 바보"로 표현하는 등 어린이의 행동 특성을 표현하여 어린이의 진솔한 감정을 담아내고 있다. 이는 그만큼 어린이와의 생활을 통해 어린이의 행동 특성을 잘 알고 있고, 어린이의 마음을 잘 파악했기 때문에 가능한 일이다. 그는 어린이와 생활하면서 "셀로판지로 새상을 보면" 셀로판지의 색깔에 따라 세상이 다르게 보이듯이 동심의 눈으로 어린이를 바라보고 어린이의 마음을 동시로 형상화해내는 "100점"짜리 교사요, 동시인이었다.

셋째 마당에서는 동시 60선으로 부제를 "참새가 되었을까! 제비가 되었을까!"로 했으며, 동심을 바탕으로 자연과 인간과 동심이 한데 어우러진 시세계를 보여준다.

고요한 호수 속에
나무가 서 있고
앞산이 내려다보고
흰 구름이 떠 있다.

그러다 잠시잠깐
바람이 일면

나무가 흔들리고
산이 무너지고
흰 구름 또한 산산조각난다.
내 마음 속에서

—「내 마음」전문

　자연을 관조하여 자신의 마음을 표현하고 있다. 이처럼 자연을 통해 인
간의 심리적인 특성을 형상화하여 표현한 시는 "톡톡 튀는/봄비"처럼
"가슴 저 밑바닥에/새싹이 돋게/울긋불긋 아름다운/꽃들이 피게//엄마
몰래/슬쩍슬쩍 비를 맞았다." 따라서 자연과 같이 호흡하는 생동감 있는
자연과 사람들의 모습을 담아내고 있다. 「쫓기는 아이들」을 통해 오늘의
아이들의 생활상을 보여주기도 하며, 「설날 아침」은 온 가족이 모여 새해
를 맞이하는 한국적인 민속을 담기도 한다. 그리고 「꽃」에서처럼 밝은 모
습으로 자연과 인간과 동심이 어우러진 아름다운 세상을 가꾸고 있다.
　넷째 마당에서는 동시 80선을 선보이고 있다. "오빠야는 점말 갈지자
걸음을 걸었습니다"라는 부제로 자연과 인간과 동심이 어우러진 아름다
운 세상을 그려내고 있다.

눈이 오면
온 세상은
다시 태어난다.

하얗게

하얗게
다시 태어난다.

눈이 오면
온 세상은
하나가 된다.

하얗게
하얗게
하나가 된다.

— 「눈이 오면」 전문

주성호 시인이 추구하는 자연과 인간과 동심의 조화는 자연과 인간이
하나가 되는 아름다운 동심의 세계를 지향하는 일일 것이다. "눈이 오
면" 온 세상이 다시 태어나는 것처럼, 자연과 인간이 합일되는 세계는
바로 원초적인 동심의 세계라는 이상적인 세계이다. 그는 이러한 아름
다운 세계를 가꾸기 위해 동시를 써왔다고 볼 수 있다.

다섯째마 당에서는 동시 100선으로 "지장암 촛불은 사람 마음을 잘
알아야 합니다"라는 부제로 그의 신앙적인 대상이 되어 왔던 불교적 세
계관을 보여준다.

지장암 촛불은
사람 마음을 잘 알아야 합니다.

부처님께 바라는 소원은 무엇인지
어떤 마음으로 어떤 기도를 드리는지

무엇을 원하는지
무엇을 이루고 싶은지

부처님 옆에서
제깍제깍 읽어내어야 합니다.

그래서 그런지 지장암 촛불은
눈 한번 깜박이지 않습니다.

그래서 그런지 지장암 촛불은
밤을 꼬박 새웁니다.

—「촛불 · 1」전문

촛불이 마음을 잘 알아야 하듯이 동시를 쓰는 시인은 누구보다도 어린이 마음을 잘 알아야 한다는 그의 평소 동시관과 종교관을 알 수 있는 시다. "밤을 꼬박 세우"는 촛불처럼 주성호 시인은 시를 빚으며 자연과 인간과 동심이 어우러진 아름다운 세상을 꿈꾸어 왔다.

8. 마무리

주성호 시인은 『시야 놀자』라는 시집의 표제가 말해주듯이 평생을 동시와 놀다가 가셨다. 그가 꿈꾼 이상적인 동심의 세계는 그의 동시 속에 남아 있다. 그의 동시에 대한 재조명을 통해 그의 시세계를 살펴보았다. 그의 시세계는 한마디로 말하면 "자연과 인간과 동심의 조화로운 세

계"를 향한 강한 메시지다. 동시를 통해 원초적인 동심이 어우러진 세상을 꿈꾸었는데,

첫째, 제1동시집 『꿈나라의 집』에서는 사물을 관조하는 동심세계를 보여주었으며, 이러한 작품 경향은 그의 시적인 특성으로 자리잡고 있다.

둘째, 제2시집 『숲에는 바람이 살고 숲에는 별들이 살고』에서는 자연과 동심의 조화로운 모색을 모색하여 자연과 동심을 한 뿌리로 보고 그것을 세심한 통찰력으로 관조하는 시세계를 보여주고 있다.

셋째, 제3동화시집 『별똥별』은 우리나라에서는 처음으로 시도된 실험동화시로 동시와 동화를 접맥시키려는 동시를 통한 서사구조의 세계를 열어놓았다.

넷째, 제4동시집 『일등은 쓸 수없는 시』에서는 시세계에 몰입하여 동심적인 사회비판의식의 수용하는 동시를 보여주었다.

다섯째, 제5동시집 『봄 여름 가을 겨울』에서는 자연에 대한 동심적 접근과 예찬의 시세계를 보여주었다.

여섯째, 제6동시집 『동시야 놀자』는 이제까지 발표한 동시를 뽑아 수록한 동시선집으로의 시적 특성인 자연과 인간과 동심의 조화로운 원숙한 시세계를 보여주었다.

꿈과 소망과 사랑을 담은 동심의 그림

조명제 시인의 시세계

1. 그의 동심의 원천을 찾아서

조명제 시인은 부산에서 태어나서 부산 동신초등학교를 졸업한 후 줄 곧 부산에서 중고등학교를 거친 부산토박이 시인이다. 그는 부산상고와 진주교육대학교를 졸업했으며, 대학시절 학보사 편집국장을 지내는 열 성을 지녔고, 1978년 부산 범일초등학교 교사로 초임 발령을 받은 이래 2014년 회갑을 맞아 회갑기념 작품선집을 낸 현재까지 부산에서 초등학 교 교사로 어린이들과 함께 즐겁게 생활해 오고 있다. 1980년 월간 『교 육자료』에 이원수 선생님으로부터 시로 천료를 받고, 1982년 『아동문 예』 신인상 동시 「동백꽃」 당선과 『월간문학』 신인상에 동시 「팔베개」가 당선되어 문단에 나왔다.

현직에 있으면서 주경야독하여 방송대 행정학과를 졸업하고 동의대 행정대학원 행정학과 석사과정을 마치기도 하였고, 대금강문 선무도를 꾸준히 단련하여 2001년에 4단의 고단자가 되어 선무도 지도법사로 활 동해 왔으며, 세계선무도협회 이사, 보림지원장을 역임하기도 하였다.

1983년에 첫동시집 『갈숲의 노래』 발간, 1987년에 제2동시집 『날고 싶어요』발간, 1989년에 제3동시집 『꽃으로 피리라』, 1992년 제4동시집 『꽃씨의 겨울잠』을 펴냈으며, 이제까지 발표한 동시 중에서 우수한 동시를 뽑아 선집 성격의 회갑기념문집 『해맑은 동심세계에서』을 발간했다. 그가 받은 문학상으로는 1998년 제20회 한정동아동문학상, 2012년 대한아동문학상을 수상하는 등 맑은 동심의 꽃을 피우며 60평생을 살아온 시인이다.

그의 작품세계를 선명하게 알 수 있는 조명제 시인의 회갑기념 작품집 『해맑은 동심세계에서』에 수록된 60편의 동시를 중심으로 그의 해맑은 동심의 시세계 살펴보기로 한다.

2. 회갑기념 작품선집 『해맑은 동심세계에서』의 시세계
—꿈과 소망과 사랑을 담은 동심의 그림

조명제 시인의 작품선집 『해맑은 동심세계에서』는 한마디로 말하면, 동심과 더불어 살아온 지난날들을 동시로 표현한 "꿈과 소망과 사랑을 담은 동심의 그림"이다. "저마다의 우물을 통해 세상을" 보고, 시인 자신의 꿈과 소망과 사랑을 시라는 형식으로 표현한 서정적인 진술로 조 시인의 삶에 대한 태도가 명백하게 드러난 문집이다. 사진과 시와 작품평과 연보를 묶은, 동심 속에서 살아온 자서전적인 성격의 시집으로 그의 맑고 밝은 생활태도, 성실한 자세, 소박한 꿈과 소망 등을 담고 있다.

동심을 찾아가는 길은 외로운 법이다. 남이 가기를 좋아하지 않는 길이기 때문이다. 그러나 그는 외로운 길을 사명감으로 즐겁게 휘파람까지 불며 걸어왔다.

작은

바람에도
외로워

휘어이,
마른 가슴
비벼대며

들판
가득
휘파람을 불고 있다.

—「갈숲」 전문

「갈숲」은 시인의 내면 풍경을 그려낸 동시이다. "작은/바람에도/외로
워"하는 "갈숲"은 군중 속의 고독한 자다. 가을날 강가에 서서 바람에
흔들리며 마른 가슴을 미친 듯이 비벼대는 "갈숲"은 평소 세상을 낙천적
으로 바라보고 살아가는 조명제 시인 자신을 "갈숲"에 감정이입한 노래
다. 휘파람은 그의 긍정적이고 항상 천진스러운 특유의 웃음을 흘리며
신바람 나게 살아가는 그의 행동 특성이다. 비록 "비 오는 날"일지라도
남과 더불어 "파란 마음/하얀 마음들이/한 마음 되어" 꽃길이 되는 학교
길은 도란도란 정겨운 이야기꽃이 피고, "아름다운/우정이/꽃피어 올
라" 줄 이어가는 꽃길이기에 그는 평생 동안 그 길을 향해 즐겁게 살아
왔다. 한 가족을 거느리는 가장인 "아빠"가 되어 밤늦게 까지 열심히 살
아가는 모범가장, 모범 아빠다. 그는 그의 시처럼 "잘 익은 홍시 감내
가" 나고 눈에서는 "늘 별이 반짝이고 있"는 희망이 넘치는 행복한 가장
으로서의 본보기의 삶을 살아왔다.

어른이 되어서도 동심을 잃지 않는 삶을 살아왔다. 세상일을 낙천적

으로 생각하고 긍정적으로 웃으며 살아온 그의 꿈은 평생을 때 묻지 않는 동심으로 살아가는 동시인으로서의 삶을 살아가는 것이었다.

어른이 되면
난 수염을 기르겠다.
멋진 넥타이를 매고
구두를 신고
점잖은 신사가 되겠다.

어른이 되면
가고 싶은 먼 데도 가보고
하고 싶은 많은 일도 해보고

참,
어른이 되면
아이들과 잘 놀아주겠다.

함께 뛰며, 웃으며
그러다가
다시 어린이가 되고 싶다.

난
어린아이
이대로가 좋다.

—「어른이 되면」전문

중국 명나라 때 사상가요, 문학가인 이지는 "무릇 동심이란 거짓을 끊어버린 순진함으로, 사람이 태어나서 처음 갖게 되는 본심을 말한다. 동심을 잃게 되면 진심이 없어지게 되고, 진심이 없어지면 진실한 인간성도 잃어버리게 된다. 사람이 진실하지 않으면 최초의 본래의 마음을 다시 회복할 수 없는 것이다."라고 동심설을 주장하였다. 이지의 말대로 그는 평생을 동심 속에서 진실한 인간성을 잃지 않고 살아가겠다는 소박한 꿈을 노래하고 있다. "난/어린아이/이대로가 좋다"는 꿈을 실현하기 위해 "수염을 기르고 넥타이 매고 구두를 신은 점잖은 신사"로 상징되는 외형 갖추기 충족요건을 갖추겠다고 결심한다. 외형적인 미를 갖추고 그가 하고 싶은 일은 먼 데를 가는 여행이고 하고 싶은 일을 많이 해보는 일이다. 자신의 꿈을 위해 노력함과 동시에 어린이와 함께 놀아주며 다시 어린이가 되는 것이다. 시공을 초월하여 변함없이 동심을 지키기 위해서는 욕망으로 가득 찬 어른보다 어린이가 되고 싶다는 소망을 노래하고 있다. 그는 그의 소망대로 평생을 어린이와 함께 지냈다. 마음에 때가 묻는 것을 막기 위해 "건전한 신체에 건전한 정신이 깃든다."는 삶의 철학을 실천하고 살아왔다. 그게 바로 선무도 수행이었다. 선무도 수련과 더불어 어린이 눈높이로 동시 창작하는 일을 병행하며 살아왔다. "꽃씨를 심는 마음"으로 꿈을 가꾸어왔으며, 자식을 위해 자신의 모든 것을 희생하며 살아오신 "어머니"에 대한 효심을 늘 잃지 않는 도덕적이고 성실한 삶을 살아왔다. 마치 새장에 갇힌 새의 삶처럼 사회적인 구속력과 가장으로서의 책임감에 충실한 삶을 살아오면서도 자신의 꿈을 위해 날고 싶은 욕망의 버리지 못하고 자유로운 동심의 세계를 향한 열망으로 동시쓰기에 전념해 왔다. 그의 동시 창작은 답답한 구속력에서 벗어나기 위한 방편이며, 동심으로 돌아가려는 소망의지의 노골적인 표현이었다.

새장 속의 새는
가두어진 슬픔으로
울지만

사람들은
노래로 듣고
즐거워하지요.

새는 늘
노래만 하는 게
아니랍니다.

짐짓
노래하는 척
울고 있는 거여요.

창을 열면
달과 별과
싱그러운 바람이 있어요.

새는 창밖을 날고 싶어
노래하는 척
울고 있는 거여요.

—「날고 싶어요」 전문

새장 속의 새는 날고 싶은 욕망의 좌절로 울고 있지만, 새장 밖의 사람들은 새의 슬픔을 기쁨의 노래로 듣고 즐거워한다는 역지사지의 입장에서 풀어놓은 시이다. 자신의 기쁨을 위해 남의 슬픔을 강요하는 기쁨조의 역할이 바로 새장 속의 새의 삶이다. 새는 울고 있는데 그것을 보고 있는 사람은 그것을 듣고 즐거워하는 이율배반적인 행태는 우리들의 삶의 도처에서 볼 수 있는 현상이다. 서로가 공유하는 의식이 없을 때 우리는 의사소통의 단절과 함께 사랑의 소통이 부재하게 된다. 나와 나를 둘러싼 가족, 친구, 이웃 등과 의사소통이 원활하지 못할 때 서로가 불행하게 된다. 동시 창작에서도 시와 독자인 어린이와 소통이 원활하지 못할 때 시인 자신의 아름다운 동심의 세계를 독자들이 공감하지 못하게 되고, 독자인 어린이들은 시를 멀리하게 되는 이치와 마찬가지다. 어느 정도 시인의 내면에는 사회적인 구속력 속에서 살아가면서 영원한 자기만의 자유를 꿈꾸는 수단의 방편으로 시 쓰는 심리가 작용될 수도 있다. 동심으로 돌아가고자 하는 간절한 소망과 몸부림의 표현으로 시를 쓰지만 그 시를 읽는 독자가 공감하지 못한다면 시인의 슬픔은 더욱 커질 것이다. 새의 거짓 노래는 새의 소망이 담긴 울음일 수 있다는 메시지가 자신의 꿈을 위해 열심히 노력했지만 부모나 친구들이 알아주지 못하는 답답한 어린이들의 간절한 소망과 소통에 대한 열망이 절실하게 공감으로 다가온다.

주어진 공간에서 일상적인 틀에 박힌 삶을 누리는 자체가 새장 속의 새와 흡사하다고 볼 수 있다. 그 일상 속에서 창밖을 향한 소망으로 창문을 열면 다른 세계가 기다리고 있을 거라는 기대로 사람들은 일상을 탈출하여 비일상적인 세계에서 자유를 찾으려고 한다. 그러나 비일상 속에서 이룰 수 있는 꿈은 일회적일 수밖에 없다. 모든 것은 일상 속에서 꿈을 꾸고 가치 있는 꿈을 찾아 "날고 싶어요"라고 소망하면 그 꿈은 언젠가 이루어질 수 있을 것이다.

조명제 시인은 가장으로서 책임감과 성실성이 강한 사람이다. "슬플 때도 아빠는/울지 않는다."에서 "아빠는" 조명제 시인의 모습이다. "울음보다 더 진한 아픔이/돌린 등 뒤로 스며나는"것을 아빠의 모습에서 읽는 어린이 모습에서 진정한 가족애를 엿볼 수 있다. 그는 가정으로서 일상의 삶을 살면서도 '옹달샘' 같은 시심을 갖고 있는 서정 시인이다.

꼬부랑 산기슭
홀로 솟는 옹달샘

방울방울
퐁
퐁
퐁
음표 찍어내고 있다.

마침표 없는
되돌림 노래 부르고 있다.

휘영청 보름달
산노루 한 마리

온쉼표 하나
그리고 갔다.

—「옹달샘」 전문

"옹달샘"은 조명제 시인의 동심이 솟아나는 원천이다. 의태어의 적절한 배치로 악보를 그려낸 「옹달샘」은 이미지가 선명한 그림 한 폭이다.

"옹달샘＝마침표없는 되돌림 노래, 산노루＝온쉼표"로 은유되는 그림은 산수화 한 폭이요, 노래를 그림으로 그려낸 수작이다.

그의 시는 한 폭의 그림과 함께 날고 싶은 비행의 욕망이 농축되어 나타난다. 「날고 싶어요」와 「민들레씨」에서도 "크고 너른/세상 향해/날아갈 거야."라고 비행하고 싶은 소망을 담았고, "꿈으로 핀다."는 「안개꽃」, "엄마는 아가 꿈 꾸고/아가는 엄마 꿈 꾸고" "고운 꿈"을 수놓는 「팔베개」, "꽃씨의 꿈"을 다져 밟는 「꽃씨를 심는 마음」, "꿈길 따라 아롱지는 「성탄종소리」"처럼 "푸른 꿈"을 키우겠다는 소망을 담은 「나무를 심겠어요」와 "움츠렸던 초록 꿈들이" 하늘로 오르는 「아지랑이」처럼 "긴 꿈길 달려/새 하루를 연다."는 「아침」처럼 늘 새로운 꿈을 꾸는 시인이다. 그리고 그는 그 꿈에 소망을 담고 있다. 그의 시에서 "〜싶다."는 소망의 표현이 많은 시에서 노출되는 것은 소망이 많음을 알 수 있다. 「풀꽃」에서 "듣고 싶어요.", "풀꽃이 되고파요.", 「나무」에서 "한 그루 나무가 되었으면 싶었다.", 「어른이 되면」에서 "어린이가 되고 싶다.", 「나무를 심겠어요」에서 "큰 나무를 심겠어요.", 「매화리에 가면」에서 "유천 땅, 매화리에 가고 싶다.", "산이고, 구름이고 싶다." 등 소망이 많고 다양하다. 그리고 따뜻한 사랑과 서로가 더불어 살아가는 아름다운 세상을 꿈꾸고 소망한다.

　[…전략…]

　우리 모두 생각이
　똑 같다면
　의견 다툼 없이
　싸울 일 없겠다.

〔…중략…〕

우리는 얼굴도 다르고
생각도 다르다.
그래서 재밌다.
더불어 사는 신나는 세상이다.

―「똑 같다면」일부

그는 올라가고 내려가는 시소놀이와 같은 공평한 세상과 "독을 다스리고/남을 용서해야/나도 용서 받는다./평화를 얻는다."는 「용서」가 있고, "어깨동무하고 있"는 「안개꽃」 같은 아름다운 세상, "더불어 사는 신나는 세상"을 꿈꾼다.

3. 아름다운 세상의 꿈을 마무리하며

조명제 시인의 시를 오순택은 "신선한 이미지와 언어의 함축"으로 보았고, 공재동 시인은 조명제 시인을 "풀잎 같은 시인"이며, "관념시와 서정시"로 평하였다. 인물평으로 이영 동화작가는 "해맑은 만년소년"으로 압축했다. 그렇다. 그의 시는 "꿈과 소망과 사랑을 담은 동심의 그림" 한 폭이며, 해맑은 동심의 노래이다. 평생을 "해맑은 동심세계에서" 살아 온 조명제 시인이 늘 소망하는 "해맑은 동심의 세계에서 아이처럼 살아가고 싶다"는 소망이 이어지길 기원한다. 회갑기념인 만큼 인생은 60부터라는 말이 있듯이 회갑기념 작품선집 발간을 계기로 더욱 원숙한 시세계를 펼쳐서 우리나라 어린이들의 꿈과 소망과 사랑의 꽃을 활짝 피우는 좋은 시가 많이 창작되길 바랄 뿐이다.

청소년의 심리적·정서적 고충에 대한 현장 취재

추필숙 청소년 시집 『햇살을 인터뷰하다』의 시세계

1. 들어가는 말

청소년은 아동에서 성인으로 전환이 이루어지는 과도기적 발달 단계로 급격한 신체적 심리적, 사회적, 지적, 정서적, 성적 성숙과 함께 자아의식이 발달하고, 부모에 대한 의존에서 벗어나 독립하는 시기이며, 자아 정체감 형성과 통합이 이루어지는 중요한 시기이다. 이러한 시기에 있는 청소년들에게 어른들의 기대는 지대하다. 따라서 과도한 학습을 요구한 나머지 우리나라의 경우 대부분의 시간을 학교에서 학업에 시달리고 있다. 과중한 학업, 대학입시, 진로 선택, 교사와 친구들 간의 관계에서 오는 불안, 긴장, 초조, 걱정 등의 스트레스에 시달리고 있다. 이러한 스트레스를 감당하지 못할 때 이를 회피하는 부적절한 현상들이 나타나기도 한다. 정신적으로 분노, 불안, 우울하다거나 신체적으로는 식욕부진, 두통, 폭력, 무기력 등의 증상을 보이기도 한다.

이러한 청소년시기에 겪는 여러 가지 심리적 정서적인 문제에 따뜻한 관심과 배려는 무엇보다 중요한 일일 것이다. 추필숙 시인의 청소년 시집 『햇살을 인터뷰하다』는 청소년 입장에서 청소년들의 실상과 심리적인 고충을 인터뷰한 현장 취재형 시다. 그래서 그들이 무엇을 고민하고 갈등하고 있는가를 생생하게 전달해 준다. 청소년의 문제를 심각하게 들어주고 그들의 정서적 심리적 발달에 도움을 주는 청소년시의 필요성이 절박하면서도 청소년문학이 발달되지 못한 상황에서 청소년들의 삶을 생생하게 현장 취재한 청소년시집의 발간은 청소년들을 위해 매우 고무적인 일이 아닐 수 없다. 추필숙 시인의 청소년 시집 『햇살을 인터뷰하다』의 시세계를 살펴보기로 한다.

2. 청소년의 심리적 정서적 고충에 대한 현장 취재

1) 심리적 억압에서 벗어나고픈 자유의지의 타자화

청소년은 자신들을 심리적 정서적으로 억압하는 것들로부터 벗어나고픈 강렬한 자유의지를 가지고 있다. 현실적으로 불가능하나 수국꽃에게 자신의 심정을 토로하고픈 자유의지를 타자화하여 명징하게 인터뷰를 시도한다.

수국이
마이크처럼 피면
누구라도 붙잡고 인터뷰하고 싶다

아아아,
지금부터 햇살과 인터뷰를 해 보겠습니다
좋아하는 게 뭐죠?

음, 밖을 아주 좋아해요
낮고 높고 좁고 넓고 가깝고 멀고
가리지 않고 쏘다니는 걸 좋아해요

아주 분주하시군요,
해야 하는데
아, 나는 실컷 쏘다녀 본 적이 있었느냐?
집 안, 차 안, 교실 안
그늘만 기웃거리기도 바쁜 나

그래도 오늘처럼 수국이 핀 날
꽃 뭉치만 한 햇살과 인터뷰하다
문득 깨닫는다

우리 집 햇살은 나!

—「햇살을 인터뷰하다」 전문

집과 차와 학교만을 오가며 꽃피고 새가 우는 자연과 마주 할 수 없는 심리적 정서적 억압에서 벗어나고픈 열망을 「햇살을 인터뷰하다」에 담은 것이다. 인터뷰의 대상은 타자화된 청소년 자신이고 수국꽃은 스스럼없이 청소년들의 하소연을 전달해 줄 매체인 마이크다. 청소년은 학교에서 하루종일 책을 들여다보며 "길"을 걸어 가고 있는 것이다. 그 길은 "행간을 살펴야 하는 책 속에도" "휘고 구부러지고 비스듬히 자란 나무와 풀이 있는 산길"(「길」)이 있는데, 하루 종일 "원래 눈앞에 늘 있던 빛이/갑자기 눈부신 환한 빛이 되게 하려고"(「터널」) 숨겨둔 터널을 지나 버스를 놓쳐 늦는 바람에 "학생주임이 교문을 막고" "교실까지 토끼뜀 시작!"(「버스를 놓치다」)으로 허겁지겁 교실로 입실하는 청소년의 현실, 그리고 청년실업으로 학교를 졸업하고도 집안에 손으로 "복권", "기타줄", "늘어붙은 프라이팬", "등", "잠꼬대로 허공을", "연락 끊긴 전화번호", "소금쟁이처럼 엎드려 장판을", "할머니의 속"을 긁고 있는 백수삼촌이 "법인카드"긁고 "바가지 긁어 줄 숙모를" 만나기를 희망하며 "뒤통수를 벅벅/긁기도 한다"(「백수 삼촌」)는 삼촌의 삶 현장, 지방으로 가신 아빠의 편지를 기다리며 "308호 하마 입 속에/날마다 손 넣기"(「하마 입 속에 손 넣기」)하는 가정환경의 취재, 버스 정류장 버스를 기다리며 아버지 같이 등 뒤가 따뜻하게 느껴지는 "낡을 대로 낡은/자판기 하나"가 "문득" 생각나는 거리 풍경, 유행하는 "삼선 슬리퍼"의 따가운 고통을 참아가며 일요일 동네 한 바퀴 돌고, 벌점이 있으나 뛰지 않던 3인방이 "걷는 게 당연하지 않는 사람도 있다는"(「지각에 대한 반론」) 반론을 펴지도 못하고 학년이 바뀐 사례, "인증 사진"을 찍는 "버스 차창"의 반복된 일상, "비닐 하우스"에서 "속성으로 키워지는 야채"처럼 학생들을 키우려는 학교 등 우리나라의 사회 현실과 교육현장을 생생하게 취재한 내용이 담겨 있다.

새의 날개는
저울이다

양 날개 위에 얹은
바람이며 햇살을 달아 본다
저울을 기울여 들어내고 보태고
눈금을 맞춘다

하루의 무게를 가늠하려는

새 한 마리
노을 속으로 솟구치는 저녁,

야자 시작종이
내 양팔을 잡아끈다

—「저울」 전문

새와 학생의 은유가 생생하다. 자유를 갈망하는 새들의 날개짓처럼
청소년들의 몸짓이 현장감 있게 타자화되어 전달된다. 「저울」은 현장취
재의 리얼리즘적인 성격을 벗어나 시적 감동의 도가니로 우리를 빨려
들게 하는 은유적인 재치를 유감없이 보여주고 있으며, 추필숙 시인의
탁월한 시적 재능의 발로임이 증명되는 '인증 사진' 같은 시다.

2) 시적 감수성으로 취재한 교육현장의 르뽀

청소년들의 자리 배치를 시각화한 「Q & A」의 "오늘 시험 기대한다"
의 긴장감, 「액자 교실」의 "공부"라는 글자로 "액자 소설 같은/액자 교
실 우리 반"의 시각화, 「급식 시간 60분」의 현장 추적, 역사 선생님의 날
짜 기억 상실을 취재한 「파도 타기」의 생동감, 「한 시간 자리 외출」에서
"배드민턴채 수리"를 핑계로 외출을 시도한 학생과 그들의 현장감 있는
학교 앞 골목 풍경과 심리묘사, 미지의 "체육복 소매에 화살 꽂힌 하트"
(「체육복 패션」) 모양의 체육복으로 폼을 잡고, 공부시간 "책에 코를 박고
는 꼼짝도 않"(「케멜레온 병수」)고 책상에 엎드려 있는 병수의 르뽀, "인공
눈물 넣다가 수학 선생님과 눈이 마주친" 윤지의 「안구 건조증」, 상장을
받는 화자에게 보내는 「박수나 받아라」, 「성적표 받은 날」과 「시험 계획
표」 짜는 순간의 심리와 결심, 도끼를 잃어버린 나무꾼과의 은유로 모의

고사 시험을 해학적으로 형상화한 「찍기」, 시험문제 푸는 「전문가」로 변신해 가는 학생들과 "교복 단추 하나가" 떨어져 스테이플러로 꾹꾹 박고 하루 종일 움츠리고 지냈던 불안한 심경을 묘사한 「임시 단추」, 학생들의 심리를 「일기 예보」한 시 등 추필숙 시인만의 독특한 개성으로 교육현장을 밀착 취재해 놓고 있다.

저녁 급식 시간에
배드민턴채 수리하겠다고
외출증을 끊었다

짬뽕 한 그릇 사 먹고
면발 같은 골목길 돌아
체육사에서 그립을 칭칭 감았다

새 손잡이처럼
말랑말랑해진 나는
배드민턴채를 쳐들고 걸었다

자유의 여신이 따로 없다
야자 시작종이 마중까지 나온다

—「한 시간짜리 외출」 전문

그의 시세계의 특징이 명확하게 드러나는 「한 시간짜리 외출」은 학교라는 억압의 공간에서 잠시 해방감을 맛보는 기쁨과 심리묘사를 독특한 시적 감수성으로 형상화한 교육현장의 르뽀 시다. 심리적 압박감에 시달리는 청소년들의 학교교육현장의 풍속도를 그려내고 있다.

3) 신세대 문화 속의 청소년들 모습

디지털 미디어 시대의 신세대들은 그들 나름대로의 청소년 문화를 향유하고 살아가고 있다. 컴퓨터 인터넷 통신, 눈썹 관리, 음악 감상, 신발 문화, 자전거 타기, 이성 교제, 음식 문화, 다이어트, 휴대폰 문화 등 청소년들만의 독특한 의식주 문화를 가지고 있다. 인터넷통신 카페를 통하여 회원끼리 소통하며 살아가면서도 같은 아파트에 사는 이성 친구의 보고픈 마음도 컴퓨터 인터넷 문화처럼 "로그인하고 싶은"것이다. 때로는 같은 반 "인기 짱 수연"이와 카페 회원이 되는 즐거움을 누릴 수도 있고(「나는 카페지기」), 이성 친구에게 이메일로 새로 산 커플 운동화 꼭 신고 오라고 전해 주고(「@」), 또 주말에 데이트 약속장소로 분수광장에서 만나 조조할인 영화 한 편 보고, 매운 떡볶이랑 아이스크림 먹자고 연락하는 등 그들만의 신세대 문화를 누리며 살아가고 있는 모습을 보여준다. "눈썹달"을 그려 넣는 등 외모에 신경을 쓰고, 작은 키에 대한 약점을 숨기기 위해 "키높이 신발"로 외출하며, 이성 친구를 향해 "너에게 주파수를 맞"춘다며, 사랑의 감정을 표현하기도 한다.

> 쉬는 시간 한꺼번에 터지는 우리 반 서른여덟 명의 움직임 속에서,
> 네 목소리가 내 귀에 딱 꽂히는 순간이 있다
>
> 교실을 돌고 돌아 끝내 찾아내는 주파수 같은 너!
>
> 네 앞에서 나는 늘 귀가 얇다
>
> —「너에게 주파수를 맞추다」 전문

이성 친구인 현수에게 관심을 표명하고, 「봄 타다」처럼 현수의 오토바

이를 타고 개나리 강변 한 바퀴 돌며 즐거운 청춘의 봄을 누리거나 모태 솔로인 자신에게 "연애 상담"을 오는 친구들에게 "너희 둘이 알아서 할 수 없니?" 하고 투정을 부리는 청소년들의 생활상을 엿볼 수 있다. 주말 에 도서관에서 공부를 하다가 운동으로 밤에 혼자 자전거를 타는 모습(「달에 자전거 타다」), 여행 약속으로 급하게 식당에서 '돌솥비빔밥'을 시켜 먹고 차를 놓친 바람에 다시 기숙사로 돌아오는 에피소드(「돌솥비빔밥」), 「다이어트」의 유머러스한 표현 등 청소년의 생활문화를 재미있게 담아 내고 있다.

꼬르륵 소리
뱃속을 굴러다닌다

돌멩이도 씹어 먹을 나이에
씹은 게 없어 속이 쓰리다

수학 선생님이
앞 반에서 풀었던 문제
칠판에 되새김하는 동안

되새길 것이 없는 나는
x와 y로 차린 밥상을 바라보며
쩝쩝 입맛을 다신다

―「다이어트」 전문

청소년의 신체적 특성과 학습과의 상관성을 희화화하여 '다이어트'로 은유한 유머러스한 시다. 몸의 이미지와 학습 이미지가 결합한 정신적 이미지를 역동적으로 그려냈다. 신세대 문화 속의 청소년들 모습을 형상화한 재치가 돋보인다.

4) 고등학생들의 학교생활 풍속도

고등학생의 학교생활 풍속도를 실감나게 그림으로써 아이들의 학교생활에 대한 이해를 돕는 시들이 많다. 고등학생 자녀를 둔 학부모가 꼭 읽어야 할 시집이다. 자녀들의 학교생활 모습과 자녀들이 무엇을 고민하는가를 이해하는데 도움이 될 만하다. 고등학생들은 자신들의 생활 모습을 담아냈기 때문에 더욱 공감이 갈 것이다. 입시 위주의 교육환경은 아이들을 야간자율학습으로 아침부터 밤늦게까지 학교에 붙들어 놓고 있다. 이러한 생활상을 담고 있는 이 시집은 학업에 시달리는 우리나라 고등학생의 생활 모습이 적나라하게 드러난다.

야자 빼먹고 도망가다 걸려 담임이 엄마한테 전화 연락을 했다는 이야기를 컴퓨터 용어로 "링크"했다고 유머스럽게 표현했고, 독서실에서의 풍속도, 감기약을 먹고 수업 시간에 졸음을 참아내려고 몸부림하는 모습(「악순환」), "올백 공약"하는 고교담임의 공약 체험담, 떨어진 성적을 "소낙비"에 비유하여 "바닥을 간다"고 유머스럽게 표현했으며, 학교 앞 "문구 백화점"의 "고3보다 바쁜/황씨 아저씨"의 풍속도와 오직 성적을 위해 엄마가 지어준 "총명탕"을 먹고, 모두들 스마트폰 문화에 젖은 「중독 테스트」 등 그야말로 고3학생들과 그 부모들이 입시경쟁을 위해 전력 질주하는 고등학생들의 학교생활 풍속도가 재치 있는 시적 감각으로 형상화되어 실감나는 시다.

가게에 들어서자
고무장갑 낀 엄마가

반찬통 뚜껑을 닫느라 바쁘다

책가방 내려놓고
양손에 보자기를 받아 든다

엄마가 반찬 가게를 시작하면서
나는 밤마다
반찬 배달하는 남자가 됐다

―골목 끝에 있는 파란 대문 집 알지?

팔 생각보다 나눠줄 마음이 앞서는 엄마
한마디를 더 얹어 준다

―할머니 귀 어두우니까 큰소리로 인사하고

―「반찬 배달하는 남자」 전문

　바쁜 고등학생이면서도 어머니를 도와 '반찬 배달하는 남자'가 된 화자의 건강한 모습은 우리나라 청소년들의 긍정적인 미래상을 담고 있다. 건전한 가치관을 지닌 청소년들이 있는 한 학업에 시달리는 학교생활도 한때의 추억으로 자리잡아 갈 것이다.

3. 맺음말

　추필숙 시인의 청소년 시집 『햇살을 인터뷰하다』는 우리나라 청소년들의 학교생활과 가정생활을 인터뷰한 교육현장 르뽀시다. 청소년에 대한 깊은 사랑과 이해를 위해 청소년의 심리적 정서적 고충에 대한 현장를 뛰어다니며, 추필숙 시인의 독특한 재치와 순발력으로 실감나게 그려냈다. 우리나라 청소년들이 읽을 만한 마땅한 청소년시가 눈에 띄지 않았는데, 풍자와 익살을 담은 추필숙의 청소년 시집『햇살을 인터뷰하다』을 많은 청소년들이 읽고 미래의 꿈을 위해 긍정적인 눈으로 세상을 바라보고 어려움을 헤쳐 나갔으면 하는 바램이 간절하다. 추필숙 시인의 청소년시의 특징을 정리하면 다음과 같다.

첫째, 청소년은 자신들을 심리적 정서적으로 억압하는 것들로부터 벗어나고픈 강렬한 자유의지를 가지고 있다. 수국꽃을 통해 심리적 억압에서 벗어나고픈 자유의지를 타자화했다.

둘째, 탁월한 재치와 순발력, 시적 감수성으로 교육현장을 취재한 르뽀 형식의 시다.

셋째, 디지털 미디어 시대의 신세대들은 그들 나름대로의 청소년 문화를 향유하고 살아가고 있는데, 우리나라 신세대 문화를 향유하고 바르게 성장하고 있는 청소년들의 건강한 모습을 담아냈다.

넷째, 고등학생의 학교생활 풍속도를 실감나게 그린 고등학생들의 학교생활에 대한 이해를 돕는 시로 청소년들과 고등학생 자녀를 둔 학부모가 꼭 읽어야 할 시다.

제3부 동시의 다양한 세계

생각하게 하는 철학동시의 가능성
시적 대상에 대한 철학적 상상력과 해학적 해석
동심으로 축소해 놓은 자연과 우주
자연과 동심의 관조
사랑의 눈으로 바라본 동물 사랑 동시
생태환경 동시와 시각적 이미지의 형상화 양상
일상 속에서 가꾼 동심
자음과 모음의 형상과 이미지 재현
역사원형문화 창작 소재의 동시화
긍정적인 동심의 생기발랄한 그림
사랑의 부활을 꿈꾸는 동심의 세계

생각하게 하는 철학동시의 가능성

박두순의 동시집 『사람 우산』의 시세계

1. 들어가며

철학이 지닌 관념적인 개념으로 인해 철학이라 하면 어렵고 고리타분한 것으로 치부하기 쉽다. 그러나 알고 보면 철학이란 우리 생활 속에 있는 것이며, 우리가 해오고 있는 것들이다. 우리가 생활하다가 어떤 난관에 부딪쳤을 때 그 문제를 해결하기 위해 여러 모로 궁리를 하게 된다. 해결 방법을 찾기 위해 다양한 방법을 생각하고 고심하는 자체가 이미 철학을 하게 된 것이라고 본다. 친구들과 사소한 문제로 다투었을 때도 그렇다. 문제의 원인을 파고 들어가면 자신이 왜 그러했는지? 왜 그러지 않으면 안 되었는지? 또는 싸운 상대의 마음을 여러 모로 헤아려보는 것 자체가 철학을 하고 있는 것이다. 우리는 철학을 하고 있으면서도 철학이 나와는 관련이 없고 많이 배우고 지식이 많은 사람이 하는 것으로 생각하기 쉽다. 그러나 자신의 문제, 자신과 타인과의 관계, 자신과 자연과의 관계 등의 문제를 깊이 생각해 보는 것이 바로 철학하는 일이다.

이러한 철학의 문제를 동시로 쓴 철학동시가 박두순의 동시집 『사람 우산』이다. 제목부터 기존의 동시집과는 색다르다. "사람"과 "우산"이라는 합성어가 사전에 없기 때문이고 생소하기 때문이다. 그래서 한번 생각해 보게 한다. 왜 "사람 우산"이라는 제목을 붙였을까? 하는 의문을 품게 된다. 그게 바로 철학을 하게 만드는 출발점이다. 박두순 시인의 동시집 『사람 우산』의 시세계를 살펴보기로 한다.

2. 생각하게 하는 철학동시

파스칼은 그의 저서 『팡세』에서 "인간은 자연에서 가장 연약한 것, 갈대에 불과하다. 하지만 그는 생각하는 갈대다. 그를 으스러뜨리는 데 전 우주가 무장할 필요는 없다. 그를 죽이는 데 한 줌의 증기, 한 방울의 물이면 충분하다."라고 말했다. 그리고 데카르트는 "나는 생각한다. 고로 존재한다."라는 말을 남겼고, 마리 퀴리는 "나는 노벨처럼 생각하는 사람이다. 인간은 새로운 발견을 통해 악(惡)보다는 선(善)을 더 얻을 수 있다."라고 했다.

모두 생각의 중요성을 일컫는 말이다. 생각은 인간의 존재성까지 정당화시킨다. 많은 철학자들이 생각을 통해 자신의 철학세계를 전개하였다. 철학자만이 그러한 것은 아니다. 문학, 미술, 음악, 건축 등 예술과 인간이 이룩한 문화의 근본은 생각에서 비롯되었다. 인류가 이룩한 문명 또한 문화의 소산이라고 볼 때 생각의 중요성은 너무 지대하다. 하찮은 문제의 해결 방법도 생각하지 않고서는 좋은 해결로 이어지지 않는 법이다.

박두순 시인도 동시집 『사람 우산』의 머리말에서 르네 데카르트의 말을 인용하면서 생각의 중요성을 다음과 같이 말하고 있습니다.

생각의 중요성에 대해 프랑스 철학자 르네 데카르트는(1596~1650)는 이미 400년 전에 "나는 생각한다. 고로 존재한다."라고 말했습니다. 생각이 나를 있게 한다는 겁니다. 생각이 있어야 내가 비로소 있다는 겁니다. 얼마나 소중합니까? 생각은 나에서 출발하고, 나는 생각에서 출발합니다. 그래서 나는 시를 통해 생각의 사다리를 올라 내가 누구인지, 이웃에는 어떤 사람이 있는지, 나와 사람들 가슴에는 어떤 마음이 들어 있는지 살펴보았습니다. 그러니까 나 읽기, 사람 읽기, 마음 읽기를 해본 것입니다. 나의 속마음, 사람의 깊은 속마음을 시로 그려보았습니다.

동시집 『사람 우산』을 발간한 까닭을 자세히 이야기하고 있다. "나 읽기, 사람 읽기, 마음 읽기"의 방법으로 동시집 제목을 『사람 우산』이라고 붙였다는 것이다. "우산"은 비가 올 때 비를 피하기 위해 쓰는 도구이다. 그런데 왜 『사람 우산』이라 했을까? 『사람 우산』은 "사람"과 "우산"의 합성어의 의미로 보아서는 사람이 우산이라는 의미를 내포하고 있으며, 사람이 비를 피하는 것이 아니라 비를 피하게 해주는 우산이 된다는 복합적인 의미로 읽힌다. 깊이 생각하지 않고서는 그 의미를 파악하기 어렵다. 그러나 『사람 우산』이 도대체 무얼까? 하는 생각을 낳게 한다. 바로 박두순 시인이 말한 "나 읽기, 사람 읽기, 마음 읽기"의 화두를 암시하는 철학적인 제목이다.

박 시인의 말대로 제1부 "펄럭펄럭"은 가족, 친구의 꿈에 대해 17편을 묶어 놓았다. "펄럭펄럭"이라는 의태어는 "깃발이나 옷 따위가 바람에 크고 빠르게 자꾸 나부끼는 소리를 나타내는 말"이다. 시인은 빨래들이 펄럭펄럭거리는 것을 보고 "좋아서" 펄럭거리기를 희망한다. 다시 말해서 생각의 역동성을 의미하는 말이기도 한다.

빨래들이
왜 펄럭이는 줄 아니

좋아서!

햇볕이 좋아서
바람이 좋아서
함께 펄럭이는 거야.

우리도
좋아하는 사람이 찾아오면
팔도 다리도 말도 눈빛도 펄럭이잖아
몸이 온통 펄럭이는 깃발이 되지.

깃발도 바람이 좋으면
마구 펄럭이잖아.

— 「펄럭펄럭」 전문

   빨래가 펄럭거림은 바람에 의해서다. 바람은 빨래를 펄럭거리게 하는 요인이 된다. 빨래가 펄럭거리는 까닭은 "햇볕이 좋아서/바람이 좋아서/함께 펄럭이는 거야."라고 주체인 빨래와 빨래를 펄럭이게 하는 요인인 바람이라는 객체가 함께 어울려 역동적인 움직임으로 생성했다는 것이다. 그렇다. 시인이 시를 쓰게 되는 동인도 사물을 보고 충동적인 감동을 받고 그것이 원인이 되어 한 편의 시를 창작하게 된다. 대수롭지 않게 지나쳐버릴 빨래의 움직임을 동심적인 행동 양태의 비유적인 이미지로 끌어와 생명을 불어넣고 있다. "좋아하는 사람이 찾아오면" 반가워서 어찌할 줄 모르는 순수한 동심적인 행동 양태와 빨래의 역동적인 움직임과의 비유가 새로운 의미를 창조해 신선하게 다가온다.
   박두순의 동시집 제목에 대한 의문은 『사람 우산』이라는 시를 보면 가족애의 우산이라는 의문점이 해결된다.

집에 오는 길
소낙비가
와르르 쏟아졌다

형이 나를
와락 끌어안았다

그때 형이
우산이었다.

들에서 일하는데
소낙비가
두두두 쏟아졌다

할머니가 나를
얼른 감싸 안았다

그때 할머니가
우산이었다.

따뜻한 사람 우산이었다.

—「사람 우산」 전문

「사람 우산」은 자신은 비를 맞더라고 화자를 감싸 안아 비를 피하게 해준 형과, 할머니가 우산이었다는 따뜻한 가족 사랑의 우산을 의미한다. 철학적인 화두도 따지고 보면 사소한 문제에서 발생된다. 화자를 위해 자신을 희생하고서라도 몸으로 우산이 되어 준 감동적인 장면이 철학적인 생각과 깨우침을 주게 되듯이 우리 생활에서 겪은 생활 체험들을 통해 우리는 그때그때 철학적인 사유를 하게 되는 것이다.

돌부처를 보고 "답답할까?"라는 생각, 강아지가 화자를 보고 반갑게 꼬리를 흔들고 맞이해주는 모습을 보고 "강아지가 반짝"한다고 생각한다. 시무룩하게 앉아 있는 언니의 모습에서 "맑은 언니"의 고운 심성을 생각해 보고, 사람이 허점이 있어야 한다는 철학적인 생각으로 "구멍과 빈 자리"의 의미에 대해 깊이 생각하기도 하며, 구름의 변화무쌍한 여러 형상을 "흉내내기"로 형상화하여 구름은 돈을 흉내 내지 않으나 어른들은 속물화되어 돈을 흉내 내며 구름을 다 차지해 버린다는 물질만능의 가치관까지 이끌어내 생각의 깊이를 더하고 있다. 그뿐 아니다. "바늘"이라는 작은 물건을 철학적인 의미망으로 그 의미를 확충시켜내고 있고, 또 연이 줄에 매달려 있는 것처럼 엄마와 화자 사이에 보이지 않는 줄이 얽혀져 있다는 철학적인 생각을 키워내 형상화하는 등 박두순 시인의 철학적인 상상력이 어린이의 눈높이로 쉽게 풀어내 감동을 유발하고 있다. 이처럼 제1부의 17편의 시편들은 가족, 친구에 대해 철학적인 성찰을 하도록 강한 흡인력으로 다가온다.

제2부 "잘 안 되는 거"의 16편은 "말, 생각, 몸, 눈물, 걱정, 쓸쓸함, 외로움 등 사람의 감정을" 담았다고 한다."눈물 그릇"에 감정 정화(카타르시스)의 의미를 담는다거나 가을 단풍잎을 "엽서"로 은유하여 상상의 폭을 넓혀 시적 형상화하는 등 인간의 마음을 담아내고 있다.

말은 붙잡아 두려고
애써도

잘 안 됩니다

오늘도 그만
짝꿍에게
"너 나빠"
불쑥 말해버리고 말았습니다.
마음이 그 말
붙잡아 두려고 했는데
마음이 그만
놓쳐 버렸습니다. ·
이번에
"미안해"
이 말을 놓아 주고 싶은데
잘 안 됩니다.

— 「잘 안 되는 거」 전문

    「잘 안 되는 거」는 바로 마음이다. 마음을 다스린다는 것은 어려운 일임에 분명하다. "마음을 잃으면 모든 것을 잃는다."는 말도 있고, 인디언 속담에도 사람의 마음에는 동시에 두 마리 늑대가 존재한다고 한다. 한 가지 마음은 '악'이라는 늑대로 시기, 질투, 욕심과 탐욕, 거짓말, 열등감이며, 이것은 곧 내 모습 곧 '나＝자아'다. 또 다른 한 늑대는 '선'으로 사랑, 기쁨, 겸손, 공감, 진실, 따뜻한 마음이며 이것은 곧 '신념, 믿음'이다. 두 마리 늑대가 항상 싸우는데, 둘 중에서 승리하는 쪽은 바로 '내가 먹이를 주는 쪽'이라고 한다. 어린이들만 "잘 안 되는 거"가 아니라 어른들도 마찬가지다. 평생을 가꾸어야 나가야 할 것이 바로 마음이다. 그 마음의 표현이 말로 나타난다. 그래서 박두순 시인은 마음을 여는 열쇠가 바로 "말 열쇠"라고 한다. "몸은/기쁨 괴로움 아픔들이/드나드는 집"(「몸 집」)이라 말하고, 마하시 사야도의 12연기 법문의 마음이 물질을 일어나게 한다는 불교의 교리까지 적용하여 "마음"이 "물질 조각들 모임"임을 밝히고 있다. 그리고 마음이 "그림자", "그릇", "틀"이라는 형상으로 나타나는 것을 통해 마음을 읽으려는 다양한 시도를 하고 있다. 불교적인 마음공부를 동시라는 형식으로 어린이들이 쉽게 이해할 수 있도록 담아내려고 노력한 흔적이 역력하다.

제3부 "놀리지 마"의 시는 박두순 시인의 말대로 "나는 누구이며 어떤 사람인가, 자기 들여다보기와 돌아보기를" 시도한 시 17편을 묶어 놓았다. 할머니의 돌아가심을 슬퍼하는 「돌멩이가 울었다」, 자신의 존재감을 확인한 기쁨을 담은 「1등」, 자신의 성격적인 특성과 모습을 담은 「누구지?」, 「나」, 「내가 터졌다」, 세월이 가면 나이가 먹으며 늙어가는 이치를 밝힌 「나이테」, 자신의 감정을 개울물을 통해 형상화한 「개울물에게」, 자신의 성장과정을 밝힌 「어디까지 와 있나」, 「길」, 그리고 자신의 마음을 형상화한 「가슴 갯벌」, 「독」, 「벌레들」 등 자신을 알기 위해 시적 대상물을 통해 감정이입하여 다양하게 형상화하고 있다.

친구들이 놀린다
잘 운다고
울보라고 놀린다

그렇지만 생각해 봐
내 눈에서 눈물을 없애 봐
눈물을 짜내버리면
내가 무엇으로 남겠니

그렇게 하면
너희들도 똑같을 거야
놀리지 마

울보라고 놀려도
그게 나야

너 아플 때 울어 주는
나야 나.

—「놀리지 마」 전문

화자의 성격적인 특성을 구체화시켜 "나는 누구이며 어떤 사람인가?"를 밝혀내려고 하고 있다. 추상적이고 관념적인 개념을 구체화시켜 표현하고 있다. 남들이 자신을 "울보"라고 부르는 데 대해 당당히 울보의 정당성을 밝혀 자신의 정체성을 찾아가고 있는 「놀리지 마」는 부정적인 언어로 긍정적인 메시지를 담아낸 작품이다.

제4부 "새들도 답답할 때가 있다"에 실린 18편의 시들은 "자연과 아름다움과 순수함을 보는 마음의 눈을 그린 시들"로서 「물 마실 때」, 「새우 눈」, 「쇠똥구리에게」, 「하마 입」, 「컹컹컹」 등의 시는 닭, 새우, 쇠똥구리, 하마, 개 등 각각의 동물 생김새와 습성을 동심으로 재미있게 형상화하고 있다.

산으로 소풍을 가서
맘놓고 재잘재잘 떠들었다.

나무 위에는

새들도 소풍을 와서
맘놓고 재잘재잘 떠들고 있었다.

숲 속에 사는 새들도
도시에 사는 우리처럼
답답한 때가 있나 보다.

소풍 일기 제목을 결정했다
'새들도 답답할 때가 있다.'

—「소풍 일기」 전문

　자연과 나를 일원론적인 철학적 사색을 통해 새들이 지저귀는 모습을
소풍 나온 어린이로 동질적 공유의식을 담아내고 있다. 자연과 더불어
살아 가려는 생태적인 사고를 반영한 동시로 새들의 마음까지도 이해하
려고 한다. 나를 통해 우주의 이치를 밝히고 있다.

3. 나오며

　박두순의 동시집 『사람 우산』은 우리나라에서 보기 드문 본격적인 철
학동시다. 오늘날 생각하기를 싫어하는 어린이들에게 나는 누구이며 이
시대에 태어나 무엇을 해야 할 것인가 하는 철학적인 명제를 던져 주는
시들이다. 철학적이고 종교적인 심오한 사상에 어린이들이 어렵지 않게
접근하도록 생활 체험을 소재로 생각 끄집어내기를 시도한 동시집이다.
자신을 알기 위해서, 타인과 더불어 살아가는 아름다운 세상을 만들기
위해서 어린이들에게 마음공부는 반드시 필요한 일일 것이다. 어린이의

사고의 폭을 확장시켜 줄 좋은 시집으로 동시에서도 철학시가 가능하다는 철학적인 동시의 가능성을 보여준 시집이라고 보겠다.

시적 대상에 대한 철학적 상상력과 해학적 해석

박승우 동시집 『생각하는 감자』의 시세계

1. 들어가는 말

박승우의 『생각하는 감자』는 철학적 사유와 동심적인 해학으로 사물을 바라보고 창작된 동시집이다. 물활론적인 사고를 통해 시적 대상을 주체적인 생명체로 인식토록 시인의 주관적인 시각을 객관적인 시각으로 변화시킨다. 시적 대상을 생각하는 주체자로 가정하고 철학적으로 관찰하고 해학적으로 해석하는 상황적인 인식 하에 창작된 동시들이다. 이러한 발상의 전환을 통해 기존의 동시와는 다른 박승우만의 독창적인 개성을 갖는 시세계를 구축해냈다. 식물과 동물에게 인간만이 가능한 철학적 사유 능력이 있다는 가정을 전제하고 철학적인 상상력과 해학적인 해석을 내림으로써 동시의 흥미성을 부여한 재미있는 동시이다. 그의 동시집 『생각하는 감자』에 나타난 사물의 활성화된 생명성을 밝혀 봄으로써 그의 시세계에 가까이 다가가 보기로 한다.

2. 시적 대상에 대한 철학적 상상력과 해학적 해석

1) 동물에 대한 철학적인 상상력

제1부 "염소"에는 염소 연작 9편이 다양한 상상력을 보여주고 있으며, 고라니, 소, 도둑고양이, 돼지 등 우리 주위의 가축과 야생동물, 그리고 먼 북극지방에 살고 있는 북극곰까지 상상력을 확대시키고 있다.

「염소 1」은 풀을 뜯어먹고 되새김질하는 염소의 특성과 수염이 난 염소의 외모에 대한 상상력으로 "하는 일도 없이/먹기만 해도 될까?", "수염까지 났는데/이렇게 살아도 될까?"라는 인간적인 사유능력을 하게 함으로써 되새김질을 생각하는 행동을 보여줌으로써 인간성을 부여하고 있다. 염소를 생각하는 인간으로 가정함으로써 염소의 "되새김질"이라는 행동 특성에 초점을 맞추어 상상력을 부여했다. 「염소 2」는 풀 먹일 때 고개 숙이는 모습과 뿔 난 염소가 아기 염소에게 젖 먹이는 온순한 모습에서 인간적인 사고를 부여했고, 「염소 3」, 「염소 4」는 "말뚝에 묶인 염소가" 말뚝을 감아 꼼짝 못하는 상황과 살기 위해 풀어야 할 숙제가 많아 발버둥거리며 벗어나려는 지구촌의 인간 모습으로, 「염소 5」는 달의 모양 변화를 염소와 관련지어 염소가 "달을 뜯어 먹"는 다는 상상력으로 까만 밤 까만 염소의 이미지를 부각시키는 초현실적인 우주적 환상의 주체자로 상상의 폭을 확장시키고 있다. 「염소 6」은 어른 염소의 싸움과 아기 염소의 싸움의 차이를 통해 인간의 싸움에 대한 철학적 성찰을 보인다. 어른 염소의 싸움은 생존경쟁을 위한 진짜 싸움이고 아기 염소의 싸움은 장난으로 어울려서 노는 유희 행위라는 상상력을 펼치고 있다. 「염소 7」은 할아버지와 염소가 함께 길을 가는 모습을 줄 하나에 서로 묶여 싸우며 산길에 똥을 누며 헛기침까지 하며 가다가 쉬는 모습에 대한 모습을 통해 우리 인간들의 생활 모습을 풍자적으로 회화화하

고 있다. 「염소 8」은 "고집 센 염소의 뿔", "거만한 염소의 수염"을 제거
했을 때 "순하고 착한 양"이 될 거라는 가정과 "염소가 사라진다면" 염
소 시를 쓰는 시인도 없다는 가정 하에 재미있는 환상적 상상력을 펼치
고 있으며, 결론적으로 염소가 반드시 존재해야 하는 당위성을 부여한
다. 인간은 나름대로의 개성적인 성격이 존재하며, 이러한 다양한 성격
이 존재해야 하는 필요성에 대해 실존적인 인식의 상상력을 펼치고 있
다. 「염소 9」는 염소 연작시의 종결로 삶과 죽음의 문제에 대한 성찰로
죽어도 하늘나라 염소자리가 있어 별이 될 수 있다는 철학적인 사유와
신앙적인 믿음, 그리고 살았을 때 착하게 살고 "염소답게 살아"가야 하
는 것이 하느님의 뜻임을 강조하고 있다.

　「고라니」는 고라니가 마을의 밭으로 내려와 농작물에 피해를 입힌 사
례를 사람들의 외식과 비유하고 있다. 인간주의 생태관의 시각이 아니
라 생태주의에 입각하여 상상력을 전개하고 있다. 인간 위주의 입장에
서 보는 전통적인 생태관은 고라니 가족이 농작물에 피해 입히는 일은
용서할 수 없는 행동이다. 그러나 생태주의 생태관은 고라니의 외식을
용서해야 한다는 입장을 취하고 있다.

　　옛날 소는 뭐 했소
　　풀 먹었소
　　밭 갈았소
　　달구지 끌었소
　　그렇게 십 년이 흘렀소
　　그러면 그 집 식구가 다 됐소

　　요즘 소는 뭐 했소
　　사료 먹었소

눈만 끔벅거렸소
심심하면 꼬리로 파리 쫓았소
살이 오르자 팔렸소
팔린 날 세상과 작별하였소

―「소」 전문

　인간과 가장 가까운 동물이자, 예로부터 인간과 함께 살아가는 가축이 소이다. 음운적 응결장치로 각 행의 어미를 "~소"로 끝맺는 등 일정한 음운적 공통성을 바탕으로 텍스트로 엉기게 하는 치밀한 응결장치를 구사하고 있다. 마치 서양시의 각운이나 한시의 압운법과 유사한 기법을 적용함으로써 소와 인간과의 관계 변화 양상을 명징하게 드러내고 있다. 「도둑고양이」는 고양이 시각에서 도둑고양이는 스스로 먹이를 구하는 자주적인 생활을 하므로 문제가 없는 고양이고, 이와 반대로 "주는 것만 먹고 사는 집고양이"는 문제가 많다는 시각을 보인다. 이는 주체성 없이 어머니에게 모든 것을 의존하는 어린이들이 더 문제라는 풍자적 시각으로 철학적 상상력을 촉발하게 한다. 또한 「돼지」도 살 빼려고 소식하는 현대인의 삶을 풍자하여 인간처럼 살을 빼려고 소식하고 달리기도 하며 등산도 하려니 "좁은 돼지우리에서/우리들을 좀 내보내 주시오"라고 돼지의 입장을 변호하고 있다. 「북극곰」 역시 재미있는 발상이다. 우주적인 발상으로 지구촌은 한 가족이라는 인식하에 지구온난화 문제를 동심적인 시각으로 재미있게 표현하고 있다. "누가 지구에/계속 불을 때니?" 하는 의문제기, 그리고 문제의 대상으로 지구촌 동물가족인 "여우"와 "너구리"를 지목하고 있다. 결국 "그럼 누구니?"하고 궁금증을 제기함으로써 문제 원인에 대한 궁금증을 증폭시키고 있다.

2) 곤충, 갑각류, 양서류, 기타 동물에 대한 상상력

「소금쟁이 이야기」는 소금쟁이의 명칭 유래에 대한 상상력을 동화적인 서사로 재구성한 동시이다. 소금쟁이 명칭 유래를 "소금 짐"을 지고 가던 소금쟁이가 웅덩이에 빠졌다는 상상과 헤엄을 잘 치는 "수영선수"로 설정함으로써 설득력과 재미성을 확보한 시이다. 「농게는」도 줄서서 가지 않고 옆으로 가는 농게의 행동 특성을 통해 정해진 시간에 얽매여 살아가는 오늘의 어린이들에게 농게처럼 "가다가 어울려/놀다가 간다"고 자유를 주고 싶은 심정을 담아내고 있다. 「나비 도장」은 숙제 검사 후 공책장에 찍힌 도장에 대한 상상력을 확대하여 꽃과 나비의 생태로 연결한 친진 난만한 동심의 표현이 독특하고 재미있다.

꽃 피운 곳마다

참 잘 했어요

나비 도장 찍어 준다

—「나비 도장」 전문

간결하고 선명한 이미지가 동시의 깊은 맛을 살려주고 있다. 「다람쥐」는 다람쥐에게 자유를 준다면 "계절의 바퀴"를 돌릴 거라는 우주론적인 발상이 흥미를 더해 준다. 「달팽이」에서는 달팽이가 집을 지키고 있는 생태 습성을 일자리 잃은 백수로 은유함으로써 오늘날 청년실업의 사회 문제를 풍자적으로 표현하였고, 「방아깨비」역시 방아 찧은 일을 하지 않고 놀고 있으니 "일자리 좀 구해 주"라는 젊은이들의 소망을 풍자적으로 "다리는/무지 튼튼하답니다"라고 표현하고 있다.

「나비 커튼」은 나비의 생태를 향상화하고 있으며, 「배추벌레의 식생활」은 할머니 할아버지와 손자 손녀 배추벌레의 식생활 차이를 어른의 전통 식성과 어린이들의 인스턴트 문화와 서양식 문화의 식생활의 차이를 세대 차이로 보고 있으며, 「개구리 말」은 개구리도 개구리 나름의 문화가 있듯이 사람이나 어느 특정 집단마다 가지고 있는 언어 습관이나 독특한 문화 차이가 있음을 인정해 달라는 문화상대주의 입장을 역설하고 있다.

논가에 앉아
개구리 소리 들었다

아무리 들어 봐도
개굴개굴 하지 않는다
그렇다고 와글와글도 아니고
가글가글도 아니다
도저히 따라 할 수 없다

개구리만의 말이 있다는 걸
인정해 주기로 했다
나도 내 방식대로
'안녕'하고 돌아서 왔다

—「개구리 말」 전문

오늘날 한국사회는 다문화가정이 날로 증가해 왔다. 국제화시대의 다문화국가가 되어 가고 있다. 각 가정과 사회에서 각국의 문화 차이로 인한 갈등이 많아지고 있는 추세이다. 이러한 사회 환경 변화에 지구촌 가족들이 다함께 어울려 살아가야 행복한 가정과 사회가 될 것이다. 이러한 국제화시대의 선진사회는 문화상대주의 시각으로 세상을 바라보는 지혜가 요구된다. 각 개인의 삶의 방식을 이해하고, 각기 다른 나라의 언어와 문화를 인정해 주는 지혜가 필요하다.

쇠똥구리가 오늘날 사료 먹은 똥을 먹어야 하는 현실에서 옛날과 같이 들풀 먹고 싸 놓은 자연산 똥을 먹고 살고 싶다는 생태환경의 변화에 대한 심각성과 불만의식의 토로(「쇠똥구리」), 청설모가 도토리를 땅 속에 묻어 두고 아껴 먹다가 싹이 터서 "도토리나무"로 자랐다는 식물과 동물의 조화로운 생태의식의 반영(「청설모」), 소쩍새가 옛날에는 "솥 적어서/배고프다고" 울었으나 오늘날에는 "솥 적어서/날씬해졌다고/노래한"다는 시대 변화에 따른 인간 사회의 생활 변화 모습의 풍자(「소쩍새」), 「민달팽이」에서는 "집 나간 달팽이를 찾습니다"라는, 학교와 학원으로 전전하는 오늘날 어린이들의 모습을 풍자적으로 표현하고 있다. 「매미」는 매미가 울음을 우는 특성을 계절과 연관지어 "귀뚜라미 우니/그제야 그친다."로 어린이들이 쉽게 느낄 수 있는 경험을 상상력을 발휘하여 쉬운 언어로 재구성하여 동심의 본질에 접근한 시를 빚어냈다.

3) 어린이의 생활체험과 자연에 대한 상상력

특정 어린이 "민지"에 대한 호감을 들꽃으로 비유한 「그 아이」는 "이름 모를 들꽃에게" 따뜻한 애정을 담아 "내 얼굴이 붉어진다"고 표현하고 있고, 「눈사람 민지」에서는 "내가 만들 눈사람/찬우"를 "민지 옆자리에/살며시 옮겨 놓고 싶어"라고 표현함으로써 민지를 특별하게 좋아하는 어린이다운 마음을 실감나게 표현하고 있다. 「거기서 거기」는 키가 큰 창일이와 키가 작은 명섭이를 비교하여 학교생활 모습이 엇비슷함을 그려냈고, 「뜬금없이」는 핸드폰 문자를 친하지도 않은 친구에게 잘못 보내서 그 친구를 만나게 되고, 결국 둘 사이가 가까워졌다는 긍정적인 에피소드를 시로 썼다. 그리고 「자전거 두 바퀴」는 자전거 바퀴에 대한 상상력을 "사이좋은 형과 동생"으로 비유했으며, 「구석」은 엄마의 꾸중을 받는 날 구석에 앉아 울었던 구석의 포근함을 그렸다. 이처럼 어린이들이 흔히 겪는 체험물과 체험소를 철학적인 상상력으로 현장감 있게 그려냄으로써 생각하는 어린이의 생생한 삶을 감동으로 전달하고 있다. 그 예로 「축구공」에서 "밥은/발길질이다"라는 참신한 발상과 「안동 고구마」에서 안동 사투리를 듣고 자란 "안동 고구마"도 안동 사투리를 쓴다는 해학적인 상상력, 그리고 「도깨비바늘이 옷에 붙는 이유」와 「도깨비바늘이 옷에서 떨어진 이유」는 "청송댁 할머니"를 등장시켜 동화적인 상상력으로 이야기를 풀어내고 있으며, 「작은 등과 큰 등」은 우주적인 발상으로 풀밭에 누운 경험을 "내 등이 지구의 등"과 맞닿아 "참 든든하다"는 상상력을 "작은 등과 큰 등"으로 해석하고 있다. 「초승달」의 이미지도 "흔들의자"에 비유하여 환상적인 상상력을 발휘하는 재치가 돋보인다.

하늘에
흔들의자 하나 있네

하느님 앉아서
쉬시면 좋겠네

하느님도
힘든 날 있을 테니까

—「초승달」전문

「초승달」의 이미지가 선명하다. 그리고 하느님까지 배려하는 동심적인 상상력은 박승우 시인의 독특하고도 폭넓은 철학적 사유와 상상력을 느끼게 한다. 두 시적 대상을 대비시키는 구조로 사물에 대한 명확한 인식과 이미지를 보여주는 것이 그의 작시법의 특징이다. 「지퍼와 단추」, 「빨래와 빨래줄」에서는 두 대상이 서로 손잡아 주고 배려하는 긍정적인 마음으로 "주는 사람과 받는 사람이/서로에게 물들어 가는 것"처럼 "평화"를 지향하는 생명지상의 세계를 갈구한다.

콕콕콕, 박힌
씨가 없다

풋풋풋, 씨 뱉는
재미가 없다

랄랄랄, 먹어도
맛이 없다

톡톡톡, 심어 줄
생명이 없다

—「씨 없는 수박」 전문

사람 본위의 안간주의 생태관에 의해 생산된 "씨 없는 수박"에 대한 철학적 상상력이다. 씨가 없다는 것은 생명이 없는 일회용의 삶을 상징한다. 씨가 없으므로 인해 재미와 맛과 생명이 없게 된다는 이치는 편리함을 좇아가는 오늘날 교환가치에 의존한 일회용 삶의 의미없음에 대한 풍자다.

4) 식물에 대한 상상력

「생각하는 감자」 연작시 14편은 식물에 대한 상상력으로 시적 대상을 생각하게 하는 주체적인 생명체로 인식하게 한다. 감자에게 생각하는 상상력으로 생명을 불어넣는 박승우 특유의 개성적인 시적 기법을 적용한 연작시들이다.

감자가 무슨 생각이 있냐고?

그럼 생각도 없이
때가 되면 싹 틔우고
때가 되면 꽃 피우나

생각도 없이
씨감자는 썩으면서
아기 감자 키우나

생각도 없이
다시 싹 틔우라고
씨눈을 만들어 놓나

감자도 생각이 많답니다

—「생각하는 감자 1」 전문

"감자도 생각이 많"다는 생각으로 감자의 생태적 특성을 노래한 시들로 「생각하는 감자 2」에서는 누군가를 위해 가치 있는 삶을 살기 위해

"사람의 밥"이 되었다는 존재의 당위성과 "씨감자의 거름"이 되고 싶다는 소망을 담았고, 「생각하는 감자 3」은 "감잣국"이 되어 국그릇에 담겼을 때를 가정하여 "내가 가진 생각"이 "건더기"와 "국물"이 있을까 하는 의문을 제기했다. 「생각하는 감자 4」는 감자의 위치에 따른 생각의 차이와 「생각하는 감자 5」는 감자의 생김새에 대한 상상력, 「생각하는 감자 6」은 감자의 효용가치, 「생각하는 감자 7」은 감자가 선물을 받았을 때의 기분이 좋고 나쁨에 대한 상상력, 「생각하는 감자 8」은 행동하는 감자의 긍정적인 모습, 「생각하는 감자 9」는 감자가 땅속에서 캐어져 나올 때의 상황에 대한 상상력, 「생각하는 감자 10」은 강원도 감자의 우수성에 대한 생각, 「생각하는 감자 11」은 감자 껍질을 벗겼을 때 갈색으로 변하는 성질을 인간과 비유해서 "알몸인데/어찌 부끄럽지 않겠어요"라는 기발한 생각, 「생각하는 감자 12」는 "배고픈 아이의/밥이"되고 싶은 심정을 통해 지구촌 가족에 대한 인류애를 표현하고 있다.

　배고픈 아이의
　밥이 될래요

　어느 나라 아이인지는
　따지지 않을래요

　밥이 목숨이 되고
　꿈이 되는 아이의
　밥이 될래요
　모락모락 따근따근
　밥 한 그릇이 될래요

―「생각하는 감자 12」 전문

「생각하는 감자 12」는 박승우 시인이 동시를 쓰는 이유와 동시인의 자세를 극명하게 보여주는 대표시이다. 결국 우리가 동시를 쓰는 것도 어린이들로 하여금 남과 더불어 행복하게 살아가는 평화로운 이상세계를 이룩하는 데 있을 것이다. 지구촌 가족이 함께 평화롭게 살아 가기 위한 방안으로 인간주의 생태관에서 생태주의 생태관으로 패러다임이 변화되어야만이 미래의 지속가능발전이 가능하기 때문이다. "토마토"랑 함께 더불어 살아가는 「생각하는 감자 13」의 평화로운 사회가 건설될 것이며, 우리가 이 땅에 태어나 「생각하는 감자 14」처럼 "땅속에서 태어나서/땅속에서 자라"는 감자가 되고, "땅 밖 세상은/우주를 여행하는 거"가 될 것이다. "사람은 죽으면 땅속으로 가지만" 감자는 우주를 여행한다는 상상력은 우리에게 인생에 대해 많은 철학적 사유와 반성적 성찰을 하게 한다.

3. 마무리

박승우 동시집 『생각하는 감자』은 시적.대상에 대한 철학적 상상력과 해학적 해석으로 어린이들에게 생각하는 삶을 살아가도록 생각하는 삶의 가치의식을 보여준다. 그는 그만의 독특한 철학적 사유와 해학적인 삶의 해석으로 생각하게 하는 동시를 창출해냈다. 그의 시의 특징은,

첫째, 생태주의 가치관을 반영하여 시적 대상에 생각하는 힘을 부여하는 주체적인 가치창조를 하고 있다는 점이다.

둘째, 따뜻한 애정으로 사물을 바라보고 긍정적인 눈으로 세상을 보게 하는 시라는 점이다.

셋째, 우주적인 폭넓은 상상력으로 시적 대상을 바라보고 꿈을 키워주는 시라는 점이다.

넷째, 해학과 풍자미를 살려 동시의 흥미성을 충분히 살린 재미있는 시라는 점이다.

다섯째, 동심의 본질을 꿰뚫고 천진스러운 동심의 원형을 시적 감수성을 토대로 한 은유가 풍부한 시라는 점을 꼽을 수 있다.

박승우 시인은 철학적 사유와 우주론적인 상상력으로 시적 대상의 폭넓은 시야를 확보해냈다. 이러한 독특한 재치와 우수한 시적 능력으로 우리나라 동시인들이 아직도 접근하지 못한 우리 신화에 대한 소재로 신화적 상상력을 발휘하여 우리나라 어린이들에게 무한한 환상의 세계를 열어 줄 환상동시를 써보라고 제안 드리고 싶다. 신화적 접근은 우리 민족의 가슴속에 잠재된 의식과 상상력을 깨우치는 원동력이기 때문이다. 좋은 시로 우리나라 어린이들의 밝은 미래를 활짝 열어 주고 문단사에 빛을 남기는 시인으로 대성하길 기원한다.

동심으로 축소해 놓은 자연과 우주

오순택 동시집 『바퀴를 보면 굴리고 싶다』의 시세계

1. 들어가는 말

오순택 동시집 『바퀴를 보면 굴리고 싶다』는 자연과 우주를 동심의 렌즈 안에 축소해 담아 놓은 디지털 사진이다. 오순택 시인은 우리나라에서 손꼽을 정도의 몇 안 되는 동심의 디지털 카메라 사진기를 가장 잘 다루는 시인이다. 주위 배경과 가장 잘 어울리게 정확한 구도를 잡아 축소하고 압축해서 셔터를 누른다. 예술의 경지에 이른 동심의 사진은 그야말로 감탄사를 자아내게 한다. 투철한 시정신이 번뜩이는 "물총새의 눈망울 같은 시"들을 모은 오순택 동시집 『바퀴를 보면 굴리고 싶다』의 시세계를 살펴보기로 한다.

2. 동심으로 축소해 놓은 자연과 우주

전체 5부로 짜인 이 시집은 각 부의 소제목부터 동심과 시적인 상징성이 융합된 동시의 결정체다. 「봄의 호주머니 속에는」, 「산을 먹은 송아지」, 「굴렁쇠를 굴리는 아이」, 「봄은 세 살배기 아기다」, 「개망초 꽃과 부전나비」 등 그야말로 반짝반짝 빛나는 "물총새의 눈망울"을 보는 듯 자연과 우주와 동심이 시적인 이미지로 한데 묶여 감탄사를 자아내게 한다. 「누가 누가 잠자나」, 「자전거」로 우리에게 잘 알려진 고흥 출신 동요시인 목일신 시인의 동심의 맥을 이은 동시인답다. 이미지가 명확하다. 은유적인 표현의 극치, 정신적 이미지의 적절한 배치로 사물이 구체적으로 묘사되고, 정서의 환기, 사상의 육화가 이루어진 이미지의 기능이 살아 있는 동시의 아름다움을 그대로 보여준다. '아, 바로 동시란 이런 시를 말하는구나.' 하는 생각이 들게 할 정도로 동시의 본질을 꿰뚫는 동시다운 동시다. 그의 시는 10행을 넘지 않는 짧은 시다. 짧은 시에 그가 축소해 놓은 자연과 우주는 그야말로 앙증맞게 아름답다.

1) 인간과 자연을 따뜻하게 보는 눈

오순택 시인의 동시는 자연과 우주와 인간이 동심으로 함께 어우러져 따뜻하게 작용한다. 이미지의 유형을 세 가지로 구분한 프레밍거의 정신적 이미지, 비유적 이미지, 상징적 이미지가 골고루 융합된 시다. 그래서 그의 시 속에 시인의 시정신이 육화되어 상상력을 유발시킨다. 사물을 있는 그대로 그려낸 리얼리즘의 시선 속에 따뜻함이 우러나온다.

지하도에서
아저씨가
신문지 덮고
자고 있다.

누군가가

다 읽고 버린
신문지도
때로는 이렇게
따뜻한 이불이 된다.

─「신문지 이불」 전문

　　그날그날 나라 안팎의 소식을 전하는 신문이 가난한 길거리 노숙자의
"따뜻한 이불"이 된다는 표현에서 "신문지 이불"의 상징성과 시인의 압
축된 사회의식, 그리고 따뜻한 인간애가 드러난다. 그의 시는 사물을 장
황하게 설명하지 않는다. 짧은 이미지 속에 많은 철학적 사유를 명징하
게 압축해낸다. 사회현상을 그대로 냉철한 시선으로 그려내고 그 속에
암시하는 비판적인 따가운 시선과 동정심을 이끌어낸다. 「달걀 하나가」
또한 사실적인 사물 현상을 이야기하고 있으나 우리에게 많은 철학적
사유를 이끌어낸다. 상황에 따라서 사물이 놓인 환경에 따라서 생명체
가 생명체로서 존재할 수도 있고, 생명체가 비생명체화하여 타자의 먹
잇감이 되고 만다는 생명의 존재의식을 "부엌에선/프라이가 되지만//둥
우리에선/병아리가 된다."고 표현하고 있다. 이러한 사물의 인식은 자연
과 인간과 우주를 따뜻한 시선으로 바라보는 그의 시정신이 육화된 것
이다.
　　오순택 시인은 거대한 자연과 우주를 동심으로 축소시키고, 동심 속
에 따뜻한 생명력을 소생시킨다. 동심은 천심이라는 상징적 의미를 도
출해낸다. 우주가 동심적인 호주머니 속에서 창조된다는 그의 따뜻한
동심관은 「봄의 호주머니 속에는」에서 명확하게 드러난다.

　　봄의 호주머니 속에는
　　목련꽃도 들어 있고

진달래꽃도 들어 있고
민들레꽃도 들어 있고
제비꽃도 들어 있다.

나풀나풀
노랑나비도 들어 있다.

—「봄의 호주머니 속에는」 전문

「봄의 호주머니 속에는」은 봄을 물활론적인 사유에 의해 하나의 생명체로 가정한 데서 발생한 은유이다. 봄은 소생하는 생명현상의 상징과 동심을 상징한다. 어린이의 호주머니 속에서 갖가지 놀잇감이 나오듯이 목련꽃, 진달래꽃, 민들레꽃, 제비꽃, 그리고 생명체인 노랑나비까지 들어있다는 표현을 통해 동심의 꿈이 노랑나비처럼 하늘을 날아가기를 희망하는 오순택 시인의 "자연과 인간을 따뜻하게 보는 눈", 바로 천진스러운 "물총새의 눈망울"로 세상을 본다. 그래서 그의 시는 감동적이다.

2) 자연과 우주의 역동적인 생명성

고대 인류가 자연과 우주의 초자연적인 현상에 대한 경이로움과 아름다움에 대한 예술적 반응으로서 신화를 탄생시켰듯이 오순택 시인의 동시는 신화 탄생의 모티프와 동일한 선상에서 자연과 우주의 역동적인 생명성을 창조한다. 따라서 신적인 초능력의 상상력과 인류의 원초적인 심성을 동심과 동일선상에 놓고 동시 창작에 적용하는 그만의 특유한 동시 창작관은 실로 경이적이다. 따라서 그의 동시는 무한한 공간과 시간성을 확보해 놓고 있다. 그의 동시는 그만의 동시 창작의 심리적 과정을 엿볼 수 있는 독특한 동시이며, 그의 동시에 대한 탐색과 연구 소재를 무한하게 제공해 준다.

> 별이
> 똥을 누고 있다.
>
> 아이들이 잠든
> 깜깜한 밤에
>
> 눈을 깜빡이며
> 지구에
> 똥을 누고 있다.

—「별똥별」전문

이 시를 보면 목일신 시인의 「누가 누가 잠자나」가 떠오른다. 목일신 시인의 동요가 하늘나라에 별들이 잠들어 있는 정태적인 현상을 노래했다면, 오순택 시인은 잠자던 별들이 깨어나 생명활동을 하는, 움직이는 우주를 동시로 압축해 담아낸 셈이다. 우주도 인간들처럼 생명활동을 한다는 살아 있는 우주관을 보여주는 시가 바로 「별똥별」이다. '별똥별 ＝별의 똥'이라는 은유가 신선하고 별의 생명성을 형상화한 시적 능력은 원로 동시인 다운 재치와 시적 감각을 그대로 보여준다.

그는 「월식」에서 "사각사각/달을 베어 먹고 사는/벌레를 보았다."는 보이지 않는 세계를 명확한 이미지로 시각화시키는 시적인 탁월한 감각과 "벌레의 뱃속에서/꿈틀~꿈틀~"한다는 무한한 상상력을 촉발시킨다.

이러한 우주적인 생명성 이외에도 사람의 말을 벌레로 은유하는 상상력으로 역동적인 생명성을 보여주기도 한다. 추상적인 관념에 생명력을 불러일으킨 동시가 「귓속에 사는 벌레」다.

내 귓속엔
벌레가 산다.

귀 쫑긋 세우고 들은
선생님 말씀도

친구와 소곤소곤 나눈
귓속말도

벌레가 되어
내 귓속에서 산다.

곰질곰질
귓속에 살고 있는 벌레
귀이개로 파내고 싶다.

—「귓속에 사는 벌레」 전문

　"귓속에 사는 벌레"는 "선생님 말씀", "귓속말"이라는 음성언어를 의인화한 생명성이다. 「산을 먹은 송아지」에서도 자연과 우주를 정신적 이미지로 생명성을 부여하는 등 그의 시는 정신적 이미지의 극치미를 보인다. 정신적 이미지란 감각적 이미지라 할 정도로 감각적 체험과 인상을 바탕으로 한 이미지로 관념이나 감각 등에서 유발되는 정신적 현상 속에 독특한 인상체계를 형상하는 것이다. 따라서 인간의 오감을 통해 형상화되는데, 감가기관인 눈을 중심으로 한 시각적 이미지, 귀를 중심으로 한 청각적 이미지, 혀를 중심으로 한 미각적 이미지, 코를 중심으로 한 후각적 이미지, 그 밖의 역동적 이미지, 공감각적 이미지 등을 포

괄하는 이미지다. 그의 시에는 이러한 정신적 이미지를 시적 기법으로
육화시켜 생명성을 부여한 그만의 독특한 창작기법이 드러난다.

산이 슬렁슬렁
강으로 내려가 물구나무를 섭니다.

강둑에서
새순을 뜯어 먹고 있던
송아지가
경중경중 뛰어가
후루룩 강물을 먹습니다.

음매에~
어미 소를 부르는
송아지 울음이
꼭 산의 울음 같습니다.

—「산을 먹은 송아지」 전문

자연과 사물의 역동적인 생명의식이 형상화된 「산을 먹은 송아지」는
동시의 아름다움을 그대로 보여준다. 자연과 우주를 축소시켜 광활한
지구의 생명현상을 시각화시켜 놓아 명징하게 보여준다. 그야말로 살아
있는 풍경을 디지털 카메라로 그대로 담아 놓은 한 폭의 사진과 같은 동
시다.

3) 건강한 동심의 역동성

생명력이 넘치게 하는 원동력을 그는 태양으로 보고 있다. 「봄볕 먹기」는 생명의 활기를 넘치게 하는 봄볕을 생명체들이 먹음으로써 발휘된다는 상상력은 매우 신선하다. 지구상에 살아 있는 생명체는 생명 활동을 유지하기 위해 먹어야 한다. 먹음으로써 생명에 필요한 에너지를 얻게 된다. 따뜻한 봄볕을 먹음으로서 식물들이 건강하게 자랄 수 있듯이 봄볕 같은 동심의 정신적 이미지를 먹음으로써 오순택 시인은 감각적인 절창의 동시가 완성되는 것 같다. 「나무야, 아프지 마」는 병든 나무가 빨리 낳기를 바라는 심정을 통해 생명체에 대한 따뜻한 사랑을 담고 있고, 「굴렁쇠를 굴리는 아이」의 아이들이 햇살의 에너지를 받아 「바퀴를 보면 돌리고 싶다」에서와 같은 건강한 동심으로 살아가기를 바라고 있다.

바퀴에 감긴 실을
동그란 실뭉치 풀 듯
풀어보고 싶다.

추운 겨울 누나 목에 두른
목도리 같은
고속도로도 감겨 있고
고운 햇살 머금고
발그레 웃고 있는
코스모스 길도 감겨 있겠지.

바퀴를 뒤로 굴리면

동글동글한 실뭉치가

둘둘둘 풀리듯

고속도로 옆

그림처럼 펼쳐진 산과 들도

손잡고 따라 나오고

코스모스 발그레한 웃음도

향내 머금고 따라 나오겠지.

동그란 실뭉치 풀듯

바퀴에 감긴 길을

둘둘둘 풀어보고 싶다.

—「바퀴를 보면 굴리고 싶다」 전문

동시가 바로 이것이다. 동시는 시적인 기교에 동심의 바퀴를 하나 더 굴려야 동시가 된다는 동시의 본질을 극명하게 보여준 시다. 이처럼 완벽한 시적 감각을 성인시에서 맛볼 수가 없다. 동시만이 갖는 동시 미학의 극치감을 보여준다. 「바퀴를 보면 굴리고 싶다」는 시제부터 동심적이다. 동심은 가만히 있지 못한다. 움직인다. 무엇인가를 만져 보고, 맛보고, 굴려 보고 싶다. 어린이들의 심리를 제대로 파악하여 동심적인 시각으로 자전거 타는 모습을 동영상으로 촬영한 것 같은 생동감을 준다. 건강한 동심의 역동성이 꿈틀대는 동시의 극치미를 보여준다.

4) 시적 대상에 대한 은유적인 감각과 상상력

좋은 시는 참신한 은유에서 비롯된다. 시적 대상에 대한 정서적 반응과 상상력을 개념적인 은유 감각을 통해 언어로 형상화하는 능력이 특출했을 때 새로운 의미를 창조해내는 은유 표현의 절정미를 맛보게 된다. 오순택 시인은 오순택 시인만이 갖고 있는 개성적인 시적 감각으로 자연과 우주를 축소시켜 동심의 렌즈에 담아낸다. 봄을 "세 살배기 아기"로 은유하여 추상적이고 개념적인 사물을 축소해낸다.

봄은
세 살배기 아기다.

이제 막 말을 하려고
입을 여는
아기다.

봄은,

―「봄은」 전문

자연에 대한 상상력을 압축해 놓은 해석이 바로 "봄은/세 살배기 아기다"라는 것이다. 「하회탈 할머니」에서도 사랑이 넘치는 살아 있는 가을 이미지와 할머니상을 담았고, 「가을은」에서도 가을의 이미지를 은유적인 감각과 상상력으로 디지털 카메라의 작품 사진으로 담아내고 있다.

가을은
들녘에 고추잠자리 풀어놓고
코스모스 가녀린 꽃대 위에
보랏빛 접시 하나 얹어 놓았다.

조 알갱이 누렇게 물드는

밭두렁의 벼메뚜기도 덩달아 익는
가을은.

서쪽 하늘 날아가는
기러기 발목에
노을이 감긴다.

―「가을은」 전문

가을의 풍경이 예술사진 작품처럼 선명한 이미지로 다가오는 착각을
일으킬 정도로 절창의 동시다. 그의 상상력은 특이한 사물에서 얻어지
는 것이 아니라 우리들이 흔히 겪는 일상 속에서다. "옷 벗는 양파"라는
은유, "피리 속에 사는 새"라는 은유적인 감각과 상상력, 「횡단보도를
건너는 아이」에서 "아이가/피아노 건반 위를/뛰어 간다."라는 선명한
이미지로 동시의 극치미를 창출하는 등 자연과 우주에 대한 상상력과
시적 형상미는 동시의 교과서다운 모범적인 시다. 그의 우주에 대한 상
상력을 동심의 앵글로 축소한 시를 살펴보기로 하자.

달은
힘이 센가 봐요.

바닷물을
채웠다
비웠다
하잖아요.

어딘가에

바다보다 더 큰

그릇이 있나 봐요.

―「달은 힘이 세다」 전문

「달은 힘이 세다」는 동시로서만 가능한 동시의 본질을 꿰뚫어 형상화한 시다. 어린이다운 상상력이 감동을 주고 깊은 여운을 남긴다. 좋은 시는 간결하면서도 짧은 싯귀에 우주원리를 함축해서 담은 시일 것이다.

3. 맺음말

오순택 시인은 원로다운 동시인의 표상이다. 시인은 시로 말한다. 명리적인 가치의 세속적인 지위는 부질없는 것이다. 시인이 시를 잘 쓰면 시인으로서의 사명과 가치를 충분히 발휘한 것이다. 많은 어린이들에게 시적인 정서의 아름다움을 선물했다면, 그의 시작업은 의미 있는 일일 것이다. 시인으로서 본질적인 가치에 충실한 시인 오순택의 동시집 『바퀴를 보면 굴리고 싶다』는 어린이들만 바퀴를 굴리고 싶게 한 것이 아니라 우리나라 동시인들에게도 동시창작의 바퀴를 굴리고 싶도록 자극하기에 충분한 동시이다. 그의 동시는 우리나라 동요와 동시 발전사를 명징하게 구별할 수 있는 창작방법론의 표본을 제공해 주고 있다. 외재율과 음악성을 중시한 동요와 오늘날 내재율과 회화성을 중시하는 현대적 동시의 차이점을 명확하게 보여준다는 점에서 후학들의 동시 연구 대상으로서 표본의 전형이 될 수 있다는 점, 동시가 성인시와는 다른 압축미와 동시다운 미학을 지니고 있다는 것을 명확하게 보여주었다는 점에서 그의 동시는 후학들의 창작방법론을 익히는 데 교과서가 되기에 충분한 시집으로 평가할 수 있다.

자연과 동심의 관조

서상만 동시집 『꼬마 파도의 외출』의 시세계

1. 들어가는 말

　서상만 시인의 동시집 『꼬마 파도의 외출』은 자연과 동심의 관조를 통해 "자연과 소통할 줄 아는 어린이"를 위한 동시집이다. 그의 동시관은 동시를 "아이들과 어른이 함께 세상을 바라보는 소통의 미학"으로 보고 있다.

　어린이의 시적 수용 상태는 도외시하고 동시인 자신의 시세계만을 고집하는 동시와 어린이에게 과잉 친절을 베풀며 시인 자신이 어린 시절의 어린이가 되어 창작한 동심천사주의적 발상의 시가 많은 동시단의 풍토에서 바람직한 동시관이 아닐 수 없다. 시적인 기법과 소양을 마스터하고 성인시로 표현하지 못할 시적인 모티프를 동시로 표현함으로써 어른과 어린이가 함께 호흡하는 시를 창작한 서상만의 시는 시적인 대상을 관조함으로써 참신한 메타포를 가미한 동시를 창작함으로써 동시와 성인시의 영역을 허물고 있다. 그의 자연과 동심의 관조적 세계관을 담고 있는 동시집 『꼬마 파도의 외출』의 시세계로 외출해 보기로 한다.

2. 자연과 동심의 관조의 세계

어린이는 물활론적인 사고를 가지고 있는 게 특징이다. 서시인은 이러한 어린이의 특성을 누구보다도 잘 알고 있기에 물활론적인 사유 과정을 통해 사물을 관조하고 나아가 관조에만 머무르지 않고 역동적으로 표현한 점이 어른과 어린이들을 함께 빨려들게 하는 마력의 시를 창조하게 한다. 그만큼 사물의 동태적인 특성을 잘 파악하고 있기 때문에 가능한 일이다. 시적 대상인 바다가 인간에게 베푸는 양면성을 모두 아울러서 바다 이미지의 전체를 조망하는 시적 방식이 인상적이다.

바다는 짓궂기도 하지.
간밤에도
모래 둔덕 먹어치웠지.

언젠가 더운 남쪽 나라
마구간 송아지, 아기염소
다 쓸어 갔다지 뭐야.
그러나 바다는
고마울 때도 있지.

아침 저녁 우리 아빠
물때 맞춰주고,
썰물 땐 바위틈에
소라도 슬쩍 놓고 가거든.

—『두 얼굴의 바다』 전문

1, 2연의 바다가 인간에게 주는 폭력적인 피해와 부정적인 이미지라면, 3, 4연은 바다의 긍정적인 이미지를 대비시킴으로써 인간의 양면적인 행동 특성을 형상화하고 있다. 인간이 자신들의 풍요한 삶을 위해 자연에게 가하는 폭력성으로 인해 자연 환경이 훼손되고 생태계의 균형이 깨져 그 역기능으로 인간에게 폭력으로 대응해 오게 되는데, 인간이 자연에게 폭력과 화해의 양면적인 접근을 통해 공존의 길을 모색해 나아가듯이 바다 또한 인간에게 맹목적인 폭력성을 노출하기도 하고, 인간을 위해 무한한 사랑으로 화답한다는 상황을 통해 어부인 아빠와 시적 화자에게 "소라"를 선물하는 바다의 고마움을 역동적으로 표현하고 있다.

그의 시에 등장하는 역동적인 표현은 "호랑이 꼬리에는 등대불이/번쩍번쩍! 번쩍번쩍!"(「가자, 호미곶 등대로」)이라든지, "주먹에 불끈불끈/고래심줄 같은//힘이 솟는다.//"(「고래」), "아침 체조 시간마다/"주목! 주목!""(「바닷가 초등학교」), "가쁜 숨을 내쉬며 쏴아―/물 폭탄 발로 우산을 짓밟기도 하고."(「소낙비」), "철퍽! 논물에/엉덩방아 찧네요."(「논개구리」), "퉁―엉덩방아 찧다가/뚝―목이 부러지고."(「연필」) 등 역동적인 이미지를 표현함으로써 생기발랄한 자연의 생태와 동심을 담아내고 있는 게 그의 시의 특징이다.

제1부 "꼬마 파도의 외출"에 실린 15편의 시들이 대부분 바다의 역동적인 이미지를 잘 형상화해내고 있다. 그의 시들은 대자연을 폭넓게 관조하는, 스케일이 큰 세계를 형상화해내고 있다. 자연과 인간이 조화롭게 숨 쉬고 물활론적으로 살아서 움직이는 시세계는 동심의 본질에 밀착되어 있어서 더욱 감동을 준다. 전통적인 율격이나 형태를 고수하면서도 흥미를 끄는 흡인력은 그만큼 그의 시적 탄력성이 높다는 것을 의미한다. 그의 시 「눈썹달 하나」에 이르면, 달과 등대가 조화롭게 어우러진 공간적인 배경을 형상화한 그의 탁월한 시적 재능이 유감없이 발휘됨을 알 수 있다.

실바람 부는 밤

잔파도 소리에,

눈썹달 하나

솔가지에 앉아

꾸벅 꾸벅 꾸벅……,

외로운 등대 불빛

저도 졸린 듯,

껌뻑 껌뻑 껌뻑…….

—「눈썹달 하나」 전문

자연 관조의 절정에 이른 시다. 청각적 이미지의 시각화, 그리고 역동
적인 이미지로 표현하는 등 정신적인 이미지를 자유자재로 표현한 그의
시적인 감각이 돋보인다.

제2부 "풀무치 장사예요"에 실린 14편의 시는 자연 관조의 세계를 역
동적으로 표현하고 있다. 풀무치 한 마리를 세밀하게 살펴본 뛰어난 관
찰력과 관찰한 것을 통해 동태적인 자연 현상과 의미망을 구축해내고
있다. 이러한 예리한 통찰력은 어린이 독자들에게 그대로 전달되어 사
물을 자세히 관찰해야 크나큰 자연의 원리와 삶의 이치를 발견할 수 있
다는 긍정적인 마인드를 갖게 할 것이다. "풀무치＝장사"의 참신한 은유
는 아주 작은 풀무치 한 마리가 세상을 굴리는 힘으로 작용한다는 나비
효과와 플레시보 효과를 이끌어내고 있다. 나비 효과란 미국의 기상학
자 에드워드 N. 로렌츠가 처음으로 발표한 이론으로 나중에 카오스 이

론으로 발전하는 계기가 된다. 나비의 단순한 날갯짓에 불과한 작은 몸짓 하나가 태풍을 일으키는 등 날씨를 변화시킨다는 이론이다. 또한 플레시보 효과란 그리스 신화에서 유래한 말로 누군가에 대한 사람들의 믿음이나 기대, 예측이 그 대상에게 그대로 실현되는 경향으로 나타난다는 것이다. 긍정적인 기대가 상대방의 기대에 부응하는 행동을 하게 하면서 그 기대에 충족되는 결과가 나온다는 긍정적인 효과에 대한 이론이다. 이러한 이론을 토대로 풀무치 한 마리를 통해 자연스럽게 어린이들에게 긍정적인 에너지와 마인드를 갖게 하는 좋은 동시의 전형을 보여주고 있다.

풀무치 한 마리,
사알살 이슬방울을 굴립니다.

이슬방울에는 산과 들, 무지개
금빛 햇살, 새들의 속삭임,

그리고 풀벌레 울음까지
가득가득 담겨 있습니다.
풀무치 한 마리,
세상을 굴리는 힘센 장사입니다.

—「풀무치는 장사예요」전문

이 시처럼 하찮게 지나치기 쉬운 작은 사물을 유심히 관조함으로써 큰 세계를 볼 수 있는 안목을 키워 주는 시는 시적인 감응은 물론 교육적인 효과까지 획득하게 된다. 교육적이지 않으면서 교육적인 시가 바로 좋은 시이다. 교육성을 노출하면 시는 시적 감흥이 사라져 버리게 된다. 이처럼 시적인 대상을 시인의 시적 감수성으로 표현했지만 독자에게 여운을 남기는 교육적인 동시가 바람직한 형태의 동시이다. 따라서 그의 시는 재미있다. 그리고 역동적이다.

제3부 "울타리 없는 집"은 14편의 생활동시로 따뜻한 사랑이 묻어나 감동을 전한다. 자연과 인간의 삶을 관조함으로써 사랑을 느끼게 하는 뭉클한 시다. 생활동시는 바로 이렇게 써야 한다는 교과서로 삼았으면 좋겠다는 생각이 드는 작품들이다. 기존 생활동시와 패턴이 다르다. 그것은 그만큼 서 시인이 사물을 보는 시각이 남다르다는 것이다. 시적인 눈으로 사물을 보고 시적인 감동까지 담아내는 관조의 극치를 보여준다.

말씀도 더듬더듬,
걸음도 더듬더듬,
식사도 더듬더듬,

휴대폰도 더듬더듬,
컴퓨터 자판기도
더듬더듬 더듬더듬,

할아버지 생각하면
내 마음도 더듬더듬.

—「벌써 할아버지는」 전문

의태어 "더듬더듬"으로 할아버지의 행동 특성과 할아버지를 사랑하는 가족애를 담아냈다. 그의 시는 대수롭지 않는 생활에서 발견해낸 진리를 아이들 눈높이로 잘 표현하고 있다. 관조에 그치지 않고 마음의 움직임까지 담아내고 있다. 그의 시적 감각의 탁월함이 느껴지는 시다. 그는 가족 사랑은 물론 동심이 어우러진 세상을 꿈꾸는 시인이다. 동시인 모두가 지향하는 세계가 바로 자연과 인간이 조화롭게 어울리고 인간과 인간, 자연과 인간 사이에 벽이 없는 동심의 세계를 꿈꾼다. 무릉도원의 이상향이 아니더라도 울타리 없는 동심의 세계는 바로 서상만 시인이 시를 쓰는 이유이며, 지향하는 궁극적인 관조의 동심 세계라고 볼 수 있다.

언덕 위 너와집은
하늘이 지붕이고
산이 울타리, 들은 마당이다.

산새 들새 노래에
할배 잔기침 소리는
흥겨운 장단이다.

구름도 스르르르 그냥 지나고
깊은 밤, 고라니도, 너구리도
제 맘대로 드나든다.

자물쇠 없는 방문, 삐걱- 열면
푸른 들판이 한눈에 들어오고
저녁노을이 바알갛게 문풍지에 번진다.

―「울타리 없는 집」 전문

우리들은 마음속으로 "울타리 없는 집"에 살기를 원한다. 그러나 많이 가질수록 더 튼튼한 울타리를 치고 사는 게 우리의 인생이다. 어린 시절은 자유분망하게 너와 내가 없이 울타리 없는 동심의 세계에서 살다가 자라면서 스스로 자연과 울타리를 만들고 너와 나 사이에 두꺼운 울타리를 치게 된다. 동시는 바로 울타리 없는 집에서 살아가려는 사람들의 영혼의 집이다. 그는 어른과 아이들이 자연과 인간이 조화롭게 어울려 울타리 없는 집에서 더불어 살아가기를 희구하는 생태 지향의 세계를 동시로 형상화한 뛰어난 작품이다.

제4부 "마음을 비우면"의 13편은 마음을 노래한 시다. 마음을 비우고 산다는 것은 욕심을 버리는 삶을 의미한다. 지나친 욕심은 사람을 고통스럽게 만든다. 불행의 시작은 욕심에서 시작된다. 동심은 마음을 비우는 천심의 세계다. 그는 바로 동심의 본질을 동시로 이야기하고 있다.

사람은 마음을 비우면
새처럼 날개가 돋을까?

비우고 비워서
가벼워진 몸,

훨훨 날갯짓하며
하늘을 나는 새…….
나도 마음을 비우면
미움 없는 세상을 날 수 있을까?

—「마음을 비우면」 전문

마음을 비우고 산다는 것은 참으로 쉬운 일이면서도 어렵다. 인간이 발전을 이루는 원동력이 끊임없는 미지의 세계를 알고자 하는 탐구심, 물질적인 풍요를 누리려는 욕망이 있기 때문에 문명의 발전과 풍요로운 삶을 누리게 되었기 때문이다. 그러나 지나친 욕망 때문에 악마적인 행동과 서로를 불신하고 미워하는 갈등을 초래하고 있다. 서상만 시인은 마음을 비우고 싶은 동심의 시인이다. "나도 마음을 비우면/미움 없는 세상 날 수 있을까?" 하는 소망이 바로 사상만 시인이 시를 쓰는 동인이다. 어찌 보면 우리들은 "하늘을 잃은 새"인지도 모른다. "조롱에 갇힌 새"처럼 살아가는 것이 우리들의 삶인지도 모르겠다.

3. 마무리

서상만 동시집 『꼬마 파도의 외출』을 통해 서상만 시인이 꿈꾸는 아름다운 동심의 세계로 외출을 해보았다. 가슴이 뭉클하다. "울타리 없는 집"에서 마음을 비우고 살아가야 한다는 서상만 시인의 시에서 풍기는 강한 메시지를 통해 마음공부를 많이 했다. 그의 동시는 자연과 동심의 관조를 통해 인간의 마음까지 담아내고 형상화한 역동적인 좋은 동시들이다. 그는 동시를 통해 어른과 어린이가 함께 동심의 세계에서 화해하고 세대 차이를 초월하여 어른과 어린이가 함께 조화를 이루는 세계를 지향하고 있다. 동심의 본질을 동시로 표현한 역동적인 그의 동시들은 동시에서 멀어져 가는 어린이들의 마음을 끌리게 하는 동시라고 본다. 아무쪼록 어른과 어린이가 함께 읽고 동심의 세계에서 자연과 인간이 조화롭게 행복하게 살아가는 세계가 이룩되길 바랄 뿐이다.

사랑의 눈으로 바라본 동물 사랑 동시

김종상 동시집 『강아지 호랑이』의 시세계

1. 들어가며

어린이들은 동물을 좋아한다. 여러 나라에서 온 다양한 동물 가족이 살고 있는 동물원에는 어린이들의 관심과 호기심을 일으킨다. 각기 다른 환경에 맞게 진화된 동물의 행동을 살펴보는 것은 자연에 대한 경외감과 신비감을 느끼게 해준다. 동시로 동물들의 생태 모습을 노래한 김종상 동시집 『강아지 호랑이』를 읽고 원로 동시인의 노련한 시적인 감각과 재치에 놀라움을 금치 못했다. 동물에 대한 따뜻한 관심과 사랑을 담아 동시로 형상화한 60편의 동물 소재 동시는 시로 엮은 동물원이다. 어린이의 눈높이로 어린이가 쉽게 동물의 생태를 이해할 수 있도록 재미있게 엮은 동시집이다. 그의 동시집 『강아지 호랑이』의 재치 있는 세계를 살펴보기로 한다.

2. 사랑의 눈으로 본 유머러스한 동물의 모습

　동물의 행동 특성에 알맞은 이미지를 중심으로 느낌을 캐릭터화한 동시들이다. 그의 동시는 우선 재미있다. 그리고 유머스럽다. 동물의 생태가 특징적으로 드러난다. 시집의 제목『강아지 호랑이』만 보더라도 두 동물의 합성어로 표현된 말이나 새끼 호랑이를 지칭하는 말로 호랑이가 강아지처럼 귀엽다는 의미가 친근하게 전달된다. 그만큼 동물을 호기심을 가지고 귀엽게 여기고 있다는 사랑의 감정이 먼저 다가온다. 옛날부터 사람과 가장 친근한 동물의 새끼는 소와 말, 개 세 동물이다. 이 세 동물의 새끼에게는 '~아지'을 붙여 남다른 애정을 표현했다. 소의 새끼는 소＋아지＝ 송아지, 말의 새끼는 말＋아지＋망아지, 개의 새끼는 개＋아지＝강아지 등으로 표현하여 특별히 귀여운 동물임을 강조해 표현했다. "강아지 호랑이" "~아지 ~랑이"의 3·3 음보로 음운론적으로 리듬감이 있고 친근하게 다가온다. 이처럼 시집의 내용 전반의 작품 경향을 한마디로 암시하는 제목이 시집 제목으로써 가장 이상적인 제목일 것이다. 제목에 등장한 강아지가 시집에서 가장 처음에 나오고 있다. 아마 동물 이름을 가나다 순으로 배열하여 'ㄱ'으로 시작하는 동물로 제1부를 구성한 탓일 것이다. 「다람쥐」 한 편만 'ㄷ'으로 시작되는 이름의 동물로 1부에 들어 있는데, 아마 제2부에 들어가면 편수가 맞지 않아 제2부에 들어갈 「다람쥐」을 1부에 포함시킨 듯하다. 제2부는 'ㄷ'과 'ㅂ'으로 시작하는 동물을, 제3부는 'ㅅ'과 'ㅇ'으로 시작하는 동물을, 제4부는 'ㅈ', 'ㅊ', 'ㅋ', 'ㅍ', 'ㅎ', 'ㅌ'으로 시작하는 동물로 각 부마다 15편씩 4부로 60편의 동물을 동시로 노래하고 있다.

　'강아지'는 어린이들에게 가장 친근한 동물이고, 어린이들이 가장 좋아하고 귀여워하는 동물이다. 강아지의 귀여운 행동을 크로즈업하여 표현한 동시를 살펴보기로 하자

제 꼬리를 물려고
뱅글뱅글 돌다가

제 그림자 밟으려고
깡충깡충 뛰지요

그러다가 싫증나면
골목길로 탈래탈래.

—「강아지」 전문

제 꼬리를 물려고 뱅글뱅글 돌고 깡충깡충 뛰고 노는 강아지의 귀여운 모습을 그려 놓았다. 이 강아지는 애완용 강아지가 아니라 밖에서 키우는 강아지이다. '골목길로 탈래탈래' 걸어가 버리는 강아지는 집 밖에서 키우는 강아지다. 요즈음 애완용 강아지는 방안에서 이러한 동작을 하고 있을 것이다. 강아지 다음으로 어린이들의 관심의 대상은 개구리다. 초등학교 3학년 과학교과서에서 개구리의 생태에 대해서 배우는 만큼 어린이들이 많은 관심을 받는 동물이 바로 개구리일 것이다. 개구리는 물과 땅을 오가며 사는 양서류의 동물로써 양서류는 "어릴 때는 물속에서 살면서 아가미로 호흡하다가 다 자란 후에는 폐로 호흡하면서 땅위에서 산다." 그래서 어린이들은 관심이 많다. 어릴 때는 올챙이로 물속에서 물고기처럼 아가미로 숨을 쉬면서 살다가 다 자란 후에 땅으로 나와 허파로 호흡하면서 사는 동물이기 때문에 어린이들의 호기심을 끌기에 알맞은 동물이 바로 개구리다. 그나마 겨울에는 땅 속으로 들어가 겨울잠을 자고 봄이 되면 땅 속에서 나와 물에다 알을 낳는다는 개구리의 생태는 어린이들의 호기심을 자극한다.

꽁꽁 언 땅속에서
겨울잠 든 개구리

냇물도 콜록콜록
잔기침을 하는데

감기 들면 어쩌나
발가벗은 개구리.

—「개구리」 전문

　개구리가 감기 들면 어쩌나 하고 개구리를 걱정하는 마음은 동물에
대한 지극한 애정에서 비롯된다. 이러한 생명존중의식을 바탕으로 한
동시는 어린이들에게 생명의 존귀함과 동물을 사랑하는 마음을 정서적
으로 감응하게 하는 교육적인 효과를 거둘 수 있을 것이다. 동시는 사랑
하는 마음을 바탕으로 하지 않으면 감동을 줄 수 없다는 사실을 동시의
이미지로 입증한 셈이다. 어린이들의 눈에는 지구상에 보이는 자연과
생명체가 신기하고 알고 싶은 것이 많아 호기심의 대상일 것이다. 호기
심이 가득 찬 눈으로 세상을 바라보는 어린이들의 순수한 마음을 꾸밈
없이 그려내고 있다. 그는 호기심으로 동물을 바라보기도 하지만 동물
을 통해 어린이들에게 상상력을 자극하기도 한다.

노루가 벼이삭을
뜯어 먹고 갔어요

뱃속에서 싹이 트면
몸뚱이가 벼싹으로

파랗게 덮이겠네요

파란 숲에 파란 노루
사냥꾼도 못 찾겠어요.

—「노루」 전문

　재미있는 발상이다. 노루가 벼이삭을 먹었으니 뱃속에서 싹이 트겠다
는 생각과 사냥꾼으로부터 노루를 지켜 주고 싶은 동물사랑의 마음을
유머러스한 표현으로 재미있게 형상화하고 있다. 동시에서 재미성을 가
미하여 동시로부터 멀어져 가는 어린이들을 사랑스러운 눈길로 유인하
는 특유의 시적 재치가 노련하다. 다년간 초등학교 교장선생님으로 어
린이들과 함께한 그의 체험은 어린이들이 좋아하는 친근한 동시를 쓰게
한 동인이 되었을 것이다. 동심과 시심이 조화롭게 균형을 이루어 동심
과 밀착된 그의 동시는 "동시를 왜 쓰는가" 하는 의문에 대한 해답을 암
시해 준다. 최근 동심과는 멀어져 시적인 기법에만 몰두한 나머지 시로
써는 성공했으나 동시로써는 적합지 않은 동시, 그동안 현장교사 겸 동
시인에게 책임을 전가하려는 듯한 분위기를 풍기는 동심천사주의라 일
컫는 동시 아닌 동시의 문제, 즉 동심의 본질을 꿰뚫지 못하고 피상적인
동심의 겉모습만을 보고 그나마 그 소재도 시적으로 형상화하지 못해
동시인지 어린이시인지 분별이 어려운 수준 미달의 동시, 또는 과거 동
시인 자신의 어린 시절을 다루면서 시적으로 형상화시키지 못하고 그대
로 토로하고 마는 과거 미화형 동시처럼 어린이를 위하여 쓴 동시가 아
니라 자신의 표현 욕구의 만족을 위해 쓴 동시 등이 태반이다. "동시를
왜 쓰는가" 하는 각성도 없이 동시집을 발간하여 자라나는 어린이들에
게 유익하지 못한 동시집이 만연한 시대 조류에 반해 김종상 시인의 동
시집 『강아지 호랑이』는 "동시는 바로 이렇게 쓰는 거야"라고 하는 듯한

방향을 암시하고 있다.

> 커다란 밤송이 곁에
> 조그만 밤송이 몇 개
>
> 큰 밤송이 꿈틀꿈틀
> 잔 밤송이 꼬물꼬물
>
> 고슴도치네 식구들
> 들놀이 나왔어요.

—「고슴도치」 전문

　고슴도치를 "밤송이"로 은유한 재미있는 동시다. 어린이들에게 간결하고 단순하면서도 흥미롭게 잔잔한 감동을 준다. 그야말로 어린이들의 호기심을 자극한다. 고슴도치의 생김새와 특징이 그대로 드러난다.

　그의 시는 글자수가 3 · 3 또는 3 · 4 자의 기본 리듬구조로 짜여 있으며, 동시조나 동요적인 리듬을 살린 정형율의 시이면서도 자유스럽다. 짧은 가락 속에 간결하고 친근한 이미지로 시상을 전개하는 세련된 솜씨를 보인다. 시적 체험도 어린이들의 눈높이와 경험을 환기시키도록 배려하고 있다.

> 목장으로
> 현장학습을 갔어요
>
> "젖소에게 인사해야지."
> 선생님이 웃으며 말했어요

"엄마! 잘 있었어요?"
우리는 젖소를 향해
큰소리로 외쳤어요

아기 때 젖을 줬으니
젖소는 우리 유모잖아요.

—「젖소」전문

어린이들이 어릴 때 먹고 자란 우유를 희화화한 시다. 웃음을 자아낸
다. 그의 동시는 이처럼 유머 감각이 깔려 있다. 동물과 인간의 동일화,
일체화를 통해 그가 추구하는 세계는 지구촌에 살아가는 모든 생명체가
서로 공존해야 하는 당위성과 생명존중의식을 특유의 유머 감각으로 시
적으로 형상화하였기 때문에 그의 시는 재미성 있는 동시다. 동물 하나
하나에 사랑의 눈으로 보고 동물의 생태를 담은 그의 동시는 생태시의
표본일 것이다. 어린이에게 쉽게 이해되고 흥미를 돋우는 선명한 이미
지, 리듬미컬한 시어 등 평범하면서도 여운을 주는 세련된 동심은 원로
다운 면모를 유감없이 보여주는 시편들이다.

3. 마무리

김종상 시인의 동시집 『강아지 호랑이』는 동물 동심과 사랑의 눈으로
바라본 동물 사랑의 건강한 생태환경이 재미있게 펼쳐진다. 생명존중의
식과 동물과 인간의 조화로운 교감의 세계를 동물의 습성과 모습을 통
해 형상화해낸 생태시다. 동시는 왜 쓰는가? 하는 반성적 사고와 신인들

의 분발을 위한 자극을 주기에 충분한 좋은 동시들이다. 동시에서의 참신한 유머 감각을 차용하여 어린이들을 동물 사랑의 세계로 빨려들게 하는 시적인 기교는 그의 원숙한 시세계에서 비롯된 것이다. 동물을 사랑하는 따뜻한 마음이 어린이들의 가슴에 그대로 전달되어 자라나는 세대에게 밝고 건전한 생태의식을 고양시키리라 기대된다. 그가 동시로 빚어낸 60마리의 동물을 구경하고, 그의 말처럼 앞으로 동물원 앞에 어려운 푯말이 아니라 어린이들에게 동물과 정서적 교감을 유발할 수 있는 김종상 시인의 동시가 우리나라 동물원 우리 앞의 푯말을 대신할 날이 빨리 왔으면 하는 기대를 해본다.

생태환경 동시와 시각적 이미지의 형상화 양상
유은경 동시집 『물고기 병정』과 김영두 동시집 『철이네 우편함』을 중심으로

1. 시대정신을 반영한 생태환경 동시

1960년대부터 경제 부흥이라는 시대적 요구를 필두로 본격적인 산업화의 물결이 일기 시작하였다. 1970년대와 1980년대를 거쳐 오면서 우리 사회도 급격한 도시화로 치닫게 되었다. 따라서 환경오염과 생태계의 파괴로 이어졌고, 경제 개발이 진행되는 국가들마다 심각한 환경문제에 봉착하게 되었다. 식수조차 안심하고 마실 수 없을 정도로 지구 환경은 오염되었다. 옛날 대동강의 물을 팔아먹었다는 우스개 이야기가 웃지 못할 현실로 다가왔다. 봄철이면 황사현상과 미세먼지가 사람들의 생명을 위협하는 상황이고, 자동차 배기가스와 공장 굴뚝의 매연으로 도시는 대기오염이 심각한 수준이다. 지구촌의 공통 문제인 환경 오염 문제는 현재뿐만 아니라 미래에도 해결해 나가야 할 과제로 대두되었다. 문학 분야에도 산업사회와 관련하여 수질 오염을 형상화한 작품들이 쏟아져 나오고 있다. 대기와 토양 오염은 가정의 생활하수, 농약의 과다 살포, 공장 폐수의 방류, 핵·원전 폐기물 시설로 인한 오염 등의 직접적인 오염과 산성비로 인한 간접적인 피해 등 심각한 문제로 등장

하고 있다. 자동차와 공장, 가정이나 사무실의 난방용 기름의 연소로 발생한 매연은 뿌옇게 도시의 하늘을 덮고 하늘로 올라가 오존층을 파괴하여 지구상에 자외선이 내려와 식물을 고사시키고 생태계를 파괴시키고 있다. 그뿐만 아니라 과다 농약의 살포로 인해 토양이 오염되는 것도 심각한 실정이다. 이러한 생태환경은 인간의 무한한 욕심이 빚어낸 결과이다. 대량 소비가 미덕인 사회에서는 대량 생산으로 이어지고 대량 생산은 자원 고갈과 각종 쓰레기 등 오염원을 배출시키게 된다. 이는 곧바로 환경 오염과 생태계의 파괴로 이어진다.

생태계란 생명의 다양성 및 물질의 순환을 만들어내고 있는 하나의 시스템으로 생물적 구성 성분과 비생물적 구성 성분으로 구성되어 있다. 생물체와 생물체 사이, 생물체와 비생물체 사이는 먹이사슬로 얽혀져 하나의 생태계를 이루게 된다. 그러나 이러한 생태계가 균형이 깨질 때 심각한 혼란이 야기되는 것이다. 이 혼란과 파괴의 원인은 바로 지구촌에 살고 있는 사람들에 의해서다. 인간들이 보다 더 낮은 생활을 유지하려는 욕망에서 환경이 오염되고 생태계의 질서가 교란된 것이다.

이러한 생태계의 파괴를 더 이상 방치할 수 없음을 자각한 운동이 생태주의운동이다. 생태주의란 지구촌에 살고 있는 인간을 포함한 모든 동식물이 상호 동등한 생존권을 갖고 있다는 평등의식을 나타내는 사상이다. 아동문학에서도 환경 오염의 실상을 고발하거나 환경보호의식을 담은 작품들이 많이 나오기는 했으나 계몽적인 작품들이 대부분이었다. 계몽적이고 교훈적이며 유목적인 문학작품은 어린이들의 흥미를 끌지 못한다. 주제의식이 직접적으로 노출되지 않게 흥미있는 소재와 서사구조로 생태환경작품이 창작되어야 한다. 최근 들어 동시의 소재들이 천편일률적인 자연 예찬이나 동심 예찬에서 비롯된 자연 친화나 동심천사주의 작품 경향에서 생태환경의식을 담은 동시들로 변화해 가고 있는 사실은 바람직한 현상이 아닐 수 없다. 이러한 경향은 인간인 시인 자신이 자연 환경과 떨어질 수 없는 밀접한 관계를 유지하면서 상호작용하며 살아감으로 오늘날의 시대정신을 반영했기 때문이다. 앞으로 생태환경동시는 동시단의 주요 흐름으로 작용할 것으로 본다.

　　최근에 신진 동시인 두 분이 생태환경 소재와 주제를 담은 참신한 동시집을 발간했다. 이러한 시대정신을 반영하여 본격적으로 생태환경동시의 시대로 패러다임이 전환될 것을 예고한 작품어서 관심을 끈다. 유은경의 동시집 『물고기 병정』과 김영두의 동시집 『철이네 우편함』이라는 생태환경동시집이다. 두 분 모두 유망한 신인으로 종래의 구태의연한 생태환경동시의 틀에서 벗어나 현대 동시에 걸 맞는 기교와 재치, 노골적으로 노출된 주제의식의 식상함에서 벗어나 은은한 주제로 접근하여 생태의식을 반영하였다는 것이 독특하다. 그리고 새롭다. 이렇게 새롭게 시도되는 생태환경동시가 동시로서 성공할 수 있는 까닭은 무엇일까? 하는 의문이 생겼다. 그에 대한 해답은 생태의식을 시인 나름대로 개성적으로 육화시켜 시각적 이미지로 형상화했다는 점을 꼽을 수 있다. 따라서 생태환경동시의 교과서 같은 두 동시인의 동시집을 중심으로 시각적 이미지의 형상화 양상을 살펴봄으로써 생태환경동시의 바람직한 방향을 탐색해 보고자 한다.

2. 동시집 『물고기 병정』과 동시집 『철이네 우편함』의 시각적 이미지의 형상화 양상

1) 유은경 동시집 『물고기 병정』의 시각적 이미지 형상화

　　유은경의 동시는 물고기의 생김새나 색깔, 생태적 특성 등을 연상한 이미지를 제목으로 붙이고 있다. 동시가 단순하고 간결한 이미지를 바당으로 한 만큼 이미지를 간결하게 처리하고 있다. 물고기의 생태를 인간생활의 모습과 비유하거나 식물적인 이미지를 끌어와 조합하는 방식으로 유연하게 시각적으로 형상화해낸다. 인간의 오감을 통해서 물고기를 형상화시키고 있다. 시각적 이미지를 후각적 이미지로 전환하는 독특한 재치를 발휘한다.

> 은어 몸에선
> 향긋한 수박냄새가 난다.
>
> 바다에서 겨울 난 새끼 은어
> 봄에 떼 지어 강으로 갈 때
> 편식해서 그렇단다.
> 물풀만 먹어서 그렇단다.
>
> 이것저것 잘 먹던 내가
> 채소만 먹는다면
> 내게서도 상큼한
> 수박냄새 날까?
>
> ―「수박냄새」 전문

깨끗한 물에 사는 민물고기의 이미지를 식물적인 이미지로 유추해서 은어를 수박으로 은유하고 있다. 은어와 수박의 공통적 특징은 무늬가 있다는 점이다. 수박의 줄무늬와 은어의 몸에서 우러나오는 무지개 빛깔의 유사성으로 "은어＝수박" 비유는 참신하다. 은어가 초식성 먹이만을 편식함으로써 수박냄새가 나게 된다. 은어의 초식성 이미지를 부각시킴으로써 오염되지 않은 깨끗한 환경이라는 점이 드러난다. 은어는 1

급수의 맑은 물에서만 살아가는 민물고기이다. 오염된 물에서는 생존이 불가능한 어종이다. 은어의 식물적인 이미지를 채식주의자로 변용해내고 있다. 동물적인 이미지를 생태환경을 파괴하는 부정적 이미지라면 식물적 이미지는 생태환경을 지키려는 긍정적인 이미지로 부각시키고 있다. 은어의 무늬에서 연상된 수박의 이미지는 생태환경의 지킴이로 부각시키고 생태환경이 잘 보전된 곳에서 살아가는 은어에게서 수박냄새가 난다고 시각적 이미지를 후각적 이미지로 변용해내고 있다. 그의 시에서 시각적 이미지를 후각적 이미지로 변용해내는 재치 이외에도 시각적 이미지를 청각적 이미지로 변용해 내기도 한다.

누런 밤색에 짙은 갈색 점
거무튀튀해도

두툼한 입술, 뾰족한 이빨
우락부락해도

구구, 구구
알 돌보는 아빠 동사리.

구구, 구구
자장가 부르는 아빠 동사리.

—「구구, 구구」 전문

이 시에서는 동사리 몸의 색깔과 생김새, 생태가 드러난다. 동사리의 생태를 청각 이미지로 연상해내고 있다. 동사리를 "멍텅구리"나 "바보 고기"로 유추해낸다. 그 까닭을 "목 까매진다./배 까매진다."(「멍텅구리」)

로 파악하고 있다. 그이 이러한 시각 이미지의 청각 이미지로의 전환은
「피리 부는 물고기」에서도 드러난다.

동그란 눈 뒤에
구멍 일곱 개 숭숭
전생에 넌 피리였는지 몰라.

삘릴리~ 삘리리~
소치는 아이가 불던
피리였는지 몰라.

냇가에서 아이가 물 마실 때
물속을 기웃거리다 퐁당,
일부러 빠졌을지 몰라.

어쩌면 다묵장어 넌
피리 부는 물고기가
되고 싶었는지도 몰라.

—「피리 부는 물고기」 전문

　청각적 이미지로 다묵장어를 연상하고 있다. 시각적 이미지를 청각적
이미지로 보여줌으로써 새로운 의미를 재창조해내고 있다. 자연을 모델
로 한 단순한 회화적 이미지를 청각적으로 재현함으로써 공감력을 획득
하게 된다. 다묵장어의 생김새에서 떠오르는 연상작용은 피리를 연상하
게 되고 전생에 피리였다는 윤회사상을 담고 있고 소치는 아이가 냇물을
마시다가 빠뜨렸다는 동화적인 이야기로 이미지를 재현시키고 있다. 자

연과 더불어 살아가는 옛날 사람들의 이야기를 재현함으로써 자연과 인간의 조화로운 삶에 대한 시인의 갈망을 담아내고 있다. 지각적 이미지에서 상징적 이미지로 한 단계를 끌어올려 시적인 효과를 재현하고 있다.

그의 시는 대부분 지각 이미지와 비유적 이미지에 의존한다. 시에서 이미지를 지각 이미지와 비유적 이미지, 그리고 상징적 이미지로 구분할 때 지각 이미지에 의존하고 있다. 시각 이미지, 청각 이미지, 후각 이미지, 미각 이미지, 기관감각 이미지, 촉각 이미지, 공감각 이미지 등 지각 이미지를 활용하여 시적 효과를 거두고 있다.

미끌미끌 미꾸리
길쭉길쭉 미꾸리
물 밖에 입 내밀어
뻐끔뻐끔 공기 먹고
수염 하늘하늘
물속으로 들어가
뽕 뽕 뽀오옹~
방귀 뀌는 미꾸리
밑이 구린 미꾸리

―「방귀 뽕」 전문

민물고기의 생태를 관찰한 생태관찰시다. 자세히 관찰하지 않고서는 미꾸리의 이미지를 재현할 수 없게 된다. 따라서 관찰 경험이 없는 독자들에게 간접적인 관찰 경험을 제공해 주는 역할을 하고 있다. 미꾸리의 입에서 나온 물방울이 물 위로 올라오는 생태 관찰을 통해 "방귀 뀌는 미꾸리"를 연상하는 재치가 유머러스하다. 리듬을 살리려고 "미끌미끌", "길쭉길쭉" 등의 의태어를 시어로 사용한다거나 하는 점은 미꾸리의 생태를 더욱 선명하게 떠올리는 효과를 발휘하고 있다. 그리고 어린 이들이 좋아하는 시적인 리듬감을 획득하는 효과를 거두고 있다.

2) 유은경 동시집『물고기 병정』의 시세계

유은경은 "아주 작은 송사리 한 마리를 귀하게 여기는 사람"이라는 시 인의 말 타이틀에서부터 어린이들에게 생태의식의 각성을 촉구하고 있 음을 알 수 있다. 인류의 영원한 화두인 생명존중의 사상을 형상화한 동 시들을 엮은 시집에 박수를 보내며, 그의 바람대로 어린이들이 이 시를 읽고 다소나마 생명존중과 생태의식의 패러다임을 변화시킬 미래의 사 회의 주역이 되었으면 하는 바람이 간절하다.

어른들이 어린 시절에 놀던 깨끗한 자연생태계를 어린이들에게 물려 주어야 하는 것은 당연한 일일 것이다. 그러나 시인이 어린 시절에 감흥 을 느낀 메시지가 오늘의 어린이들이 수용할 수 있는가 하는 의구심을 가질 수밖에 없다. 왜냐하면 생태계가 파괴되어 유은경의 시집에 등장 하는 많은 민물고기의 생태를 관찰할 수 있을지가 의심스럽기 때문이 다. 그렇지만 깨끗한 자연환경 속에서 생태계가 온전히 살아 있다면 오 늘의 어린이들이 생태 체험과 관찰이 가능할 것이나 생태 체험의 장소 가 많이 없어지고 관찰이 불가능한 경우가 많아 동시로써만 민물고기의 동심적인 대리 체험을 할 수밖에 없는 현실이 안타까울 뿐이다.

물고기들이 행진을 한다 여울물 시냇물 따라
연준모치 두우쟁이 싹싹하게 헤엄친다
꺼먹딩미리 꺼먹딩미리 줄무늬가 멋지다
호랑이상어 호랑이상어 비늘갑옷 멋지다

―「물고기 병정」전문

물고기들이 행진하는 모습은 일급수의 물이 흐르는 개울에서만 가능하다. 연준모치나 두우쟁이라는 생소한 이름의 민물고기를 어린이들이 구경할 장소가 거의 없다는 불행한 사실은 안타까움 그 자체이다. 생태계의 복원은 하루아침에 이루어질 수 없다. 많은 노력과 사람들의 생태의식이 변화되지 않고서는 어려운 일이다. 환경의 파괴는 한순간에 이루어지고 그 복원은 많은 시간과 노력이 필요하게 되기 때문에 생태계 보전의식은 인류의 공통적인 화두요, 미래사회가 해결해 나가야 할 중차대한 문제일 수밖에 없다. "줄무늬"와 "비늘갑옷"이 멋진 꺼먹딩미리, 호랑이상어를 어디서나 볼 수 있다면 얼마나 좋겠는가? 오늘의 어린이들에게 동시로 또는 가상의 세계나 미디어의 매체를 통해서만 관찰해야 하는 아쉬움이 남는다. 따라서 이 시들이 어린이들과 정서적 공감대를 형성할 수 있도록 생태환경의 복원에 우리 모두가 힘써야 하지 않을까 하는 생각이다. 그러지 않고서는 이 시를 읽고 진정한 공감을 얻기란 어렵기 때문이다.

　"물고기들의 행진"은 생태계와 인간이 화해를 이룰 때만 가능하다. 빨리 화해가 이루어질 수 있도록 우리 모두가 노력해야 함을 인식하며 그의 시를 살펴보자. 그의 시는 동심적인 경쾌함이 깔려 있는 것이 특징이다. 물고기에 대한 세심한 관찰력이 없이는 이 시들을 이해하기가 힘들다는 것은 어린이들에게 관찰력의 중요성을 깨우쳐 주기에 안성맞춤이다.

　그의 시집에서는 물고기들의 이름으로 제목을 정하지 않고 유연하게 물고기들의 생태적 특성이나 시인이 말하고자 하는 느낌을 위주로 제목을 정해 딱딱한 느낌이 없다. 자연스럽다. 정말 맑은 물속에서 물고기와 더불어 같이 놀고 관찰하는 동심의 생생한 감동을 안겨 준다. 그러면서도 자연스럽게 주제의식을 깔아 놓는 재치를 보여주고 있다. 중후한 주제인 남북의 통일의식을 담은 「금강산 찾아가자」의 시처럼 자연스럽게 주제를 담는 재치가 돋보인다.

누르스름한 몸에
황금빛 줄이 난
금강모치야.

금강산에 살고
금강에도 사는
금강모치야.

북녘 친구 손잡고
금강산 갈 날 오겠지.

금강산 폭포 아래서
널 만나볼 날 곧 오겠지.

―「금강산 찾아가자」 전문

　동시적인 텍스트의 응결성도 완벽하다. 2연의 "금강산", "금강", "금강모치"로 어휘의 반복 사용의 음운적 응결장치가 아주 세련되어 있음을 알 수 있다. 표현상으로도 어색함이 없고 의미상으로도 무거운 주제임에도 무리없이 전달되는 유연한 시적인 발상과 리듬을 이어가고 있다. 다만 동요적인 리듬으로 사물을 피상적으로 노래하고 있다는 점과 다분히 내면적 정서에 호소하기보다는 동요적인 노래에 국한되고 있다는 점이 아쉽다. 동시의 감동은 동요적인 노래도 좋지만 어떤 정서의 공감을 촉발할 수 있는 분위기 형성이라든가 울림을 주어야 감동을 지속시키고 정서적으로 내면화할 수 있지 않을까 하는 생각이다. 그러나 중후한 주제를 표현하면서 정서적 자극을 촉발하는 이미지까지 형상화시키기란 어려운 일이라고 본다. 아무튼 금강이라는 낱말을 통해 텍스트

의 응결성을 유지시키고 리듬미컬하고 유연하게 주제를 소화시킨 재치
가 돋보인다.

　유은경 동시의 또 다른 특성은 동화적인 이야기를 첨가함으로써 흥미
를 유발시킨다는 점이다. 들고양이를 등장시킴으로써 동시에서 동화적
인 스토리를 전개하여 여울괭이의 생김새를 더욱 부각시키고 있는 점이
특이하다. 이러한 발상법은 어린이들에게 친근하게 시에 접근할 수 있
게 해주는 기능으로 작용하고 있다.

　　골짜기 쏘다니던 들고양이
　　여울물 할짝할짝 마시다가
　　바닥을 빨빨 옮겨 다니는
　　돌상어를 봤네, 꼬마 돌상어.

　　들고양이 아옹, 돌상어를 불렀지.
　　—애! 여울바닥에 딱 붙은 애.

　　깜짝 놀란 돌상어
　　돌 틈에 숨다가 머리를 콩!
　　눈에 번쩍 불났네.
　　눈두덩 까맣게 멍들었네.

　　들고양이 하옹, 웃으며 말했지.
　　—애, 앞으로 네 별명은 여울괭이다.

　　　　　　　　　　　　　　　　　—「여울괭이」 전문

　여울괭이라는 물고기의 이름과 유사한 고양이를 등장시켜 여울괭이의

모습과 특징을 형상화한 시적인 재치가 이색적이다. 대화체로 생태환경을 그대로 보여주고 있다. 들고양이는 생태계의 파괴자다. 사람들이 기르던 고양이가 생태계에 방치됨으로써 생태환경에 여러 가지 문제를 유발하고 있는 시대적 상황을 표출해 놓고 있다. 생태환경의 파괴자로 등장하는 들고양이의 등장과 여울괭이라는 물고기를 등장시키는 동화적인 수법으로 동시의 분위기를 살리고 있다.

참신한 은유, 의인화된 스토리 전개, 세밀한 관찰과 묘사 등 다양한 표현과 참신한 제목 등이 동시로서의 유연성과 흥미를 유발시키고 있다. "두우쟁이 떼" 강을 거슬러 오르는 모습을 "살구꽃 핀다"라는 제목으로, 강바닥 모래를 빨아들이는 모래무지의 모습을 "청소하고 밥먹고"라는 참신한 제목으로, 참마자의 생김새를 유추하여 "애기 좀 하자"라는 제목으로, 몰개, 줄몰개, 긴몰개, 점몰개, 참몰개 등의 유사한 물고기를 "친척끼리는"이라는 제목으로 붙이는 등 제목이 참신하고 샤프하다.

그는 이 시집을 통해 환경이 오염되어 물고기의 생태계가 파괴되어가는 안타까운 마음을 동시로 형상화하고 있다. 그가 지향하는 시세계는 생태학적 상상력을 발휘하여 생태환경의 보전의식을 담고 있다.

몸이 가늘어
가는돌고기
배가 홀쭉해
가는돌고기
맑은 냇물 자갈사이
휙휙
헤엄쳐 가는돌고기
더러워진 강물에서
점점

사라져 가는 돌고기

— 「점점 사라져」 전문

안타까운 일이다. 생태환경의 파괴를 담담하게 그려내고 있다. 환경의 위기는 머지않아 인간공동체의 삶을 파괴하게 될 것이다. 수질오염이 심각해지는 오늘날의 상황에서 유은경 동시는 생태계 보전의 당위성을 민물고기들이 즐겁게 살아가는 모습을 시에 담아 어린이들에게 전달함으로써 자라나는 세대에게 환경보전의 필요성과 생태계 파괴에 대한 각성을 촉구하고 있다는 점에서 참으로 값지고 뜻있는 시 창작작업이라 여겨진다. 앞으로 영원히 지구촌 어디에서나 민물고기들이 맑은 물에서 뛰놀고 있는 모습을 볼 수 있도록 생태환경이 보전되고 가꾸어지길 간절히 바랄 뿐이다.

3) 김영두 동시집 『철이네 우편함』의 시각적 이미지 형상화

김영두의 시는 자연과 인간이 함께 어울려 사는 아름다운 모습을 시각적 이미지로 명확하게 형상화해낸 시들이다. 유은경이 생태 관찰에 의존했다면 김종두는 자연과 인간이 어울리는 삶의 현장을 노래해 공감력이 더 크다.

살금살금 걸어와
대문을 열면

차고 앞 바둑이는
함께 놀자고
멍멍멍

대문 앞 사랑이는
꼬리만 살래살래

옆집 친구 놀러 오면
바둑이는
반갑다고 낑낑
사랑이는 소프라노로
망망망

장사꾼의 앰프 소리에는
둘이 합창합니다
멍멍멍 망망망.

—「바둑이와 사랑이」 전문

　개를 길러 본 체험을 갖고 있는 어린이라면 쉽게 공감할 수 있는 광경
이다. 개가 짖는 모습을 유심히 관찰하고 체험한 소재를 시각적 이미지
와 청각적 이미지로 재현해 놓고 있다. 그는 오염되지 않는 시골의 자연
환경과 어린이들의 생활 경험을 시각적인 이미지로 표현하고 있는데 동
화적인 서사로 재미있게 형상화해내고 있다.

아지랑이 낀 봄날에
민들레 꽃등이
여기저기 밝혀져 있어요

아장아장 봄 아저씨
길 찾기 편리하고

봄 아가씨는
꽃등이 달린 길을 찾아
건너 마을에서
우리 마을로
그리고는 산너머 마을로
춤추며 지나 갔어요
꽃등도 이젠
불을 껐어요

그래도 호기심 많은 민들레는
봄님 어디까지 갔나
하얀 풍선을 타고
따라 날아갑니다.

—「민들레」 전문

봄날 민들레가 꽃을 피우고 홀씨를 날리는 모습을 동화적인 이야기로 형상화한 시다. "봄 아저씨", "봄 아가씨", "춤추며", "꽃등"이라는 옛스런 발상으로 시상을 전개하거나 진부한 의인화 표현이 눈에 거슬리나 민들레가 홀씨를 날리는 까닭을 쉽게 이해할 수 있도록 스토리를 전개하고 있다.

그러나 "산수유나무에는/톡톡톡/팝콘이 튀겨지고"(「봄의 수채화」)에서, "마을은 여기저기/느낌표(!)를 찍었고"(「봄비가 쓴 문장」)에서, "황금색 물고기들이/헤엄치는 것 같다"(「고추잠자리」) 등의 표현은 시각적 이미지가 선명하게 표출된 시귀들이다.

4) 김영두 동시집『철이네 우편함』의 시세계

김영두의 동시집『철이네 우편함』은 자연과 인간이 더불어 살아가는 아름다운 생명존중의 가치를 일깨워 주는 생명동시집이다.『철이네 우편함』에는 생명존중의 반가운 소식이 담겨 있는 따뜻한 우편함이다. 새들의 보금자리이자 새들이 인간에게 주는 생명의 소식이기 때문에 더욱 소중하다.

철이네 우편함은 강 이편에 있습니다.
집배원 아저씨가 강 건너 오시는 게 미안해
이 편 강가 숲속 소나무에 우편함을
달아 놓았습니다
며칠에 한번씩 배를 타고 건너 와
편지를 찾아 가는 철이 아빠

그런데 우편함 속에
할미새 부부가 보금자리를
만들기 시작하더니
알록달록 귀여운 새알을
낳았답니다

철이 아빠는
옆 소나무에 바구니를 하나 달아 놓고
다음과 같은 글을 써 달았습니다
"집배원 아저씨, 편지는 여기에 넣어주셔요."
"우편함에는 산새가 새끼를 치고 있어요."

호기심에 살금살금 다가가

우편함을 가만히 들여다보니

솜털 보송한 새 새끼들이 어미가 온 줄 알고

노란 입을 짝짝 벌립니다

나는 나쁜 짓을 하다 들킨 아이처럼

가슴이 콩닥콩닥

얼른 뒷걸음쳐 도망쳤습니다

새끼들이 다 자라 날개가 돋치면

철이 아빠의 고마움을 부리에 물고

저 파란 하늘로

날아오를 것만 같습니다.

—「철이네 우편함」 전문

동화 같은 스토리가 있는 시다. 따라서 어린이들에게 감동을 준다. 새를 배려하는 철이 아빠의 생명존중의 실천은 우리가 배워야 할 점이다. 모두가 이 땅에 살아가는 작은 동물들의 생명까지도 보호하려는 따뜻한 마음을 가지고 있을 때 파괴된 생태계는 치유될 수 있다는 메시지가 가슴을 뭉클하게 한다.

외딴 산골의 오지마을에서 이루어지는 새들과 철이 아빠의 아름다운 사랑 이야기는 감동적인 서사다. "나쁜 짓하다 들킨 아이처럼/가슴이 콩닥콩닥"거리는 양심이야말로 생명존중의 바른 양심이다. 이런 마음가짐을 우리 어린이들이 이러한 생태동시를 읽음으로써 정서적인 공감대를 형성하는 계기가 될 것이다. 현란한 시적 기교가 없이 실제로 일어났거나 그럴 가능성이 있는 상황을 설정하여 동화적으로 풀어나감으로써 생명존중의식이라는 무거운 주제를 감동적으로 어필시키고 있다.

김영두 시인의 시는 자연친화의 아름다운 교감을 노래하는 시가 대부분이다. 멀어져 가는 자연을 안타깝게 그리워하는 어린이들에게 자연교과서 같은 시로 메마른 정서에 단비를 뿌리고 있다.

민들레 꽃망울은
봄을 부르는
노란 초인종

해님이
딩동 딩동
누르고 가고

바람도
딩동 딩동
누르고 가고

달님 별님까지
딩동 딩동······

벌판에 늦잠 자던 봄은
못 이기는 척 눈 비비고
아함! 일어나지요.

—「초인종」 전문

민들레를 초인종으로 은유하여 해님과 바람, 달님, 별님까지 딩동 딩동 누르고 간다는 신선한 발상은 자연 현상을 인간 사회로 치환시켜 표현한 좋은 작품이다. 억지스럽지 않고 자연스럽다. 모든 자연 현상을 인간의 모습과 비유하여 발상하는 특유한 동화적인 기법으로 자연스럽게 자연을 인간과 가깝게 끌어 들인다. 인간이 곧 자연이요, 자연이 인간이라는 사상은 자연과 인간이 조화를 이룬, 생태계의 평형이 이루어진 사회일 것이다. 자연과 인간이 화해하고 아름답게 어울려 살아가는 아름다운 생명사회를 동시로 그는 건설하고 있는 셈이다.

수양버들이 호수에서
머리를 감아요

긴 머리카락을
물에 헹궈요

구름은
비누거품이 되어
물결에 풀리네요

머리를 감고
호숫가에 서 있는
또 다른 수양버들

자세히 보니
꼬불꼬불
퍼머를 했네요.

—「수양버들」전문

수양버들이 머리를 감는다는 상황으로 자연을 해석하고 있다. 수양버들을 자세히 관찰한 세밀한 관찰력도 돋보인다. "수양버들＝퍼머머리"는 자세히 수양버들을 관찰했을 때 유추해낼 수 있는 표현이기 때문이다. 그는 평범한 자연을 우리들의 일생생활의 시선으로 바라봄으로써 공감력을 갖은 동시를 빚고 있다. 이러한 자연스러운 비유는「다슬기」에서 "다슬기＝집"으로, 「칡넝쿨」에서 "칡넝쿨＝꽈배기"로, 「고추 잠자리」에서 "고추잠자리＝황금색 물고기"로 은유하는 등 어린이들이 쉽게 이해할 수 있는 친근한 은유가 돋보인다.

다만 동시집『철이네 우편함』전편의 시 짜임이 일정한 패턴에 머무르고 있는 점은 앞으로 깊이 숙고해 볼 과제로 보인다. 다시 말해서 시의 각 연의 종결어미가 "～해요"나 "～합니다"로 끝나고 있다는 점이다. 동요나 동화의 틀에 얽매인 교과서와 같은 시이기 때문이다. 필요하다면 과감하게 형식적인 제약을 파괴하고 표현하는 신인다운 참신한 패기를 보여주었으면 하는 바람이 간절하다. 그것은 아마 그의 시적인 감수성에 "보이지 않는 힘"으로 작용하여 더욱 원숙한 시세계를 전개해나갈 것으로 확신한다.

그이 동시집『철이네 우편함』의 발간을 계기로 지구촌에서 살아가고 있는 모든 사람들에게 작은 생명을 존중하는 "보이지 않는 힘"이 미쳐서 모두가 생명 존중을 실천하는 도화선이 되었으면 한다.

눈 녹은 땅 위에
쏘옥
돋아나는 새싹의 힘

봄 들판을 쓸어 오는
봄바람의

부드럽고 은은한 힘

졸졸졸
시냇물을 밀고 가는
그 보이지 않는 힘

바로 그 힘같은
따스한 사랑으로
이 세상 모두를 보듬고 싶어요

―「보이지 않는 힘」 전문

작은 생명의 힘으로 우주를 안는 커다란 생명력이 우리 어린이들의
힘찬 생명력으로 살아 숨쉬길 기대한다. 그의 시세계는 따스한 사랑으
로 지구촌의 생명을 안은 반가운 편지요, 시이다. 아무튼 『철이네 우편
함』에 생명의 새들이 보금자리가 되어 반가운 소식을 물어다 주는 생태
세상이 열렸으면 하는 바람이 간절하다.

3. 맺는 말

두 사람의 시는 모두 생태환경동시다. 유은경의 동시가 민물고기를
관찰한 생태동시라면 김영두의 동시는 인간과 자연이 어울려 살아가기
위한 생태적 환경 조성이라는 적극적인 실천적 이미지가 돋보인다.
유은경의 동시집 『물고기 병정』은 생태동시다. 생명의 존엄성과 생태
환경 보전의 당위성을 동시로 형상화한 점은 바람직한 동시의 방향이
다. 이런 생태동시가 많이 나와 어린이들에게 많이 읽히게 함으로써 자

라나는 미래사회의 주역들에게 건강한 생명의식과 생태의식을 환기시키고, 아울러 생태환경 파괴에 대한 각성과 함께 복원을 위해 노력하려는 자세로 전환되는 패러다임의 변화가 이루어져야 할 것이다.

김영두의 동시집 『철이네 우편함』은 생명사회에 대한 간절한 바람을 담아 생태환경을 가꾸는, 인간과 자연의 조화로운 삶을 형상화한 시집이다. 그의 시에는 자연과 인간의 따뜻한 교감이 있는 생명의 동심사회를 건설하려는 커다란 꿈이 담겨 있다. 그의 시세계를 한마디로 표현하라면, 바로 "자연과 인간의 아름다운 동행"만이 지구촌의 행복한 미래를 보장한다는 강한 메시지를 담고 있다. 동화적인 발상으로 스토리가 있는 시들이다. 인간이 어떻게 자연환경과 어울려 살아가야 하는가 하는 방법론과 실천력은 매우 설득력이 있다.

두 동시인 모두 나름대로의 개성적인 방법으로 생태환경을 시각적 이미지로 형상화하여 동심의 시에 담아내고 있다. 이러한 시 작업은 생태동시의 정착화에 크게 기여할 것이며, 생태동시의 앞날을 밝게 하고 있다.

앞으로 생태동시가 나아갈 방향은 첫째, 인간과 자연의 조화로운 세계를 향해 나아가는 자세가 필요하다.

둘째, 인간이 이루어 놓은 문명에 의해 자연환경이 파괴되는 실상을 각성하게 함으로써 우리 삶의 위기를 인식시키는 길로 나아가야 한다.

셋째, 생태환경의 파괴에 대한 비판을 통하여 자신의 삶을 반성하는 방향으로 나아가야 한다.

넷째, 자연과 인간의 존재를 일원론적으로 인식하고 그 바탕 위에서 새로운 대안적 삶을 보여주어야 한다.

일상 속에서 가꾼 동심

장승련 동시집 『바람의 맛』의 시세계

1. 머리말

일상이란 매일 반복되는 삶이다. 누구나 일상 속에서 생활하며 행복을 느끼고 살아간다. 일상이 비일상이 되었을 때 사람들은 그것을 일상으로 되돌리기 위해 노력하게 된다. 일상은 중요한 삶의 과정이나 좀 더 발전적인 삶을 모색하기 위해 사람들은 비일상을 선택하여 도전함으로써 새로운 삶의 가치를 발견하고 또다시 일상으로 되돌아가기도 한다. 비일상은 또 다른 일상을 전제로 하게 된다.

장승련의 동시집 『바람의 맛』은 일상적인 삶 속에서 느낀 생각들을 담은 동시이다. 일상을 "되새김질"하면서 자라나는 동심의 세계를 언어로 그려낸 시들이다. 장승련의 동시집 『바람의 맛』의 시세계를 통해 그의 동시의 맛을 느껴 보기로 한다.

2. 일상 속에서 가꾼 동심

동심은 일상 속에서 나타난 순수한 마음이다. 어린이는 동심으로 세상을 보고 그 속에서 행복한 삶을 살기를 희망한다. 그의 동시는 일상 속에서 일어난 사건, 그리고 일상에서 본 사물과 생활에서 느낀 생각들을 동심의 눈으로 새로운 생각을 도출해내는 소의 "되새김질" 같은 시다.

먹이가 보이면
우적우적 그냥 입에 담아 두었다가
시간을 두고
다시 되새김질하며 먹는 소
잘근잘근
즐거움을 머금으며 씹는다.

친구가 내게
마구마구 해대는 말을
시간을 두고
다시 되새김질하는 나
곰곰
그 친구 생각을 담아 헤아려 본다.

―「되새김질」 전문

소처럼 화자인 나는 "되새김질"을 하며 자신의 일상을 반성한다. 어린이의 생활을 그대로 그려낸 「되새김질」은 보다 더 나은 일상을 향한 일상이다. 바람이 부는 자연현상도 일상이다. 그 일상을 "되새김질"하여 나의 삶을 반성하는 지표로 삼는 일은 보다 나은 삶을 위해 필요한 일일 것이다.

나뭇잎이 자꾸
살랑대는 이유를
너는 아니?

세상을 가로질러 가다가 심심해서
말 걸기 하는 거야

오른팔을 잡고 살랑살랑
"나랑 놀아 줘."
왼팔을 잡고 흔들흔들
"우리 얘기하자."

자꾸 조르는 바람에
나무가 웃고 있는 거야.

—「바람의 말」전문

동심으로 나무을 보고 상상하여 쓴 시다. 바람에 나뭇잎이 흔들리는 일상적인 현상을 "왜 그럴까?" 하는 의문을 제기함으로써 새로운 생각을 도출해낸다. 그 새로운 생각은 어린이의 눈으로 발견해낸 생각이다. "세상을 가로질러 가다가 심심해서/말 걸기 하는 거야"라는 평범한 생각이다. 그렇다. 모든 동시가 어찌 보면 사물에 대한 "말 걸기"부터 시작된다. 일상적인 생활도 끊임없는 "말 걸기"를 통해 소통하고 살아가는 것이다. 자연과의 교감은 "말 걸기"라는 소통의 수단을 시도함으로써 가능해진다. 어린이와 정서적 교감을 나누기 위한 소통으로서의 동시도

"말 걸기"에서 비롯된다. "말 걸기"는 예술 활동의 토대를 형성하는 기본적인 행동방식이다. 예술은 일상의 재현이라고 볼 때 예술의 한 장르인 시는 언어로 압축해서 표현하는 재현이다. 그는 이처럼 언어라는 표현 수단을 통해 자연 현상을 동심의 눈으로 바라보고 해석해서 "바람의 말"을 재현해 놓고 있다.

　　봄비는 발자국이
　　둥글둥글

　　봄비가 내린 곳마다
　　꽃들이 둥글둥글

—「발자국」전문

　봄비도 발자국을 남긴다는 동심적인 생각이 재미있다. 봄비 떨어진 곳에 발자국이 생기는데 "둥글둥글"한 모습이라는 것이다. 봄비가 내린 곳에 꽃들이 피어나는데 그 모양도 봄비의 발자국처럼 "둥글둥글"하다는 유사점을 통해 생각을 키워가는 점층적인 방법으로 사고의 확산을 재현해내고 있다.

　그의 시 소재는 "시인의 말"에서 밝히고 있듯이 "자연 속에서 얻은 것"이 많고 자신의 일터인 초등학교 "어린이들과 함께 한 시간들도 시에 담아"내고 있다. 그러니까 자연과 어린이들의 생활 속에서 일상적인 현상들을 재현한 시들이다.

　　만나는 것들마다
　　가장 먼저 맛보는 바람.

과일을 만나

먼저 맛보더니

"맛있다. 맛있다!"

여기저기 과일 향기 내뿜고

꽃을 만나

꽃잎 하나 따 먹고는

"향긋해, 향긋해!"

꽃 향기 솔솔 피워 내지.

세상 모든 향기와 맛을

품고 품었다가

온 세상 푸짐하게 뿌려 놓은

바람의 맛.

―「바람의 맛」 전문

　제주도를 우리는 흔히 "돌과 바람과 여자"가 많아 삼다도라 부른다.
그래서인지 그의 시에도 유독 바람이 많이 등장하고 있다. 그리고 바다
로 에워 쌓인 섬지방이라는 향토적 특성을 반영하여 바다의 이미지와
제주도에서 자생하는 식물들을 소재로 한 시들이 대부분이다. 제주도는
제주도만의 동식물의 생태와 향토적 특성이 잘 보존되어 있는 섬이다.
그리고 제주도의 바람은 육지의 바람과 다른 독특한 자연생태환경을 요
인으로 작용하고 있다. 제주도의 자연생태환경을 구성하는 중요한 요인
인 "바람의 맛"은 독특하게 제주도의 특산물인 과일 감귤, 한라봉에서
느낄 수 있을 것이다. 그래서 그 맛은 "맛있다. 맛았다!"라는 감탄사가
나올 정도로 독특한 향기를 내뿜을 것이다. 그리고 해양성 기후로 인해

제주도 지방은 봄이 가정 먼저 와 2월경부터는 수선화가 피고, 육지보다 유채꽃, 갯쑥부쟁이, 해국, 갯머위꽃, 동백꽃, 복수초 등 난대성 꽃들이 피어나는 고장이다. 따라서 독특한 "향긋해, 향긋해!"라는 감탄사가 나올 만한 꽃향기가 피어나는 고장이다. 그래서 "세상 모든 향기와 맛을/품고 품었다가/온 세상 푸짐하게 뿌려 놓은/바람의 맛."이라고 결론을 맺고 있다. 식물들이 제주도만의 특색을 갖게 하는 요인으로 "바람의 맛"으로 보고 있다. 이 시에서 그는 제주도만의 독특한 생태환경을 정신적 이미지와 은유적 이미지로 재미있게 표현해내고 있다.

3. 마무리

장승련의 동시집 『바람의 맛』은 제주도의 생태환경에서 얻은 소재로 일상 속에서 가꾼 동심을 소박하게 재현한 시집이다. 이 시집은 제주도만의 독특한 생태환경과 문화 속에서 건강하게 자라나고 있는 어린이들의 삶을 소재로 어린이들이 일상을 "되새김질"함으로써 보다 미래지향적이고 발전적인 삶을 살아가도록 하는데 정서적으로 도움을 주게 될 시집이다. 장승련 시인의 제주도 생태문화을 재현한 『바람의 맛』이라는 시집을 통해 모든 어린이들이 "바람의 맛"을 푸짐하게 느끼고 향유하여 즐거운 일상을 살아갔으면 하는 바램이 간절하다.

자음과 모음의 형상과 이미지 재현

서향숙의 동시집 『자음 모음 놀이』 시세계

1. 들어가는 말

한글은 소리글자다. 소리는 상형으로 표현되지 않는다. 한자와 같은 상형문자는 사물의 형상을 본떠 만들었기 때문에 시각적이다. 그러나 한글이 발음기관의 상형원리가 자음에서 적용되어 시각적인 형상을 청각화했다는 데서 한글과 상형과의 관련이 밀접함을 알 수 있다. 상형은 그 자체가 이미지의 재현이다. 현대시는 이미지를 중시하는 회화적인 방식으로 형상화된다.

서향숙의 동시집 『자음 모음 놀이』는 한글의 창제 원리에 입각하여 자음 14자, 모음 10자, 영어의 알파벳 26자의 자형의 이미지를 바탕으로 하고 있다. 우리나라 최초의 훈민정음 창제 원리와 알파벳의 기본자의 형상을 이미지로 재현한 동시집이다. 한글과 영어의 알파벳의 자음과 모음의 형상을 이미지로 재현한 동시집 『자음 모음 놀이』에 동심을 어떻게 독창적으로 형상화했는지 그의 시를 통해 시세계를 살펴보기로 한다.

2. 자음과 모음의 형상과 이미지 재현

한글이 우주의 원리를 과학적으로 적용하여 창제된 소리글자라는 점에서 매우 독창적이고 우수하다는 사실은 세계적으로 널리 알려졌다. 한자가 상형의 원리에 의해 만들어졌다면, 한글은 자음의 기본자를 발음기관의 상형원리가 적용되었다거나 추상적인 개념에 속하는 음소를 표현하는 훈민정음의 경우 상형이 아니라 지사로 보아야 한다거나 발음기관의 상형을 음가에 대한 환유적인 기호법으로 "天, 地, 人을 모방하여, ㅡ, ㅣ와 같은 문자꼴로 만들어 낸 과정이 상형적 성격을 띤다"라고 주장하기도 하고 일정한 구체적 형상을 빌려 훈민정음의 자모가 만들어졌다는 등 여러 언어학자들의 주장이 분분하다.

어느 나라의 언어건 언어가 창제된다는 것 자체가 인간의 의사소통을 기표로 기의를 기호화하는 과정이며, 이는 우주의 원리에 입각한 것이다. 그 우주 속에서 인간은 언어를 만들어냈고, 인간의 원초적인 순수한 마음을 표현하려고 했다. 모든 예술 활동이 아름다움을 표현하고자 하는 인간의 내면적인 욕구로 청각과 시각으로 형상화되어 나타나게 된다. 예술 활동 중 특히 시는 언어로 아름다움을 표현한 예술 활동이고, 그중에서 인간의 가장 원형적인 순수한 마음을 표현한 것이 바로 동시이다. 서향숙 시인은 동심을 언어가 창제되는 기본 글자인 자음과 모음의 형상을 순수한 동심으로 육화시켜 시적 이미지를 재현하여 어린이들의 정서 함양에 도움을 주고자 동시집 『자음 모음 놀이』을 발간했다. 어린이는 놀이로서 사회 현상을 수용하고 의사를 표현하게 되고, 신체적 정신적으로 성숙해져 간다. 어린이는 생활 자체가 놀이이다. 동심도 놀이를 통해 표현된다. 언어의 놀이를 통해 의사소통 수단인 언어를 이해하게 되고 언어적 표현 방법을 익히면서 정서적으로 성숙해 간다고 볼 때 언어의 중요성은 지대하다. 언어는 감정과 사상을 교환하는 의사소통 수단인 만큼 언어의 효율적인 사용은 어린이의 인성 발달에도 중요한 요소가 된다.

한글의 자음 첫 자 'ㄱ'으로 시작되는 동시는 놀이를 좋아하는 어린이의 특성을 동심으로 형상화해내고 있다.

친구 집 담장에
팔 걸치고
마당에서 놀고 있는
친구를 훔쳐보고 있다

담에 붙은 몸
낑낑대지만
떨어지지 않는다

쪼올깃 쪼올깃
찰떡같은 몸

쿵닥쿵 쿵다쿵
좋아하는 맘.

—「ㄱ(기역)」 전문

「ㄱ(기역)」은 한글 창제 당시부터 자음의 첫글자다. 어린이의 놀이는 친구와 관계 맺기부터 출발한다. 친구의 놀이를 훔쳐보면서 같이 놀기를 희망하는 설레는 마음을 표현하고 있다. 마음이 먼저 간 것이 아니라 육체가 먼저 움직였다. 마음이 있는 곳에 육체는 있기 마련이다. 마음이 움직여야 행동이 시작된다는 것이다. 마음은 어떤 사실을 감각적인 자극에 의해 역동적이 된다. "친구 집 담장"은 친구와 나 사이에 가로 놓인 장벽이며 의사소통을 방해하는 장애물이다. 그 장애물에 팔을 걸치고 바라보는 모습은 심리학자 융이나 케레니가 말하는 영겁의 어린아이인 푸에르 에테르누스의 모습이다.

푸에르 에테르누스라는 어린아이는 인류가 공통으로 꿈꾸고 있고, 아련하게 간직하고 있는 순수 행복의 세계에 살고 있는 신화 속의 어린아이이다. 즉 유년기의 꿈에 의해 우리의 미래를 행복한 새로운 세상으로 만들어 주는 시공을 초월한 어린이이다. 원형적인 상상력의 어린이로 인간과 세계, 인간과 인간, 인간과 우주의 은밀한 화합을 시도하려는 모습이 바로 시「ㄱ(기역)」속의 어린이다. "쪼올깃 쪼올깃/찰떡같은 몸"처럼 친밀한 몸이며, "쿵닥쿵 쿵다쿵/좋아하는 맘."처럼 충동적이고 역동적인 마음이다. 이러한 마음이 학교와 이어진다. 가정과 학교를 오가며 생활하는 어린이의 모습이 가정 다음에 학교의 이미지를 그린「ㄴ(니은)」으로 이어진다.

뚝!
세 시에
멈춰 서버렸어

며칠째
우리 교실에서
고장 난 벽시계
세 시에 멈춰 선
시계 바늘

아이스크림 자꾸 사 달라고

벽에 등을 기댄 채
발 뻗고 우는
떼쟁이 내 동생과 똑같아.

—「ㄴ(니은)」 전문

「ㄴ(니은)」은 학교생활에서 끄집어 온 이미지다. 어린이는 학교와 가정을 오가며 인간관계를 맺어 가며 살아간다. 학교 벽시계의 시계바늘이 세 시에 멈춰서 버린 모양에서 한글 「ㄴ(니은)」의 모습을 연상해냈고, 아이스크림을 사 달라고 조르는, "벽에 등을 기댄 채/발 뻗고 우는/떼쟁이 내 동생과 똑같아."라는 상황을 연상해낸다. 이 연상이 바로 은유적인 형상이다. 동심적 표현으로 아주 적절한 은유다. 아이들이 쉽게 한글공부에 대해 관심과 흥미를 느끼면서 생각을 확충시켜 나가는 동심의 적절한 상황과 시적인 은유의 표현이 매끄럽다. 한글 자모순으로 세련된 시적 감각과 적절한 동심의 표현으로 성공한 한글교육용 심화학습 놀이 동시이다. 제1부는 이와 같은 표현으로 한글 자음 14자를 형상화했다.

제2부는 한글 모음 10자를 동심적 상황으로 은유한 동시들을 엮어 놓았다.

울보 동생은
목도 아프지 않나봐

하루 종일
울기만 하는 울보대장

허리가 아파도
울음만 터트리면

동생을 업어주는
우리 엄마

매미처럼 엄마 등에
착 달라붙으면
울음을 뚝 그친다

엄마 등에
점으로 붙은
울보 동생.

—「ㅏ(아)」 전문

「ㅏ(아)」는 모음의 은유로 울보 동생의 울음을 통해 시각적 이미지를 청각화시키고 발성화시켜 'ㅏ(아)'의 음이 나오는 이미지를 끌어오는 특유의 순발력과 재치와 시적인 기법이 탁월하다. 동생이 앙하고 울음을 터뜨리는 발성은 'ㅏ(아)'음의 발성 상황이다. 그런 동생이 울고 있는 모습은 'ㅏ(아)'이다. 바로 "엄마 등에/점으로 붙은/울보 동생"의 이미지와 흡사하다. 훈민정음의 해례본의 짜임으로 엮은 잘 짜여진 교과서 같은 동시 그대로다.

제3부는 영어의 알파벳 대문자로 상황을 형상화한 시다. 영어 또한 소리글자이다. 이 소리글자를 표의문자처럼 시각화시켜 놓은 알파벳 26자를 엮은 26편의 동시를 모아 놓았다.

졸업식 내내
헤어지는 슬픔에
마음 아픈 웅이와 식이

중학교에 가서도
연락하여 만나면 된다지만
먼 서울의 특모고에
입학한 웅이를 만나기
힘들 것은 빤한 일이야

어깨동무한 사진을 찍으면서도
머리 맞대고 두 손 맞잡고
서 있으면서도
자꾸만 가라앉는 마음.

—「A(에이)」 전문

영어의 알파벳 대문자의 이미지와 관련된 상황이 영어를 본격적으로 배우고 익히는 중학교와 고등학교 입학 상황으로 적절하게 그려졌다. 우리나라의 교육제도를 그대로 반영한 특목고 입학으로 멀리 헤어지게 된다는 상황 설정도 적절하고 수긍이 간다. "어깨동무한 사진을 찍으면서도/머리 맞대고 두 손 맞잡고/서 있으면서도/자꾸만 가라앉는 마음."으로 모습과 심정까지 시각화시킨 역작이다. 「Z(제트)」에 가면 오늘의 사회 현실과 풍속을 동시로 재현하여 현대 우리나라 사회 상황까지도 동시로 형상화해냈다.

날씬한
여대생 큰언니

뚱뚱한

여고생 둘째언니

집에 놀러온

엄마 친구의 칭찬에

열 오른 둘째언니

밤마다

뱃살 빼기 체조를 하지 뭐야?

무릎 세우고 앉아

고개 숙여 양손 쭉 뻗고 있는

둘째언니

꼭 벌 서는 아이 같아

터져 나오려는 웃음

간신히 참는 마음

파앙 터질 것 같아.

—「Z(제트)」 전문

　　화자의 가정 구성원을 소재로 살빼기에 열을 올리는 뚱뚱한 체격의
둘째 언니의 다이어트 체조하는 모습을 은유한 「Z(제트)」는 오늘날 한국
가정의 풍속도이다. 자칫 정지되는 이미지를 보여주기 쉬운 상황을 체
조로 역동적인 이미지를 부여했으며, "꼭 벌 서는 아이 같아/터져 나오
려는 웃음/간신히 참는 마음/파앙 터질 것 같아."라고 희화화하여 동시
의 재미성까지 보여주는 재치를 보인다.

3. 나오며

서향숙의 동시집 『자음 모음 놀이』는 언어를 동시로 형상화하여 한글의 창제원리를 자연스럽게 익히고, 영어 알파벳의 형상을 통해 시적인 감수성을 함양시키기 위해 적합한 좋은 교과서 같은 동시이다. 그동안 동시가 자연예찬이나 어린이의 생활을 그린 시, 고향의 정서를 담은 시 등 매너리즘의 틀에서 벗어나지 못한 상황에서 동시의 기본을 이루는 한글문자를 형상화하여 풍부한 시적인 은유로 동시의 전문성을 확립시켜 준 서향숙의 동시집 『자음 모음 놀이』는 우리나 동시의 질적 격상을 알리는 신호탄이라고 보여진다. 최근 들어 동시단에도 철학동시, 생태동시, 학습동시, 과학동시, 판타지동시 등 동시의 영역이 폭넓게 확충되고 다양화되고 전문화되어 가는 추세에서 『자음 모음 놀이』는 한글의 우수성과 독창성을 보여주고 적절한 시적인 은유 표현이 동시의 맛과 멋을 느끼게 해주었다는 데 큰 의의가 있다고 보겠다.

역사원형문화 창작 소재의 동시화

정갑숙 동시집 『금관의 수수께끼』의 시세계

1. 들어가는 말

민족의 역사문화의 원형을 창작 소재로 한다는 것은 우리 문화에 대한 깊은 이해와 관심을 촉발하고 선인들의 상상력을 읽어냄으로써 우리 문화에 대한 자긍심을 갖게 된다. 어린이를 독자대상으로 하는 동시 분야에서 역사문화 원형콘텐츠를 활용하여 동시로 재창작함으로써 미래세대에게 민족문화에 대한 이해와 관심을 갖도록 하다는 점에서 매우 바람직한 현상이라고 보겠다. 오늘날 나라마다 문화콘텐츠산업에 대한 관심과 새로운 조명으로 문화산업이 다양하게 전개되고 있는 현상은 자기문화를 지키기 위한 일환으로 볼 수 있다. 문화콘텐츠산업은 한 나라나 한 지역의 정체성을 담고 있는 산업이다. 따라서 자원과 공해를 수반하는 상품생산이 아니라 굴뚝 없는 산업으로 고부가가치의 이익을 창출할 수 있는 문화상품을 생산함으로써 한 나라나 특정지역의 브랜드 이미지를 전 세계에 알릴 수 있는 장점이 많은 산업이다. 문화상품은 한 나라, 한 지역의 생활양식을 뜻하는 것으로 그 나라나 그 지역의 정신이나 가치, 규범 등이 전체적으로 함축되어 있기 마련이다. 그러기 때문에 한 국가나 한 지역의 정체성을 담고 있다고 할 수 있다. 최근 들어 우리 나라에서도 원형문화콘텐츠에 대한 관심과 보전을 위해 노력하고 있고, 이러한 원형문화콘텐츠를 배경으로 하나의 원작으로 다양한 장르가 재 창조되는 원소스멀티유즈(USMU)의 전략을 활용하여 문화산업에 박차를 가하고 있는 추세이다. 이러한 추세에 문화산업의 기초자료를 제공할 창작품들이 많이 쏟아져 나와야 할 것이다. 그러함에도 아동문학 분야에서는 정말 원형문화를 창작 소재로 한 아동문학작품이 흔치 않아 안타깝기 그지없었다. 때늦은 감은 있지만 동시 분야에서 신라의 역사 문화 유적의 원형문화 창작 소재를 통해 그 문화 속에 숨겨져 있는 궁금 증에 대한 상상력을 동시로 재창조한 정갑숙의 동시집 『금관의 수수께 끼』의 시세계를 살펴보기로 한다.

2. 역사원형문화 창작 소재의 동시화

현재 유네스코 세계문화유산으로 지정되어 있는 우리나라의 문화는 조선시대 성곽인 수원의 화성, 경주의 석굴암과 불국사, 해인사의 팔만 대장경판이 보존되어 있는 장경판전, 종묘, 창덕궁, 고창, 화순, 강화의 고인돌 유적, 경주의 역사 유적 지구, 조선왕릉, 남한산성, 한국의 역사 마을 하회마을과 양동마을, 제주 화산섬과 용암동굴(한라산, 성산일출봉, 용 암동굴) 등과 그 밖의 기록유산, 무형유산 등이 있다. 세계문화유산으로 지정된 문화유산을 동시로 재창작함으로써 우리문화에 대한 이해와 관 심을 불러 일으키는 정갑숙 동시집 『금관의 수수께끼』는 제1부 "주인을 찾아라" 14편, 제2부 "첨성대의 비밀" 12편, 제3부 "다보탑 돌사자" 10 편, 제4부 "이름 많은 종" 13편, 총 49편의 동시들로 엮어져 있다.

1) 우리 문화유적의 주인에 대한 궁금증

수많은 신라왕릉이 발굴될 때마다 그 무덤에 묻힌 왕이 누구인지에 대해 역사고고학 학자들이 규명해 보려고 노력하지만 문헌기록이 없는 왕릉은 어느 왕의 무덤인지 알 수가 없기 때문에 왕릉 이름을 그 무덤에서 출토된 문화재를 기준으로 붙인다. 금방울이 나와서 금령총, 청동솥이 나와서 호우총, 천마도가 나와서 천마총이라고 명명하는 것이다. 이러한 역사유물의 미스테리를 「문패 바뀐 집」으로 동시화했다. 문화유적을 발굴한 현재와 알 수 없는 역사적 사실은 무덤 속에서 출토된 유물들로 하여금 그 당시의 문화를 추정할 수밖에 없는 한계를 지닌다. 이 점에서 기록이 얼마나 중요한가를 새삼 일깨운다. 모든 역사는 기록과 그 근거를 제시하는 증거물인 유물유적에 의해 역사적인 사실로 인정된다. 기록이 없는 역사는 시간이 흐르면 묻혀져 버리고 만다. 오늘날의 사람들은 수세기가 지나도록 묻혀진 역사를 출토된 유물을 통해 그 시대의 생활 모습을 추정할 뿐이다. 특히 문학작품은 몇 줄 안 되는 역사 기록과 유물유적을 통해 작가의 상상력을 발휘하여 작품으로 재창작되게 된다. 「주인공을 찾아라」는 금령총에서 출토된 여러 가지 유물을 보고도 그 무덤의 주인을 찾을 수 없음과 그 무덤을 명명한 후손들의 발굴 모습과 무덤의 명명에 대한 궁금증으로 일관하고 있다.

경주 노동리 고분군에서 나왔다
금관, 말 탄 사람 토기, 배 모양 토기, 청동거울, 금방울

주인은 나오지 않고
주인 모시던 시중들만 나왔다

문 부수고 들어간 나그네가 주인을 찾았다

주인은 숨었다

꼭꼭 숨었다

부순 문을 달고

나그네가 대리석 문패를 달았다

〈금방울 무덤, 제127호 고분〉

—「주인을 찾아라—금령총」전문

　문화유적의 발굴은 오늘을 사는 우리들의 입장에서는 문화유물유적을
보존하여 감상과 조상들의 숨결을 통해 한 나라의 정체성을 갖도록 하
는 데 있을 것이다. 문화유적은 한 개인의 사유물이 될 수 없다. 한 나라
에서 꽃 피운 옛 문화의 뿌리인 만큼 공유물이다. 그런데 이 시에서는
문화유적의 발굴을 마치 불한당이나 도굴꾼이 무덤을 파헤친 것처럼 부
정적으로 그리고 있다. "문 부수고 들어간 나그네가 주인"을 찾는다는
부정적인 시각과 "주인은 숨었다"로 숨바꼭질하는 것처럼 그리고 있다.
「문패 바뀐 집」에서도 이름을 몰라 붙인 것을 큰 잘못된 일로 보는 시각
과 무덤의 명칭을 출토 유물과 집으로 환유와 은유로 그리고 있다. 「금
관의 수수께끼」에서도 신라의 왕릉인 천마총에서 출토된 금관이 "실성
왕, 눌지왕, 자비왕, 소지왕, 지증왕" 중의 한 명의 무덤일 것이라고 "금
관이 수수께끼를 내고 있다."로 무덤의 주인을 알지 못한 것에만 집착해
있다. 천마총의 무덤의 주인이 누구냐를 모른다고 하여 그 무덤이 지니
고 있는 문화적인 가치가 손상되지는 않는다. 「호우총의 수수께끼」 역시
무덤의 주인공에 대한 궁금증에 대한 시다. "고구려 청동솥"이 신라 고
분에서 출토된 것에 대한 상상력으로 "고구려 볼모로 간 신라 왕족"이라
추정하고 무덤의 주인에 대한 수수께끼를 풀려고 하고 있다. "고구려 청

동솥" 하나가 신라왕릉에서 출토되었다고 해서 고구려 볼모로 간 왕족이라고 단정지을 수는 없다. 물론 추정력을 발휘하여 그러 했을 가능성도 없지 않다는 논리는 어느 한 역사고고학자의 주장일 뿐이다. 현재까지 연구한 결과로 여러 주장이 있지만 호우총은 이중곽식의 전형적인 적석목곽묘이고 그 위의 봉분 역시 적석봉토분이다. 이러한 방식의 고분이 당시의 신라의 중대형 구조의 보편적인 무덤으로 여기에서 발굴된 광개토왕 관련 명문이 새겨진 호우는 6세기 무렵의 고구려 광개토왕과 관련된 인물로 역사고고학자들은 추정하고 있다. 고구려와 밀접한 관련이 있는 인물로 고구려에 볼모로 가 있던 복호의 후손이며 왕족인 인물로 추정할 뿐이다. 이 시에서도 실성왕과 보해, 실성왕 후손과 보해 후손으로 추정하고 있다. 역사학자들의 주장일 뿐 그 구체적인 주인을 단정지을 수 없다는 점에서 "수수께끼"라고 궁금증을 제기한다. 물론 역사적인 유물에 대한 명확한 근거 자료가 부족할 시에 역사학자들은 역사적 사실을 추정할 뿐이다. 역사적 사실이나 추정만을 기술하는 것은 역사시간의 몫이고 시로서 형상화되려면 시적인 상상력으로 다시 창조되어야 한다. 바로 천마총 말다래를 소재로 한 「날아가는 자작나무」가 그러하다. 천마총의 천마도는 인간이 말을 타기 위해 장식하는 각종 도구인 마구 중에서도 말다래에 그려진 그림이다. 말다래란 한자어로는 장니(障泥)라고 하는 데서 짐작할 수 있듯이 말이 달릴 때 발굽에서 진흙(泥)이 사람에게 튀어 오르는 것을 방지하고자 안장 아래, 즉 말의 배 아래로 늘어뜨려 진흙 튀김을 막아주는 역할을 한다. 말다래의 또 다른 기능은 말에 탄 사람의 안전사고를 예방하는가 하면 발걸이인 등자로부터 말을 보호하는 역할도 한다. 4~6세기 무렵 신라인, 특히 왕을 비롯한 특권층에서는 죽은 사람을 매장할 적에 말다래를 포함하는 마구류를 껴묻거리로 함께 묻어주기도 했다는 것이다. 이러한 말다래를 자작나무로 만들어진 과정을 동화적인 환상시로 창조한 시가 「날아가는 자작나무」

다. 「지붕 없는 집―서봉총」은 역사유적에 대한 의인적인 환상력으로 서봉총의 구조를 형상화한 동시로 일본의 침략 당시 "기관차 차고 바닥"으로 업신여긴 우리의 문화유적에 대한 정체성을 찾아가는 역사적인 환상을 바탕으로 감동을 자아낸다.

「미추왕릉―삼국유사 이야기·1」은 삼국유사의 이야기를 통해 나라 사랑를 그렸고, 「은잔의 수수께끼―황남대총」은 "황남대총 왕비릉에서 나온 페르시아은잔"에 대한 궁금증을 담았으며, 「달 속의 신라」는 신라 궁궐, 궁궐 다리, 동궁 연못을 각각 월성, 월정교, 월지라 부르는 명칭에 대한 궁금증을 통해 명칭이 의미하는 달과 신라의 이미지를 결합했다. 「신라의 도깨비」는 삼국유사의 비형랑에 얽힌 이야기, 「신라의 대나무」는 대나무와 신라 문화의 상관관계를 통해 신라인이 대나무를 가까이 했다는 이야기, 「안압지 금동가위」에 대한 상상력, 「반월성과 안압지」의 명칭 유래, 「월성 석빙고」의 유적에서 역사적인 흐름과 자취 등 주로 왕릉에 대한 명칭, 주인에 대한 궁금증, 기타 유물유적의 명칭과 유래, 그 모습을 통해 유추해낸 의문점에 대한 궁금증을 풀리지 않는 수수께끼로 풀이하고 있다. 좀더 상상력을 발휘하여 그 당시 사람들의 생활 모습을 생생하게 담아 오늘의 우리에게 무엇을 말하고 있는가 하는 의문을 통해 우리 민족의 정체성을 찾아가는 환상과 은유, 상징, 그리고 상상력을 펼쳐 꿈과 막연한 호기심보다는 우리 것에 대한 긍정적인 마인드로 발전해 갔으면 좋겠다는 생각이다.

2) 역사문화재 속에 숨은 비밀의 탐색

역사유물 유적에 숨은 조상들의 비밀을 밝혀내고자 하는 호기심은 역사 탐구의 중요한 동기가 된다. 유물유적의 외형적인 모습을 그대로 그려내기보다는 그 속에 숨어 있는 비밀을 상상력으로 풀어내려는 노력을 통해 우리 문화에 대한 애착과 정체성을 찾아가는 것이 바른 길이라 하겠다. 「공든 탑이 무너지랴」는 첨성대를 튼튼하게 쌓은 조상들의 솜씨에 대한 찬사와 「첨성대의 비밀」에서는 첨성대의 용도가 별을 관측했다는 주장에 대한 상상력으로 창작한 시다.

> 신라 사람들
> 저 위에서 별을 관측했다
>
> 맞을까
> 틀릴까
>
> 신라 사람들
> 저 아래에서 하늘에 제사 지냈다
>
> 맞을까
> 틀릴까
>
> 알려 줄까 말까
> 첨성대 입술이 달싹달싹.

—「첨성대의 비밀—첨성대 · 3」 전문

이 시는 첨성대는 별을 관측했다는 주장과 수미산설을 뒷받침하는 제단이라는 설을 근거로 창작된 시다. 많은 사람들이 믿고 있는 첨성대가 별을 관측했다는 주장은 첨성대의 구조가 천문대로로 적합하지 않다는 데서 이에 대한 주장을 반박하고 있다. 그 이유인 즉 첨성대의 관측 공간인 정자석 부분이 높고 좁아서 매일 밤 오르내리면서 천체를 관찰하기에 불편하고, 바닥 자체가 고르지 않을뿐더러 정자석의 네 변도 진북을 가리키고 있지 않기 때문에 좌표를 설정하여 천체의 위치를 정하기 어렵다는 데 있다. 그래서 학자들마다 여러 주장을 내놓고 있다. 어떤 학자는 규표설을 주장하는바, 그 주장에 따르면 첨성대가 그림자로 절기와 시간을 표시하기 위해 세운 표였다고 한다. 이에 대해서도 가리키는 선이 정확한 동서 방향을 표시하지 않아 절기 판별의 불편, 시간 표시의 어려움 등을 들어 비판을 제기하기도 한다. 어떤 학자는 주비산경설로 고대 천문학과 수학에 관한 책인『주비산경』의 내용을 담은 상징물로서 천문의 부속물로 보는 견해이다. 이는 천문대설을 보강하는 증빙자료로 활용되고 있으며, 또 한 주장은 수미산설이다. 수미산설은 첨성대가 수미산을 형상화한 제단이었다는 주장이다. 어느 주장도 첨성대의 실체와는 거리가 있지만 최근의 주장으로는 우물설이 있다. 이는 첨성대가 원통형 몸체에 우물 정자 모양의 정자석 2단을 올린 모양은 우물을 연상할 만하다. 그런데 우물이라면 구조적 안전성을 고려하여 들여쌓기를 한다면 고깔 모양이어야 하는데 병모양이라는 점이다. 그래서 이 병모양을 석가모니의 어머니 마야부인의 몸을 형상화한 것으로 보고 첨성대 모양은 우물과 마야 부인의 몸을 겹쳐 형상화한 것이라고 주장하는 학자도 있다. 이렇듯 역사학자들이 첨성대의 비밀을 밝혀내고자 여러 가지로 노력하고 있는데 이에 대한 의문을 시인은 동심적인 생각으로 풀어내고 있다. 그리고 당시 불교문화가 번창함에 따라 신라의 수도 경주에는 불교문화 유물유적이 현재까지 많이 남아 있다. 「신라 사람들」에서는 황룡사를 세우고 9층 석탑을 수십 년의 세월에 걸쳐 완성했다는 역사적 사실을 통해 신라 사람들의 생활 모습을 상상해내고 있다. 「목탑 탑돌이」는 황룡사와 황룡사 9목탑의 위용과 탑돌이 하는 당시의 생활 모습을 상상하여 그렸고, 황룡사 목탑 심초석의 생김새를 보고 몽고 침입의 역사적 사실을 상상력으로 재현한 「화상 입은 돌」, 그리고 분황사

3층 석탑에 얽힌 이야기를 외세의 침략과 관련하여 겨울의 이미지로 상상한 「분황사 탑의 겨울」, 또 분황사의 탑을 통해 비밀을 밝혀 보려는 상상력을 펼친 「분황사의 비밀」, 「분황사 돌우물」 등 불교문화를 꽃피운 신라 사람들이 남긴 불교문화 유물과 유적을 통해 역사에 대한 궁금증을 그대로 동시로 담아 놓고 있다.

3) 불교문화의 꽃, 불국사와 다보탑의 의미

8세기 통일신라는 우리나라 문화를 가장 화려하게 꽃피운 황금문화기다. 예술적 욕구가 가장 강렬했던 시대로 문화의 생산자와 수요자의 균형을 이루어 문화가 발달된 시기로 신라통일의 주체 세력인 왕과 귀족들의 자부심과 자긍심이 강했으며, 전국 각지의 풍부한 물산이 경주로 집중되어 풍요로운 생활을 함으로써 문화생활을 영위하고 이에 따른 예술적인 욕구가 강했다. 당시의 신라는 불교문화가 중심이 되어 있었고, 따라서 문화의 복합성과 국제성을 유발하는 동인으로 불교문화의 역할은 막중했다. 승려들이 당나라와 인도까지 왕래하여 새로운 문화와 지식의 선도자로써 통일신라 문화의 중추적 역할을 담당했다. 피보라치수열로 지칭되는 과학의 신비미학인 황금비율을 적용한 신라 불교문화유적은 조화와 균형미로 특징지을 수 있는 신라만의 독특한 문화를 화려하게 꽃피워냈다.

「감은사 탑」은 감은사를 터를 지키고 있는 쌍둥이 석탑에 대해 예찬하고 있고, 「감은사와 만파식적」은 삼국유사의 기록에 나온 유래담을 다루었다. 또 「불국사에는」은 불국사에 문이 많고 다리가 많고 부처가 많다는 피상적 열거, 「돌오두막에―석굴암·1」은 석굴암이 지어진 배경, 「돌오두막 우주―석굴암·2」은 해, 별, 달의 우주 원리를 적용한 석굴암 구조, 「탑의 눈물―석굴암 5층 소탑」은 소탑에 얽힌 이야기, 「다보탑 돌사자」에서는 우리 문화재가 다른 나라에 유출되어 돌아오기만을 기다리고 있다는 안타까운 이야기를 담고 있다.

> 다보탑 돌사자 사 형제
> 이산가족이다
>
> 첫째는 섬나라 대영박물관에 갇혀 있고
> 둘째 셋째는 행방불명
> 막내 혼자 다보탑 지키고 있다
>
> 행방불명 두 형은 어디 살까
> 동해 건너 섬나라에 살까
> 서해 건너 대륙에 살까
>
> 언제 돌아올까?
> 막내가 형들 기다리고 있다.
>
> ―「다보탑 돌사자」 전문

우리 문화재의 유출은 외국과 수교가 이루어지기 시작한 일제시대부터다. 수많은 우리 문화재들이 일제강점기와 6·25전쟁과 같이 사회적 혼란기나 어두웠던 역사적 환경 아래에서 열강들이 약탈해 갔다. 이처럼 열강에 의해 해외에 약탈된 문화재, 수집 대상으로 유출된 문화재, 공식적 문화 교류로 유출된 문화재 등 수많은 문화재의 유출의 뼈아픈 교훈을 새겨 국가적인 차원에서 많은 사람들의 노력으로 많은 우리 문화재를 환수해 왔고, 앞으로도 지속적으로 환수해 나갈 것이다. 「다보탑 돌사자」는 동사자 사형제 중 세 개의 돌사자가 유출된 우리 문화재 유출의 안타까운 사례를 고발하고 있다. 다보탑 돌사자처럼 해외에 유출된 우리 문화재들이 모두 환수되는 날까지 온 국민이 힘을 모아야 할 것이다.

「부처나라에 가는 길」에서 "불국사에/부처나라로 가는 길이 있다"고 하듯이 신라시대 불국사가 세워진 것은 불교문화가 활짝 열린 결과이며, 신라가 삼국통일의 과업을 이루고 예술적인 욕구의 상승으로 다양한 불교문화를 꽃피웠는데, 그 역사적 사실은 불국사, 황룡사 등 수많은 불교 문화유적에 현재까지 남아 있다는 것으로 증명된다. 「신라의 탑 속에」는 황룡사 9층탑에 얽힌 아비지 이야기, 다보탑과 석가탑에 얽힌 전설인 아사달과 아사녀의 이야기를 담고 있다. 김대성이 다보탑과 석가탑을 세울 때의 이야기로 백제의 우수한 석공 아사달과 그를 그리다 죽은 그의 아내와의 슬픈 전설을 "신라 속에/백제가 살고 있다."고 표현하고 있다. 「탑에서 나온 나무」는 석가탑 속에서 신라 시대 경전 무구정광대다라니경이 바단 보자기에 싸인 채 발견되었다는 사실을 담고 있다. 이처럼 불교문화의 꽃을 활짝 피운 경주의 불국사와 다보탑의 의미를 통해 우리의 무관심으로 많은 문화재들이 해외로 반출된 사례로 다보탑의 돌사자를 들고 있어 우리 문화재의 보호와 보존에 대한 경각심을 일깨워 주고 있다.

4) 신라 문화재 속에 담긴 불심과 역사의식

성덕대왕신종은 현존하는 한국에서 가장 큰 종으로, 독특한 미술적 가치를 지닌 신라 극성기의 걸작품이다. 그리고 신라 시대에 만들어진 현존하는 한국 최대의 종이다. 성덕대왕의 공덕을 종에 담아서 대왕의 공덕을 기리고, 종소리를 통해서 그 공덕이 널리 그리고 영원히 나라의 민중들에게 흘러 퍼지게 해서 국태민안이 지속되기를 바라는 발원이 담겨 있는 이 종은 봉덕사종, 에밀레종이라고도 불리고 있다. 제4부 "이름 많은 종"은 성덕대왕신종에 담긴 이야기를 동화시의 형태로 「되찾은 종소리—성덕대왕신종·2」, 「이사 다닌 종—성덕대왕신종·3」, 「이름 많은 종—성덕대왕신종·4」, 「또 하나의 만파식적—성덕대왕신종·5」, 「천 년 뒤 아이들은—성덕대왕신종·6」 등 5편의 동시로 성덕대왕신종에 얽힌 이야기를 담고 있다.

봉덕사 살았다고
'봉덕사종'

에밀레 울음소리 들린다고
'에밀레종'

봉황대 옆 종각에 살았다고
'봉황대종'

어느 이름이 맘에 들까
종은.

—「이름 많은 종—성덕대왕신종·4」전문

성덕대왕신종의 명칭이 많은 것을 소재로 한 동시이다. 하나의 종에 대한 다양한 명칭이 생겨난 것에 의미 부여를 많이 하고 있을 만큼 성덕대왕신종은 그 이면에 당시 사회가 불교문화가 융성하고 왕권이 강화되어 안정된 통일국가의 위상을 보여준 것이라고 볼 수 있다. 천년의 긴 세월을 지나 오면서 오늘날까지 전해 오는 신라의 불교문화 유물유적을 통해 우리 조상들의 뛰어난 예술적인 향기와 문화의 숨결을 느낄 수 있는 것이다. "신라 난민촌"으로 비유되는 박물관 뜰에 산재되어 있는 신라시대의 석문화들을 보고 제 본래 위치를 찾지 못한 안타까움을 담고 있다. 「고선사 탑·1」과 「고선사 탑·2」은 본래에 있던 위치를 떠나 경주박물관에 모인 탑들에 생명을 부여하여 망향의 탑으로 의인화하였고, 「경주 남산」은 현존하는 많은 불교문화 유적을 통해 불교문화와 신라가 조화를 이루고 있는 모습을 담았으며, 「석공과 숨바꼭질·1」은 남산에 석공들의 불심에 의해 탄생된 다양한 불교 석불이 남아 있음과 「석공과 숨바꼭질·2」은 칠불암 마애불 일곱 부처에 대한 신비한 숨결의 비밀이 있음을 조명하고 있다. 그리고 「바위 위 9층탑─남산 탑골 마애조상군」을 통해 당시 건립되었다가 몽고의 침입으로 불타 없어져 버린 황룡사 9층탑에 대한 안타까움을 담고 있다. 이처럼 신라 시대 성덕대왕신종을 비롯하여 불국사, 그리고 석가탑과 다보탑, 남산에 산재해 있는 불상, 그리고 석탑 문화를 동시로 담아냈다.

3. 마무리

정갑숙 동시집 『금관의 수수께끼』는 현재까지 천년고도 경주에 남아 있는 신라 시대의 불교문화 유물과 유적, 그리고 당시의 기록인 삼국유사의 내용을 바탕으로 우리 문화재에 대한 이해와 관심을 촉구하는 문화재사랑콘텐츠의 기초 자료로 쓰여진 동시들이다. 신라의 역사원형문화 창작 소재를 동시로 형상화하여 민족문화의 우수성에 대한 자긍심을 갖고 세계만방에 알리는 지역문화 소개는 다양한 문화콘텐츠 개발의 하나로 의미 있는 작업이다. 정갑숙 시인이 동시로서 신라문화 유적에 대한 관심과 이해를 촉구한 시도에 힘입어 앞으로 우리 문화 전반에 걸친 창작자의 상상력이 다양한 장르로 재창작되어 문화콘텐츠화하여야 할 것이다. 역사적 사실이나 불교 유물과 유적에 대한 명칭, 모습, 구조, 유래 등을 시적인 상상력으로 융합하여 짧은 동시로 담는 작업은 고도의 시적인 능력과 역사에 대한 식견이 필요하다. 다소 유물유적의 명칭, 모습 등의 피상적인 역사적 사실만을 궁금증으로 제시한 것보다는 신라의 불교문화 유물유적을 통해 우리 조상들의 예술적인 감각과 숨결을 시적인 아름다움으로 다양한 관점에서 느낄 수 있도록 해야 할 것이다. 정갑숙 동시집 『금관의 수수께끼』 발간을 계기로 우리 아동문학계에서도 우리의 유무형문화재를 바탕으로 작가들의 상상력으로 재구성한 홍미진진한 동시, 동화, 동극, 수필 등의 다양한 장르와 첨단 디지털 미디어 매체들을 융합한 역사문화원형콘텐츠의 개발이 활발하게 이루어지길 바랄 뿐이다.

긍정적인 동심의 생기발랄한 그림

김종헌 동시조집 『뚝심』의 시세계

1. 들어가는 말

김종헌의 동시조집 『뚝심』은 52편의 시로 그려낸 생기발랄한 동심의 그림이다. 생태환경의 변화에 대해 강한 뚝심으로 견디어내는 모습을 긍정적인 눈으로 그린 그림 같은 동시조다. 우리나라 고유의 정형시인 시조 형식에다 동심을 넣은 시가 동시조인데, 동시조는 형식상 율격의 제한, 그리고 동심이라는 제한을 받아 창작되기 때문에 표현상 어려움이 뒤따르기 마련이다. 그런데 김종헌 시인은 이러한 형식적 내용적 제약을 뚝심으로 밀고 나가 간결한 동시조의 멋을 살려냈다. 자연스럽다. 어떤 형식의 제약을 받고 창작되었다는 느낌이 전혀 들지 않게 언어의 운율을 잘 살려냈다. 형식이 비형식이 될 정도로 자연스럽다. 형식적 제약 조건을 뛰어넘은 동시조다. 그것은 김종헌 시인의 시적인 감각이 뛰어나기 때문이며, 동시조의 형식적 제약을 뛰어넘는 나름대로의 비법을 터득했기에 가능한 일이다.

자연스럽게 긍정적인 시각으로 동심의 생기발랄한 모습을 스케치하듯이 담아낸 김종헌의 동시조집 『뚝심』의 시세계를 살펴보기로 한다.

2. 긍정적인 동심의 생기발랄한 그림

김종헌의 동시조집 『뚝심』은 4부로 짜여져 있는데, 제1부 "새 가지가 파릇파릇"은 봄의 새생명의 싱그러움을 주로 담았고, 제2부 "웃음꽃이 벙글벙글"은 생활체험을 긍정적인 시각으로 바라보고 희망을 담아냈다. 제3부 "못된 짝꿍 소가지"는 어려움을 긍정적이고 희망적인 동심을 형상화하고 있고, 제4부 "살아나는 흙빛 봄빛" 역시 희망의 메시지를 담아내고 있다.

시의 음악성과 회화성을 적절히 활용하여 동시조의 형식적인 제약을 뛰어넘은 그의 동시는 생기발랄하다. 햇살처럼 밝다. 따스한 봄날의 상승하는 이미지로 가득 차 있다. 밝은 정신적인 이미지로 회화성이 뛰어나면서도 언어의 리듬이 흐르는 서정적 풍경이 선명하다.

우듬지에
잠자는 듯
거뭇거뭇한 새둥지를

샤르르 뻗은
새 가지가
파릇파릇
감고 있다

샛노란
새끼 새소리도
이제 곧 들리겠다.

—「새둥지」 전문

우듬지의 새둥지에 새싹이 돋는 풍경과 새 생명이 태어남의 기대를 통해 봄의 생동하는 정경이 살아서 움직이고 희망적이다. "거뭇거뭇", "샤르르", "파릇파릇"라는 의태어의 적절한 배치, 그리고 "거뭇거뭇한 새둥지"와 "샛노란/새끼 새소리"에서 보여지는 낡은 둥지라는 공감과 새 생명과의 색깔의 대비, "샛노란/새끼 새소리"에서 시각적인 이미지를 청각적 이미지로 변환하는 정신적 이미지의 적절한 배치 등은 시적인 감각의 세련됨을 그대로 보여주고 있다. "새 가지가/파릇파릇/감고 있"는 생명 활동의 모습에서 "새끼 새소리도/이제 곧 들리겠다"라는 상상력의 연결이 매우 자연스럽다. 초장, 중장에서 나뭇가지의 생명 활동으로 종장의 새 생명의 탄생에 대한 기대로 이어지는 연결구조가 아주 치밀하고 자연스럽다.

「벚꽃」 역시 황사 현상에도 굴하지 않고 건강한 생명 활동을 유지하는 생태환경의식을 담고 있으며, 「눈 장난」의 "산수유/애타는 마음"까지 헤아리는 따뜻한 동심과 「함박눈」에서 "환하게 펑 펑 펑/활짝 터진 함박웃음"으로 기상현상을 어린이들의 교실 풍경과 일치시키는 물활론적인 사유에 의한 그만의 독특한 은유적 형상화가 참신하다.

「늦봄」, 「꽃망울」 등 그의 시는 자연과 인간이 일체화되어 함께 살아 숨 쉬는 밝은 동심의 세계를 보여준다.

꽃샘바람엔
입 꼭 다물고

황사바람엔
눈 꼭 감고

다부진

뚝심 하나로

잎으로 자란
연둣빛 새순

땡볕엔
온몸을 뒤척인다

초록바람 일렁이며.

— 「뚝심」 전문

「뚝심」은 자연의 생명력이다. "꽃샘바람"과 "황사바람"을 이겨내고 뚝심으로 새순을 내밀고 땡볕을 이겨낸다. 갖갖은 어려움과 고난을 이겨내는 뚝심이야 말로 새로운 미래를 열어가는 원동력이 된다. 따라서 그는 「뚝심」의 동시조에서는 동시조의 형식을 완전히 깨뜨린다. 정형이 비정형이라는 그의 시적 특징을 잘 드러낸 시다. 그의 시에는 유난히 햇살이나 햇볕과 같은 밝고 따뜻한 시어가 많이 등장하고, 환하게 웃는다는 표현이 많이 등장한다. 또한 색깔도 초록과 노란색이 많이 등장한다. 이는 그의 시세계가 밝고 따뜻한 동심의 세계와 생명력 넘치는 생기발랄한 동심을 형상화해내고 있다는 증거이다. 그리고 시적 이미지를 강조하여 그림을 그리듯이 자연과 동심을 형상화해내고 있다. "수채화 한 폭"(「3월 운동장」), "흰 구름 몇 점"(「장마 끝」), "단체 사진"(「체험학습 날에」)처럼 그림과 사진의 풍경화를 연상하게 한다. 따라서 그의 시는 이미지 중심의 회화성을 바탕으로 한 모더니즘의 시 경향이 짙게 나타난다.

제2부 "웃음꽃이 벙글벙글"의 15편은 생활체험을 형상화한 그림이다. 「수술실 앞에서」는 생활체험을 생생하게 그려냄으로써 감동을 준다. 종

장의 "눈 감고/입술 달싹이던 엄마/울먹이듯 웃었다."라는 표현으로 가족애를 그려내고 있고, 「눈물」 역시 할머니의 병환으로 인한 뜨거운 가족애를 할머니의 말을 통해 눈물을 구체적으로 그려내고 있으며, 「설날 아침」은 민속명절의 전통의식을, 「입맛」, 「입춘방」, 「할아버지와 귤」, 「할아버지 제삿날」, 「할머니」 등은 가족의 행복한 모습을 담아내고 있다. 또한 평소 자신이 믿는 종교의식과 생활철학을 무리 없이 용해시켜 감동적으로 표출하는 뛰어난 형상력까지 보여주고 있다.

    짓누르듯 씌운 구름을
    감싸 안은 둥근 달빛
    야자 내내 끙끙대다
    졸며 오는 누나 앞에

    저렇듯
    노랗고 환한
    연등으로 걸려 있다.

    졸음 쫓느라 부른 듯한
    누나 눈을 바라보는
    안쓰러운 엄마에겐
    부처님 꽃 미소로

    캄캄한
    밤 마중길에
    피어 있는 환한 꽃등.

—「달무리」 전문

자연 사물을 통해 가족애와 종교적 생활 자세까지 형상화해내는 원숙한 시세계를 보여주고 있다. 고3생을 둔 가정의 모습을 「달무리」를 통해 드러내고 불교적인 생활 태도로 형상화하여 달무리의 고정된 관념을 벗어나 "노랗고 환한 연등"이라는 새로운 의미를 다가오는데, 이른바 러시아의 형식주의 비평가 쉬클로프스키의 "낯설게 하기"에 부합하는 시로서 탄탄한 시적 역량까지 보여준다. 「합격엿」, 「기도」, 「수능 기도」 등 불교적인 생활실천 철학을 은밀하게 용해시켜 고3 학생과 할아버지, 할머니 3대가 함께 살아가는 대가족의 화기애애한 가족의 모습이 생생하게 표출되어 "배시시/수줍은 듯이 핀/백목련 같은 눈웃음"처럼 잔잔한 감동의 그림을 보여주고 있다. 「닮은 꼴」은 "산벚꽃"의 개화를 통해 할머니와 동생과의 얽힌 생생한 가족애의 모습을 자연과 인간을 일체화시켜 표현하고 있다.

제3부 "못된 짝꿍 소가지"의 14편에서도 자연과 인간의 생활 모습을 일체화시켜 생생한 감동을 자아낸다. 「꽃샘바람」은 이른 봄의 정경을 살아 움직이듯이 생생하게 형상화하고 있고, 「오늘 흐림」은 기상상황을 "앙칼진 톱날 소리"로 '낯설게하기'를 통해 시적인 감흥과 탄력으로 우리나라 동시조단에 환한 "꽃봉오리"가 활짝 피어나 "웃음소리"로 다가온다. 「체험학습 날에」, 「탈춤」, 「나팔꽃」 등 생활과 사물이 생생하게 소통하는 체험의 현장성과 「잡풀」을 통해 하찮은 민초들의 아픔까지 생생하게 그려내고 있다.

잘려 나간 산허리에
덥수룩이 돋아난 풀

꽃밭에선 짓밟히는
천덕꾸러기였지만

상처가

덧난 자리를

보듬는 땅 지킴이

─「잡풀」 전문

잡풀을 통해 민초들의 강인한 뚝심을 형상화하고 있다. 짧은 싯귀에 하찮은 잡풀의 생명력을 보고 있으며 장소에 따라 존재의 가치가 다르게 인식된다는 상대적 공간의식과 상대적 문화의식을 표출해내고 있다. 각 나라 작 지방마다 독특한 문화를 상대적인 가치의식으로 보아야 한다는 문화상대주의 사상은 세계화, 지방화시대에 대두되고 있는 상황이다. 그동안 우리들은 문화절대주의의 편협된 사고에 의해 상대 문화를 업신여기거나 하찮게 보는 경향이 있어 왔다. 지방화 시대, 세계화 시대의 신사고는 문화상대주의의 시각이 절대적으로 필요하다. 「잡풀」은 문화상대주의 입장으로 자연과 사물을 바라보라는 메시지가 강한 작품이다.

그의 시는 하나의 자연물 통해 생생하게 나와 가족과 민족을 형상화해낸다. 김종헌 시인은 「복수초」에서 "새벽을 여는 엄마"를 상상해내고, 「샤프심」을 통해 동심의 "입술"을 보는 예리한 통찰력과 자연과 사물의 내밀한 생명력까지 읽어내는 혜안을 지닌 시인이다. 그는 「버려진 화분에서」에서도 왕따를 당하여 소외받는 친구 "영준이"에 대한 애정을 담아냈다. 사물과 생활을 일체화시켜 생생하게 그려내는 재치가 번뜩이는 시적인 기교와 유연한 탄력을 지닌 우리나라에서 손꼽을 정도의 우수한 시적 역량을 겸비한 좋은 시인임에 틀림없다.

제4부 "살아나는 흙빛 봄빛"에는 12편의 생생한 생명력을 담아내고 있다. 「봄 들판」과 「봄 맞이」에서 한미 FTA 협상에 대한 사회의식을 "살아나는 흙빛 봄빛"으로 형상화해내고 있다. 제4부는 사회의식을 「수

입 콩」, 「땀꽃」, 「그날 아침」, 「다녀왔습니다」, 「영준이 생각」 등에 생생하게 담아내고 있다. 사라져가는 문화에 대한 애정과 그늘진 곳에서 괴로워하는 사람들의 모습을 탁월한 시적 상상력으로 시에 육화시켜내는 탁월한 시적 재능을 보여준다.

한 평 남짓 부스 안에
햇살을 깔고 앉아
들은 말 소문날까
가슴 속에 담아 두고

시치미
뚝 떼는 모습이
절간 부처님 같다.

스마트폰 자랑해도
눈길 한 번 안 주더니
이제는 너무 지쳐
넋 놓고 앉아 있다

컬러링
요란한 소리에
지그시 눈을 감는다.

—「공중전화」 전문

첨단 과학기술의 발달은 사회문화 전반의 생활 모습을 변화시키고 있다. 아날로그 시대에서 디지털시대로의 시대 변화는 우리의 생활 환경과 생활 습성은 물론 생각까지 변화시키고 있다. 「공중전화」는 시대 변화로 인해 밀려난 문화의 쓸쓸한 풍속도를 그려내고 있다. 세상은 날로 변화하고 있다. 새로운 것을 향하여 끊임없이 변화한다. 그 변화의 속도가 빨라지고 있는 오늘의 시대에 살아가는 어린이들에게 구태의연한 생활태도만을 고집하고 강요할 수는 없다. 공중전화는 새로운 문화에 의해 밀려난 구문화의 모습이다. 이러한 풍속도는 우리 생활 곳곳에서도 찾아볼 수 있을 것이다. 이러한 변화의 소용돌이 속에서 우리는 살아가고 있고 우리 어린이들도 자라나고 있다.

3. 마무리

김종헌 동시조집 『뚝심』은 새로운 동시조의 문화를 창출해낸 신선한 디지털 혁명의 동시조다. 그동안 우리 동시조는 동시조라는 틀 속에 갇혀 시인들의 독창적인 생각을 자유롭게 표현하지 못하고 틀에 박힌 동시조만을 고집했다. 시적 역량의 모자람도 있겠지만 시대 변화를 민감하게 읽지 못한 채 구태의연한 표현으로 시상을 정형의 틀에 가두려니까 틀에 얽매인 동시조의 모습을 보여 왔다. 그런데 김종헌 시인은 새로운 동시조의 문화를 가져왔다. 자연과 인간의 조화로운 화해와 일체를 통해 자유자재로 정형의 틀을 의식하지 못할 정도로 참신한 시상을 정형 속에 용해시키는 이른바 정형이 비정형인 틀에 구속 받지 않는 시의 경지를 구축해낸 동시조가 바로 「뚝심」이다. 쉬클로프스키의 '낯설게 하기' 이론을 그대로 적용시켜 참신한 이미지의 표현을 동시조의 형식에다 자유롭게 담아내어 정형이 있는지 없는지 조차 모를 정도의 동시조를 창출해냈다. 그의 독창적인 작업은 동시조가 시의 장르로의 존족 가능성을 새롭게 인식시키고 동시조의 장르를 더욱 발전시킬 수 있는 가능성을 열어 주었다. 그의 동시조집『뚝심』은 동시조의 형식에 참신한 시적인 감각을 처리할 수 있음을 입증시킨 우리나라 동시조의 새로운 영역을 개척했다는 데 그 문학적 의의를 자리매김할 수 있겠다.

사랑의 부활을 꿈꾸는 동심의 세계

권희표 동시조집 『달걀에 그리는 초상화』의 시세계

1.

동시는 어린이의 세계를 담은 시다. 따라서 아무리 시적인 기교가 뛰어난 시일지라도 동심을 담아내지 못하면 동시가 아니다. 반면에 동심을 담아냈더라도 시성이 담기지 않은 채 어린이의 생활 모습만을 그려냈다면 동시가 아니다. 동심과 시심의 조화, 즉 동심을 담아야 하고 시여야 하는 이중적인 부담으로 쓰여진 시가 동시이다. 권희표 동시조집을 받고 동시와 동시조에 대한 구별을 생각해 보았다. 시와 시조의 차이는 음수율의 형식상의 차이다. 그러나 동시조라고 명명했지만 동시조라기보다는 동시가 대부분이었다. 동시나 동시조가 모두 동심을 담고 있으므로 명확한 구분이 필요없이 어린이에게 읽히기 위해 쓰여진 시라는 것은 분명한 것 같다. 그의 동시조집 『달걀에 그리는 초상화』에서 어린이를 사랑하는 시인의 따뜻한 마음을 느낄 수 있었다. 그가 펴낸 동시조집의 시세계를 살펴보기로 한다.

2.

　사람과 사람 사이의 정은 서로가 교감을 이룰 때 아름다워질 수 있다.
동시를 쓰는 시인과 시적 대상이 된 어린이와의 교감은 동시가 어린이
를 독자 대상으로 한다는 점에서 매우 중요한 일이다. 서로 교감이 이루
어졌다는 것은 어린이들에게 감동을 줄 수 있기 때문이다. 그의 동시
「달걀에 그리는 초상화」는 시인과 어린이가 정으로 얽어진 교감의 시라
는 점이다. 시골 어린이들의 순수한 정과 교통지킴이와의 교감을 바탕
으로 쓴 이 시는 "삶은 달걀" 하나를 건네준 시골 어린이의 정을 「달걀
에 그리는 초상화」로 그려내고 있다. 달걀은 기독교에서 부활을 의미한
다. 따라서 부활절이면 삶은 달걀을 나누어 먹는 관습이 전해져 오고 있
다. 삶은 달걀이 생명의 죽음을 의미하지만 "삶은 달걀"을 건네줌으로써
따뜻한 사랑이 전달되었다면 이미 새로운 생명이 부활한 셈이다. 초상
화는 사람을 그린 그림이다. 달걀이라는 물건에다가 인간을 그려 넣었
다는 것은 작은 물건 하나에 사람 냄새가 물씬 담긴 생명의 따뜻한 불을
붙여 놓았다는 의미이다.

　　쌀쌀한 날씨에도
　　따끈함을 오롯이 간직하여
　　지킴이에게 건네준 삶은 달걀

　　품속에
　　품어 쥐고 달려왔을까?
　　따끈한 삶은 달걀

　　머뭇머뭇 건네고선

살포시 웃는 아이

그 정성 갸륵함에
감격한 지킴이가

달걀에
그리는 초상화
아림이가 웃고 있다.

—「달걀에 그리는 초상화」 전문

이 시는 오버랩 기법을 이용하여 소녀가 건네준 삶은 달걀에 소녀의
얼굴을 정으로 오버랩시켜 표현한 시이다. 쌀쌀한 날씨에 자신들의 안
전을 위해 고생하시는 지킴이에게 건네준 소녀의 따뜻한 정을 "초상화"
로 은유하고 있다. 5연으로 된 이 시는 달걀=아이가 오버랩되고 이어서
지킴이가 감격하는 것으로 짜여졌다. 1연과 2연의 끝 부분의 "달걀", 1
연의 "지킴이"와 4연의 "지킴이", 3연의 "웃는"과 5연의 "웃고" 등 자소
적, 음운적 응결장치로 텍스트의 응결성을 유지하는 치밀한 짜임을 보
여주고 있다. 그러나 4연과 5연의 구성에서 주부와 술부가 각각 한 행으
로 처리되는 행의 구분은 시의 행 구분의 문제성을 내포하고 있다. 이러
한 행 구분은 이 시집의 여러 곳에서 나타나고 있다.

그의 시에 웃는다는 표현이 많이 등장한다. 밝게 웃는 어린이들의 긍
정적인 모습을 담아내려고 애쓴 노력의 결과로 보인다. 이러한 웃음은
시인이 어린이에게 바라는 간절한 소망이다. 밝고 맑게 자라나기를 바
라는 시인의 마음이 담긴 것이다. 어린이 스스로 웃는 밝은 환경을 지켜
주는 지킴이라는 역할은 그러한 바람을 낳게 했으리라 본다.

겨울 풍경
그리는데

유치원생
내 동생

도화지 가득히
줄들을 그었어요.

"왜 그리
낙서를 하니?"

"낙서 아니야,
쌩쌩 바람이야."

—「낙서가 아니야」전문

　동심을 바르게 보고 표현한 점이 그의 시의 장점이다. 그는 이러한 자신의 장점을 살려 이 시에서 동심은 바라보는 시각에 따라 다르다는 점을 인식시켜 주고 있다. 유치원생의 입장에서 줄로 표현된 바람의 이미지를 통해 표현할 수 없는 것을 표현해내는 시적 감수성을 유치원생에게서 발견해내고 있다. 그렇다. 시란 보이지 않는 세계를 언어로 그려내는 것이라고 볼 때 이 유치원생은 보이지 않는 바람의 이미지를 선으로 표현해내고 있는 것이다. 성인의 눈으로 볼 때 유치원생이 그려 놓은 바람은 낙서로 보이게 된다. 동시도 이와 같은 논리가 적용된다고 본다. 성인의 시각으로 어린이의 세계를 그린다면 동심이 아닌 것을 동시라고 표현하는 일이 벌어진다는 개연성의 화두를 생각해 보게 한다. 그러나 그는 이러한 화두에 대한 해답을 「낙서가 아니야」라는 동시에 제시해 놓고 있다. 따라서 동시인은 이 시의 귀절처럼 동심의 낙서를 해야 바른 동심을 표현한 동시가 될 것이다. 동시의 작시법과 동심을 바로 보고 바르게 표현해야 한다는 점을 명확하게 인식시켜 주고 있다. 그의 이러한 동심적 발상과 표현은 그의 시세계를 탄탄하게 구축하고 있다.

밤하늘에
은하수 별님들이
보고 있는
내 눈에 빨려들 듯
초롱초롱 눈 맞추다.
한줄기
찬란한 빛으로
밤하늘에 수놓은 건

별나라 별님들이
갑작스레
배탈이 났나보다.
다급해서
하늘에 한, 줄 설사가
한줄기
찬란한 빛으로
밤하늘에 보이나 보다.

—「별똥별」 전문

별똥별을 한 줄기 설사의 상황으로 바라보는 시인의 독특한 발상과 비유가 참신하다. 러시아의 문학이론가 빅토르 쉬클로프스키가 주장하는 "낯설게 하기"라는 이론을 받아들인 수작이다. 낯설게 하기는 러시아 형식주의자들이 처음으로 사용한 용어인데, "일상화되어 있는 우리의 지각은 보통 자동적이며 습관화된 틀 속에 갇혀 있다. 특히 일상적 언어의 세계는 이런 자동화에 의해 애초의 신선함을 잃은 상태이며 자연히 일탈된 언어의 세계인 문학 언어와는 본질적으로 다를 수밖에 없는 것이다. 즉 지각의 자동화 속에서 영위되는 우리의 일상적 삶과 사물은 본래의 의미를 상실한 채 퇴색하는데, 예술은 바로 이러한 자동화된 일상적 인식의 틀을 깨고 낯설게 하여 사물에게 본래의 모습을 찾아주는 데 그 목적이 있다. 낯설게 하기란 그런 점에서 오히려 형식을 난해하게 하고 지각에 소요되는 시간을 연장시킴으로써 한 대상이 예술적임을 의식적으로 경험하게 하는 양식인 셈이다."(『소설학 사전』, 문예출판사, 1999.)

동시에서 "낯설게 하기"는 생동감을 주는 참신한 발상과 표현으로 시를 형상화해내게 된다. 동시에서 이러한 기법은 기존의 식상한 생활동시의 패턴에서 벗어날 수 있는 바람직한 방향키라고 본다. 어린이 생활을 동심이라고 생각하는 안일한 동시의 작시 태도에서 동시를 동시답게 동시의 질적 격상을 가져오는 것도 바로 이러한 "낯설게 하기" 등의 다양한 기법을 적용하여 동시를 표현해야 할 것이다.

3.

권희표 시인의 동시조집 『달걀에 그리는 초상화』는 총 5마당에 61편의 시를 담은 시집이다. 각 마당의 제목을 보면, 「참말로 좋다」, 「강아지 인형」, 「개구리 겨울잠」, 「민망해서 어떡해」, 「네잎클로버 춤」 등 동심적이다. 어린이의 눈높이로 세상을 바라보고 어린이의 눈높이로 쓴 시들이다. 따라서 쉽게 읽혀지는 시이면서도 참신한 발상과 표현이 돋보인다는 점이 그의 시세계의 장점이다. 따뜻한 사랑의 정서를 가득 담은 "사랑의 부활의 꿈꾸는 동심의 세계"를 보여준 시집이다. 삭막한 세상에서 어른과 어린이들의 따뜻한 정서적 교감은 동시의 생명이다. 그는 교통지킴이의 역할을 수행하면서 동심의 지킴이, 동시의 지킴이 역할을 위해 동시조집을 발간한 것으로 보인다. 좋은 동시를 창작하여 정에 굶주린 오늘날의 어린이들에게 좋은 마음의 양식을 가득 제공해 주기를 기대한다.

제4부 동심과 상상력의 향기

참신한 이미지 연상기법을 통한 동심적 상상력의 확대
동시 속에 투영된 시간 개념과 과거 소재의 현대적 변용
참신한 시각으로 상상력을 자극하는 동심의 세계
일상 속 동심의 시적 형상화
간결한 동심의 삽화
일상적인 삶의 생각꼬리 스케치
동심으로 찾아가는 자기 정체성
동심을 그린 간결한 스케치
사랑을 담은 동심의 받아쓰기
일상 속에서 발견한 동심의 세계
어린이 생활 속의 동심과 어린이와의 눈높이 일치시키기
스스럼없이 동심에 던지는 물음
동시마을로 가는 동심의 스케치

참신한 이미지 연상기법을 통한
동심적 상상력의 확대

박방희 동시집 『바다를 끌고 온 정어리』의 시세계

1. 들어가는 말

우리나라 현대동시는 그 출발이 동요동시 형식에서부터다. 운율과 리듬이라는 음악적 요소를 바탕으로 노래로 동심에 접근하는 동요로 민족정신을 일깨웠다. 그러다가 어린이의 동심을 노래보다는 현대시의 경향인 이미지를 중심으로 한 회화적인 접근으로 방향이 전환되어 현재에이르고 있다. 동시는 언어의 리듬을 중심으로 한 음악적인 요소와 이미지와 상상력을 바탕으로 한 회화적인 요소, 그리고 시어의 의미를 중심으로 한 의미적인 요소가 복합적으로 적용되어 동심을 표현하는 게 이상적인 동시라고 보겠다. 동시든 시든 간에 참신한 은유구조로 텍스트화해야 언어의 내포기능을 통해 상상력을 환기시켜 줄 좋은 동시의 틀을 갖추게 된다. 짧은 언어로 정서를 환기시키고 시적 대상의 사물을 기존의 고정관념으로 보기보다는 '낯설게 하기' 작업으로 상상력을 증폭시켜 주는 동시가 바람직한 동시라고 하겠다. 동시의 표현의 근간을 이루고 있는 것은 시적 대상인 사물에 대한 의인화 접근법이다. 모든 사물을 물활론적으로 보는 동심의 세계를 시적으로 생동감 있게 표현하기 위해서는 의인화 표현이 참신해야 정서를 환기시켜 줄 수 있을 것이다. 최근에 동시집을 발간한 박방희 시인의 시는 시적 대상이 되는 사물을 의인화로 접근해 참신한 은유로 상상력을 촉발시키는 수작의 동시들이다.『바다를 끌고 온 정어리』라는 시집은 제목부터 독자들을 사로잡는다. 그의 시집에 수록된 작품을 중심으로 그의 시세계를 살펴보기로 한다.

2. 참신한 이미지 연상기법을 통한 동심적 상상력의 확대

아리스토텔레스는 시학에서 은유란 "낯선 이름의 전의"라고 했다. '낯선'이라는 낱말은 '또 다른 사실을 나타내거나 하나의 다른 사실에 속함'을 뜻하는 말로 일상적인 언어가 아니라 일탈을 의미하기도 하며, 전의란 유(類)에서 종(種)으로 종에서 유로, 종에서 종으로 또는 유추 방식으로 일어나는 유별이라는 닮음의 의미와 다른 낱말로 대체시키는 유비 전의를 포함하는 낱말이다. 은유는 아리스토텔레스 이후 수사학은 물론 시 쓰기에 기본적인 방법론으로 자리 잡아왔다. 리쾨르와 그 밖의 많은 학자들과 시인들의 은유에 대한 연구와 실험이 이루어졌고 앞으로도 수많은 시인들이 이 작업을 계속 이어갈 것이다. 누가 얼마나 참신한 은유로 사물을 표현해내느냐의 문제가 바로 시를 잘 쓰느냐 못 쓰냐를 변별하는 척도가 된다. 사물의 새로운 발견은 바로 은유적인 발상을 바탕으로 한다. 은유적인 발상과 사고를 통해 언어로 표현된 참신한 동시가 "바다를 끌고 온 정어리"다. 정어리가 바다를 끌고 왔다는 놀랍게 과장된 발상은 은유적으로 사물을 바라본 데서 파생된 상상의 세계이다. "정어리 통조림"이라는 시적 대상물을 보고 상상해서 언어로 통조림한 시다.

비좁고 꽉 막힌 통 속으로

바다를 끌고 온 정어리

―「정어리 통조림」 전문

19자의 짧은 언어로 "정어리 통조림" 속의 정어리가 바다를 끌고 왔다는 생각이 재미있고 과장되었으나 공감을 일으킨다. 이 시가 바로 시집을 여는 시다. 여는 시가 참신하고 호기심을 끌기 때문에 이 시집에 실려 있는 여타의 시 또한 참신성이 확실하다. 4부로 짜인 46편의 시 모두가 시적 대상을 의인적으로 접근하고 있다. 각 부의 제목만 보아도 신선하다. '산의 귀가 닳는다', '새의 문자', '졸음의 무게', '따로따로 섬이다' 들이 각 부의 표제들이다. 은유적인 신선한 시어가 참신성을 증명해준다.

졸졸졸졸
졸졸졸졸
―――――

산허리를
감아 도는
물소리에
산의 귀가
다 닳는다.

―「산의 귀」 전문

산을 인체에 비유하여 상상력을 발휘해 형상화한 물소리 듣는 산의 귀, 산의 의인화가 빚어낸 은유다. 참신하고 새롭다. 그의 시의 시적 대상은 항상 역동적이다. 움직인다.

조약돌에서
돌돌돌
소리가 난다.

수만 년
닳고 닳으며
스며든 물소리

돌돌돌
돌 속에서
흐르고 있다.

—「조약돌」 전문

　　조약돌까지 역동적으로 표현하고 있다. 무생물인 조약돌에 생명을 불어넣어 조약돌이 소리를 내고 흐르기까지 한다는 발상은 냇가에 흐르는 물만 보는 것이 아니라 그 물속에 들여다보이는 조약돌까지 흐르고 있는 생명의 역동성까지 표현한 수작이다. 박방희 시인의 눈은 예리하다. 그리고 참신한 것을 볼 줄 아는 시인다운 눈이다. 냇가에 흐르는 물만 보는 것이 아니라 보이지 않는 조약돌 속의 물 흐름까지 감지하고 볼 줄 아는 혜안을 가졌기 때문이다. 「징검돌」에서 부처님을 보기도 하고, 「목련나무」에서 구름 방을 보기도 하고, 「봄」에서 개구리가 봄 안으로 뛰어 들어가는 것을 본다. 또한 「별」에서 금단추를 보고, 「섣달」에서 늙은 감나무의 까치밥을 통해 식은 밥을 보는 눈은 시인이 아니면 지닐 수 없다. 시인의 눈은 보이지 않는 세계를 보이는 세계로 끌어내 보여준다.

　　찍찍, 찌익, 찍

이 가지 저 가지

이 나무 저 나무에서

문자를 주고받는 새들

저들끼리 눈 맞추며

고갯짓 까닥까닥

시시덕거리다가

놀러 가고

군것질하러 가고

게임하러 간다.

—「새들의 문자」 전문

　나무 위에 앉아서 놀고 있는 새들의 모습을 어린이의 세계로 그려낸 역동적인 시로 그 모습을 "새들의 문자"로 시각화해내고 있다. 이미지를 상징적으로 압축해내는 시의 참신한 제목이 눈길을 끈다. 핸드폰으로 문자를 주고받는 디지털 시대 어린이들의 모습을 나무에 앉아 있는 새들을 통해 보고 있다. 그의 시편 전반에서 참신한 은유와 의인화 표현이 담겨 있는 시적인 표현이 돋보인다. 그의 참신한 은유를 예를 든다면, 매미 허물=배냇저고리, 거미집=하늘의 입, 푸른 자=하늘을 재는 대나무, 기린의 밥상=긴 목, 기러기=하늘에 쓴 글씨 등등 모두 참신성이 돋보인다.

　뭐라 뭐라 해 쌓아도 세상에 무거운 건

　눈 위로 쏟아지는 졸음의 무게지요.

　스르르
　눈꺼풀을 닫치며

목까지

툭!

툭!

─「졸음의 무게」 전문

잠이 올 때 눈꺼풀이 감기고 고개를 꾸벅거리며 졸고 있는 상황을 "졸음의 무게"로 압축한 은유적 표현은 참신하다. 그의 시는 시의 제목 자체가 어떠한 사물과 상황을 상징적으로 표현한 은유 그 자체이다. 따라서 호기심을 유발시킨다. 도대체 무슨 시일까 궁금증을 유발시킨다. 그래서 시를 읽지 않으면 안 될 강한 흡인력으로 독자를 끌어당긴다. 상상력을 유발하는 시제로 인해 시를 스스로 읽어야겠다는 호기심을 유발시킨다. 오늘날 생각하기를 싫어하는 어린이들에게 강한 흡인력으로 생각하는 힘을 길러 줄 좋은 동시가 박방희의 동시다.

「육지에도 섬이 있다」는 호기심을 유발시킨다. 산짐승들이 이리 저리 오가지 못하게 고속도로가 생긴 오늘날의 육지 모습을 섬으로 재미있게 표현하고 있다. 오늘날 도시문명은 사람과 사람 사이의 섬을 만드는 것인지도 모른다. 사람들의 편리함을 위해 고속도로를 만들고, 각종 첨단 미디어 매체를 만들어냈지만 그로 인해 사람과 사람 사이가 섬으로 전락되고만 것인지도 모른다.

우리 앞에

가로놓인

바다도

배를

띄우면

길이 된다.

─「배」 전문

바다가 섬을 만들 듯 섬과 섬을 오고 가려면 배가 필요하다. 사람 사이의 단절을 몰고 온 바다에 배를 띄우면 길이 되듯이 동시와 어린이와 단절된 상황에서 박방희 시인이 띄운 동시라는 배를 통해 동시와 어린이가 서로 소통하는 길이 될 것이 틀림없다.

3. 나오며

그의 시는 참신하다. 새롭다. 구태의연한 동시들이 주류를 이루는 동시단에 오랜만에 좋은 동시를 볼 수 있어서 좋았다. 시적인 테크닉이 넘치고 참신한 박방희 동시는 동시가 재미없다고 식상해하는 오늘날의 어린이들에게 비타민 같은 동시다. 그의 동시는 한마디로 "참신한 이미지 연상기법을 통한 동심적 상상력의 확대"가 넘치는 동시다.『바다를 끌고 온 정어리』는 통조림 같이 동심과 단절된 어린이들에게 "동심을 끌고 온 동시"이며, "무한한 상상력을 끌고 온 동시"이다. 좋은 동시를 많이 빚어 생각하기 싫어하고 사랑과 우정이 단절된 어린이들에게 진정한 삶의 가치를 깨우쳐 주길 바란다. 박방희 시인의 무한한 상상력 비타민 동시를 통해 우리나라 어린이들이 동시의 맛과 멋을 즐길 수 있는 윤기 나는 삶을 살아가도록 했으면 하는 바람이 간절하다.

동시 속에 투영된 시간 개념과
과거 소재의 현대적 변용

이수경 동시집 『갑자기 철든 날』의 시세계

1. 들어가며

동시 속에 투영된 시간 개념은 과거 소재냐 현대의 소재냐에 따라 상이한 양상을 보인다. 대부분 동시의 경우 시인 자신의 어린 시절에서 동시의 소재를 찾아 시적인 형상화가 이루어진다. 따라서 동시 속에 과거의 시점과 현재의 시점이 공존하는 현상을 볼 수 있다. 이수경 동시집 『갑자기 철든 날』을 중심으로 동시 속에 투영된 시간 개념과 과거 소재의 동시가 어떻게 현대적으로 변용되어 나타나는가, 그리고 과거와 현재의 시간 개념 혼용현상과 더불어 과거의 소재를 현대적으로 변용하는 가장 바람직한 방법은 무엇일까 하는 문제에 대해 논의하고자 한다

2. 과거 소재에 나타난 시간 개념의 양상

시인 자신의 어린 시절을 담은 과거 소재가 오늘의 어린이들에게 정서적 공감을 획득할 수 있는가 하는 문제에 대해 우리는 심각하게 고민할

필요성이 존재한다. 나이든 동시인들의 시편에 나타난 과거 소재는 과거의 생활 모습을 담아 오늘의 어린이들에게 들려주지만 오늘의 어린이들이 동시인 자신이 갖고 있는 시적 정서에 젖어들게 하는 기술은 시인의 시적인 진정성에 바탕을 둔다고 할 수 있을 것이다. 시 속에 시적인 진정성이 녹아 있다면 과거 소재를 다루었더라도 공감할 수 있겠지만 시적인 진정성이 없다면 시대적인 시간 개념의 격차로 인해 정서적 공감력을 획득하기 어려울 것이다. 이러한 문제는 과거 조상들이 노래했던 시가에서 흔히 나타나는 현상을 볼 수 있다. 과거 시가에서는 과거의 소재를 과거의 시인의 시점에서 노래한 시들이다. 자연을 노래한 시들이 많은데 과거 시가를 현대의 독자가 읽어서 느끼는 정서적 감흥과는 간극이 벌어진다. 그 공감의 정도가 다를 것이다. 생활환경이 너무 달라서 정서적 공감 또한 다를 수밖에 없다. 시인 자신의 어린 시절에서 가져온 과거 소재는 과거의 생활 모습이 그대로 그려진다. 그러나 현재에 읽는 독자는 과거의 그러한 경험을 전혀 모르거나 하지 못한 어린이들이다. 따라서 과거의 시적 정서에 얼마나 정서적 감흥이 일어날 것인가 하는 문제에 대해서도 다각적인 실험 연구가 이루어져야 할 것이다.

나락 담그고
모판 내고
모 숨구고
들깻모 붓고
수수 모종 내고
깻모 앤기고

그러는 동안

소쩍새 솔 적다 울고

층층나무 옆에서 꾀꼬리 울고

찔레꽃 뽀얗게 피어나고

오디 따 먹은 산새들

보랏빛 오디 물똥

온 마을에 뿌리고 다닙니다.

—봄날이 갑니다.

—「우리 마을 사람들」 전문

「우리 마을 사람들」은 60년대나 70년대 전형적인 농촌과 산촌의 생활 공간체험을 담은 시이다. 1연에서 그려낸 시어까지 과거 사람들이 사용하던 방언으로 토속적인 정서를 시에 담아 과거 분위기를 그대로 젖어 들게 한다. "나락", "모 숨구고", "깻모 앤기고" 등 방언을 그대로 사용하여 과거 어린 시절 고향을 생생하게 시에 담아내고 있다. 과거 시골의 봄 풍경을 그려 놓은 서경적인 서정시다.

그의 시들은 60년대, 70년대의 시인 자신이 살았던 고향의 정서를 그대로 그려내고 있다. 과거 소재로 과거 지향의 세계로 독자들을 시간이동시킨다. 이러한 정서적 반응은 농업박물관을 관람했을 때 느끼는 정서적 분위기를 연출한다. 시인 자신의 과거의 생활환경과 정서적 분위기를 담은 시가 나쁘다는 것은 아니다. 한국적인 토속적 정신과 시골에 살아가는 어린이들에게 향토적 자긍심을 심기에는 안성맞춤일 것이다. 그러나 오늘날 대부분 도시화되어 버린 생활환경에서 살아가는 어린이들이 읽어서 시인 자신이 그려낸 시적 정서에 공감할 것인가? 하는 문제와 바람직한 현상일가? 하는 문제에 대해서는 숙고해야 할 문제라고 본다. 이러한 화두는 동시를 왜 쓰는가? 하는 근본적인 물음에 대한 해답을 찾아가는 화두로 우리들이 다같이 생각할 문제라고 본다. 우리가 시를 쓰는 것은 무엇보다도 시인 자신의 표현 욕구를 위해서다. 그와 더불어 동시의 경우는 어린이가 독자 대상이므로 어린이들이 읽어서 유익한 동시라는 유목적인 측면을 생각해 보지 않을 수 없다. 성인시라면 별 문제가 없지만 동시의 경우는 교육성을 생각해야 하기 때문이다. 이러한 심각한 문제는 우리 한국 동시단이 깊이 논의해야 할 담론이 아닐 수 없다.

그의 시는 과거 소재와 과거의 생활 환경을 생생하게 담아내고 있는, 동시로 쓴 농촌박물관이다. 과거 생활 공간에서 살아온 사람들의 생생한 모습을 찾아보면 다음과 같다.

「쉬는 시간」에서 밭일 갔다가 소낙비를 맞아 비를 피하는 풍속의 한 장면이다. "빗소리 들으며/국수 말아 먹고"의 비가 왔을 때의 농촌 사람들의 생활 모습이 생생하다.「장맛비」에서 장맛비가 내릴 때 "날개 젖은 참새도/창가에 와 앉습니다."라고 교실 창가에 날아온 참새를 통해 과거 시골학교의 정경을 그리고 있다. 여기에서 시점의 오류가 나타난다. 우리나라 장맛비는 7, 8월이다. 그런데 이 시에서는 "라일락 향기 흑— 날아옵니다."라고 그려내고 있다. 라일락은 개화시기가 4, 5월이다. 시점의 불일치 현상이 나타난다.「산이 되는 시간」은 산골 어린이가 윗마을에 놀러 갔다가 소낙비를 만나 호박잎 우산을 쓰고 실개울에서 놀다가 산딸기도 따먹는 등 산골의 생생한 모습을 담아냈다. 마치 생태체험학습장을 방불케하는 동시이다.「낮잠」 또한 시골 생활 체험이 생생하게 그려진다. "아버지 톱 소리 들으며/막둥이와/막둥이 자리 뺏긴/넷째가/소록소록 잠듭니다."라는 표현은 시골 어린이들의 생활체험을 생생하게 담아내고 있다.「황소 한 마리 먹기」에서는 상추쌈의 체험을 과장법으로 유머러스하게 표현한다. "밭에서 일하고 온 할무이/암시랑토 않게/황소 한 마리 묵는다"라는 달팽이를 황소로 유추하여 유머스럽게 표현한 과거 시점의 생활 경험을 담아내고 있다. 「마중」 역시 시골의 생활 모습을 담아내고 있다. "할머니랑/깨 밭에/깻잎 뜯으러 갑니다."로 시작하여 각종 곤충을 만나는 자연과 인간이 조화롭게 어울려진 생태환경을 담아내고 있다.

많은 시가 시인 자신이 살았던 어린 시절 시골 생활을 생생하게 그려내 같은 시대를 살아왔던 50대, 60대의 어른에게는 정서적으로 공감을 유발하는 시편들이다. 어린이를 위하는 시라기보다는 어른들이 읽기에 좋은 동시들이다.

몇 편의 시에서는 도시 어린이의 생활 체험을 담은 시도 보인다. 현대의 도시 어린이라기보다는 60년대, 70년대 어린이들의 생활을 담은 시가 「여름밤과 축구를」이다.

골목에서
우르르
공 차는데
모기 물렸다.

"앗 따가워!"
"간지러워."

그러면서도
집에 안 간다.

"야, 패스! 패스!"
"아! 간지러워."

벅벅
긁으면서
공을 찬다.

여름밤을 찬다.

―「여름밤과 축구」 전문

　여름밤 도시 어린이들이 어울려 축구하는 생활 모습을 생생하게 그려
내고 있다. 모기에 물리면서 축구를 하는 모습에서 과거 시대의 건강한
도시 어린이들이 생생하다. 이 시는 농촌에서 도시로 공간이 이동되었
는데, 다음 몇 편의 시들은 시인 자신의 어린 시절 소재가 아니라 오늘
날 시골 어린이의 생활을 담아내고 있다. 과거에서 현재 시점으로 소재
가 변화됨을 알 수 있다.

중간고사 준비하는 동안

쑥부쟁이 지나갔습니다.
꽃향유도 지나갔습니다.
개여뀌도 지나갔습니다.

문제집 푸느라 바빠
공부방 가느라 바빠

본 척도 못했습니다.
가을이 지나갔습니다.

―「본 척도 못한 가을」 전문

현재 어린이들의 생활 모습이다. 「내 자식인가 해서」에서도 명절날만 되면 자식들이 오기를 기다리는 오늘날의 시골 할머니들의 생활 모습을 담아내고 있고, 「우리를 일으키는 말」, 「하나도 안 춥다」에서도 오늘날 시골 어린이들의 생활 모습이다.

3. 마무리

이수경 동시집 『갑자기 철든 날』은 시인 자신의 어린 날 체험을 소재로 향토적 정서가 물씬 풍기는 과거 6, 70년대의 생생한 생활 체험을 그려낸 민속박물관 같은 동시들이다. 한국적인 정서를 오늘의 어린이들에게 들려주려는 민속동시집으로 시적인 감흥을 자아낸다. "동시 속에 투영된 시간 개념과 과거 소재의 현대적 변용"에 대해 우리 동시인들이 이수경 동시집을 통해 다같이 생각해 보아야 할 문제를 제기해 보았다. 과거 소재의 동시를 동심적인 시각과 시적인 재치로 재미있게 형상화한 이수경 시인의 동시집은 민속동시로 의의와 가치가 있다고 본다. 그러나 이 문제는 "우리들이 동시를 왜 쓰는가?" 하는 문제와 더불어 앞으로 숙고해 보아야 할 화두일 것이다.

참신한 시각으로 상상력을 자극하는 동심의 세계

추필숙 동시집 『새들도 번지점프 한다』의 시세계

1. 프롤로그

추필숙의 동시집 『새들도 번지점프한다』는 시집의 제목이 암시하듯이 역동적인 시각으로 재치가 넘치는 동심을 담아내고 있다. 기존의 구태의연한 동시와는 전혀 다른 역동성이 돋보인다. 짧은 호흡으로 기발한 재치가 넘친다. 참신하다. 동시의 요건인 간결성, 참신성, 전달성 등을 갖춘 참신함에 높은 평가를 하고 싶다. 그의 동시가 상상력을 촉발하는 기폭제는 되고 있으나 무한한 상상력으로의 연결이 되는가 하는 문제에 대해선 깊이 생각해 보아야 할 과제인 것 같다. 동심은 어린이의 마음이다. 신선한 자극으로 동심을 자극하기는 하나 그의 동시를 읽고 나서 재치는 있으나 울림이나 여운이 남지 않는단 말이다. 이 말은 동심이 어린이의 가슴에 육화되지 않았다는 것을 의미한다. 다시 말해서 가슴으로 쓴 동시가 아니라 머리로 쓴 동시라는 인상을 지울 수 없는 것을 지적해 두고 싶다. 동심의 본질을 꿰뚫고 어린이들의 삶과 밀착된 동심을 형상화한 동시가 좋은 동시라고 볼 때 피상적인 동심을 자극한다고 하여 좋은 동시로 자리 잡기는 어려울 것이다.

1980년대 우리나라도 동심 천사주의적 동시가 주류를 이루어 동심과 시심의 조화를 이루지 못한 동시단에 시성의 회복을 위한 운동으로 시적인 기법 위주의 동시가 잘 쓴 동시처럼 대세를 이룬 적이 있었다. 시적인 격상을 가져오기는 했지만 동심의 본질을 잃어버린 결과를 초래하기도 했다. 동시가 시이어야 한다는 당연한 논리임에도 동시의 시적인 언발란스 때문에 시적인 논리가 전개되었다는 것은 참으로 안타까운 일이었다. 평론의 부재가 낳은 결과이기도 하지만 평론의 대상이 되지 못할 작품을 추겨 세우는 주례사 비평의 대세를 이룬 결과이기도 하다. 지금도 이러한 현상은 지속적으로 잡지의 월평이나 계평, 시집의 발문에서 이어지고 있지만 결국 그 비평의 독자는 시인 혼자라는 웃지 못할 신파극이 전개되고 있는 것이 오늘의 문단 풍토이다. 주례사 비평을 하는 비평가는 안목보다는 우쭐한 자존심의 표현일 뿐이고, 그 대상이 되는 시인은 정말 자신의 작품 세계나 방향을 알지 못하고 추겨 세우는 비평에 흡족해하는 비평 풍토가 문제일 수밖에 없다. 그저 감상문에 지나지 않는 비평이 비평일 수 없다. 시인의 작품에 대한 바른 지적과 방향 제시 등 계도적 기능을 잃어버린 무비판적인 주례사 비평은 문단의 고질적인 병폐로 지탄을 받아야 마땅하다.

이러한 비평 풍토의 문제가 발표 매체와 밀접한 관련을 갖고 있고 문단 권력으로 작용하기 때문에 빚어진 현상이지만 오늘날과 같이 개방된 첨단 미디어 시스템에서는 주례사 비평도 마땅히 비판의 대상이 될 수밖에 없을 것이다.

비평의 대상이 되지 못할 작품은 일체 비평에서 언급하지 않아야 함에도 언급하여 비판하면 비평가는 구설수에 오르기 마련이다. 경제적인 풍요로 시집 내기가 쉬워진 상황에서 문학의 본질적인 가치보다는 명리적인 가치에 급급하여 시집 내기를 쉽게 생각한 습작 문인들도 시집 한 권씩은 발간하고 거창한 문학단체 직함이 너저분한 이력서 같은 시집이판을 치는 세태에서 어떤 시가 좋은 시인지 독자들을 황당하게 만들고 있는 상황이다. 이런 상황에서 정말 기존 시단에서 볼 수 없는 보기 드문 역동적이고 재치 발랄한 시집 『새들도 번지점프 한다』를 받고 번지점프하는 용기로 동시단에 신선한 자극을 주고 싶어 평필을 들었다.

추필숙 시인의 동시는 소네트나 하이쿠 같은 짧은 형식의 간결성에 동심을 표현한 좋은 시다. 어린이들에게 재치와 역동적인 신선한 감각을 자극하여 상상력을 촉발시키기에 필요충분조건을 갖춘 시집이기 때문이다. 근래에 이런 좋은 시집을 받아보고 감동을 받았다. 본래 제도권의 평필을 일부러 들지 않는 필자이기에 시집을 보내오는 시인도 적지만 일부러 보내준 필자와 좋은 동시를 읽게 된 보답으로 그의 동시집에 담긴 그의 시세계를 살펴보기로 한다.

2. 역동적인 시각과 재치가 넘치는 동심의 세계

추필숙 시인의 재치는 일상적인 사물을 바라보는 시각이 독특하고 참신하다. "참 그렇구나" 하고 무릎을 칠 정도로 재치가 번뜩인다. 그만큼 시적인 감각이 예민하고 표현력이 우수하다는 뜻이다.

마이크처럼
가만히 입에 대고

노래 한 곡
부르고 싶다.

—「들꽃 한 다발」 전문

2연 4행, 21자의 짧은 언어에 "들꽃 한 다발"의 속성과 느낌과 시인의 독특한 감각을 표현해내고 있다. "들꽃 한 다발"을 든 소년소녀의 흡족해하는 모습과 감동적인 미감을 형상화해낸 솜씨는 그의 시적인 탁월한 감각과 재치를 역동적으로 보여준다. 시적인 감동은 시를 읽는 순간 독자에게 바로 전달되어 신선한 자극제로 작용한다. 동시의 묘미가 바로 이것이다 할 정도로 동시의 간결미와 압축미가 돋보인다. 이미지가 선명하다. 그리고 시인의 감정이 뚜렷하게 전달된다. 그의 시의 장점은 바로 간결한 이미지와 이미지가 주는 신선한 충격이다. 참새들이 번지점프를 한다는 발상 자체가 독특하고 신선하다. 이만큼 탁월한 재치와 시적 감수성을 가진 동시인의 시집을 읽게 된 것은 기쁨이 아닐 수 없다.

째
애
액!

참새들
번지점프 한다.

날개는 작아도
겁쟁이는 아냐,
외치면서.

—「새들도 번지점프 한다」 전문

첫 연의 "째/애/액!"의 행가름만 봐도 예사롭지 않다. 번지 점프하는 이미지를 연상하게 하는 행의 배열 그리고 참새의 소리의 표현은 시적인 재치가 돋보이는 표현이다. 이만큼의 시적 감각을 지녔다면 오랜 습작을 거친 피나는 노력과 탁월한 시적인 자질을 겸비한 시인임에 틀림 없다. 간결한 이미지는 물론 1연에 대한 이유를 3연에서 간결하게 "겁 쟁이 아냐"라고 밝히는 데서 번지점프의 호기심과 체험을 해보고 싶은 충동을 자극하기에 충분하다. 이는 동시의 교육적 목적을 충분히 달성 한 셈이다. 어린이들에게 번지점프라는 이색적인 체험을 참새를 통해 연상하여 표현함으로써 번지점프에 대한 이해를 촉발시키고 있다. 동시 는 교육적 목적이 의도적으로 담기지 않게 간접적으로 호기심과 충동을 자극해야 한다는 창작 방법의 시범을 보여준다. 시적인 감각과 동심이 조화를 이룬 "역동적인 시각과 재치가 넘치는 동심의 세계"를 보여준다. 이런 재치는 시의 전체 흐름으로 작용하고 있다. 고무줄처럼 매우 탄력 적이다. 「모순」, 「고무줄 같은 하루」 같은 동시에서 현실적인 사건이나 시간의 개념도 도덕 점수와 고무줄이라는 구체적인 사물로 형상화해내 는 재치가 놀랍다. 「기념 촬영」에서 경복궁을 "여덟팔자 지붕 꼬리가, 에헴!" 하는 표현이랄지 "꽃샘추위"를 감기 걸린 사람에 비유하여 "에- 취/에-취"하는 표현 등 역동적인 표현은 생기발랄한 동심의 특성을 시 에 담아내고 있기 때문에 시 한편 한편이 다 재미를 가져다 준다. 그의 시들의 전체적인 흐름이 이런 역동적인 재치와 생기발랄한 동심으로 이 러진다. 책의 끝 부분에 덧붙인 전병호 시인은 "동심의 눈으로 보는 것 이 곧 고정관념을 깨는 것이고 사물과 세상을 새롭게 본다는 것"이라고 그의 참신한 시각에 대해 이야기하고 있다. 그렇다. 그는 사물의 고정관 념을 과감하게 깨부수는 동심적인 재치가 번뜩이는 시인이다.

3. 일상생활의 참신한 시적 형상화

어린이들의 생활을 동시에 담는 생활동시의 맹점은 진부하게 어린이 생활만을 그대로 그리다 보니 어린이가 쓴 시인지 성인이 쓴 시인지 구별이 모호한 동시 아닌 동시로 전락되는 것이 일반적이다. 어린이가 쓴 시는 대부분 생활동시가 주류를 이룬다. 어린이 생활을 동시로 형상화한다는 것은 그만큼 시적인 감각을 바탕으로 하지 않고서는 성공하기가 어렵다. 그런데 추필숙 시인은 어린이의 생활을 담았는데도 그런 진부한 느낌이 전혀 없다. 이는 동심의 눈높이로 동심을 재미있게 접근한 탁월한 재치 때문이다.

현우가 한아름 들고 와
할머니 책 읽어 줘요, 했지.
이제는
할머니가 휴대폰 내밀며
현우야 문자 읽어 줘, 하지

—「이제는」전문

현우와 할머니가 서로 상황이 전도가 된 상황을 표현한 시다. 그러나 진부한 느낌이 없이 어린이들에게 공감을 주고 있다. 「할머니 말벗」에서 알약이 "할머니 말벗"이 된다는 상황, 「더블클릭」에서 현실공간을 가상공간으로 표현하는 재치랄지, 「둘이서」에서 할아버지와 누렁소의 유사점을 참신하게 대비시켜 "오물오물 쌀밥/우물우물 여물"로 비유하는 참신함, 「두더지 잡기」에서 두더지가 사라지는 상황을 학원을 빼 먹은 상황과의 비교 등 적절한 상황의 비유가 어린이들에게 공감을 주는 요인으로 작용한다. 그는 어린이의 생활 자체를 시적인 감수성과 동심이라는 앵글로 조화시키는 탁월한 재능을 보인다. 어린이의 생활뿐만 아니라 자연물도 동심적인 여과장치로 재치를 발휘하고 있다.

진흙 속에서
숨 쉬기 힘들지?

괜찮아
난,

습습습습습

콧구멍이
이렇게나 많은걸.

—「연뿌리」 전문

  연뿌리가 살고 있는 환경과 그 모습을 사람과 견주는 의인화의 표현
이 신선하게 클로즈업된다. 참신함, 그 자체이다. 자연 환경도 어린이들
의 생활로 묘사하는 동심의 눈이 고정관념을 깨는 참신함으로 작용하고
있다. 이처럼 자연물의 시각적 표현을 통해 동심에 밀착된 동시를 창작
하는 것이 그의 두 번째 좋은 특징이다.

  일하는 줄 알았더니
  기차놀이 중인가 봐!

  어쩌면
  일도 놀이처럼 하는 걸까?

  풀밭 지나
  굴 속으로 사라지는

개미기차.

개미를 유심히 관찰한 모습을 "개미 기차"로 비유하고 있다. 기차놀이를 하고 있다는 동심적인 발상이 지극히 자연스럽다. 그의 시는 억지스러운 은유가 없다. 아주 적절한 상황과 이미지로 은유되어 공감의 폭을 확산하고 있다.

4. 에필로그

추필숙 시인의 시는 교과서적인 동시이다. 그만큼 흠이 없고 완벽하다. 그리고 어린이들에게 상상력을 촉발시킬 수 있는 도화선으로 작용하는 참신한 시들이다. 그의 시세계를 요약하면, 첫째, 역동적인 시각과 재치가 넘치는 동심을 보여준다는 점을 들 수 있다. 둘째, 어린이들의 일상생활을 참신하게 시적으로 형상화시킨다는 점을 들 수 있겠다.

그의 탁월한 시적 재치와 순발력, 동심적인 시각으로 동심을 육화시키는 시적인 흡인력은 그만이 가진 장기가 아닐 수 없다. 상상력을 촉발시키고 이어서 연결할 수 있는 상상력을 증폭할 수 있는 기능이 보태진다면 더욱 좋은 시로 한국동시단의 새로운 자리를 잡을 수 있으리라 기대된다.

일상 속 동심의 시적 형상화

신복순 동시집 『고등어야, 미안해』의 시세계

1. 평범한 일상 속 동심을 캐내는 비범한 시선

신복순 시인은 평범한 어린이들의 일상 속에서 아름다운 동심의 진주를 캐내는 비범한 눈을 가진 시인이다. 그냥 대수롭지 않게 지나칠 수도 있는 일상적인 소재에서 남이 발견하지 못한 것을 발견해낸다. 따라서 어린이들이 "동시란 어려운 것이 아니라 이렇게 재미있는 것이구나." 하고 동시의 세계로 빨려 들어가게 한다. 이러한 흡인력은 신복순 시인이 동심을 꿰뚫는 혜안을 가졌기에 가능하다. 좋은 시란 기발한 기교가 아니라 단순하면서도 순수한 동심을 담아낸 재미있는 시일 것이다. 그의 시는 동심과 밀착된 좋은 시다. 평범한 일상 속에서 아름다운 동심을 발견해내는 비범한 시선은 동시인이 갖추어야 할 기본 자질일 것이다. 그는 동시의 본질에 밀착된, 그래서 쉽게 이해되는 시를 쓰는 시인이다. 그의 동시집 『고등어야, 미안해』의 시세계를 살펴보기로 한다.

2. 생명존중의식을 담은 따뜻한 동심의 세계

신복순 시인의 동시 「고등어야. 미안해」는 지나치리만큼 생명존중의식을 담은 시다. 지구상의 생물은 먹이사슬로 얽혀져 있다. 먹고 먹히는 관계 속에서 생태계가 균형을 이루어간다. 사람들이 고등어를 식탁에 올리는 일은 당연한 일이다. 그 당연한 일임에도 불구하고 그냥 받아들이지 않고 그 고마움을 알아야 한다는 생명존중의식을 강하게 표현하고 있다. 우리들의 생활에 필요한 의식주 자체가 자연 속에서 얻어진다. 즉 다른 생명체가 희생됨으로써 우리들이 생존하게 된다. 우리는 이러한 현상을 당연한 일로 받아들이고 있다. 인간들만의 풍요를 위해 필요 이상의 생명체를 희생시킴으로써 생태계의 균형이 깨져 여러 가지 환경문제의 심각성이 대두되고 있는 것이 어제 오늘의 문제가 아니다. 인간중심의 생태주의가 빚어낸 현상이다. 그러나 최근 지구촌에서 살아가는 모든 생명체가 똑같이 생존해 나가야 한다는 생태중심주의로 패러다임의 변화가 요구되고 있다.

미래지구촌 사회가 자연과 더불어 조화를 이루면서 살아가기 위해서는 생태환경의식은 매우 중요한 화두일 것이다. 그는 평범한 우리 가정들의 식탁에 오른 고등어 한 마리에 대해 사과하는 생명존중의식을 지니고 있다. 우리의 생활 속에서 소비하는 작은 물건이라도 자연에서 나온 것이므로 고맙게 생각하는 마음을 갖는다면 자연환경이 파괴되지 않고 생태계가 균형을 이루는 생태사회가 될 것은 자명한 사실이다.

식탁에 오른
등 푸른 고등어

불쌍하다.

고등어는 바다에서
나오고 싶었을까?

친구들과 놀다가
붙들린 건 아닐까?

왠지 미안해,
고등어에게 사과했다.

―「고등어야, 미안해」 전문

　"친구들과 놀다가/붙들린 건 아닐까?"에서 어린이들이 자유스럽게 뛰놀지 못하고 학원을 전전하며 꽉 짜여진 틀에서 살아가야 하는 답답한 경쟁사회의 단면을 희화화하는 중의적인 표현이 돋보인다. 오늘날 어린이들이 자연과 뛰놀지 못하고 사육되어야 하는 경쟁사회는 어린이들의 생기발랄한 자람을 정서의 죽음으로 몰아간다. 다소 풍자적이기도 하지만 일상 속의 일을 일상으로 보지 않고 깊이 들여다보게 하는 시적 장치는 오늘날 사고 기능이 마비되어 생각하기를 싫어하는 아이들에게 어떻게 살아야 참삶을 살아가는 것인가? 하는 문제의식을 던져준다. 따라서 "왠지 미안해,/고등어에게 사과했다."로 끝을 맺는다. 우리가 날마다 식탁에 오른 음식 하나하나에 고마움을 아는 것은 자연에 대한 사랑을 가르치는 일이다. 자연에 대한 고마움을 아는 어린이는 자연을 함부로 파괴하지 않는다. 자연과 더불어 살아가는 따뜻한 인간으로 성장할 것이다. 동심적인 시각으로 생명존중의식을 담은 「고등어야, 미안해」는 평범 속에서 값진 진리를 일깨워주는 좋은 시다. 이러한 생명에 대한 사랑을 담기 때문에 그의 시는 따뜻하다.

어머님은
너무 하셔!

투덜거리던 엄마,
많이 아파
입원한 할머니가 걱정돼
날마다 병원에 가신다.

병으로 약해진
할머니를 간호하며

마음 약해진 엄마,

무서운 병 앞에서
두 사람은
결국 한편이 된다.

—「엄마와 할머니」전문

　병원에 입원한 할머니를 위해 정성을 다하시는 어머니의 모습을 생생하게 그려냈다. 꾸밈없이 평소에는 할머니에 대해 투덜거리시던 어머니께서 할머니가 입원하시자 할머니를 위해 정성을 다하는 가족 사랑을 리얼하게 담은 시다. 어머니의 생명존중의식의 실천을 통해 어린이들이 효를 배우게 된다. 효라는 중후한 주제를 자연스럽게 그려낸 동시로 감동을 준다. 그의 시는 모두가 자연에 대한 따뜻한 애정을 바탕으로 하고 있다. 그래서 정감이 가고 끌림이 있다. 억지스럽지 않다. 동시에서 바로 주제의식을 노출해버리면 공감력이 떨어지게 된다. 그의 시는 주제의식이 표면으로 노출되지 않고 시적인 정서에 용해되어 흐른다. 자연에 대한 따뜻한 시선을 담은 시는「경고등」,「투덜대는 봄비」,「포도나무」,「장한 양파」,「개구리」,「콩나물」등등 그의 시의 대부분이 그렇다.

창가에 서 있는
산수유 한 그루

해마다
꽃을 피워
소식을 전한다.

나는
잘 지내고 있으니
걱정하지 말라고

—「산수유」전문

자연과 인간의 아름다운 교감을 담아내고 있다. 이러한 교감은 자연과 인간이 조화를 이룰 때 가능해진다. 그는 자연을 어린이들의 생활로 묘사하는 평범 속의 비범한 눈으로 동심을 노래한다.

그의 자연에 대한 사랑과 생태환경보전의식은 동시가 지향해야 할 화두를 던져주고 있다. 지구촌 가족들이 인류의 생존과 미래사회의 생명을 위해 생명존중사상을 실천해야 할 것이다.

비가 너무
오지 않아

꽃밭에 물을 줬다.
시들은 채송화가 다시 피고
붓꽃이 살아났다.

목 타는 살구나무
메마른 앵두나무에도
물을 줬다.

지금 난,
지구 한 구석을
열심히 살리고 있다.

―「살리기」 전문

생명을 살리기 위해 꽃밭에 물을 주는 환경지킴이야 말로 진정한 생명존중의식의 실천이다. 말로만 떠들어대고 실천하지 않는다면 아무런 변화를 가져올 수 없다. 작은 생명을 보존하기 위해, "살리기" 위해 실천하는 행동이야말로 지구촌의 생태환경을 보전하는 길일 것이다.

3. 마무리

신복순 시인은 평범한 일상 속에서 아름다운 동심을 발견해내는 비범한 눈을 가진 시인이다. 자연과 인간이 조화롭게 어울려 살아가는 생태사회를 지향하는 좋은 시들이다. 동심적인 시각으로 재미있게 풀어나가는 점에서 동시의 재미성을 확보하고 있으며, 공감력을 얻고 있다. 각부의 제목부터 모두 동심적이다.「투덜대는 봄비」에서 자연에게 동심을 부여해 투덜댄다고 하는 표현이랄지, 「밥은 먹었니?」에서 타인에 대한 사랑과 관심, 「마음이 얼굴에게」에서 마음은 얼굴로 표현된다는 진리, 「괜찮은 아이」에서 친구에 대한 긍정적인 마인드의 표현 등등 모두 자연과 인간을 사랑하는 마음이 담겨 있다. 좋은 동시는 따뜻한 사랑이 담긴 시이다. 생명존중의식을 바탕으로 평범한 일상 세계를 동심의 앵글로 맞춰 표현한 그의 시적 재능은 동시인으로서의 좋은 자질이며, 많은 동시인들에게 "동시는 왜 쓰는가?" 하는 화두에 대한 경종을 울리는 시들이다.

간결한 동심의 삽화

김갑제 동시집 『날고 싶은 꽃』의 시세계

1. 머리말

김갑제 시인의 시는 간결하다. 군더더기가 없다. 그만큼 잘 정제된 결정체의 시들이다. 동시는 특성을 잘 살린 간결한 삽화 같은 시다. 간결한 삽화를 통해 사물을 새롭게 보는 은유적인 사고를 키워주기에 좋은 시들이다. 동시는 복잡한 사유를 여과하여 단순명쾌하게 이미지를 형상화해야 좋은 동시로서의 가치를 획득한다. 그의 시는 좋은 동시의 요건을 갖춘 시다. 그는 시 창작의 토대를 이루는 정신적인 이미지와 비유적인 이미지를 간결하게 형상화해낸다. 그만큼 시적 재능과 언어를 압축해내는 언어의 연금술을 구사하는 시인이다. 그의 동시집 『날고 싶은 꽃』의 시세계를 살펴보기로 한다.

2. 간결한 동심의 삽화

동심이란 어린이의 마음이다. 어린이 마음처럼 순수한 마음을 의미한다. 따라서 동심을 천심이라고 한다. 동심의 특징은 호기심이 많다는 것을 들 수 있다. 그리고 항상 새로운 것을 추구하는 참신함을 지니고 있다. 또 상상력을 들 수 있다. 이러한 동심의 특성이 표출되어야 좋은 시이다. 이러한 동심의 특성을 잘 살린 간결한 삽화 같은 동시를 창작하는 시인이 바로 김갑제 시인이다. 그의 시에서는 어느 한편이라도 느슨하거나 구태의연한 표현이 없다. 그만큼 언어의 연금술적인 압축과 단련에 의해 창작된 시들이라는 것이다.

> 아린 가슴으로
> 꽃을 피웠다.
>
> 어머니의 사랑
> 하얀 싸리꽃.
>
> 가지마다 송이송이
> 바람에 흔들리고
>
> 흔들리며 내뿜는
> 어머니의 향기.
>
> ―「싸리꽃」 전문

간결하게 이미지를 단순화시켰다. 싸리꽃을 "어머니의 사랑"으로 보고, 싸리꽃이 바람에 흔들리면 "어머니의 향기"가 퍼진다는 간결한 이미지로 형상화해 낸 시다. 1연에서 무수하게 많은 꽃들을 피우는 싸리꽃에 자식을 위해 수많은 걱정과 아픔을 인내하며 사랑으로 꽃 피우는 어머니의 이미지를 대입해 "아린 가슴으로/꽃을 피웠다."고 전제하고 있다.

그래서 더욱 그윽한 향기를 내뿜는다는 간결한 상상력이 돋보인다.

날개가 아닌 걸 알면서
날지 못하는 걸 알면서
쉬지 않고 하늘거린다.

나비처럼
날고 싶은 꽃.

팬지꽃이
나비가 되어
꽃대궁에 앉았다.

—「날고 싶은 꽃」전문

    팬지꽃잎이 바람에 흔들리는 모습을 나비가 되어 "날고 싶은 꽃"으로 유추해내는 그의 시적 탁월한 재능을 보인 시다. 이처럼 좋은 동시라는 것은 동심의 특성을 잘 파악하는 시다. 복잡한 것을 단순하게, 원거리를 근거리로 끌어오는 것 등이 최적의 동심 접근법이다. 그는 이러한 간단한 원리를 염두에 두고 사물에서 남이 발견하지 못한 것을 가깝게 끌어낸다. 동시인은 일상적인 사물에서 새로운 것을 끌어와 독창적인 시로 형상화해내는 재능이 있어야 좋은 동시를 빚어낼 수 있는 것이다. 보이는 사물을 미사여구를 사용해 형용하고 설명하는 것은 동시가 아니다. 보이지 않는 세계를 구체적으로 보일 수 있는 사물로 유추하여 형상화해내는 시인이 시적 재능이 있는 시인이다. 그는 누구나 지나치기 쉬운 팬지꽃을 "날고 싶은 나비"로 은유하여 어린이들의 상상력을 촉발하게 한다. 시적 대상인 팬지꽃에 감정이입함으로써 동심의 특징을 잘 형상화해내고 있다.

그는 동시를 통해 나비처럼 상상의 날개를 펴고 날고 싶은 것이다. 뿐만 아니라 어린이들이 동시를 읽음으로써 사물을 새롭게 보고 상상의 세계를 유영하기를 바라고 있다. 그리고 동시의 바람을 일으키는 "향기를 터는 바람"이기를 희망하는 시인이다.

쏟아지는 햇살이
너무 뜨거워

이팝나무 꽃 이삭도
참을 수 없나 봐요.

―팝!
―팝!
―팝!

가지마다
팝콘을 튀겨요.

―「이팝나무」 전문

이팝나무의 언어에서 오는 음운적인 특성을 잘 파악하고 있다. "아팝"의 "팝"을 "팝!"과 "팝콘"으로 음론론적인 응결장치를 활용하여 완벽한 텍스트로서의 시를 창작해내고 있다. 언어의 음운적 응결성을 활용하여 이팝나무의 이미지를 활성화시켜 상상력을 증폭해내는 언어의 연금술적인 면모를 보인다.

첫눈 내린 아침에
누가 먼 길을 떠났을까?

점점이 멀어진
하얀 발자국.
얼마나 외로웠으면
점만 찍고 갔을까?

동구 밖
저 끝까지 남겨 놓은
말줄임표.

ー「발자국」 전문

C.D 루이스가 말한 "시는 언어로 그린 그림"이라는 말이 그대로 보여 준 시이며, 엘리엇의 객관적 상관물을 잘 대변하는 시이다. 첫눈이 내린 아침에 눈 위의 발자국을 보고 형상화해낸 시다. 발자국을 보고 호기심과 궁금증이 생기는 동심적인 순수한 마음을 "얼마나 외로웠으면/점만 찍고 갔을까?" 하고 객관적인 상관물로 형상화해내고 있다. 이처럼 시 한 편을 통해 독자에게 상상력과 여운을 남기는 시가 울림이 있는 시이다. 단순한 그림에 머무르지 않고 울림까지 주는 「발자국」, 동시의 특징을 잘 살린 교과서 같은 동시이다. 자칫 현대시가 음악적인 요소보다 회화적인 요소를 중시하는 경향으로 인해 난해하기까지 하여 독자의 공감대를 형성하는 데 문제를 내포하고 있지만, 그의 시는 현대시의 기법인 회화적인 표현으로 감정이입하여 울림을 준다.

꽃이 되어

네 맘속에 피고 싶을 걸
어쩌면 좋지?

별이 되어
네 눈에 반짝이고 싶은 걸
어쩌면 좋지?

달이 되어
너의 밤길 비추고 싶은 걸
어쩌면 좋지?

—「어쩌면 좋지?」전문

자연과 인간이 일체화되고 싶은 소망을 담고 있다. 꽃과 별과 달을 아름답게 보고 몰아일체를 빚어내는 동심의 세계를 지향한다. 이것이 바로 김갑제 시인이 추구하는 동심의 세계다. 그는 자연과 동심이 함께 어울리는 이상적인 세계를 꿈꾸고 있다. 「아버지」에서 형상화한 생명에 대한 경외심, 「입맛」에서 형상화한 엄마의 가족사랑 등 생활 소재의 동시들도 모두 따뜻한 인간애를 바탕으로 정서적 교감을 느끼게 하는 시로 쓴 그림들이다.

3. 마무리

그는 시는 동심을 간결하게 표현한 삽화 같은 시다. 그러면서도 뭉클한 감동과 상상력을 촉발하게 한다. 시를 창작하는 노련한 재치와 일상적인 것에서 새로운 것을 발견해내는 눈, 동심을 육화시킨 시적인 표현은 타고난 시적 재능은 물론 오랜 시작 활동을 거친 시인만이 가능한 일이다. 자연과 생활의 시적 대상을 따뜻한 눈으로 바라보고 주관을 객관화해 빚어낸 그의 동시집 『날고 싶은 꽃』은 우리 어린이들을 정말로 날고 싶게 하는 동시들로 엮어 놓은 좋은 시집이다. 간결한 스케치로 무한한 상상력까지 담아낸 그의 그림 같은 좋은 동시를 통해 우리나라 어린이들이 나비처럼 훨훨 아름다움을 찾아서 상상의 날개를 펴고 동심의 세계에서 마음껏 날을 것이라 확신한다.

일상적인 삶의 생각꼬리 스케치

정진아 동시집 『힘내라 참외 싹』의 시세계

1. 들어가는 말

정진아 동시집 『힘내라 참외 싹』은 5부로 구성된 시집이다. 제1부에서 제3부까지는 각각 13편씩 39편, 제4부~제5부는 각각 12편씩 24편, 총63편의 일상적인 생활 속에서 겪은 소재를 동심의 눈으로 평이하고 너무 자연스럽게 표현한 동시들이다. 어찌 보면 너무 자연스러워 평범하다. 그런 일성적인 소재를 너무 자연스럽게 자동기술적으로 표현하고 있다. 시적인 테크닉이나 상상력을 유발할 입체적인 짜임이 아니라 평면적인 구성으로 자연스럽게 동심을 표현하고 있다. 일상적인 삶의 생각꼬리를 누에고치에서 실이 풀려나오듯이 자연스럽게 표현한 정진아 동시집 『힘내라 참외 싹』의 시세계를 자연스럽게 따라가며 살펴보기로 한다.

2. 일상적인 삶의 생각꼬리 스케치

1) 시인 자신의 어린 시절 체험 이야기 들려주기

「장마 첫날」은 시인 자신의 어린 시절 체험 이야기를 재미있게 풀어내고 있다. 1연의 학교 등굣길 엄마 말씀을 듣지 않고 "청개구리처럼 집을 나선 날"의 상황 설정과 학교가 끝나고 집으로 돌아오는 길에 비를 맞고 "청개구리 되어 뛰어다녔다/촐싹촐싹 까르르르."의 전개, "된통 감기에 걸려" 고생할 때 "이불 속에/나와 함께 누운 따듯한 물주머니"의 절정, 그리고 물주머니가 "엄마 되어/따사롭게 날 안아"주고, "토닥토닥 날 잠 재웠다."라는 결말로 기승전결이 완벽하게 갖추어진 전통적인 작시법과 재치있는 발상이 돋보인다.

　　—우산 챙겨 가.
　　엄마 말 흘려듣고
　　청개구리처럼 집을 나선 날.

　　수업 끝나 집에 오려는데
　　주룩주룩 쏟아지는 빗속에서
　　청개구리 되어 뛰어다녔다
　　촐싹촐싹 까르르르.

　　된통 감기에 걸려
　　에춰 재채기, 덜덜 추위로
　　빗속 풀나방처럼 맥을 못 출 때.

이불 속에
나와 함께 누운 따듯한 물주머니.

엄마 되어
따사롭게 날 안아 줬다
엄마 되어
토닥토닥 날 잠재웠다.

—「장마 첫날」 전문

　어린 시절 "장마 첫날" 비를 맞아 감기에 걸린 체험을 유머스럽게 그려냈고 있다. 「풋앵두」에서는 풋앵두를 따먹은 엄마의 "시금털털 어린 맛이야."라는 경험담에 아랑곳하지 않고 따먹고, "에퉤퉤퉤!" 뱉아내며 시금털털 아린 맛을 체험했던 경험담을 이야기하고 있다. 정진아 시인은 자신의 어린 시절 이야기를 꾸밈없이 술술 풀어서 어린이다운 천진난만한 순수한 동심을 자연스럽게 담아내고 있다.

　강가 모래밭 걷다가
　멈췄다.

　새끼손톱만 한 떡잎을
　굳건히 밀어 올린
　싹
　하나에

　—엄마, 새싹이야.
　—참외 싹이네.

모래톱에서
잘 자랄 수 있을까?

두둑두둑 모래 다져
뿌리 덮어 주고,
작은 돌멩이로 울타리 세웠다
강바람 잘 이겨 내라고.

힘내라, 참외 싹!

—「힘내라, 참외 싹」 전문

강가 모래밭에 돋아난 참외 싹이 잘 자라기를 바라는 동심이 생생하게 드러나고 있다. 어려운 환경 조건에서 싹을 틔운 참외 싹이 잘 자라기를 바라는 마음에 "두둑두둑 모래 다져/뿌리 덮어"주는 행동이나 "작은 돌멩이로 울타리 세"워 주는 행동은 순수한 동심의 행동이다. 따뜻한 마음씨를 담아내고 있다. 이는 시인 자신이 어린 시절에 살았던 강마을 체험을 생생하게 재현해 놓고 있다. 「너만 하던 그때」에서는 겨울밤에 할머니의 무릎을 베고 호랑이 이야기를 듣고, 긴 겨울밤 무를 깎아 먹던 체험을 들려주고 있다. 그러나 첨단과학기술의 발달로 텔레비전과 컴퓨터 시대로 변한 오늘날 그러한 전통적인 삶의 방식이 사라진 지 오래다. 따스한 인간적인 가족애와 전통적인 생활에 대한 그리움을 동시에 담아 자라나는 오늘의 어린 세대에게 들려주지만 오늘의 어린이들은 이야기로 전해들을 뿐 그러한 체험을 할 수가 없어 안타깝다. 그러나 정진아 시인은 "엄마가 시인이라서" 동시인으로서 자녀에게 엄마의 어린 시절 체험을 들려주고 있다. 「엄마가 시인이라서」에서 다른 어린이들이 시인 엄마를 둔 정진아 자녀를 부러워하는 것은 당연하다. 그러나 그 실상을 숨김없이 공개하고 있다. "시 쓰다 밤새워 늦잠 자고/책 읽기에 빠져 국을 찌개로 만드는/시인 엄마와 살아 보면" 부럽다는 말이 쏙 들어갈 것이라는 동심 어린 진실 고발이 재미와 감동을 더해 준다. 생각꼬리처럼 시를 달고 따라오는 자연의 모습을 담은 「하늘은」과 도시화로 할아버지와 멀리 떨어져 살고 있지만 할아버지를 그리워하는 따뜻한 가족애를 담아 "전화 한 통에/마음 먼저 달려간다."는 「먼길」, 그리고 북한산 둘레길 체험시 3편 등 모두 어린 시절 체험담을 구수하게 풀어내고 있다.

2) 어린이의 생활 체험과 생각꼬리의 연결

정진아 시인은 자연과 사물을 동심으로 바라보며 생각꼬리를 이어나간다. "산에 올라 자두를 먹으면" "바람, 한 입 먹고 가고/나뭇잎, 혀를 날름대고/위잉위잉 벌들도/나눠 달라 떼쓰는데," "덩치 큰 산은 점잔 빼느라/침만/꾸울걱."(「덩치값 하느라」)한다는 의인적인 상상력을 펼치는 등 생각꼬리를 이어나간다.

생각하지 않겠다고 마음먹으면
생각, 생각, 생각 이어지지.

학교에서 집까지
골목길도 졸졸졸 따라와
줄줄줄 길어지는 생각꼬리.

생각해 내겠다 맘 먹고
생각, 생각, 생각 짜내면
톡 톡 톡 끊어지지.

구겨진 생각꼬리
휴지통에 가득 쌓이지.

생각꼬리 심술에
머릿속은 노래지고
마음결은 울퉁불퉁.

—「생각꼬리」 전문

　　정진아 시인의 "생각꼬리"는 어린이의 생활 체험을 따라다니며 시적 모티프를 주는 작시법이다. 사물을 예사롭지 않게 바라보고 "생각꼬리"를 이어가는 생활을 습관화했기 때문에 누에꼬치에서 명주실이 줄줄줄 이어 나오듯이 자연스럽게 동시를 쓰는 것이다. 이것은 시 쓰는 습관이 생활화되었음을 말해 준다. 맑은 봄날 여행을 가면서도 비행기가 해와 가까워지는데 "비행기의 바깥 온도가 -13℃"로 더 춥다는 사실을 이상하게 여기는 동심적인 발상은 "높이/하늘 나는/새들/깃털이 보송한 이유"(「비행기를 타고서」)로 참신한 생각꼬리를 이어가고, 새 신발을 신고 소풍을 갔다가 "뒤꿈치 까지고/물집까지 잡혀/절뚝절뚝"거린 체험을 "오랜 친구 따돌렸다고/벌 받는 기분"(「새 신발」)으로 생각꼬리를 이어나간다. 잠자리의 발음에 대한 생각(「잠자리」), 「딱지가 보내는 신호」에서 무릎 상처가 아물면서 생기는 딱지가 간질거리는 경험을 익살스럽게 표현한다거나 「비오는 날」에서 빗방울들이 떨어지는 모습을 의인적인 상상력으로 웅덩이에 "물구나무"서고, 호수가 웃음보를 터트린다는 생각으로 꼬리를 이어나간다. 「단비」, 「흐린 날」 등 기상현상을 다룬 동시와 「길」, 「풀밭에서」처럼 어린이들의 생활 경험과 자연현상을 유심히 관찰하여 동심과 일체화시키는 생각꼬리 물기를 통해 재미있고 생각의 깊이와 재치를 느낄 수 있는 동시로 빚어내고 있다.

3) 생활의 반성과 자기성찰

「어제 한 잘못이」는 단짝 친구와 말다툼한 일이 "강아지처럼 쫄랑쫄랑/나를 따라다니"고 "내 마음속을 돌아다닌다."는 어린이의 자기 생활에 대한 반성을 보여준다. 또한 생리적인 욕구와 어린이의 마음을 감출 수 없이 드러난다는 「다 알거든」은 진실은 감추어질 수 없다는 깨우침을 설득력 있게 전달하고 있다.

해 질 녘 자구 길어지는 그림자
숨 참아도 터지는 딸꾹질
고요한 순간,
더 커지는 배 속 꾸르륵 소리
그리고
마음은 감출 수 없대.

마음을 감출 수 없다고?

너, 반장 선거 떨어진 날
아무렇지 않은 척 크게 웃었지만
속상해서
그랬다는 거.

다 이긴 계주 시합에서 넘어졌을 때
아무렇지 않은 듯 떠들었지만

멋쩍어

그랬다는 거.

나도 다 알거든.

—「다 알거든」 전문

　매슬로우는 인간의 욕구를 생리적 욕구(배고픔, 목마름 등 생존에 필요한 욕구)→안전의 욕구(위험을 회피하고 안전한 환경을 추구하는 욕구)→사회적 욕구(좋아하고 사랑하고자 하는 욕구와 사랑 받고자 하는 욕구, 집단과 그 집단의 일원이 되고자 하는 욕구, 요컨대 다른 사람들과 따뜻한 인간관계를 맺고자 하는 욕구)→인정·자존의 욕구(사람들로부터 인정받고 존경받고자 하는 욕구 또한 자기 자신을 존경하고자 하는 욕구)→자기실현의 욕구(자신이 마음먹은 대로 자신을 실현하고자 하는 욕구, 즉 자신의 가치관을 충실히 실현시키려는 욕구)의 욕구 5단계론을 주장한 바 있다. 매슬로우에 의하면, "보다 낮은 차원의 욕구가 기본적으로 채워지지 않은 상태에서는 그것보다 높은 차원의 욕구는 행동의 동기로 되지 않는다. 예를 들면 기본적으로 생리적 욕구가 채워지지 않은 상황에서는 사람은 생리적 욕구를 채우기 위해 전력을 집중하게 되며, 안정과 안전의 욕구 이상은 행동의 동기로 작용하지 않는다. 또한 일단 충족된 욕구는 이미 행동의 동기부여의 요인으로 작용하지 않는다."고 주장한 바 있는데, 어린이의 기본 욕구를 숨길 수 없음을 「다 알거든」에서 동화적인 발상으로 이야기를 전개해 나가고 있다. 이러한 동화적인 발상으로 이야기하는 다른 작품으로 「해녀 할망 이야기」가 있다. 구수한 전라도 사투리로 해녀 이야기를 동시로 들려주고 있으며, 「피아노 치는 바다」는 시적인 형상화로 동시의 재미성을 살려내고 있다.

　해녀 할망

물질하는 동안 바다는
피아노 친다.

하얀 손가락으로
도도도도도
긴 손가락으로
레레레레레

해녀 할망 물질 끝내고
집으로 돌아가면
개구쟁이 바다
바위로 달려가 심벌즈 두드린다.

높은음자리 파!
높은음자리 곽!

―「피아노 치는 바다」 전문

　「피아노 치는 바다」는 바다의 이미지를 음악 연주로 형상화한 동시로
시적인 은유가 돋보인다. 세월호 사고로 인한 아픔을 동시로 형상화한
「희망리본」, 「토닥토닥」, 「그리고 57일」, 「2014년 추석무렵」 등이 가슴
을 저미게 한다. 개인적인 삶에서 우리나라 전체의 잡단적인 삶에 대한
반성적 사고와 아픔과 슬픔을 동시에 담아내는 시적 역량을 유감없이
발휘했다.

4) 추운 겨울에서 따뜻한 햇빛과 봄을 지향하는 동심의 세계

정진아 시인은 추운 겨울에서 생명이 소생하는 따뜻한 봄을 지향한다. 봄빛은 눈을 녹이고, 개구리를 깨우고, 땅속 새싹을 불러낸다. "봄을 재촉하는 아이들"처럼 "맑은 웃음에 섞인/봄빛은/신이 난다, 봄 준비에."(「봄빛」) 정진아 시인 역시 봄빛의 맑은 웃음과 밝은 햇살로 "닫혀 있던 산이 열린" 봄산과 새순으로 신이 난 봄 동산의 소생하는 생명들의 새싹을 보고 싶은 것이다. 봄날 "읽던 책/탁 덮고/먼 산을" 보는 여유를 느껴보고 싶은 것이다. 아이들은 겨울 동안 "마을에서 제일 추운 곳"에서 새해 설빔을 입고 햇살이 모인 놀이터인 "찬바람 씽씽 부는 언덕배기"에서 겨울을 보냈고, "겨울에 햇빛은" 끊임없이 따뜻한 사랑의 빛을 교실과 운동장으로 가져와 어린이들에게 즐거움을 가져다주었다. 아무리 추운 곳일지라도 동심은 그 속에서 햇빛처럼 따뜻함을 잃지 않는다.

빈 운동장을 서성이던
햇살이
교실을 엿본다.

철봉대에 매달려 있던
햇빛도
따라왔다.

햇볕은
맑은 창을 건너와
아이들을 간질인다.

아이들이 웅크린 가슴 펴게 하는
햇볕은
교실 안에서 웃음이 된다.

쉬는 시간,
아이들은
운동장으로 달려 나가고
햇빛은
빈 의자에 앉아 있다.

그늘진 운동장에서 노는 아이들은
햇볕이 되고,
빈 교실의 햇빛은
아이들이다.

—「겨울에 햇빛은」 전문

「겨울에 햇빛은」은 추운 겨울에서 따뜻한 햇빛과 봄을 지향하는 건강한 동심의 세계를 노래한 시다. 방학이 끝나고 빨리 개학해서 즐거운 학교생활이 이어지기를 기대하는 동심의 모습을 햇빛으로 은유하고 있다. 그의 동시는 살아 움직인다. 생동감 있게 봄빛처럼 화사한 웃음과 봄동산을 누비고 싶다. 추운 겨울에도 아이들은 "마을에서 제일 추운 곳"에서도 동무들과 즐겁게 놀면서 건강하게 보낸다. 그러나 요즈음 어린이들은 "마을에서 제일 추운 곳"을 놀이터로 삼지 않는다. 학원과 방과 후 활동으로 학교, 그리고 집으로 향하는 연이은 스케줄로 바쁜 게 오늘날 어린이들의 실상이다. 이러한 상황에서 어린이들을 춥게 만드는 것이 바로 겨울 이미지일 것이다. 따라서 어린이들은 마음껏 동무들과 뛰어

놀고 싶어 하는 봄동산의 밝은 햇살을 그리워한다. 정시인은 어린이들이 봄날의 햇빛처럼 밝고 맑게 자라기를 바라는 마음을 동시로 형상화해 놓고 있다.

5) 긍정적인 마인드로 동식물과 대화하기

정진아 시인을 파라텍스트에서 "고양이와 강아지, 나무와 풀, 벌레, 구름과도 대화를 나누는 시인"으로 소개하고 있다. 정진아 시인은 「다 싫은 치과」에서 어린이의 생활 체험을 익살스럽게 실감나게 그리고 있고, 어린이들이 생명력이 강한 쇠비름처럼 "꿋꿋하게", "씩씩하게", "쓸모있게" 자라나길 바라며, "우리 집 누렁이"처럼 자신의 특기를 마음껏 발휘해 나가길 긍정적인 동심의 시선으로 동식물을 형상화하고 있다.

우리 집 누렁이는
뱅뱅 도는 개로 동네방네 소문 다 났다.

아무도 안 보면
제 집에 가만히 엎드려 있는데
누가 보면
벌떡 일어나 뱅뱅 돈다.
커다란 동그라미 그리며 돈다.

나 혼자 보고 있으면
천천히 돌고
동네 사람들 다 모이면
아주 빨리 돈다.

잘한다, 잘해!
목소리에
달리기 선수가 되는 누렁이.

잘한다, 잘한다!
응원이 날개 된다.
누렁이를 훨훨 날게 한다.

―「잘한다, 잘한다」 전문

「잘한다, 잘한다」는 누렁이 개의 특징을 익살스럽게 동심적인 시각으로 표현한 시다. 칭찬은 긍정적인 마인드로 하는 일을 더 잘하게 만든다. 동물이나 어린이 역시 칭찬만큼 좋은 대안이 없다. 칭찬은 사랑의 표현이요, 긍정적인 마인드로 "날개"를 달아주는 효과를 가져온다. 이는 플레시보 효과와 같다. 긍정의 힘이 크고 부정의 힘 또한 영향을 미친다는 플레시보 효과는 과학적인 임상실험으로도 입증된 사실이다. 우리의 뇌는 두 가지의 이중적인 구조를 가지고 있다고 한다. 이는 생각의 차이로 인해 결과가 달라질 수 있다는 것으로 플레시보 효과로 설명할 수 있다. 소화가 안 되거나 체한 사람에게 친한 사람이 토끼똥을 주면서 유명한 한의사가 만든 환약이라고 하면 그것을 약이라고 생각하고 먹은 다음 상태가 호전되는 것을 볼 수 있다. 반면에 정말 특효가 있는 환약을 주고 염소똥이라고 하면 상태가 악화되거나 구토 증세를 일으키는 현상을 보이는데, 이를 플레시보 효과로 설명할 수 있다.

정진아 시인의 "생각꼬리"는 그의 시 전반에서 주요 흐름으로 작용하는 요소로 플레시보 효과를 불러일으킨다. 「시계」는 "소풍 전날 천천히/밤이 새는 것"과 "친구들과 놀 때/해가 일찍 지는 것"의 느낌 차이가 다름에 대한 "생각꼬리"를 담은 시다. 「아깝다」에서 홍시감을 흔들어 떨어 뜨려 터져 버린 체험 등의 생각은 「이런 날」로 이어져 생각꼬리 물기가 본격적으로 이루어진다.

읽던 책 내려놓고
하던 숙제 밀어놓고

애벌레 되어
고치 짓고 싶은 날

딱 십분
나만의 생각 안에
잠겨 있고 싶은 날.

—「이런 날」 전문

「이런 날」처럼 정진아 시인이 생각꼬리 물기를 생활화했으니, 그의 동 시는 고치에서 명주실이 뽑혀 나오듯이 술술 풀려나온 것이다.

3. 마무리

정진아 동시집 『힘내라 참외 싹』은 긍정적인 마인드로 어린이들에게 플레시보 효과를 가져다주는 동심의 선물이다. 많은 어린이들이 정진이 동시집을 읽고 긍정적인 힘을 얻기를 바란다. 긍정적인 힘은 "어떤 일이 시작될 때 있었던 아주 작은 변화가 결과에서는 매우 큰 차이를 만들 수 있다는 이론"인 나비 효과와 같다. 칭찬은 고래도 춤추게 한다는 말이 있듯이 정진아 시인의 응원은 플레시보 효과와 나비 효과로 동심의 메시지를 전국방방곡곡에 전해 주리라 확신한다.

그의 동시집의 시세계를 요약하면 다음과 같다.

첫째, 시인 자신의 어린 시절 체험 이야기 들려주기를 통하여 전통문화의 전수 기능과 전통의 의식을 고양시켜 주었다.

둘째, 어린이의 생활 체험과 생각꼬리를 시적 대상에 연결시킴으로써 자연스럽게 생각하는 생활 습관을 갖도록 하는데 긍정적인 마인드와 플레시보 효과를 유발시켰다.

셋째, 생활의 반성과 자기성찰을 가져왔고, 세월호의 아픔을 동시로 형상화했다.

넷째, 추운 겨울에서 따뜻한 햇빛과 봄을 지향하는 동심의 세계를 보여주었다.

다섯째, 긍정적인 마인드로 동식물과 대화하며, 자연에 대한 생각의 깊이와 사랑을 형상화했다.

동심으로 찾아가는 자기 정체성

성환희 동시집 『인기 많은 나』의 시세계

1. 들어가는 말

자아 개념은 개인이 일생 동안 경험하는 기쁨과 고통의 균형을 조절하는 기능과 자기 존중감을 유지시키는 기능, 그리고 효과적으로 대처할 수 있는 방식으로 경험을 조직하는 기능 등 세 가지 기본적인 기능을 지니고 있다. 자아 존중감은 자아 개념에 대한 평가적 차원으로 자기 스스로를 가치 있게 느끼는 것을 말한다. 자아 개념이 자신의 존재, 자아 개념에 대한 인지적 측면인 반면 자아 존중감은 감정적 측면이다.

자아 정체감은 어린이에서부터 어른까지 일생을 거쳐 조금씩 형성되어 나아가는 과정적인 개념이라고 볼 수 있다. 동시는 동심으로 자기 정체성을 찾아가는 어린이들을 위한 정서적 선물이라 할 수 있다. 그러한 성환희 동시집 『인기 많은 나』의 시세계를 살펴보기로 한다.

2. 동심으로 찾아가는 자기 정체성

1) 나와 가족을 통한 자기 정체성 찾기

실존주의자 마르틴 하이데거는 존재하는 것이란 무엇인가를 묻고, 존재를 스스로 이해하고 있는 인간의 현존재를 분석하는 것을 시작으로 여겼으며, "현존재는 자기 존재를 이해하고, 다른 것과 관계있는 관심으로서의 존재이며, 이 관심은 유한한 시간성 속에 있다는 것을 알게 되어 본래의 자기를 깨닫는다"고 했다. 또한 마르틴 부버는 그의 저서 『나와 너』에서 '나와 너의 관계'를 이야기하고 '너'라고 부르는 타자와의 만남과 응답에서 '나'는 비로소 진정한 '자기'가 된다고 했다.

자신의 욕망을 억제해 가며 시험공부에 열중하는 어린이를 내세워 「인기 많은 나」는 자기 효능감과 자기 긍정적인 마인드로 자연과의 관계를 의식하는 양태를 동심으로 희화화하고 있다.

책상 앞에 앉은 나를

햇살이 부른다.

바람이 부른다.

강물이 부른다.

"시험 끝나고 보자."는
내 말,

잊어나 보다.

—「인기 많은 나」 전문

어린이는 물론 어른까지도 시험은 스트레스의 요인이다. "햇살", "바람", "강물"이라는 자연 현상에 관심이 많은 화자가 시험 스트레스에 빠진 자신을 역설적으로 "인기 많은 나"로 표현하고 있다. 「대단한 나」는 자연이나 기상 현상의 어려움을 참아내는 모습을 "대단한 나"로 표현하는 자기 긍정이 대단하다.

프리드리히 헤겔은 인정받지 못하는 사람은 자신뿐 아니라 다른 사람도 인정하지 못한다고 했다. 오직 자신의 존재 가치를 인정받은 사람만이 그에 상응하는 정체성을 발전시키며 나아가 다른 사람을 인정할 수 있다고 했다. 어린이를 인격체로서 인정하고 사랑을 주는 일은 어린이들의 자아정체성 확립에 지대한 영향을 미치는 만큼 어린이들에게 정서적 교감과 사랑을 선물하는 동시인의 역할과 사명 또한 지대하다고 볼 수 있다.

「소문」은 비밀을 공유하는 타자와의 관계를 통해 유한한 시간성 속에서 본래의 자기 정체성을 깨달아가는 과정을 형상화한 동시다. 비밀은 타자와 친밀한 관계에서 비롯된 것이나 타인을 비난하는 부정적인 이야기일 때 자기 정체성의 혼란을 가져올 우려가 있게 된다. 시간성 속에서 "소문"이라는 불확실한 사실을 통해 타인의 인격에 치명적인 타격을 줄 수 있기 때문에 말조심은 필수적이다.

"비밀이야.
아무에게도 말하지 마."

민지에게 했던
귓속말이

'웅'에게 갔다가

나에게
되돌아오기까지
딱 한나절.

「소문」은 자기가 한 말은 곧바로 다시 돌아오게 된다는 사실과 비밀은 지켜지기 힘들다는 사실을 명확하게 증명해 주고 있다. 나와 타인을 통해 자기의 정체성을 찾아가는 과정을 담은 동시다.

성환희 시인은 '나 그리고 가족'을 통해 동심으로 자기의 정체성을 찾아가는 과정을 동시로 유머스럽게 표현하고 있다. 옛날이야기 속의 호랑이를 등장시켜 "어홍 어홍/으르렁 으르렁"하는 음성적 연상작용과 상상력으로 코골이 아빠의 모습을 표현하고(「코골이 아빠」), 이모의 결혼식 속에 많은 사람들이 와 있지만 주인공인 "우리 빛나 이모만 보인다."는 타자와의 명확한 관계 설정(「주인공」), "키다리 다슬"이와 "꼬맹이 아람"이가 서로 붙어 다니는 다정한 사이를 "엄마와 아기"와의 관계로 보고(「짝」), 「일요일」에서는 늦잠만 자는 아빠를 통해 자기와의 관계에 대한 관심과 사랑 받기를 열망하며 자기 정체성을 찾아가고 있는 어린이의 모습을 볼 수 있다.

2) 혈연적 관계망과 전통의식으로 자기 정체성 찾기

어린이에게 전통적인 문화 체험을 생생하게 전수해 주는 주체는 바로 할머니다. 할머니들이 손주에게 베푸는 무한한 사랑과 인정은 어린이들이 자신의 존재가치를 인정받게 되는 계기가 되어 자기 정체성을 찾고

남을 인정하게 된다. 어린이들의 혈연적 관계망과 전통의식의 무의식적 전수는 할머니와 할아버지를 통해서 이루어지게 되며, 민족적인 주체의식에 눈뜨게 되고, 민족적 자기 정체성을 갖게 되는 계기가 된다. 이를 통해 사회적 자아, 이상적 자아를 깨닫고 자아 정체감을 형성해 나가게 된다.

길 막혀도
기름 값 많이 들어도

고향에 꼭 간다.

할머니의 기다림이
자동차를 끌고 간다.

—「명절 1」 전문

　민족의 전통적인 명절 풍습을 담아낸 「명절 1」에서 관습적인 민족 집단의 행동양식을 통해 전통문화의 맥을 이어 가게 되고 전통의식을 익혀 가는 것은 물론 민족적인 자기 정체성을 형성해 가는 모습을 엿볼 수 있다. 우리나라의 경우 설날과 추석을 민족의 최대 명절로 꼽고 있다. 도시로 떠난 사람들이 고향을 찾아가는 민족대이동이 시작되는 명절에는 한국적인 전통문화가 경제적인 가치보다 우선시된다. "길 막혀도/기름 값 많이 들어도" 고향 찾기의 자동차 행렬은 명절의 풍속도가 된 지 오래다. 이런 문화도 고향에 머물고 있는 노인층의 사망으로 인하여 점차 줄어들고, 명절날 고향 찾기 문화가 해외 여행 문화로 바뀌어 가고 있는 추세이다. 과학문명과 교통통신의 발전에 힘입은 지구화시대의 영향으로 민족적인 고유한 전통이 사라져 가고 있다. 명절날 어린이들의 최대 관심사는 세뱃돈이다. 이러한 전통문화는 "할머니 쌈짓돈"을 통해 전수되지만 점점 사라져 가는 추세이다. 명절날이면 할머니 댁을 찾아 아버지의 고향을 방문하게 되고 그곳에서 할머니와 할머니 친구를 통해 "우리 할머니/배추김치 쭈욱 찢어/숙이 할매 입에 넣어준다."(「할머니와 할머니 친구」)처럼 이웃간 다정하게 지내는 삶의 문화를 체험하게 되며, "묵실 할매/밥 주는 게 인사다."(「인사」)라는 끈끈한 할머니들의 따뜻한 정을 느끼면서 자기 정체성을 찾아가게 된다. 핵가족 시대의 할머니와 자녀들이 도농간에 따로 따로 살아가지만, 우리나라의 생활문화를 통해 어린이들은 민족적인 전통의식을 익히게 된다. 「할머니 이사」에서는 아파서 "대학병원 중환자실로" 이사하게 된 할머니가 나온다. 그 이사는 결국 유한한 시간성 속에서 무로 돌아가는 할머니의 죽음을 불러온다.

돌아가신 후
더 자주 만나요.

밥 먹을 대
길을 걸을 때

내 마음속에
솔솔 찾아와요.

먼 길 가신 후
더
내 맘에 살아요.

—「할머니」 전문

할머니는 돌아가셨으나 할머니를 생각하는 마음은 더욱 간절해진다는 표현을 통해 전통문화의 전수가 이루어고 혈연적 관계망과 전통의식으로 자기 정체성 찾기가 이루진 것을 "먼 길 가신 후/더/내 맘에 살아요."에서 증명된다.

3) 동식물의 존재와 더불어 살아가는 자기 존재 인식

어린이는 주위의 자연 환경에서 다양한 동식물의 존재를 인식함으로써 자기 존재성을 깨닫게 된다. 동식물들이 서로서로 밀접한 관계를 맺으면서 생존해 간다는 사실을 관찰을 통해 알게 되고, 인간도 자연 환경과 동식물들과 관계 맺기를 통하여 생존해 나간다는 생태학적인 인식을 통해 자기 정체성을 형성해 나가게 된다.

내 주특기는
향기 뽑기

향기,
힘 정말 세지요.

벌떼들
붕붕붕 끌려오는 걸 보면
알지요.

사람들
우우우 몰려오는 걸 보면
알지요.

—「꽃」 전문

꽃은 아름다움과 향기를 뿜어 생명의 경이로움을 안겨주는 존재다. 인간은 꽃을 보고 기쁨과 아름다움에 감동하게 된다. 인간에게 아름다움과 향기를 가져다 주는 꽃과 같은 존재는 동시다. 동시는 인간의 원초적인 깨끗한 마음으로 자연과 조화를 이루며 즐겁게 살아가게 하는 원동력이다. 동심은 어른이 되어서 인격이라는 향기로 다가오게 된다. 인격이 뛰어나면 그 향기를 맡기 위해 벌떼처럼 사람들이 몰려와 존경의 눈길을 보내게 된다. 동심과 인격은 갖은 어려움을 참고 극복해 나가는 인내심에서 오게 된다. 동시는 어린이들에게 그러한 인격체로서의 순수한 마음을 가지고 살아가는 인간으로서의 정서적 기쁨을 맛보게 하는 언어적인 형상물이다. 꽃의 향기가 힘이 세듯이 꽃이 피기까지는 많은 어려움이 뒤따르게 된다. 「꽃씨에게」에서처럼 꽃씨를 뿌리고 "잠든 작은 공주"가 깨어나기를 기다리는 어린이가 있고, 싹이 터서 자라면 「식물들」에서처럼 생존을 위한 공간을 확보하고 경계를 "뿌리 내리고/가지 벋을 만큼만/제 땅 하고/서로서로 나누"어 생존권을 확보해 가며, 담쟁이는 가지를 뻗고 자라나고, 파꽃, 벚꽃을 피우며, 은행나무는 열매를 맺게 되며, 이러한 식물들의 가지에서 신체 치수를 재고 있는 자벌레 등과 생태계를 이루며 서로 공존해 살아간다. 따라서 봄 산에 가면 동식물들의 생명들이 소생하는 생태계의 모습을 볼 수 있게 된다.

축제가 시작되었어요.

나무들이 차려놓은
잔칫상에
생강꽃, 개나리꽃, 참꽃……
다 있어요.

바람도 들렀다 가고
햇살도 머물다 가고
벌, 나비도 찾아오지요.
초대하지 않은 청솔모도 기웃거려요.

나무들
만날만날
꽃 상 치르느라 바빠요.

—「봄 산」 전문

"꽃이랑 식물이랑" 어울려 살아가는 "봄 산"은 지구촌의 생태환경이다. 날로 생태환경이 파괴되어 인간의 생존권마저 위협하는 오늘날 지속가능발전을 위한 생태의식으로 생태환경을 보전해 나가는 일은 동식물의 존재와 더불어 살아가는 자기 존재를 심도 있게 인식하여 자기 정체성을 확립해 나가는 일에서부터 시작될 것이다.

4) 존재하는 사물들 속에서 자기 정체성 찾기

지구상에 존재하는 사물은 지구 환경에 따라 상이하다. 하나의 지구도 자연 환경이 지역에 따라 다르게 나타남으로써 동식물들의 생활방식이 각기 다르게 존재하며 저마다의 방식으로 살아가고 있다. 꽃이라는 존재는 다양한 색깔과 크기, 자라는 모습과 다양한 생태환경 속에서 생존해 가지만 인간에게는 꽃이라는 하나의 광범위한 개념적인 언어로 존재한다. 하늘에 둥둥 흘러가는 구름을 보고 자신의 생태적 공간적 존재성을 생각해 보기도 하는 게 우리 인간이다.

하늘 가득
동동 띄워 놓은 수제비

바라보기만 해도
배부르다.

북한 하늘에도
아프리카 하늘에도
있을까?

—「구름」 전문

　구름을 인간의 생존을 유지하는 가장 기본 욕구이자 생리적인 욕구인
식욕의 해결 창구로 인식하는 "수제비"의 은유는 상상력을 확장하여 빈부
의 지역적인 편차가 심한 "북한", "아프리카"에 대한 동정심을 유발하게
하고 있다. 자연 환경의 차이는 지구촌에서 살아가는 인간들의 생존 환경
의 빈부를 가져왔다. 동심으로 바라보는 세계화 시대의 인류에 대한 박애
정신은 존재하는 사물들 속에서 자기 정체성을 찾아가는 아름다운 모습이
다. 이는 더불어 살아가려는 아름다운 인간의 성숙된 자아를 보여준다.

　배추 한 포기,

　배추벌레가 먹고
　달팽이가 먹고

　우리도 먹는다.

—「나누어 먹는다」 전문

우리는 지구촌의 각기 다른 여러 가지 동식물과 기후 조건 속에서 다양한 생태환경을 이루면서 살아간다. 경쟁과 협력을 통해 서로 조화를 이루면서 자연과 더불어 살아가게 된다. 자연과 각종 사물과 조화를 이루면서 살아가는 생태환경 속에서의 자기 존재성을 깨닫는 일은 자기 정체성을 찾아가는 일일 것이다. "배추 한 포기"를 통해 벌레와 사람이 나누어 먹고 살아가는 생태환경에 대한 깨달음은 인간 위주의 생태관에 대한 각성을 보여준 좋은 예일 것이다.

「눈과 안경」에서처럼 사물을 통해 서로가 공존하며, 각기 다른 사물에 대한 인식(「다르다」)과 인간의 필요에 의해 존재하게 된 사물(「선풍기」) 등 주위에 존재하는 사물들 속에서 자기 정체성을 찾아가게 된다.

3. 마무리

"내가 만난 나와 가족과 생명 있는 것들과 사물과의 소통과 체험"을 담은 성환희 동시집 『인기 많은 나』는 자기 정체성을 형성해 나가는 어린이들의 다양한 체험을 동시로 엮어 놓았다. 평범한 일상적인 체험을 통해 자기를 찾아가는 과정은 무척 중요한 일일 것이다. 인간의 본원적인 욕망과 꿈을 담은 신화가 사라져 가는 시대에 자연과 사물을 통해 어린이들에게 자기 정체성을 찾아가는 아름다운 모습을 그린 성환희 동시집 『인기 많은 나』는 자기 충족 예언 효과를 통해 긍정적인 가치관을 심어주고 나와 가족을 통해 어린이들이 혈연적 관계망과 전통의식으로 자기 정체성을 확립하는 데 도움을 주리라 믿어 의심치 않는다.

성환희 시인의 동시집 『인기 많은 나』의 시세계를 요약하면 다음과 같다.

첫째, 나와 가족을 통한 자기 정체성 찾기를 시도하였다.

둘째, 할머니를 통해 혈연적 관계망과 전통의식으로 자기 정체성을 찾아가는 모습을 담았다.

셋째, 동식물의 존재와 더불어 살아가는 자기 존재 인식과 생태환경 의식을 동시로 형상화하였다.

넷째, 존재하는 사물들 속에서 자기 정체성 찾기를 시도하였다.

동심을 그린 간결한 스케치
윤이현 동시집 『꽃집에 가면』의 시세계

1. 들어가며

윤이현 동시집 『꽃집에 가면』은 소박한 동심을 간결하게 스케치한 동시들을 모은 동시집이다. 평범한 일상의 사물들을 어린이의 눈으로 입으로 속삭인다. 그래서 친근하게 다가설 수 있다. 동심을 생활 속에서 스케치하여 형상화한 동시들이기 때문에 평이하면서도 친근하게 어린이들에게 다가설 수 있다. 그의 동시집 『꽃집에 가면』의 시세계를 살펴보기로 한다.

2. 동심의 눈으로 스케치한 간결한 언어그림

우리들은 때와 장소에 따라, 또는 보는 사물에 따라 생각과 느낌이 변하는 게 일반적이다. 예로부터 환경의 중요성은 우리의 생활 속에서 보고 듣고 느껴서 실감하고 있는 사실이다. 어린이를 둘러싸고 있는 문화적인 배경은 어린이의 정서에 커다란 영향을 미치게 된다. 맹자 어머니의 교육적인 사례에서 보더라도 문화와 환경의 변화는 곧바로 가소성이 많은 어린이들을 다양하게 변화시킬 가능성을 상존하게 된다. 따라서 동시 한 편이 어린이의 정서에 많은 영향을 미치고 있다는 사실에 우리는 주목할 필요가 있다. 시인이 동심의 눈으로 무엇을 어떻게 언어로 형상화하느냐 하는 문제는 어린이들의 정서의 방향을 결정하는 중요한 문제일 수밖에 없다. 읽고 싶은 책이 많이 있는 도서관이나 서점에 가면, 책을 읽고 싶거나 책을 갖고 싶다는 생각이 떠오른다거나 세상의 많은 사람들이 책을 좋아하는구나 하는 생각이 들게 되며, 놀이공원에 가면 이 세상에 어린이들은 놀이공원에서 저렇게 재미있게 놀고 있구나 하는 생각이 들 것이다. 꽃집에 가면 당연히 예쁜 꽃이 많고, 그 꽃을 보고 여러 가지 생각이 떠오를 것이다.

장미, 백합, 프리지어
꽃마다 예쁜 이름

꽃들은 다들 웃고 있다
나도 꽃처럼 웃고 싶다

꽃들은 상큼한 향이 난다
나도 누구에게나 기분 좋은 향
상냥스러움의 향
그런 향이 났으면 좋겠다

꽃집에 가면
나도 꽃처럼 되고 싶다.

—「꽃집에 가면」 전문

꽃들이 웃고 있는 모습을 보면 꽃처럼 웃고 싶을 것이고, 꽃에서 향기가 나는 것을 느낄 때 그 향기가 되고 싶을 것이다. 그래서 「꽃집에 가면」은 "꽃이 되고 싶다"는 소박한 심정을 밝히고 있다. 꽃은 상큼한 향기를 풍기는 아름다움의 대상이다. 꽃을 보고 기분 나빠할 사람은 아무도 없다. 아무리 악한 사람도 추한 사람에게도 꽃은 향기를 선물하고 아름다움을 선물한다. 영원불멸의 절대적인 아름다움을 공평하게 나누어 주는 꽃이야말로 동심의 원형이 아니고 무엇이겠는가? 남녀노소 누구에게나 동심은 있는 것이며, 인간을 인간답게 하는 가장 아름다운 꽃일 것이다. 꽃집은 그러한 동심이 모여 있는 장소이다. 시인은 「꽃집에 가면」에서 꽃처럼 웃고, 향기를 풍기는 꽃이 되고 싶다는 마음을 토로하고 있다. 윤이현 시인이 동시를 쓰는 이유도 바로 동심이 살아 숨 쉬고 향기를 내뿜는 꽃집을 찾는 일과 같다. 윤 시인의 집은 아름다운 언어가 가득한 꽃집이다. 그는 늘 언어의 꽃집에서 살며 시를 쓰며 즐거워하는 시인이다. 윤이현 시인의 꽃집을 방문하면 윤이현 특유의 향기를 맡을 수 있다.

동시로 아름다움을 전하는 시인이 있듯이 평범한 일상생활 속에서 엄마의 따뜻한 손길이 있어서 어린이는 밝고 건강하게 자랄 수 있을 것이다. 어린이들의 행복은 평범한 일상 속에서 일상적인 행복을 누릴 수 있다는 것 자체가 행복이다. 이러한 일상적인 행복이 비일상적으로 될 때 불행이 시작되는 것이다. 보이지 않는 곳에서 가정을 지키려는 엄마의 손길이 있듯이 학교에서도 사회에서도 어린이를 사랑하는 손길이 있기 마련이다. 엄마의 사랑에 보답하기 위해 어린이들은 스스로 보람 있는 생활을 위해 노력한다. 그래서 때론 「상장 받는 날」처럼 현관문을 들어서면서부터 신바람이 나서 "엄마~"를 부를 수 있는 즐거움이 있게 되는 법이다.

어린이와 자연을 사랑하는 마음을 윤이현 시인은 「메아리」에 담아 전

하고 싶은 것이다. 메아리에 실어서 보내고 싶은 소망은 따뜻한 사랑이
넘치는 아름다운 세상일 것이다.

　　─난, 이 세상에서
　　　네가 네가 너무 좋아 좋아 좋아……

　　하늘에 닿을까?
　　지구 건너편에 닿을까?

　　아냐
　　네 마음속에 닿으면
　　닿으면 참 좋겠어.

　　　　　　　　　　　　　　　　　　　　　　　　─「메아리」 전문

　　메아리는 소리가 산이나 절벽 따위에 부딪쳐 되울리는 현상이다. 메
아리가 없는 세상은 삭막한 세상이다. 이웃에 대한 관심과 사랑이 없는
사막과 같은 세상이다. 좋아서 부르는 메아리는 지구촌을 향한 동심의
메시지요, 평화의 메시지다. 그는 메아리가 있는 건전한 사회가 되길 희
망하는 바람으로 동시를 쓴다. 윤이현 시인의 소망이 하늘에 닿고 지구
건너편에 닿는 날이 오길 기원할 뿐이다.

　　윤이현의 동시는 동심의 본질을 잘 이해하고 동심에 밀착되고 있으나
시적인 탄력성이 너무 느슨하다. 조금은 신선한 비유적 이미지와 상징
적 이미지의 활용으로 시적 긴장감을 주었으면 하는 아쉬움이 앞선다.

　　문 열면
　　휘익~

인사도 없이
먼저 들어온다.

그리고선
흔적도 없이
어디론가 가버린다

싱거운 녀석.

—「바람」 전문.

싱겁게 문 열자마자 들어왔다가 가버리는 바람이어서는 안 된다. 단순한 서경적 심상을 그대로 표현한다거나 "같이 가고 싶었어"(「너랑」), "나란히/앉고 싶어라"(「채송화」), "닿으면 참 좋겠어"(「메아리」) 등의 시 귀절처럼 시인의 소망을 직설적 토로에 그치는 것보다는 좀 더 구체적으로 바람의 이미지를 드러내기 위해서 비유적 이미지가 요구되는 것이다.

동심을 직설적으로 토로하는 생활동시는 자칫 안이한 일상 자체에 머물러 어린이들의 정서에 공감만 줄 뿐 미래지향적인 가치를 창조하지 못한다는 맹점을 지니고 있다. 이러한 도그마에서 벗어나는 것은 시적인 기교가 뒷받침해야 생활동시의 안이한 타성에서 해방될 수 있는 것이다.

엄만 만날
형이니까 참으라지만

또 나 몰래 내 장갑
살짝 끼고 나간 내 동생

부르릉
끌어오르는 부아
어떡하면 좋죠?

—「어떡하면 좋죠?」 전문

어린이들의 생활 모습이 생생하게 드러나고 있다. 형제간에 있을 수 있는 상황이다. 동생이 자신의 장갑을 끼고 나간 상황을 "어떡 하면 좋죠?" 하고 독자에게 묻는다. 동생의 버릇없는 행동에 분개하는 심정은 공감이 간다. 그러나 동생을 이해하고 용서하는 마음을 보여주었으면 하는 바람이다. 심리적 이미지의 적절한 활용으로 시적 긴장감을 주고 독자에게 여운을 주는 이미지로 종결되는 것이 바람직하다는 생각이다.

최근 시적인 참신한 기교의 동시들이 많이 등장하고 있다. 이러한 시들의 약점은 너무 비약된 시상의 전개로 어린이들이 쉽게 공감하지 못한다는 큰 결함이 종종 노출되고 있다. 그런데 윤이현 시인은 어린이와 밀착된 생활을 그려낸 생활동시로 동심에 밀착된 동시를 보여주고 있다. 동심과 시심이 조화롭게 균형을 이루고 동심을 바탕으로 시적 형상화가 이루어진 동시집 『꽃집에 가면』은 동심이 살아 숨 쉬는 아름다운 세상을 보여주고 있다.

3. 나오며

윤이현 시인의 동시는 한마디로 "동심의 눈으로 스케치한 간결한 언어그림"이다. 어린이의 생활을 그린 그림으로 어린이들에게 생활을 반성하는 계기를 주는 시집이다. 윤이현 시인의 동시집 『꽃집에 가면』은

윤 시인이 사는 아름다운 동심의 집이다. 윤 시인의 집은 아름다운 언어가 가득 있는 꽃집이다. 그는 늘 언어의 꽃집에서 살며 시를 쓰며 즐거워하는 시인이다. 윤이현 시인의 꽃집을 방문하면 윤이현 특유의 향기를 맡을 수 있다. 아무튼 어린이를 사랑하는 마음으로 펴낸 "꽃집"의 그윽한 향기가 널리 퍼져 우리나라 어린이들의 가슴에 아름답게 퍼지길 기원할 뿐이다.

사랑을 담은 동심의 받아쓰기

이재순 시인의 시세계

이재순 시인의 동시집 『큰일 날 뻔했다』는 어린이의 순수한 모습을 사랑이라는 그릇에 담아 놓은 시들이다. 어린이들의 눈높이에 맞춘 시선으로 동심의 본질에 밀착된 시들이다. 어린이들의 생활을 담은 시가 흔히 빠지기 쉬운 동심천사주의적 발상에서 비롯된 피상적인 어린이 생활 묘사라는 함정을 극복했다는 점은 이 시인의 시적인 감각과 재능이 뛰어났기 때문이다. 지구상에 생존하는 모든 생명체는 저마다의 존재가치를 지니고 태어난다. 그러나 인간중심주의 사고는 자신에게 필요하지 않으면 그 생물의 존재가치마저 인정하지 않고 단호하게 말살시킨다. 이러한 사고가 당연시되는 현대사회에서 생명의 가치를 인정하지 않았더라면 "큰일 날 뻔했다"는 생태 중심의 가치관을 담은 이재순 시인의 시세계를 생태적 상상력이라는 관점에서 살펴보기로 한다.

40여 년을 어린이들과 함께 살아온 현직 교사답게 교육자로서의 삶을 반추하면서 어린이들과 생활했던 경험을 소재로 시적인 상상력을 발휘하여 쓴 시를 묶어낸 시집으로 제1부 '바람이 한 일' 13편, 제2부 '큰일 날 뻔했다' 13편, 제3부 '시험 친 날' 16편, 제4부 '할머니 제삿날' 13편, 등 55편의 시가 실려 있다. 자연 소재, 어린이 생활 소재로 대별되는 시집이다. 군더더기가 없는 간결한 이미지와 생태적인 상상력이 돋보인다.

야생초 화단 구석
잡초인가
뽑으려고 하던
풀 한 포기

잎겨드랑이에 핀
하얀 꽃
또 한 번 뽑으려다가
그만두고

여름나고
가을 되니,
가지마다
발갛게
불 켠 초롱

조롱조롱 달았네.
꼬리였구나!

—「큰일 날 뻔했다」 전문

인간은 인간의 필요에 의해 식물을 가꾼다. 야생초 화단에 야생초가 아닌 풀은 잡초일 뿐이다. 잡초는 화단이라는 식물체의 집단에 필요없는 존재가 된다. 따라서 제거될 운명에 놓이게 된다. 우리 인간들도 자신의 생존을 위해 사회의 구성원으로 살아간다. 그 구성으로 불필요한 존재가 될 때 도태되기 마련이다. 생존경쟁이 치열한 요즈음의 사회에서는 소속 집단에서 도태되지 않고 자신의 존재가치를 인정받기 위해 눈에 보이지 않는 경쟁을 하게 된다. 적자생존의 자연법칙의 어느 한 시점으로 보면 경쟁으로만 보이지만 인간은 협동하지 않으면 살아갈 수 없는 법이다. 서로 다른 개체가 각자의 능력을 발휘하여 어울리는 세상이 인간답게 살아가는 아름다운 세상일 것이다. 만약 외모만으로 존재가치를 판단했다면 화단에 핀 초롱꽃은 그 아름다운 자태와 향기를 이 세상에 펴 보이지 못하고 제거되었을 것이다. 이재순 시인은 사람을 외모로 평가해서는 안 된다는 생태학적 상상력을 짧은 동시에 담아내고 있다. 오늘날 사회는 큰일을 큰일인지 모르고 살아가는 사람들이 많다. 하찮은 식물을 뽑아버림으로써 생겨 날 일이 화단에 미치는 결과에 대해 무신경한 시대이다. 미국의 기상학자 에드워드 N. 로렌츠가 주장한 나비 효과 영향을 전혀 고려치 않고 행동한다. 로렌츠가 카오스 이론으로 발전시킨 나비 효과는 작고 사소한 사건 하나가 나중에 커다란 효과의 원인이 된다는 것이다. 브라질에 있는 나비의 날갯짓이 미국 텍사스에 토네이도를 발생시킬 수도 있다는 것이다.

이재순의 「큰일 날 뻔했다」는 화단 잡초로 오인해 뽑아 버렸다면 나비 효과의 결과로 아름다운 초롱꽃을 볼 수 없게 된다는 생태학적 상상력을 담아내고 있다. 동심은 적자생존의 법칙을 배척하고, 다함께 어울려 살아가는 협력과 조화의 법칙을 선호한다. 이 시인은 자연과 인간이 화해와 조화를 이루는 건강한 생태사회를 동심으로 노래하고 있다. 어린이에 대한 사랑으로 동심의 받아쓰기 하는 자세로 동시를 쓰는 시인이 바로 이재순 시인이다.

하얀 공책
네모 칸 속에

삐뚤삐뚤
글자가 들어앉는다.

선생님이
불러 주는 대로

새가
들어앉는다.
나무가
들어앉는다.

모르는 글자가 나오자
끙, 끙,
아이가 들어가 앉는다.

―「받아쓰기」 전문

시 한 줄 한 줄이 새와 나무가 들어앉는 공간이 되고 있다. 이 시인은
받아쓰기 하는 자세로 시를 빚는 시인이다. 새와 나무 대신 동심의 실체
인 아이가 앉아 고뇌한다는 데서 이 시인의 겸허한 작시 태도를 엿볼 수
있다. 감동적이다. 사랑과 배려, 그리고 자연과 인간이 함께 어울리는
아름다운 세계를 그려내고 있다. 자연을 받아쓰기 하고, 동심을 받아쓰
기 하는 아름다운 생태환경은 동시의 본질적 가치에 밀접하게 접근하고
있다. 저학년 학생의 심리적인 공간인 공책의 내모 칸에 글자→새→나
무→아이로 치환하고 있다. 네모가 상징하는 것은 규격화고 정형화된
사회 규범이나 가치다. 여기에 자연과 인간을 넣으려 하는 것이 우리가
사는 사회이다. 우리는 과학문명이 발달하여 편리한 생활을 살아가나

기실은 규격화된 네모 공간에서 스스로 틀 속에 자신을 가두고 살아가고 있다. 직육면체의 아파트 공간, 빌딩 사무실, 학교 교실, 사각형 칠판, 사각형 화면, 컴퓨터, 텔레비전, 스마트폰 등 첨단 현대문명의 도구는 모두 사각형의 틀이다. 교육도 규격화된 인격체를 만들어내려고 한다. 이러한 규격화된 틀에 자연을 축소하여 담고, 아이를 담아 두려고 한다. 그의 시는 〈죽은 시인의 사회〉라는 영화의 키팅 선생을 연상하게 한다.

이재순 시인은 키팅 선생처럼 어린이들에게 자연과 아름다움 꿈이 어울려 살아가는 생태적 공간, 상상력이 함께 앉을 공간으로서의 네모 속에 사랑과 꿈과 동심을 담아냈다.

이상에서 살펴본 이재순 시인의 시 세계는 "사랑을 담은 동심의 받아쓰기"라고 한마디로 요약할 수 있겠다. 이 시인의 시세계의 주요 특징은 어린들의 생활과 밀접한 소재를 탁월한 시적 감수성과 감각으로 동심에 밀착된 시를 빚어내고 있다는 점이며, 어린이의 생활과 생태환경의식을 시적으로 단순명쾌한 호흡으로 담아낸다는 점을 들 수 있겠다.

아무튼 이 시집의 발간을 계기로 "사랑을 담은 동심의 받아쓰기"를 많이 하여 어린이들에게 무한한 꿈과 상상력을 촉발하는 시를 많이 쓰길 기원한다.

일상 속에서 발견한 동심의 세계

이오자 동시집 『도깨비 소탕작전 준비완료』의 시세계

1. 들어가는 말

우리는 일상 속에서 마주치는 자연 현상과 사물들을 당연하게 받아들이고 그냥 지나치기가 쉽다. 동심의 눈으로 볼 때는 반복되는 자연 현상도 신기하고, 일상 속에서 마주친 사물들도 신기로워 자꾸 의문을 갖는다. 그 궁금증을 풀고 싶어서 아이들은 어른들을 향해 귀찮을 정도로 질문을 쏟아낸다. 그런 동심의 눈으로 사물을 세심하게 관찰하고 쉽게 풀어 쓴 동시가 바로 이오자 동시집 『도깨비 소탕작전 준비완료』다. 도깨비는 자유스럽게 사물에 대한 의문이며, 그 의문을 해결하고자 하는 것이 바로 소탕 작전이다. 도깨비의 실체는 무엇이며, 그 도깨비를 소탕하기 위한 준비 완료 상황을 점검하고, 소탕작전에 참여하여 이오자 동시의 숨은 의미를 쫓아가 보도록 한다.

2. 일상 속에서 발견한 동심의 세계

이오자 동시집『도깨비 소탕작전 준비완료』의 제1부 "있어도 없는 듯"은 존재의 불명확성을 형상화한 동시들로 존재와 존재의 관계 맺기로 빚어낸 시들이다. 자연 현상의 변화와 생활 속의 사건들을 동심의 눈으로 관찰하고 해석해내는 제치가 돋보인다. 제1부의 작품을 일일이 열거하면, 과거와 현재를 오가는 상상력(「지금이 좋아」), 자연 현상과 어린이 생활과의 비교(「있어도 없는 듯」,「낮과 밤」), 자연물과 민속행사와의 관련성(「달집」), 자연물에 대한 깊은 생각(「생각이 짧았어」), 전래동화와 자연 현상과의 관계 맺기(「선녀가 된 달님」), 생활 속에서의 작은 발견(「참 다행이다」), 자연에 대한 경외심(「괜한 걱정」), 현대 물질문명과 옛날과의 관계 맺기(「가로등」), 자연 현상과 자연물에 대한 새로운 해석(「밤」,「비 갠 하늘」,「방파제」,「동굴」), 문화 현상의 변화 모습(「모피코트」,「폐차」), 자연 현상과 어린이의 생활과 관계 맺기(「달도 열두 살」) 등으로 자유 분망하게 시공을 넘나들며 역동적으로 움직이는 생각들과 만날 수 있는, 기쁨이 넘치는 시들이다.

한낮에 나온
희미한 낮달
있는 듯
없는 듯

교실 맨 구석자리
소심한 나처럼
있어도
없는 듯

　　　　　　　　　　　　　—「있어도 없는 듯」 전문

낮달의 속성을 소심한 어린이 자신의 모습과 비유하고 있다. 낮달이 분명 떠 있지만 밝은 태양빛 때문에 그 존재성이 뚜렷하게 부각되지 않음을 어린이의 성격과 결부시킨 것이다. 소심한 성격의 어린이가 존재성을 인정받지 못하고 살아간다는 논리를 자연 현상과 어린이의 성격과 관계 맺기를 통해 성격적인 특성을 극명하게 보여주고 있다. 낮과 밤의 자연 현상이 사람의 일상과 유기적인 관계 맺기를 통해 우주원리를 깨닫게 해주고 있다.

자연의 이치를 자연스럽게 동심으로 표현하거나 하찮은 자연물에 대한 애정과 깊은 사유를 통해 우주와 자연을 일깨워 주고 있는 「생각이 짧았어」에서처럼 많은 시가 시공을 초월한 상상력과 민속을 관련 지어 형상화함으로써 다방면의 지식과 지혜를 종합해서 동시로 표현하고 있다.

기존의 동시와 접근 방법이 다른 독창적인 형상화 방법이며, 쉬운 생활언어로 자연스럽게 표현하여 어린이들에게 친근하게 정서적 접근을 시도하고 있는 것 역시 이오자 시인의 장점이다.

제2부 "홀홀 떨어버릴 걸"도 제목이 친근하다. 정서적으로 쉽게 접근이 용이한 15편의 시는 어린이들에게 사물을 세밀하게 관찰해야 좋은 생각을 키울 수 있다는 깨우침을 주고 있다.

해를 오래 쳐다보면
파래진다는 감자 말만 듣고

하늘을 닮고 싶은
고구마가 따라했다가
쪼글쪼글 쪼그리가 됐다나

마당 한 귀퉁이

감자 한 알

고구마 한 알

싸움이 났다

—「서로 다른 것을」 전문

감자와 고구마는 그 종류가 다르고 성질도 다르다. 서로 다른 식물의 씨앗들의 성질을 서사로 전개하여 주체성 없이 남의 말을 무조건 따라했다가 낭패를 당해 싸움이 났다고 형상화하고 있다. 그렇게 함으로서 감자와 고구마의 특성이 극명하게 드러나고 있다. 노랑나비 두 마리의 짝지기 모습을 통해 사랑을 표현하거나(「사랑」), 사람과 사람이 자주 만나 결혼에 이르게 된다는 성교육 동시「정아 언니처럼」, 세계 꽃 박람회를 통해 안다는 것의 기쁨의 표현(「안다는 것」), 친구와의 오해를 "추리소설"을 썼다는 적절한 표현으로 생동감 있게 화해를 모색해가는 「훌훌 털어버릴 걸」, 꽃과 나비와 관계를 인간사의 사랑법으로 형상화하는 재치(「꽃」), 꽃과 바람의 관계(「심술쟁이 바람이」), 비를 맞고 식물이 자라남을 통해 어린이들 역시 경험을 통해 자란다는 자연의 섭리와 인간의 자람과의 비교(「처음 경험」), 이 시집의 제목을 끌어온 죽순의 생태(「죽순」) 등 모두 자연 현상을 자연스럽게 어린이의 시각으로 친근하게 보고 표현한 수작들이다.

쉿~

도깨비 소탕작전

준비완료

뾰족뾰족한

뿔 때문에

대나무 숲에서

모두 발각

—「죽순」 전문

　어린이다운 발상과 시선으로 죽순을 보고 상상한 것을 형상화한 기발한 동시다. 재미있다. 생동감이 있다. 신선하다. 죽순과 도깨비 뿔의 연상 작용으로 시를 재미있게 형상화하고 있다. 도깨비 소탕작전은 바로 상상력을 저해하는 현실성의 소탕작전이다. 도깨비 소탕작전을 감행함으로써 어린이들이 동시를 통해 무한한 상상력의 세계로 꿈을 펼치게 된다. 이오자 시인은 일상적인 자연 현상을 어린이다운 천진스러운 유머로 관찰함으로써 죽순이라는 이미지에서 파생되는 상상력을 무한대로 확장시킨다. 「상처」, 「인내」 등도 무거운 주제를 자연 현상에 견주어 쉽게 풀이해내는 천부적인 시적 재능을 유감없이 발휘하고 있다. 「메꽃」, 「소나무」, 「잡초」, 「씀바귀꽃」 등은 식물을 단조롭게 식물 그 자체를 그려내는 것이 아니라 2차, 3차적인 연상작용이 일어나게끔 상징적인 이미지를 끌어와 활성화시킨다. 때문에 어린이들의 정서적인 공감을 유발시킨다.

　제3부 "어려운 학습"의 15편 역시 어린이들의 일상생활을 소재로 유머스러우면서도 친근하고 품격 있게 어린이들의 정서적 공감을 불러일으키는 시들이다. 이오자 시인은 천부적인 동시인답게 생래적인 동심과 밀착된 시적 감각으로 동시답게 자연스러운 동시를 빚어낸다. 꾸밈이 없다. 억지스러운 데가 없다. 생경한 은유로 부조화를 일으키지 않는 자연스러운 동시를 빚는다. 동심과 시심이 일치되어 있다. 동시는 이렇게 써야 한다는 천부적 동시작시법을 터득한 시인이 바로 이오자 시인이다. "어려운 학습"이 전혀 어렵지 않을만치 어린이에게 친근하게 읽히는 시를 쓴다. 어린이와 눈높이가 적절하다. 자칫 눈높이가 맞지 않아 억지

스러운 동심이 노출되는 동시단의 기성 시인과 전혀 다르다. 그의 시를 읽고 있으면 기발한 은유를 끌어온 것도 아니면서 자연스럽게 은유적인 세계로 빨려 들어가는 느낌이 든다.

「아기가」는 아기의 대화를 통해 동심의 본질을 적나라하게 도출시킨다. 「모르는 척」은 아빠랑 책방에 가서 책을 산 경험을 생생하게 그려냈으며, 「아빠 비상금」은 어린이의 눈으로 현장감 있게 그려냈으며, 「할머니 말씀」은 유리병 두 개가 부딪혀 깨진 사례를 통해 강한 것끼리 맞붙으면 깨진다는 진리를 깨우쳐 주고 있으나 교육적이거나 교훈적인 동시와 달리 친근하게 교육적이면서도 교육적이 아닌 것처럼 정서적 교감을 일으킨다. 샤프 연필에 얽힌 경험을 소재로 한 「걱정」, 올드미스 막내 고모의 시집가게 된 경험을 소재로 한 「알쏭달쏭」, 동생과 장난하다 겪은 일을 소재로 한 「이럴 땐 정말」, 현장학습의 생생한 경험(「어려운 학습」), 화장실 체험(「호들갑」), 산골 외딴집의 할아버지 할머니가 정겹게 살아가는 모습(「행복한 집」), 할머니의 주름(「주름」), 방학 때 시골 할머니 댁에 갔다가 할머니와의 작별 경험(「할머니를 혼자두고」), 돈벌레 살려준 것에 대한 기대(「헛기대」), 아빠가 출장 간 집안 풍경 묘사(「아빠 자리」), 아빠의 일상을 그린 「아빠는 비디오」 등 어린이가 가정에서 겪는 일상적인 체험을 어린이의 눈으로 익살스럽게 형상화한 작품들이다. 생생한 체험을 그려냄으로써 진솔한 동심을 표출해내는 생활동시의 진수를 보이고 있다.

현장 학습 가는 길

선생님께서
"짝이랑 손잡으세요"

손을 잡으려는데

자꾸 뿌리친다

선생님 말씀을
잘 들어야 하는데

은지 손만 바라보는 짝 땜에
내 속이 까매진 날

—「어려운 학습」 전문

    현장 학습 체험의 생생한 모습을 담아낸 작품이다. 어린이들의 마음을 생생하게 그대로 담아 동시를 읽고 간접 체험하는 독자들도 실제로 화자의 심정을 느끼는 듯한 착각을 일으킬 정도로 작품 속에 빨려들게 한다. 이는 살아 있는 동심을 생생하게 담았기 때문이다. 따라서 그의 시는 살아서 움직인다. 「어려운 학습」은 현장 학습 속에서 친구간의 관계에 대해 심각하게 고민하는 어린이의 진솔한 감정을 시로 표현한 현장감 넘치는 동시다.

    제4부 "길 잃은 나비"는 8편의 시를 묶었는데, 생생한 생활 체험을 담아내고 있다. 전철 안으로 날아 든 나비를 본 특이한 경험을 소재로 한 「길 잃은 나비」는 생명의 소중함이라는 무거운 주제를 생생하게 담아내어 전철 안 바닥에서 파닥거리는 "길 잃은 나비"가 자연의 품으로 돌아가기를 바라는 마음을 생동감 있게 그려내고 있다. 흔히 볼 수 없는 하찮은 이색 체험에 포커스를 맞춰 무거운 주제를 가볍고 생동감 있게 육화시키는 재치가 놀라울 정도다.

하얀 나비 한 마리가
전철 안으로 날아들어

파르르파르르
바닥을 쓸고 간다

어딜 찾아 헤매다가
날아들었나?

나비야,
다음 문 열리거든
얼른 내려라

눈 없는 구둣발은
매정하단다

—「길 잃은 나비」 전문

    생동감 있다. 안타까운 동심이 온몸으로 느껴진다. 전철 안의 정경이 세밀화 방법으로 머릿속에 그려진다. 이처럼 손에 땀을 쥐게 할 정도로 생생한 현장감을 느끼게 한다. 누에가 실을 뽑아내듯 자연스럽게 시로 형상화해냈다는 점은 그의 시적 재능의 탁월함을 보여준다고 하겠다.

    제5부 "작은 고추가 맵다" 역시 8편의 작품이 나라 사랑과 역사의식을 어린이 눈으로 현장감 있게 그려내고 있다. 반일 감정의 문제(「소심한 복수」), 자연의 이치에 따른 시간의 변화에 대한 기다림(「밀물과 갯벌」), 가정을 통한 재미있는 상상력 표출(「땅굴」), 남북분단 문제(「이산가족」), 분단의 역사 현장(「철원 노동당사」, 「휴전선」), 통일에 대한 소망(「하나」), 그리고 우리나라 대표선수들의 활약상을 통해 우리나라에 대한 긍지심을 생생하게 담은 「작은 고추가 맵다」 등 중후한 주제를 어린이가 이해하기 쉽

게 눈높이에 맞추어 형상화해내고 있다.

세계지도에서
우리나라를 찾아보면

작은 고추만 한 것이
벼랑 끝에 아슬아슬

손가락으로 툭 치면
뚝 떨어질 것 같은
조그만 나라

하지만
세계 자랑거리
우리나라 우리말, 글
피겨, 양궁, 펜싱이
세계를 흔들었다

우리나라 작은 고추
작지만 매운 고추

—「작은 고추가 맵다」 전문

올림픽 경기에서 우리나라가 우승하여 국민 모두가 느낀 긍지심을
「작은 고추가 맵다」에 생생하게 담고 있다. 중후한 주제를 공감이 갈 수
있도록 쉽게 표현한 작품이다. 그의 동시들의 특성은 대부분은 어린이
들이 읽기에 쉽고 어린들의 체험을 생동감 있게 그리고 있다는 점을 들

수 있다.

3. 나오며

이상에서 이오자 동시집 『도깨비 소탕작전 준비완료』의 시세계를 살펴보았다. 그의 동시의 특징은, 첫째, 생생한 현장감을 담고 있다는 점이다. 살아서 움직이듯 체험을 활성화시켜 형상화해낸다는 점이다. 둘째, 어린이의 눈높이로 사물을 바라보고 동심을 담아낸 점을 꼽을 수 있다. 셋째, 중후한 주제를 아주 유머스럽게 어린이가 동질감을 느낄 수 있도록 재미있게 담아냈다는 점이다. 넷째, 표현기법이 적절하고 작은 것을 통해 무한한 상상력을 느끼게끔 사물을 세심하게 관찰하여 표현함으로써 세심한 사물관찰의 필요성을 느끼게 한다는 점이다. 다섯째, 동(童)과 시(詩)가 조화롭게 일치된 동시다운 童詩라는 점이다.

이오자 시인의 시를 읽고 상상의 세계로 진입하여 『도깨비 소탕작전 준비완료』된 대밭의 죽순을 보았다, 좋은 시적 체험을 생생하게 할 수 있도록 창작한 동시를 읽으면서 감동적이었다. 이 책을 읽는 모든 어린이가 생생한 상상력의 공간이동 체험을 할 것이라고 확신한다.

어린이 생활 속의 동심과
어린이와의 눈높이 일치시키기

박예자 동시집 『나는 왜 이럴까?』의 시세계

1. 들어가는 말

어린이 생활을 담은 생활동시는 어린이의 생활 속의 문제들을 어린이의 눈높이로 바라보고 생각한 것을 시로 표현한다. 이때 어린이의 생활은 어린이가 본 어린이의 문제가 아니라 동시인이 어린이의 마음으로 돌아가 어린이의 생활 세계를 바라본 생활이다. 대부분의 동시인들이 시적인 소재를 어린이 마음으로 돌아가 어린이와 눈높이를 맞추고 어린이의 생활 문제 속으로 들어가 동심을 발견해내고 문제가 되는 생활 문제를 시로 표현하면 되는 것으로 착각하는 듯하다. 어린이 눈높이로 어린이 생활 속으로 들어가는 것은 동심 찾기의 방법은 될 수 있으나 이러한 작업이 바로 글로 표현되었다고 모두 동시가 되는 것은 아니다. 대부분 어린이의 생활=동심이라는 등식으로 오해하는데 바로 여기에 생활동시의 치명적인 함정이 도사리고 있기 마련이다. 어린이 생활 속의 동심과 어린이의 눈높이로 동심을 바라본 박예자의 동시집 『나는 왜 이럴까?』을 통해 이러한 문제에 대해 심각하게 생각해 보기로 한다.

2. 어린이 생활 속의 동심과 어린이와의 눈높이 일치시키기

어린이의 생활 속의 동심을 발견하고, 어린이와의 눈높이를 일치시킴으로써 동심으로 진입하여 어린이 생활 문제를 다룬 동시가 바로 박예자의 동시집 『나는 왜 이럴까?』이다. 생활동시의 일반적인 패턴을 밟고 있다. 이러한 접근법 자체가 생활 속에서 동심을 발견하려는 방법론적인 동심 접근법이나 이 접근 과정에서 간혹 동시인 자신의 어린 시절을 끌어와 현대의 어린이의 생활에 접근했을 때 괴리감이 나타나기도 한다. 자칫 자신의 어린 시절의 생활 문제가 노출되어 시대적인 격차가 발생되면 좋은 생활동시는 아닐 것이다. 그러나 박예자의 동시집에서는 동시인 자신의 어린 시절이 아니라 현대 어린이의 눈높이를 맞추어 동심의 세계에 접근해 성공한 동시들이다. 그것은 박 시인이 "둘이서 함께 시를 써요"라고 시인의 말에서 밝힌 바와 같이 손자 영우와 대화를 통해 영우의 생활 문제에 깊숙이 개입함으로써 현대적인 동심 세계를 그려냈고, 이러한 생활동시의 접근법을 통해 오늘날의 어린이들의 생활 문제에 접근했다. 손자 영우와 협의하여 오늘날의 어린이 생활 문제에 접근하는 방법으로 동시를 창작함으로써 독자들에게 공감을 불러일으키게 된다. 이 동시집은 동시인과 어린이가 함께 창작한, 동시와 어린이시가 혼합된 어린이의 생활동시다. 동시인이 손자인 영우의 생활 문제에 개입함으로써 어린이 생활 속의 동심과 어린이와의 눈높이를 일치시킨다.

　　―장난감 갖고 놀 나이 아니야.

　　　공부해야지.

　　아빠도, 엄마도

　　야단치신다.

　　이제 난 장난감과 작별이다.

마지막으로
장난감 로봇을
목욕시키고
부러진 팔을 테이프로 붙였다.
몸통의 낙서도 지웠다.
재활용품 트럭에 실려 가는 로봇.

로봇 실은 트럭이 멀어져 간다.
눈물 머금고 손 흔들었다.

로봇아, 잘 가!
로봇아, 안녕!

—「로봇아, 잘 가」 전문

로봇 장난감과의 작별을 안타까워하는 손자 영우의 생활 속의 동심이 생생하게 표출되었다. 손자 영우의 생활 속에 개입하여 로봇과의 작별에 대한 감정을 표현함으로써 어린이의 생활 감정을 잘 살려냈고, 어린이가 표현한 어린이시와 동시의 경계를 허물고 있다. 손자를 지극히 사랑하는 마음까지 동시 속에 녹아 들어 있는 동시이며, 영우의 생생한 목소리가 그대로 전달되는 어린이시의 효과가 살아난 시다.

할머니가
초콜릿 한 개만 주면, 내 동생은
"형아 주게 하나만 더 주세요."
내 책상 위에 갖다 놓아요.

아침 일찍 일어난
내 동생은
"형아 형아 학교 늦겠어."
나를 흔들어 깨워 주어요.

내 동생 영우가
가끔은
형 같아요.

—「형 같은 동생」 전문

이 시에서 보듯이 시인의 눈은 완전하게 손자와 일치되고 있다. 영우의
생활을 형의 입장에서 쓴 어린이시다. 동시를 쓴 동시인은 온데 간 데가
없어진다. 어린이 생활 속의 동심과 어린이와의 눈높이가 일치되어 어린
이가 되어 버린 상태다. 어린이의 생활 문제가 그대로 그려진 생활 어린
이시라는 점이다.

동화책을
재미있게 읽고 있는데
"영민아
밥 먹어라, 그만 읽고."
엄마가 부르지만
난
동화책 한 줄,
꼭 한 줄 더 읽다 혼나지.

고기가 맛있어

자꾸 먹는데

"영민아,

채소도 먹어라."

난 들은 척 않고

고기 한 젓가락,

꼭 한 젓가락 더 집다 혼나지.

난 늘 왜 이럴까?

엄마 말씀 그때,

멈췄으면 좋았을 걸.

—「나는 왜 이럴까?」 전문

어린이의 생활 문제가 그대로 표출된 동시다. "나는 왜 이럴까?" 하는 어린이의 문제가 노출되었으나 그 문제를 해결하기 위한 생각이나 방향 제시가 없다는 점이 아쉽다. 시적인 접근법이나 형상화가 없는 어린이 생활을 그대로 표출하는 시가 동시인가 하는 의문이 제시된다. 동(童)은 잘 표출되었으나 시(詩)적인 형상화의 미적인 감흥을 느낄 수 없다. 생활 동시의 가장 큰 맹점이 바로 여기에 있다. 어린이와 동시인의 눈높이가 일치됨으로써 어린이시와 동시의 경계가 허물어져 애매모호하게 되었다. 따라서 독자들의 생생한 공감력은 획득했으나 그들에게 시적인 아름다움이나 생각을 확충시켜 줄 상상력이나 비전을 제시해 주지 못하는 생활시의 문제점이 그대로 나타나고 있다.

그러나 제4부부터 자연 소재를 다룬 동시에서는 어린이의 눈높이로 동심을 형상화한 동시다운 모습을 엿볼 수 있다.

나는 아기 다람쥐
남산 관광도로
철조망에 걸려 있는 팻말을 보고
깜짝 놀랐어.

도토리는 다람쥐의 겨울 양식
주워 가지 마세요
—남산공원 관리 사무소

몇 번이나 읽어 보고
그 글을 바꾸고 싶어졌어

그래서
떡갈나무 이파리를 주워
편지를 썼지

소장님!
철조망 팻말
이렇게 고쳐 주실래요?

어린이들에게
산에 올라와
아기 다람쥐들과
같이 놀아 주세요
—남산공원 관리 사무소

편지를 써서

바람에게 부탁해 날려 보냈지

산까치도 노래하며 따라갔어.

—「아기 다람쥐의 생각」 전문

동시인의 생각이 담겨 있고 어린이의 생활에서의 문제에 대한 해결안을 제시해 주고 있다. 자연을 소재로 한 동시「담 밖에 석류 두 개」,「늦가을 오후」, 시적 대상을 객관화시킨「눈모자」,「얼음 유리창」등의 동시에서는 시인의 체취가 나타남을 느낄 수 있고, 은유적인 표현이나 의인적인 표현 등 시적인 형상화가 이루어지고 어린이시의 영역이 아니라 동시의 영역으로 경계 벗어나기가 이루어지고 있다.

3. 나오며

박예자 동시집『나는 왜 이럴까?』는 재미있는 동시 이야기다. 박 시인의 동시집에 대해 이준관 시인은 "아이들의 생활과 자연의 아름다움을 실감나게 보여주는 시"라고 호평하고 있다. 아이들의 생활이 생생하게 드러나고 자연을 소재로 한 동시에서는 자연의 아름다움을 어린이의 눈높이로 그려내고 있다. 어린이시와 동시의 경계를 허물어버린 동시의 특징을 보인다. 그러나 이러한 접근법이 바람직한 일인가 아닌가는 앞으로 논의되어야 할 명제라고 본다. 그야 어찌되었든 박예자의 동시집 『나는 왜 이럴까?』는 어린이 생활 속의 동심과 어린이와의 눈높이 일치시키기에 성공한 동시임에는 틀림없다. 생활동시에서 어린이의 생활 문제만 노출시킬 것이 아니라 어린이에게 문제 해결을 위한 실마리가 제공되고 문학적인 감수성과 상상력을 확충시킬 방안을 제시하는 생활동시 창작 방법론에 대한 문제는 앞으로 동시인들이 심각하게 고민하고 논의되어야 할 명제라고 할 수 있다.

스스럼없이 동심에 던지는 물음

우남희 동시집 『너라면 가만있겠니?』의 시세계

1. 들어가며

우남희 동시집 『너라면 가만있겠니?』 속의 동심은 스스럼없다. 꾸밈 없이 자연스럽다. 동심을 찾기 위해 이곳저곳을 찾아서 만나는 사물에 대해 의문을 품고, 그 의문에 대한 답을 찾아 나선 시인이다. 스스럼없이 동심에 던지는 물음과 그에 대한 해답이 어찌나 자연스러운지 그의 시세계에 자연스럽게 빨려 들어가게 된다.

우남희 시인의 동시집 『너라면 가만있겠니?』는 동심의 본질을 꿰뚫은 동시집이다. 동심은 단순하고 꾸밈이 없어야 한다. 동심은 많은 사물에 대한 의문을 가진다. 많은 의문에 대한 해답을 찾아가는 과정이 동심이다. 우남희 시인은 바로 사물에 대한 의문을 제기하고 그 의문을 스스럼없이 해결 나가는 자연스러움을 보인다. 우남희 시인이 끊임없이 동심에 던지는 물음을 동시집 『너라면 가만있겠니?』를 통해 시세계를 밝혀 보기로 한다.

2. 스스럼없이 동심에 던지는 물음

우남희 동시집 『너라면 가만있겠니?』는 총 4부로 구성된 시집이다. 제
1부 "흔들리는 마음"의 14편은 두 마음의 변주곡을 담아내고 있고, 제2
부 "너라면 가만있겠니?" 15편은 자연과 인간과의 바람직한 관계를 모색
하기 위해 끊임없는 시도하는 모습을 보여주고 있다. 제3부 "너라면 신나
겠니?" 15편은 자연과 사물에 대한 의문을 청자에게 묻는 형식으로 동심
의 본질에 접근해간다. 제4부 "바람, 너였구나" 16편은 자연과 동심에 대
해 던지는 물음의 해답을 발견하는 무한한 기쁨을 담아내고 있다.

1) 두 마음의 변주곡

제1부 "흔들리는 마음"은 어린이의 갈등 상황을 담은 두 마음의 변주
곡이다. 유혹하는 오락실과 떡볶이를 놓고 마음속에서 갈등하는 상황에
서 엄마를 생각하는 마음 때문에 유혹을 물리친 사례를 나비와 잠자리
의 앉는 자세, 어릿광대의 외줄 타기, 체육시간의 평균대 균형잡기로 구
체화시켜 표현하고 있다. 즉 어린이의 내면적인 가치 갈등을 구체적인
비교 사례로 시각화하여 명징하게 흔들리는 마음을 형상화했다. 그러나
나비와 잠자리, 어릿광대, 평균대의 균형 잡기와의 비유는 다소 부자연
스럽다. 왜냐하면 오락실을 가고 싶은 마음과 떡볶이를 사먹고 싶은 마
음을 엄마의 생신날 드릴 지갑 하나라는 선물을 마련하기 위해 자신의
욕구를 억압하는 구조이지 균형의 문제가 아니기 때문이다.

우남희 동시는 물활론적인 사유에 의해 기발한 착상으로 두 대상이
갈등 상황을 벌이는 짜임으로 구성되어 있다. 「봄이 오는 길목에서」에
서 봄바람과 겨울바람이 서로 밀고 당기기를 하는 상황 설정과 「떡잎」
에서 햇볕, 바람, 비를 두 손으로 받는다는 하늘과 땅의 상호관계, 「나비

와 꽃」에서 꽃을 찾아 꽃이 있는 곳이면 어디든지 찾아온다는 상호 관련성, 「봄」에서 봄바람과 개울물과의 관계 설정 등 두 사물을 등장시켜 동심의 균형잡기를 시도한다.

빈 가지였을 때
맘대로 들락거렸는데

새순이 태어나니
다칠까 봐
조심스럽다.

—「새가 하는 말」 전문

「새가 하는 말」은 새순 돋는 나뭇가지에 새들이 조심스럽게 다닌다는 설정을 통해 상대를 배려하는 마음을 표현하고 있다. 나뭇가지와 새의 상호관계에서 새는 나뭇가지에 일방적으로 신세를 지고 있는 상황이다. 그러한 일방적인 혜택의 관계는 자연과 사람과의 관계도 마찬가지다. 사람은 살아가기 위해 자연에 일방적인 혜택을 강요하고 자연의 혜택을 입으면서도 자연을 훼손한다. 새의 말을 대변하여 "새순이 태어나니/다칠까 봐/조심스럽다."라고 말하고 있다. 새 생명에 대한 따뜻한 배려는 동심을 지키려는 우남희 시인의 따뜻한 마음을 담고 있다. 이렇게 따뜻한 마음으로 남을 배려하는 동심을 담은 시로 「징검다리」를 꼽을 수 있다. 「우리 할머니」는 아파트로 이사 가게 되어 키울 수 없는 강아지도 받아주고, 피아노, 작은 텔레비전까지 귀찮은 물건을 싫다하지 않고 받아주는 포용력을 보인다. 다만 할머니께 귀찮은 동물과 물건들을 일방적으로 맡기는 상황이 오늘날 도시화의 물결에 어쩔 수 없는 현실적인 상황이라지만, 할머니에게 꼭 필요한 물건을 드리는 할머니 사랑의 모범적인 효행의 실천 모습을 담았더라면 더 바람직하지 않을까 하는 생각이 든다. 「두 마음」에서는 서로의 기다리는 상황은 같으나 입장이 다른 할머니와 벌 나비와의 관계를 대비시키고 있다. "공장에서 만든 꽃" 즉 조화를 파는 할머니는 손님을 기다리고, 꽃은 "벌 나비"를 기다리는 상황 설정에서 앞의 상황은 조화를 매개로 교환가치를 획득하기 위해 사람이 사람을 기다리는 상황이라면, 뒤의 상황은 매개체가 없이 꽃이 "벌 나비"를 서로의 필요에 의해 기다리는 상황이다. 할머니께서 조화를 파는 초라한 모습보다는 생명을 전달하는 긍정적인 할머니상을 제시하여 어린이들이 궁상스러운 할머니 이미지에서 벗어나게 했으면 하는 마음이 간절하다. 갈수록 노령 인구의 증가 추세로 그나마 노인을 공경하는 풍토의 추락이 예상되는 우리나라의 사회구조에서 자라나는 어린이들에게 노인들의 긍정적인 이미지를 심어 주어야 할 사명이 아동문학을 하는 우리들에게 있기 때문이다.

2) 자연과 인간과의 바람직한 관계 모색

우남희 시인은 자연과 인간과의 바람직한 관계를 모색하고자 한다. 관계 회복을 위해 "다리"가 되길 희망한다. "갈라진 논바닥"에 단비가 내려 자연이 조화를 이루듯이 "금이 간/너와 나" 사이의 관계 회복을 위해 웃음으로 화해 신호를 보내고 있다.

쩌-억
갈라진 논바닥
단비가 아물게 하고

쭈-욱

터진 솔기
바늘이 기워 주고

금이 간
너와 나 사인
웃음이면 되겠지?

—「다리」전문

다리는 모든 관계와 소통을 향한 창구다. 관계가 단절되면 소통할 수 없게 되고 소통이 이루어지지 않으면 소통을 위해 비상 연락을 해야 한다. 관계는 서로가 배려하는 마음과 사랑하는 마음이 없이는 회복하기 어렵다. 자신만을 위해 남의 것을 가져갈 때 분란이 일어나게 된다.

동글동글
예쁜 돌 하나 주워
주머니에 넣었어요.

멀리서
그걸 어떻게 보았을까요?

솨―

허연 거품 물며 와선
내놓으라고 야단입니다.

—『파도』전문

바닷가에 파도가 몰아치는 현상을 인간이 자연에게서 일방적으로 훔쳐 온 "돌" 때문에 "허연 거품 물며 와선/내놓으라고 야단"치는 다툼의 상황으로 보고 있다. 생태의식을 반영한 시로 우리 인간 위주의 자연생태관에 의해 자연에 일방적으로 가하는 인간들의 폭력적 욕망에 의해 생태계가 파괴되어 인간의 생존을 위협하는 상황에 이르고 있는 것이 오늘날의 지구촌의 심각한 문제다. 무심결에 바닷가에 있는 "예쁜 돌 하나"라도 함부로 훼손해서는 안 된다는 생태보존의식에 대한 경종을 울리고 있다. 자연과 자연, 자연과 인간, 인간과 인간과의 화해가 이루어져야 우리가 사는 세상이 평화로울 수 있다. 서로가 공존해야 함을 인식하는 생태주의 사고는 지구촌의 평화 유지를 위해 반드시 필요한 일일 것이다.

　　섬을 인간 사회의 종이조각이 바람에 날아갈까 봐 돌로 눌러놓은 위태로운 모습으로 보고 있고(「섬」), 「수평선」에서 "배 한 척" 떠 있는 모습을 "하늘과 바다/둘 사이를 떼어 놓는" 상황으로 보는 공감각적 사물인식이 매우 참신하고 독특하다.

　　젖겠다.
　　떨어져!

　　배 한 척이

　　하늘과 바다
　　둘 사이를 떼어 놓는다.

—「수평선」 전문

　　"하늘과 바다"가 붙어 있는 수평선에 "배 한 척이" 지나가는 풍경을 의인화하여 하늘이 "젖겠다"는 상대를 배려하는 마음이 잘 나타나 있다. 자연과 자연 사이의 관계 회복에 인간이 타고 있는 배를 매개로 하여 젖지 않게 배려하겠다는 자상한 마음과 적절한 상황 설정이 독특하다. 순발력이 대단하다. 참신한 은유, 상징적인 이미지 처리가 적절하다. 「닮았다」의 호미와 할머니의 비유랄지, 「피시식」의 허탈한 상황의 재치 있는 처리, 「담쟁이 · 1」에서의 역사의식 형상화, 「소」에서 소의 행동 특성을 유머스럽게 반성문을 쓰는 동심적인 상황과의 관계 맺기, 「연못에서」와 「뻐꾸기 시계」의 동심적 상황과의 적절한 비유는 재치 있고 참신하다.

3) 자연과 사물에 대한 의문

우남희의 시세계에서 또 하나의 특징은 자연과 사물에 대한 의문을 품고 그 의문을 해결해 가는 과정과 이야기를 담은 시라는 점이다. 항상 두 사물이 등장하며 두 사물 간에 관계를 설정하여 구성한 이야기 시다. 이러한 이야기 시는 토속적인 정서를 이야기로 풀어낸 백석 시에서 많이 등장하는 기법이다. 「가을바람」의 짜임도 과수원이라는 장소에 바람이 부는 것은 "지난 태풍 때/할퀴고 흔들어서/미안하다, 사과하러" 온 악마적 접근과 "살랑살랑/쓰다듬고 어루만지며/흠 없이/잘 자랐다고" 인사하는 고마움의 표현의 상반된 두 가지 해석으로 짜여져 있다. 또한 「새 한 마리」에서도 가을 들판에 새들이 날아온 것은 "지난 여름 흘린 이야기"를 줍기 위해서다. 「담쟁이 물들다」도 역시 담쟁이가 가을이 되어 색깔이 변화하는 모습을 "여기 찔끔/저기 찔끔/물감을 흘리면서." 그림을 그리는 것으로 스토리를 구성한 시이고, 「담쟁이 · 2」는 "누가/스위치를 올"려 "담벼락에 깔아 놓은 선으로/전류가 흘러" 불긋불긋하다는 인간 문명적인 시각으로 비유하고 있다. 자연과 사물에 대한 의문을 품고 그 해답을 얻어낸 결과를 이야기하는 시적 구성이 특징적이다. 「지지대」에서는 고추밭의 지지대를 통해 엄마가 잔소리하지 않고 그냥 지켜봐 주기를 소망하는 동심을 형상화하고 있다.

　　바람개비라고
　　바람만 있으면
　　신날 거라 말하는데

　　그건
　　모르는 소리!

　　함께 놀 친구들이 없는데
　　너라면
　　신나겠니?

─「너라면 신나겠니?」 전문

　놀아 줄 상대가 없으면 신명이 날 수 없다는 관계 단절의 상황에 대한 의문에 대한 답이다. 그의 시는 두 대상 간의 관계의 의미망 속에서 서로 얽히고 설켜 살아가는 이야기와 자연과 사물에 대한 의문을 깊이 생각해보고 해결해 나가는 이야기의 짜임으로 시가 구성되는 게 특징이다. 자연과 사물이 인간과 관계를 맺고 다정하게 어울려 살아가는 이야기를 통해서 동심의 본질에 가까이 접근하려고 한다.

　　잠자리 날개를 빠져 나온
　　가을볕이 부드럽다는 소문
　　좌-악 퍼졌나 보다.

들깨 밭으로

고추 밭으로

벼논으로 불려 다닌다.

일손이 부족해

잠자리란 잠자리는 모두

가을 하늘로 출동했다.

—「잠자리」 전문

인간 세상의 이야기를 잠자리의 생태에 적용한 시다. "가을볕이 부드럽다는 소문"의 감각적인 감점이입의 표현이 돋보인다. 역시 이 시도 잠자리의 출동은 일손이 부족한 "들깨 밭", "고추밭", "벼논"으로 인간들을 돕기 위함이라는 자연과 인간의 아름다운 교감의 모습으로 형상화한 이야기의 짜임을 보인다.

4) 자연과 동심의 의문에 대한 해답의 발견

자연과 동심의 의문에 대한 해답을 찾아가는 우남희 시인은 제4부에 와서 그 해답을 말하고 있다. 자연을 인간 생활의 상황과 견주어 인간의 생활에서 그 해답을 찾아내고 있다. 즉 "자연―인간과 유사한 생활 모습의 비유―의문에 대한 해답의 발견"이라는 구조로 시가 구성되어 있다.

대문 밀치는 소리

쿵!

가슴이 내려앉는다.
누구랑 싸웠기에
저렇게 화가 났나?

양동이 굴러가는 소리

몇 번 발로 차다 보면
화가 풀리겠지.
그때까지 기다리지 뭐.

방문이 덜컹거리는 소리

이제 그만 할 때가
되었을 텐데
화 풀고 돌아오지 그러니?

대답이 없다.

문을 열어 보니
나뭇가지가 심하게 흔들린다.

아
바람, 너였구나.

─「바람, 너였구나」 전문

자연 현상을 인간 생활의 이야기로 전개한 동화적 스토리로 구성한 시다. 자연에 대한 궁금증이 해결된 기쁨을 담고 있다. 어린이들은 사물에 대한 의문이 많다. 눈에 띄는 것들이 모두 신기하다. 그것을 관찰하기 위해 오감을 동원한다. 이리저리 바라보고, 만지고, 냄새 맡고, 소리도 들어 보고, 맛보고 정신적인 이미지를 총동원하게 되는 동심을 담은 동시의 특성이다. 우남희 시인은 그러한 동심의 본질을 누구보다 잘 알기에 어린이들이 쉽게 접근하기 위한 방식으로 동화적인 이야기의 전개 구조로 시적인 발상을 전개해 나가고, 자연과 사물에 대한 의문을 우리의 생활 경험과 관련지어 해답을 얻는다. 「눈길 위에서」처럼 할머니와 손주의 끈끈한 정과 같은 따뜻한 인간관계를 유지하려는 사랑의 "단추"를 다는 행위가 바로 우남희 시인이 동시를 쓰는 이유일 것이다.

오른쪽 옷깃
왼쪽 옷깃
따스한 마음 나누려고

하나
둘
셋
넷

징검다리 놓았다.

—「단추」전문

우남희 시인의 단추 달기는 소원해져 가는 인간관계의 회복을 위한 사랑의 징검다리다. 그가 동시를 쓰는 이유가 바로 여기에 있다. 시를 통해서 자연에 대한 사랑과 동심에 대한 사랑을 표현함으로써 어린이들이 따뜻한 사랑을 느끼고 사랑 속에서 또 다른 사랑을 키워 가길 바라기 때문일 것이다.

3. 마무리

우남희 동시집 『너라면 가만있겠니?』는 자연과 동심에 대한 의문을 깨우쳐 가는 과정을 담은 시들이다. 자연과 자연, 자연과 인간, 인간과 인간의 관계망 속에서 의문에 대한 해답을 찾아가는 동화적 스토리 구성으로 재미있게 이야기를 시로 풀어내었다. 때로는 흔들리는 마음으로 갈등하기도 하면서 자연과 인간과의 바람직한 관계를 모색하기 위해 "너라면 가만있겠니?" 하는 의문을 제기한다. 그는 우리에게 자연과 사물에 대한 의문으로 "너라면 신나겠니?" 하는 끊임없는 물음표를 던진다. 끝내 "바람, 너였구나" 하는 자연과 동심의 의문에 대한 해답을 발견해 나간다. 자꾸만 메말라 가는 오늘날 자연과 인간, 인간과 인간의 끈끈한 사랑의 다리 놓기 작업이나 단추 달기처럼 좋은 동시의 다리와 단추를 많이 건설하고 달아가길 기대한다. 갈수록 더 세련되고 튼튼한 다리를 놓고, 더욱 멋있는 단추를 달아 주기를 기원할 뿐이다.

동시마을로 가는 동심의 스케치

김현숙 동시집 『특별한 숙제』의 시세계

1.

　동시란 시적 대상이 되는 사물을 보고 떠오른 생각이나 느낌을 압축하여 시적 대상에서 떠오른 이미지와 유사한 이미지를 끌어와 간결하고 쉬운 언어로 재미있게 동심으로 표현한 시다. 동시가 어린이를 독자 대상으로 한다고 해서 어린이의 생활이나 어린이의 기발한 생각을 담는다고 모두 동시가 되는 것은 아니다. 동시도 엄연히 시라는 점이다. 구전되어 온 민요가 그러하듯이 어린이만을 대상으로 하지 않고 어린이와 어른 모두가 함께 불러왔던 노래가 민요이다. 조금은 어린이의 정서에 맞는 것이 전래동요로 어린이들의 사랑을 받아왔듯이 동시가 전래동요처럼 어린이의 생활만을 노래한다면 시적인 향기가 없어지고 만다. 많은 동시인들이 동시는 시 앞에 동이 먼저 들어가므로 어린이다워야 한다는 선입관으로 시의 본질인 이미지, 상징, 운율을 고려하지 않고 어린이다운 기발한 착상이 바로 동시라고 착각하는 경우가 허다하다. 동심은 사람들의 신화적인 순수한 마음이다. 그저 어린이들의 생활을 동심으로 착각해서는 안 된다. 많은 동시인들이 "어린이의 생활은 동심이다"

라는 고정관념에서 벗어나지 못하고 있다. 그렇다면 어른의 생활에서는 동심이 없는 것일까? 아니다. 어른의 생활 속에서도 동심은 있다. 동심의 의미를 광의의 개념으로 받아들일 때 시와의 접맥이 쉬어진다. 어린이의 생활이 동심이라는 고정관념은 자칫 맹목적으로 동심을 미화시키거나 어린이 생활 이야기를 재미있게만 쓰면 동시라는 협의의 동심에 사로잡혀 어린이시인지 동시인지 그 경계가 불분명한 동시가 창작되게 된다. 동시는 성인이 어린이 마음으로 돌아가 시적인 테크닉으로 동심과 시심을 융합하여 그야말로 어린이는 물론 어른들까지도 감동을 주는 시여야 한다. 그러한 동시가 바로 좋은 동시일 것이다. 동심과 시심, 그 어느 쪽에 무게 중심을 두느냐 하는 동시인의 시적 관점에 따라 동시의 방향이 달라지게 된다는 사실을 우리는 명심해 둘 필요가 있다. 동심 쪽에 비중이 실리면 시적인 형상화나 표현이 소홀해질 우려가 있고, 시적인 형상화나 표현에 비중이 실리면 자칫 동심의 본질에서 벗어나 쉽게 쓴 성인시로 전락할 우려가 있다. 김현숙 동시집 『특별한 숙제』는 동시인들에게 던지는 또 하나의 "특별한 숙제"에 대한 화두를 던진다. 이러한 관점에서 "동시마을로 가는 길에 징검돌 하나 놓을 수 있다면" 하는 소망으로 창작한 김현숙 동시집 『특별한 숙제』의 시세계를 살펴보기로 한다.

2.

김현숙 동시집 『특별한 숙제』는 동시마을로 가면서 동심으로 본 여러 가지 사물들에 대한 간결한 스케치다. "특별한 숙제"를 해 온 어린이가 한 명도 없다는 것은 어린이가 해결할 수 없는 가족의 문제요, 오늘날 우리나라의 사회적인 문제이기 때문이다. 이와 더불어 동심과 시심의 조화로운 모색에 대해 동시인들에게 부과된 "특별한 숙제"는 동시인 각자가 깊이 생각하여 자신의 동시관에 대한 점검과 자성적인 치열한 시 정신으로 해결해 나갈 과제일 것이다. 김현숙의 「특별한 숙제」는 청년 실업, 만혼 풍조, 개인주의적 가치관으로 독신가정의 증가, 여성의 사회적 활동에 다른 출산율 저하 등의 오늘날 우리나라의 사회문제를 동심의 시각으로 풍자적으로 표현한 동시다. 미래사회의 주인이 될 어린이에게 던지는 담론으로 "숙제를 해 온 친구/한 명도 없었다"로 끝을 맺고 있다. 이 문제는 어린이들에게 던지는 장기적인 숙제로 어린이가 어른이 되어 해결해 가야 할 특별한 숙제다. 어린이들에게 미래를 향해 콩총알을 발사한 셈이다.

꼬투리 속에
장전된 콩알

가을 햇살이
방아쇠를 당긴다

타당!
타당!
탕!

— 「콩 총알」 전문

"콩 총알"은 목표물을 향해 날아간다. 그 총알이 목표물에 명중할 것인지 맞지 않을 것인지 또는 불발탄이 될 것이지 아무도 알 수가 없다. 사회 문제는 단시일에 해결될 수 있는 문제가 아니기 때문이다. "거기 119지요"라고 묻기만 할 뿐 핸드폰 문화로 밀려난 공중전화의 "제발 저

좀 살려 주세요!"라는 공허한 외침만 들릴 뿐이다. 이미 사람들은 "카톡 새"를 키우고 즐겁게 살아가고 있기 때문이다.

주머니 속에도 살고
가방 속에도 사는

카톡 카톡
우는 새

꺼내
손바닥 위에 놓으면
좋아서

카톡 카톡 카톡
까부는 새

이 사람 저 사람
사이를 오가며
카톡 카톡 카톡 카톡
말 물어 나르는 새

—「카톡새」 전문

김현숙 시인은 사회적인 문제를 동심의 시각으로 스케치해서 우리에게 보여준다. 우리의 생활문화의 중심이 되어버린 핸드폰 문화 속에서 서로간의 소통을 전달하는 카톡새는 인간이 만들어낸 문화 현상이기 때문이다. 그러나 카톡새를 날리지 못하는 아웃사이더들은 공원 의자에 앉아 있거나 노숙자가 되어 거리를 배회할 것이다.

공원을 지나는데
긴 의자 옆에 세워진
작은 팻말

—주의, 페인트 칠! 앉지 마세요

말 안 듣는
단풍나무 이파리만 앉아
가을볕을 쬐고 있다

—「공원 의자」 전문

「공원 의자」의 스케치에서도 동심의 특성이 뚜렷하게 나타난다. 어린 이들은 하지 말라는 것에 대해 호기심이 많다. 의자가 있는데 앉지 마라 하면 꼭 앉아 보고 싶은 것이 어린이들의 공통된 마음이다. 어린이의 강한 호기심을 "단풍나무 이파리"로 표현하고 있다. 물론 사회에서 밀려난 사람들인 노숙자들도 할 일이 없기 때문에 규칙을 어기고 "단풍나무 이파리"처럼 공원 의자에 앉아서 소일할 수밖에 없을 것이다.

김현숙 시인은 어린이들의 특성인 호기심어린 시각으로 자연 사물을 바라보고 스케치하고 있다. 「거꾸로 담쟁이」는 바로 그러한 어린이들의 사물에 대한 호기심과 궁금증을 못 참고 해결하기 위해 먼저 행동으로 옮겨야 직성이 풀리는 어린이다운 행동 특성을 동심적인 시각으로 표현 해 놓았다.

거꾸로 담쟁이가 있었대 다른 담쟁이들은 끙끙

담장을 올라가는데 거꾸로 담쟁이는 담장 오르는

게 싫어서 땅바닥을 천천히 기어갔대 다른 담쟁이

들은 담장을 다 오르고 한들한들 바람과 놀고 있

는데 거꾸로 담쟁이는 아직도 길을 가고 있대 다

른 담쟁이들이 가보지 못한 길을

—「거꾸로 담쟁이」 전문

「거꾸로 담쟁이」는 담쟁이가 담장을 타고 올라가는 장면에 대한 궁금증을 이야기로 풀어내 보여주고 있다. 어린이들의 사물에 대한 강한 호기심과 궁금증을 이야기로 풀어냈으나 시적인 은유나 형상화에 대한 비중을 가볍게 처리함으로써 동심 쪽에 그 비중이 쏠려 있다는 사실을 확인할 수 있다.

「탱자나무」의 "그 많은/가시 달고도/탱자 다 빼앗겼다"는 간결한 사물 인식과 스케치나 「봄은」에서 "봄은/뛸 듯 말 듯//앙상한/나뭇가지에//연둣빛 점/콕콕 찌고 있다"는 단순명쾌한 동심적인 시각, 그리고 「모」에서 모의 형태적 느낌을 한글의 자모 "ㅗㅗㅗㅗㅗ"로 은유하거나 「고드름」에서 고드름의 모습을 간결하게 스케치하는 등 동심의 특성을 잘 살려내고 있다.

지붕 타고
내려오던 물방울

처마 끝에서
뛰어내리지도 못하고
달 달 달

뒤따라오던
물방울도
달 달 달

처마 끝
수염
점
점
길
어
진
다

—「고드름」전문

처마 끝에 맺혀 있는 고드름의 모습을 글자 배열로 시각화하여 단순 명쾌한 동심의 특질을 잘 살려냈다. 간결한 스케치와 평면적인 구성으로 동심의 본질을 잘 파악하여 형상화했으나 너무 단순한 점이 장점일 수도 있고 단점이 될 수도 있다. 유아동시나 저학년 동시에서는 1차적인 단순한 평면 구성이 필수적이겠으나 이러한 구성은 옷감을 직조할 때 한 가지 색으로만 직조한 것과 같다. 어린이들은 단순한 한 가지색만을 좋아하지 않는다. 울긋불긋 여러 가지 무늬가 직조된 옷감을 선호한다. 마찬가지로 시적인 짜임도 1차적인 평면 구성보다는 상상력을 증폭시킬 수 있는 복합적인 다양한 색깔을 배합한 무늬로 직조된 옷감과 같은 정신적인 이미지와 은유, 상징으로 짜여진 동시를 선호한다는 점이다. 그러한 동시가 생각의 깊이를 맛볼 수 있고, 시다운 맛을 느낄 수 있어 더 흥미롭기 때문이다.

3.

김현숙 동시집 『특별한 숙제』는 "동시마을로 가는 길에 징검돌 하나 놓을 수 있다면"하는 소망으로 어린이들에게 순수한 동심의 징검돌 같은 동시이다. 이 시집을 읽은 어린이들은 동시마을로 가는 동심의 스케치를 보고 동심에 빠져들 것으로 본다. 전혀 위험하지 않는 평탄한 징검돌에 어린이들은 장난끼 같은 것이 발동할 것이다. 조금은 난이도가 있는 다양한 모양의 징검돌을 입체적으로 구성했으면 더 좋지 않을까 하는 생각을 해본다. 앞으로 입체적인 짜임과 시적인 형상화로 시적인 상상력의 즐거움을 마음껏 향유할 수 있는 입체적인 동시의 징검돌이 놓여지길 기대한다. 동시집 발간을 축하하며 더욱 좋은 동시를 많이 쓰시길 기원할 뿐이다.

찾아보기

ㄱ

「가만있겠니?」 121
「가을은」 216
「갈숲」 162
『갑자기 철든 날』 311
『강아지 호랑이』 227
「강아지」 229
「강아지도 투표권을」 120
강윤제 115
「개구리 말」 198
「개구리」 230
「거꾸로 담쟁이」 414
거울단계 64
「겨울·나무」 123
「겨울에 햇빛은」 350
「고드름」 415
「고등어야, 미안해」 327
『고등어야, 미안해』 326
「고슴도치」 232
공상 61
「공원 의자」 413
「공중전화」 293
「곶감」 123
「과꽃」 109
「구구, 구구」 239
「구름」 123, 364
권극남 115
권영세 116
권영주 116
권희표 296
「귓속에 사는 벌레」 211
「귤과 고양이」 123
「금강산 찾아가자」 244

『금관의 수수께끼』 272
「기차 마을」 119
「기차놀이」 325
「길 잃은 나비」 386
김갑제 333
김몽선 116
김민중 116
김성민 117
김숙희 117
김영두 247
김영란 117
김영일 102
김요섭 103
김용민 114
김원석 106
김원석 95
김종상 117, 227
김종헌 118, 286
김지원 118
「김치가족」 120
김현숙 118, 409
「까치네 설날」 110
『꼬마 파도의 외출』 218
「꽃」 361
「꽃 · 1」 150
「꽃자리」 118
「꽃집에 가면」 368
『꽃집에 가면』 367
「꿈나라의 집」 130

ㄴ

「나누어 먹는다」 364
「나는 꽃 다리」 122

「나는 왜 이럴까?」 393
『나는 왜 이럴까?』 389
나무꾼 승천담 60
「나무꾼과 선녀」 58
「나비 도장」 197
「나비잠」 123
「나이테를 도는 바람 1」 140
「나이테를 도는 바람 2」 140
「낙서가 아니야」 299
「날고 싶어요」 165
「날고 싶은 꽃」 335
『날고 싶은 꽃』 333
남석우 119
낯설게 하기 291, 301
「내 동생 · 1」 151
「내 마음」 156
「내 몸은 자다」 120
『너라면 가만있겠니?』 397
「너라면 신나겠니?」 404
「너에게 주파수를 맞추다」 176
「너와 내가 없는 강」 95
「노란 조끼」 120
「노루」 231
노스럽프라이 21
「놀리지 마」 190
「놀이터와 피라미」 140
「눈 내린 아침」 119
「눈」 104
「눈밭의 아이들」 124
「눈사람」 120
「눈썹달 하나」 221
「눈이 오면」 157

「다 알거든」 347
「다듬잇 소리」 134
「다리」 401
「다리가 되면」 117
「다보탑 돌사자」 281

「다이어트」 177
「단추」 407
「달걀 부침개」 120
「달걀에 그리는 초상화」 298
『달걀에 그리는 초상화』 296
「달무리」 290
「달은 힘이 세다」 217
「대나무」 148
「대문 이야기」 123
『대한민국 대표동시 365가지』 82
「더위와 귀뚜라미」 122
데카르트 183
『도깨비 소탕작전 준비완료』 379
「돌나물」 124
「돌떡」 119
동화시 138
「되새김질」 258
「두 얼굴의 바다」 219
「들꽃 한 다발」 320
「따라 그린 그림」 118
「따오기」 42
「똑 같다면」 169
「뚝심」 289
『뚝심』 286

ㄹ
라캉 64
레비 스트로스 35
「로봇아, 잘 가」 391

ㅁ
마리 퀴리 183
「마음을 비우면」 225
마이어 – 타쉬 84
「매미」 119
맥파동인 125
「메아리」 370
「명절 1」 359
「명절만 되면」 121

「목소리 크기」 122
목일신 207
문삼석 99
「문소리」 152
문학적 상상력 20
문화콘텐츠 14
「물고기 병정」 242
『물고기 병정』 237
「물고기의 떼주검」 141
「미안해」 123
「민들레」 249

ㅂ

「바다」 137
『바다를 끌고 온 정어리』 304
「바닷물」 120
「바둑이와 사랑이」 248
「바람 부는 날」 121
「바람, 너였구나」 406
「바람」 371
「바람의 말」 259
「바람의 맛」 261
『바람의 맛』 257
바슐라르 24, 77, 128
「바이러스」 118
「바지에 핀 꽃」 120
「바퀴를 보면 굴리고 싶다」 214
『바퀴를 보면 굴리고 싶다』 206
박두순 104, 182
박방희 119, 304
박승우 119, 193
박신식 103
박영옥 119
박예자 389
박유석 97
박지현 100
「반달」 42
반복강박 64
『반지의 제왕』 26, 36

「반찬 배달하는 남자」 179
「받아쓰기」 377
「발비」 123
「발자국」 260, 337
「밥도둑」 117
「방귀 뿡」 241
「배」 310
「버려진 화분에서」 118
「벌」 122
「벌써 할아버지는」 223
「별똥별」 139, 210, 300
「보리밭」 138
「보이지 않는 힘」 255
「본 척도 못한 가을」 316
「봄 눈꽃」 122
「봄바다」 117
「봄바람이 지네」 118
「봄비」 101
「봄산」 97, 363
「봄은」 215
「봄의 호주머니 속에는」 209
「봄이 오는 길」 96
비코 22
「빗방울이 춤을」 116
「삐친 우산」 119

ㅅ

「사라지는 소리」 117
「사람 우산」 186
『사람 우산』 182
사실적 상상력 61
「산골 내 고향」 128
「산수유」 330
「산을 먹은 송아지」 212
「산의 귀」 306
「살리기」 331
「삼촌의 효도」 120
상상력 21
「새가 하는 말」 399

「새둥지」 287
「새들도 번지점프 한다」 321
『새들도 번지점프 한다』 318
「새들의 문자」 308
「생각꼬리」 345
「생각하는 감자 1」 202
「생각하는 감자 12」 203
『생각하는 감자』 193
생태동시 84
생태문학 114
『생태문학』 114
생태시 84
생태주의 236
생태학적 상상력 113
샤를 페로 32
「서로 다른 것들」 381
서상만 218
서오근 102
서향숙 263
「선물」 119
성환희 355
「소」 196
「소나기」 102, 103
「소문」 358
「소풍 일기」 191
손인선 120
송년식 101
「수박냄새」 238
「수양버들」 253
수탉유래담 60
「수평선」 402
「숲」 133
쉬클로프스키 291, 301
「시계 소리」 117
「신문지 이불」 208
신복순 120, 326
신현득 120
신화 29, 34
신화적 상상력 31

신흥식 120
「심청」 67
「싸리꽃」 334
「씨 없는 수박」 201

ㅇ

「아가의 얼굴」 106
「아기 다람쥐의 생각」 395
「아기라는 말」 122
아리스토텔레스 21
「아빠 얼굴에」 107
안영선 120
「알고 싶어요」 123
「알밤」 119
앤서니 브라운 34
양점열 76
「어떡하면 좋죠?」 372
「어떡하지요?」 119
「어려운 학습」 385
「어른이 되면」 163
「어머니 마음」 120
「어머니, 그 이름은」 135
「어머니 · 3」 146
「어쩌면 좋지?」 338
어효선 106, 109
「언니」 155
「얼마나 힘들까?」 115
엄기원 107
「엄마와 할머니」 329
「여름 풍경」 115
「여름 한낮」 127
「여름날 2」 97
「여름밤과 축구를」 316
「여울괭이」 245
「연뿌리」 324
「연필」 122
『오리없다』 77
오순택 206
「옹달샘」 167

「옹아리랑」 115
「옹알이」 106
우남희 121, 397
「우리 마을 사람들」 313
「우리 선생님」 120
「우리 아기」 123
「운동회」 123
「울타리 없는 집」 224
「웃는 골목」 124
「원상연 121
원소스멀티유즈 273
유경환 109
유르스나르 32
유병길 121
유은경 237
윤극영 42
윤동미 121
윤삼현 97
윤이현 367
「이런 날」 353
「이른 봄」 94
「이름 많은 종 – 성덕대왕신종 4」 283
이미지 23
「이사」 118
이선영 122
이수경 311
「이슬 · 1」 153
이오자 379
이재순 374
이재철 49
「이제는」 323
「이팝나무」 336
「인기 많은 나」 357
『인기 많은 나』 355
「인어공주 상 앞에서」 122
「일등은 쓸 수 없는 시」 143
일월기원신화 63
임인수 96
임창숙 122

「있어도 없는 듯」 380

ㅈ

자연시 85
『자음 모음 놀이』 263
「작은 고추가 맵다」 387
「작은 풀꽃, 눈물겹다」 116
「잘 안 되는 거」 188
「잘한다, 잘한다」 352
「잠자리」 405
「잡풀」 118, 292
「장마 첫날」 342
「장마」 121
장승련 257
「장화홍련」 72
「저녁해」 121
「저울」 174
전래동화 48
전정남 122
「점점 사라져」 247
「접착제」 120
「정 하나」 121
정갑숙 272
정신적 이미지 211
「정어리 통조림」 304
정진아 340
「젖소」 233
「제발, 저에게도 관심 좀 가져 주세요」 122
조명제 160
「조약돌」 307
「졸음의 무게」 309
주성호 125
「주인을 찾아라 – 금령총」 275
「죽순」 382

ㅊ

「참나무 형제」 119
「참새 노래에」 122
천상시련담 60

「철이네 우편함」 251
『철이네 우편함』 247
「첨성대의 비밀 – 첨성대 3」 278
「첫나들이」 119
「첫눈」 122
「첫서리 내리면」 103
「청개구리」 120
「초가을 들판」 99
「초승달」 119, 200
「초인종」 252
「촛불 · 1」 158
최재환 94
최춘해 122
「추수하는 논」 121
추필숙 170, 318
「치과」 116

ㅋ

「카톡새」 412
코올리지 21
「콧물」 122
「콩 총알」 411
「콩쥐팥쥐」 69
「큰일 날 뻔했다」 375
『큰일 날 뻔했다』 374

ㅌ

『터널』 34
「텃밭의 흙」 144
톨킨 26, 36, 55
「통일촌에서」 141
『특별한 숙제』 409

ㅍ

「파도」 401
「파란 마을」 98
파스칼 183
판타지 26, 36, 54
「펄럭펄럭」 185

푸에르 에테르누스 266
「풀꽃 한 송이」 121
「풀무치는 장사예요」 222
「풀밭 무대」 115
프레밍거 207
프로이트 64
「피겨 여왕 김연아와 애국가」 122
「피리 부는 물고기」 240
「피아노 연주」 147
「피아노 치는 바다」 348

ㅎ

「하늘을 품은 연못」 119
「하늘이 없으면」 93
「하얀 구름」 102
하이퍼텍스트 15
하청호 123
「한 시간짜리 외출」 175
「한겨울」 100
한은희 123
한정동 42
「할머니」 360
「할머니의 자가용」 121
「함박눈」 118
「해님」 118
해리포터 38
『해맑은 동심세계에서』 160
「해바라기와 봉선화」 122
「해와 달이 된 오누이」 63
「해진 가을 산」 121
「햇빛의 마음」 123
「햇살을 인터뷰하다」 172
『햇살을 인터뷰하다』 170
현경미 123
「형 같은 동생」 392
홍선희 123
환상 61
환상 문학 26
환상적 상상력 61

황 베드로 93, 98
황필수 124
「흙과 어머니」 121
『힘내라 참외 싹』 340
「힘내라, 참외 싹」 343